Noell Justine

Die Myth Chroniken

Das Buch der Elementare

ISBN: 9798398190540

Prolog

„Was denkst du, was du da machst?“, fragte eine kratzige Stimme hinter ihm. Er zuckte zusammen. Sein Herz schlug ihm bis zum Hals, als er sich langsam umdrehte, bereits in dem Wissen, was ihn erwarten würde.

Eine schöne Frau, mittleren Alters, stand vor ihm, doch er wusste, dass sie wesentlich älter war, als sie aussah. Ihr schokoladenbraunes Haar reichte ihr bis zum Schlüsselbein.

Mit ihrem herzförmigen Gesicht, das offen und fürsorglich wirkte, und ihrer schmalen Gestalt, sah sie aus, als könnte sie niemandem etwas zu Leide tun.

Auch er war zunächst auf ihre Erscheinung hereingefallen, nichtsahnend, dass dies eine der verheerendsten Entscheidungen seines Lebens sein würde.

„Ich wollte mir ein bisschen von dem Elfenkraut nehmen. Du hattest mich doch ermahnt, ich solle mehr an meinen Zaubertränken arbeiten“, gab er patziger zurück, als er sich es sich eigentlich leisten konnte, aber die letzten Stunden waren zu aufwühlend gewesen.

Ihre dunkelvioletten Augen verengten sich zu Schlitzen.

„Für welchen Trank brauchst du denn Elfenkraut?“, fragte sie kalt. Noch bevor er antworten konnte, winkte sie ab. „Ist auch egal. Wir haben einen Gast, der dich sehen will.“

Sein Herz sank in die Hose. Nur wenige Menschen kamen sie jemals besuchen und die, die es taten, waren keine Menschen, die man um sich haben wollte. Er schluckte. Das Hochgefühl, dass ihn soeben noch umtrieben hatte, verwandelte sich in Panik.

Langsam folgte er seiner Großmutter die Treppe hinauf und betete, dass er sich irrte, obwohl er es besser wusste. Kein Zeitpunkt wäre schlechter gewesen.

Im Wohnzimmer war es dämmrig. Die dicken Vorhänge ließen durch einen kleinen Spalt winzige Strahlen Tageslicht hindurch sickern, welches im Norden Englands, wo sie lebten, mehr eine Ausnahme war, als die Regel.

Auf der zerfetzten Couch - seine Großmutter liebte Katzen - saß ein gestriegelter Mann in einem edlen Anzug, der in dem gedrängten Wohnzimmer vollkommen fehl am Platz wirkte.

Er war groß und schlank. Seine Haare waren kurz und so schwarz wie Pech, genauso wie der Bart, der die untere Hälfte seines Gesichts bedeckte und so eine lange Narbe verdeckte, von dessen Existenz er nur zufällig erfahren hatte.

Sein Körper reagierte auf die Anwesenheit des Mannes. Seine Magie schien sich in seinem Inneren zusammen zu ziehen und sich gleichzeitig nach der des Mannes auszustrecken.

Er ballte die Hände zu Fäusten und grub seine Fingernägel tief in sein Fleisch, in der Hoffnung, sich so besser konzentrieren zu können und seine Emotionen zu beruhigen.

„Du bist glücklicher“, stellte der Mann ohne jegliche Begrüßung fest. Seine Augen blitzten gefährlich. Der Junge schluckte und presste die Lippen aufeinander.

„Ich frage mich, was passiert ist, dass du so aufgeregt bist. Möchtest du es mir nicht erzählen?“, fragte er. Seine Stimme

klang geschmeidig und sanft. Gefährlich schrie es in dem Jungen.
Er versuchte die aufkommenden Gefühle zu unterdrücken, wissend, dass es nicht seine eigenen waren. Seine Magie schlug um sich. Er versuchte die fremde Kraft, die ihm Emotionen aufdrängen wollte, zurückzudrängen, obwohl er wusste, er würde den Kampf verlieren. Hätte er nur seine volle Kraft, dann hätte er vielleicht ein Chance sich zu behaupten. Doch man hielt ihn unter Drogen gesetzt, die seine Fähigkeiten blockierten, um sicherzustellen, dass er nicht zu stark wurde. Nur einen Bruchteil seiner Kräfte waren frei. Und das war nicht genug.
Seine Mauer riss langsam. Ein Gefühl der Taubheit ergriff seinen Geist und zog ihn in die Tiefe. Als er wieder auftauchte war da nur eins: Das Verlangen, dem Mann alles zu erzählen.

Kapitel 1 - Luca - Unterricht im Freien

Es war der letzte Tag vor den Frühlingsferien. Unser Professor hatte Schwierigkeiten, die Klasse unter Kontrolle zu bringen. Er rief mehrere Schüler zur Ruhe auf, die ihn jedoch einfach ignorierten und weiter auf seiner Nase herumtanzten.

Ich war gerade dabei, mir eine beherzte Wasserschlacht mit Emil zu liefern. Emil war so groß und schwer wie ein Berg, sodass ihm die Schuluniform - ein dunkelblauer Kampfanzug mit dem Schulemblem auf der Brust - nur mit Mühe passte. Er war einer der stärksten Kämpfer, die unsere Schule zu bieten hatte. Dabei spielte seine körperliche Komponente nicht mal eine Rolle - seine Fähigkeit, das Wasserelement zu kontrollieren, war weitaus beeindruckender. Trotzdem kam er nicht gegen mich an. Mit einer leichten Bewegung der Hand ließ ich seine Pfeile aus komprimiertem Wasser zerschellen und holte meinerseits zu einem gewaltigem Schlag aus. Hinter mir nahm ich wahr, wie unser Professor sich frustriert die Haare raufte, bevor er schließlich selbst in das Geschehen eingriff.

Wände aus Eis bauten sich vor uns auf und schirmten uns von unseren Mitschülern ab. Die Kabbeleien zwischen den Schülern nahmen ein abruptes Ende. Die Speere, Pfeile, Fluten und Bomben prallten an den Wänden ab und das Wasser spritzte. Wie lächerlich.

Ich sah zu Emil und wir grinsten uns an. Verschwörerisch ließ er seine Augenbrauen wackeln - ein stummer Aufruf an mich, meine Kräfte spielen zu lassen. Meine Haut prickelte und ein Rausch überkam mich, als ich die Wassermassen aus dem Griff meines Professors entriss und die Wände, die uns voneinander trennten, einstürzen ließ. Sogleich ertönte auch schon seine Stimme. „Luca!“, rief er verärgert und ich fand es beinahe niedlich, wie die Ader auf seiner Stirn zu pochen begann. Es war selten, dass mich die Professoren tadelten - obwohl sie unglaublich oft Grund dazu hätten.

Aber ich war ein ausgezeichneter Schüler - der Begabteste der ganzen Schule - und mein Vater war eines der hohen Tiere im Rat. Was für mich bedeutete, dass ich mit fast allem durchkam. Selbst als ich einmal die gesamte Schule unter Wasser gesetzt hatte - es hatte noch Wochen später nach Fisch gestunken.

Um Emil's Mundwinkel zuckte es und ich wusste, dass er es willkommen heißen würde, wenn ich mich dafür entschied, Professor Marvic noch ein bisschen mehr zur Weißglut zu treiben. Aber aus irgendeinem Grund fühlte ich mich heute gutmütig. Vielleicht hatte ich auch ein bisschen Mitleid mit dem armen Professor Marvic, der ausgerechnet unsere Klasse auf die Nase gedrückt bekommen hatte.

Ich rief meine Kräfte zurück und die Wassermassen schlugen prompt dicke Wellen. Einige der Schüler schirmten sich genervt ab, andere ließen sich erfreut von den Wellen erfassen und von ihnen über den See tragen - weit außerhalb der Hörweite von Professor Marvic.

Emil verdrehte angesichts meiner Warmherzigkeit seufzend die Augen. Der Rest meiner Mitschüler betrachtete mich entweder mit einer Mischung aus widerwilligen Respekt und

Nervosität oder hatten einen träumerischen Gesichtsausdruck aufgesetzt. Wobei es sich bei den Letzteren hauptsächlich um Mädchen handelte.
Ich grinste lässig einer von ihnen zu. Nieva hatte lange blonde Haare, die ihr bis zur Taille reichten, und mit ihren schräggestellten braunen Augen war sie eine wahre Schönheit. Der dunkelblaue Kampfanzug klebte nahezu an ihrem Körper. Wir hatten schon öfter das Vergnügen miteinander.
Der Professor zeterte eine Weile, bis die verschollenen Schüler wieder angetrieben worden waren und die Aufmerksamkeit der Klasse sich wieder mehr oder weniger auf ihn richtete. Er fuhr mit seinem Vortrag über die Viskosität und wie wir sie für uns Nutzen konnten fort. Einige meiner Mitschüler hatten immerhin den Anstand, so zu tun, als ob sie zuhörten, während sich der Großteil der Klasse bereits wieder anderen Dingen zugewandt hatte. Sie ließen gelangweilt kleine Wasserspielereien vor sich erscheinen, um sie sofort wieder verschwinden zu lassen. Ein paar Meter neben mir spielten zwei Jungen „Drei Gewinnt".
Träge ließ ich mich vom Wasser treiben und lauschte mit halbem Ohr Professor Marvic. Trotz meiner Unwilligkeit bezüglich des Unterrichts war ich mir durchaus seiner Brillanz bewusst. Er war ein unglaublich kluger Mann und sehr angesehener Wasserelementar - jedenfalls was die Theorie anging. Für den Praxisunterricht war er hingegen eine Niete. Er schaffte es kaum, den „Spieldrang" zu unterdrücken, der die Elementare ergriff, sobald sie in der Nähe ihres Elements waren. Normalerweise unterrichtete er diesen Kurs nicht, sondern Sebastian - eine Legende von Krieger, der jedoch aufgrund

einer Verletzung zum Schuldienst quittiert wurde. Dennoch legte der Rat der Elementare noch immer hohen Wert auf sein taktisches Wissen, was auch dazu führte, dass er heute nicht hier war, sondern auf der Hauptebene des Königreiches. Ein Umstand, der uns Professor Marvic beschert hatte.

Ich fragte mich, warum der Rat nach Sebastian geschickt hatte. Von meinem Vater hatte ich genug mitbekommen um zu ahnen, dass sich etwas zusammenbraute - in welcher Hinsicht auch immer. Es klang jedenfalls nicht sehr positiv.

Professor Marvic fuhr mit seinem Vortrag fort, als hätte er vergessen, dass dies der Unterricht zum trainieren und nicht zum Zuhören war. Zweifellos war er in seiner eigenen Welt verloren gegangen, die sich ausschließlich um Physik drehte.

Normalerweise hätte es mir nichts ausgemacht, aber so wie es aussah, würde ich bereits die ganze nächste Woche nicht trainieren können. Innerlich verfluchte ich meine Mutter für die blöde Idee, unsere Verwandten in der Menschenwelt zu besuchen. Lieber würde ich hier bleiben.

Mein Blick wanderte über den dichten Fichtenwald, den die Erdelementare Anfang der Woche erschaffen hatten. Der See mitten drin war einer der Übungsseen für die Wasserelementare. Eigentlich für die unteren Klassen, aber heute waren wir hier. Dass der See zu klein für unsere Altersklasse war, schien Professor Marvic gar nicht in den Sinn gekommen zu sein, aber da wir nicht trainierten, war das sowieso nicht von Bedeutung.

Hinter dem Wald erhob sich das riesige Schloss, in dem die Gatosaschule untergebracht war. Hier wurden die vier Elemente unterrichtet - Feuer, Wasser, Erde und Luft. Sie befand sich auf einer separaten Ebene des Königreiches der Elementare - eines der sieben Königreiche von Nysus. Nysus war die Welt, in der die Legends lebten - Wesen mit den unterschiedlichsten Fähigkeiten. Elementare, Hexen, Gestaltswandler, Vynami, Feen und Riesen - alles Mögliche war dabei. Unser Königreich war, wie man sich schon denken konnte, größtenteils von den Elementaren bevölkert. Ein weiterer Teil, wenn auch ein viel kleinerer, formten die Seelies, die kein richtiges eigenes Volk bildeten, sondern sich in den meisten Fällen irgendeinem vorhandenen anschlossen. Hier und da gab es aber auch einige Feen und andere mystische Wesen. In dem See, in dem wir gerade herumtrödelten, lebten einige Najaden, die uns hin und wieder zu ihrer ungemeinen Unterhaltung beim Unterricht beobachteten.

Im Moment versteckten sie sich jedoch. Anhand des nicht enden zuwollenden Unterrichts hätte ich mich ihnen gerne angeschloßen.

Irgendwann war das Inferno dann doch vorbei. Meine Mitschüler trieben noch etwas auf dem See, noch nicht bereit dafür, ihr Element zu verlassen und in die trockenen Korridore des Schlosses zurückzukehren.

Emil lag auf dem Rücken mit den Armen hinter dem Kopf verschränkt und ließ sich neben mich schwemmen. Die Wellen leckten sanft über seinen Körper und die Wassertropfen glitzerten auf dem Stoff seiner Uniform.

„Wollen wir nachher noch an den goldenen See? Ich denke Rebecca, Nieva und die anderen kommen auch mit“, sagte er und zwinkerte mir zu. Ich seufzte und sah in den Himmel, dessen wolkenloses Blau das des Meeres widerspiegelte.

„Ich kann nicht“, teilte ich ihm bedauernd mit.
„Aber es ist der letzte Schultag vor den Ferien“, protestierte er. Emil lebte für das Abenteuer und die Ferien waren genau die richtige Zeit, seine Leidenschaft auszuleben. „Ich reise doch mit meiner Familie in die Menschenwelt. Wir nehmen heute noch ein Portal zum arabischen Meer“, erklärte ich und wandte den Blick meinem Freund zu. Emil hatte den Kopf schräg gelegt. Sein braunes Haar klebte an seiner Stirn und Wassertropfen rollten ihm über das Gesicht, bis sie schließlich das Kinn erreichten und im See verschwanden.
„Kommt Chloe auch mit?“, fragte er scheinheilig, während er einen winzigen Wassertornado erschuf und ihn über der Wasseroberfläche tanzen lies. Ich verengte meine Augen. Emil hatte einen Narren an meiner Schwester gefressen, die ihn jedoch nicht eines zweiten Blickes würdigte. Anstatt dies als Anlass zu nehmen, sich einem neuen Mädchen zuzuwenden, dackelte er ihr weiter hinterher.
„Ja“, fauchte ich genervt und mit etwas mehr Druck, als vielleicht nötig gewesen war. Emil war zwar mein bester Freund und ein begnadeter Wasserelementar, aber bei Weitem kein guter Umgang für Mädchen. Natürlich wusste ich, dass meine Schwester durchaus in der Lage war, auf sich selbst aufzupassen, aber als ihr großer Bruder würde ich mich trotzdem sorgen. Immer und über alles.
Ich hatte schon teilweise mit dem täglichen Klatsch zu kämpfen, der in der Schule kursierte. Chloe war nämliche eine schillernde Persönlichkeit, die die Aufmerksamkeit der anderen Schüler auf sich zog - jedoch oft nicht unbedingt im positiven Sinne. Im Gegensatz zu mir hatte sie große Schwierig-

keiten, das Wasserelement zu beherrschen. Während ich einer der talentiertesten Schüler war - der Beste - befand sie sich relativ weit am anderem Ende des Spektrums. An einem Ort, wo die Menschen jemanden anhand seiner Kräfte beurteilten und in einer Familie, die auf Leistung ausgerichtet war, war dies nicht unbedingt die beste Voraussetzung für ein glückliches und erfülltes Dasein. Obwohl sie es zu verheimlichen versuchte, wusste ich, dass es sie sehr verunsicherte und bedrückte, und mich schmerzte es zutiefst, sie leiden zu sehen. Manchmal wünschte ich mir, ich könnte einen Teil von meiner Begabung an sie weitergeben, ihr das Leben leichter machen.
Wir hatten zusammen trainiert und viel versucht, aber so wie es aussah, waren das Wasserelement und sie einfach nicht auf derselben Wellenlänge.
Emil schmollte, während ich mich langsam zum Ufer treiben ließ. Noch bevor ich den ersten Schritt ans Ufer setzte waren meine Kleidung und ich schon wieder trocken. Eine der ersten Grundlagen, die man lernte, wenn man als junger Hüpfer auf die Schule geschickt wurde, war, sich trocken zu halten.
Wir hatten noch einen Kurs, bevor der Schultag vorbei war und die Ferien begannen. Mit der Motivation eines Faultiers trotteten wir zum Schloss, wo uns bereits Professor Helmdach erwartete - Expertin für die Geschichte von Nysus im Generellen und die des Königreichs der Elementare im Speziellen. Als wir noch Kinder waren, hatte uns unser ehrenwerter Vater Hörbücher hören lassen, in welchen wichtige historische Events aufbereitet worden waren - seine Art von einer kindgerechten Gutenachtgeschichte. Den ganzen Brei kannte ich also schon. Mein Vater hatte viel dafür getan, aus seinen Kindern

exzellente Schüler zu machen, mit denen er sich wunderbar schmücken konnte - ansonsten mangelte es ihm jedoch etwas an väterlichen Qualitäten. Tief in meinem Inneren - dem Teil, dem ich es vermied Aufmerksamkeit zu schenken - wünschte ich mir, dass mein Vater stolz auf mich war, was wohl ein hoffnungsloses Unterfangen war und dazu führte, dass ich mich wieder anderen Dinge zuwandte - oder meinen Verdruss an einem verlassenen See ausließ.

Nach der Aneinanderreihung der Schlüsselereignisse des letzten Krieges zwischen dem Waldfeenvolk - welches ins Hexenreich verbannt worden war - und dem hiesigen Feenvolk, waren wir erlöst.

Die Massen von Schülern - ein Gemisch aus roten, blauen, weißen und grünen Uniformen - drängten sich auf den Fluren. Einige verschwanden auf die Ländereinen, andere im Speisesaal, und diejenigen, die im Internat lebten, auf ihren Zimmern. Die Glücklichen.

Eine geringe Anzahl von ihnen, unter anderem mein bescheidenes Selbst, machte sich auf den Weg zu den Portalen, die einen zu den anderen Ebenen des Königreiches brachten. Dort traf ich auf Zélie und Dominique - ihres Zeichens eineiige Zwillinge und unglaublich hyperaktiv - meine Mutter nannte es lebendig…und ich hatte das sagenhafte Glück ihr Bruder zu sein. Dominique nahm meine Hand und hüpfte neben mir her. An ihr klebte noch immer der Duft von frischem Wind und himmlischen Frühlingsgefühlen. Sie war ein Luftelementar und kam damit nach unserer Mutter. Womit sie und Amalia die einzigen waren. Der Rest von uns - Chloe, Victoire, Zélie und ich - beherrschten das Wasserelement.

Ich bemühte mich, ihr aufmerksam zuzuhören, während sie mir von ihrem Tag erzählte, und dabei Zélie nicht aus den Augen zulassen, deren hübscher Kopf die Angewohnheit hatte, eine Vielzahl von halsbrecherischen Ideen auszuhecken. Ich war mir nicht sicher, ob ich darauf hoffte, dass etwas passierte - denn dann würde sich unsere Abreise vermutlich nach hinten verschieben - oder nicht. Schließlich wollte ich, dass Zélie ihren hübschen Kopf behielt.

Wir erreichten das Portal ohne Zwischenfälle und wenig später liefen wir durch die Straßen Malias - der Hauptstadt des Königreiches. Vom Kolosseum - dem Knotenpunkt der Portale - war es nicht weit bis zum Ratsviertel, in dem wir lebten. Wir mussten lediglich auf die andere Seite des Schlossgartens, dessen Königsschloss, einsam und verlassen da lag.

Es gab schon seit Ewigkeiten keinen König und keine Königin mehr und wäre das prunkvolle Schloss und der weitläufige Park nicht gewesen, hätte ich daran gezweifelt, ob es sie jemals gegeben hatte. Das mit den Königen und Königinnen war nämlich so eine Sache: Es war ein Anrecht, dass angeboren war und sich ab einem gewissen Alter zeigte. Sie verfügten über eine solche einzigartige Macht, die sich, wenn sie alt genug waren, offenbarte und sie als unseren Anführer zeichneten. Er oder sie wurde auch der erste Elementar genannt. Doch es war schon seit Generationen nicht mehr einer von ihnen aufgetaucht und langsam gerieten die Legenden und Geschichten um sie in Vergessenheit.

Irgendwie war es auch eine blöde Idee, jemand nur aufgrund seiner Macht zum König zu erheben. Was passierte, wenn derjenige oder diejenige nicht die leiseste Ahnung hatte, wie man ein Königreich regierte? Das Reich würde im Chaos versinken.

Kopfschüttelnd folgte ich meinen vorangelaufenen Schwestern um die Ecke und als wir endlich unser Haus erreichten, waren die Gedanken von Königinnen und Königen schon lange wieder verschwunden und stattdessen zu Sicily gewandert.

Kapitel 2 - Sicily - Tüll, Samt und Spitze

Überall lagen Kleider herum, Stofffetzen, ein paar Schnittmuster und hier und da eine heimtückische Nadel. Ich konnte mittlerweile gar nicht mehr zählen, wie viele von ihnen ich mir schon aus dem Fuß ziehen musste.

Auf dem breiten Akazienholztisch vor dem Fenster stand eine Nähmaschine, platziert wie auf einem Thron.

Ich gab mir jegliche Mühe nicht auf die Klamotten am Boden zu treten, aber das war wesentlich schwerer als es sein sollte. Praktisch jeder Millimeter meines Zimmers war davon bedeckt.

Meine Schwester Charlotte hatte beschlossen, Designerin zu werden. Als sie es uns freudestrahlend verkündete, hatte unser Vater, der ausnahmsweise einmal für ein paar Stunden da war, die Schulter gezuckt und sich dann wieder dem Wirtschaftsteil seiner Zeitung gewidmet. Er war ein erfolgreicher Geschäftsmann, der die meiste Zeit in seinem luxuriösen Jet und in extravaganter Hotels exotischer Länder verbrachte, während Charlotte und ich die Villa für uns alleine hatten und so ziemlich tun und lassen konnten, was wir wollten, solange wir regelmäßig zur Schule gingen und nicht von der Polizei abgeholt werden mussten. Das mit der Polizei war bisher auch nur einmal geschehen und ich war immer noch der Meinung, dass es sich um ein Missverständnis gehandelt hatte. Ich hatte mir

zwar ein Feuer gewünscht, das mir an dem kalten Wintermorgen die Hände wärmte, aber nie eins gelegt.
Wie auch immer war mein Vater, trotz seiner glänzenden Abwesenheit, die Launen seiner Tochter gewöhnt. Charlotte war nämlich so ein Mensch, der andauernd etwas anfing, nur um es kurze Zeit wieder aufzugeben. Innerhalb diesen Jahres war sie von Reiten über Klavierspielen zur Schauspielerei gekommen. Ihr letzter Plan war es gewesen, Backen zu lernen, was glücklicherweise nur eine kurze Phase war. Nun war also Nähen dran. Bei den ersten paar Schnittmustern hatte ich noch gelächelt und das Model stehen hatte Spaß gemacht. Dann hatten die Stoffe in ihrem Zimmer überhand gewonnen und eines Tages kam sie mit einer Broschüre von einer Kunstschule an. Sie habe schon mit der Direktorin geredet, die begeistert von ihren Werken wäre und sich freuen würde, sie willkommen zu heißen. Ein Stipendium war auch in Aussicht. Nicht, dass wir das brauchten.
Mein Vater hatte davon erst erfahren, als unser Schulleiter ihn angerufen hatte, um nachzufragen, wie der Schulwechsel von statten gehen sollte. Er war aus allen Wolken gefallen und hat sich tatsächlich einmal dazu herabgelassen, uns persönlich anzurufen, und um ein Haar wäre er sogar in den Jet gestiegen und zu uns geflogen. Bis zu diesem Punkt war ihm wohl gar nicht in den Sinn gekommen, dass es diesmal Ernst war. Es gab viel Geschrei und Geheule. Das Ende vom Lied war, dass mein Vater sie wohl durchaus unterstützen möchte - sie doch bitte aber erstmal die Schule beenden sollte. Ein Abschluss sei schließlich wichtig, meinte er, obwohl er selbst keinen hatte und trotz dessen regelmäßig die Forbes schmückte.

Daraufhin hatte sich Charlotte über Wochen in ihrem Zimmer verbarrikadiert, bis ihr schließlich der Platz ausgegangen war. Mit der Bitte, ein paar von ihren Sachen in meinem Zimmer zu lagern, war sie zu mir gekommen. Mittlerweile frage ich mich, unter was für Drogen ich gestanden haben musste, dass ich tatsächlich ja sagte.

Man sollte meinen, dass ich dann wenigstens viele schöne neue Kleider hatte, aber ich durfte ihren Stoff noch nicht mal mit dem kleinen Zeh berühren. Das gestaltete sich jedoch angesichts der vorherrschenden Lage etwas schwierig.

Mir war es ein Rätsel, wie ich in diesem Haufen meine Sachen finden und meinen Koffer packen sollte.

Es war schlimmer geworden, seit mein Vater nachgegeben hatte und sie die Osterferien als Praktikantin bei einem renommierten Designer verbringen durfte. Vorher war wenigstens meine Seite der Villa von Tüll und Spitze verschont gewesen. Diese Zeit war allerdings vorbei. Ich konnte mir zwar nicht vorstellen wie, aber ich war mir sicher: nach meiner Abreise würde es noch schlimmer werden.

Während sie hier blieb und Kleidung nähte, die nur Verrückte trugen - sie nannte es Kunst - würde ich nämlich nach Moskau zu Tante Edith fliegen.

Der Besuch in Moskau war ein alljährliches Ritual, das normalerweise in den Osterferien stattfand. Mein Vater meinte, dass das eine ganz tolle Erfahrung sei, die uns selbstständiger machte. Dass seine Argumentation hinkte, merkte er wohl nicht - schließlich kümmerte sich Edith um alles, wenn wir da waren. Eigentlich worden wir dort mehr bemuttert, als es hier

der Fall war, obwohl unsere spanischen Kindermädchen wirklich herzallerliebst waren.
So wie es aussah, würde ich dieses Mal jedoch alleine reisen - was mich nicht im Geringsten störte. Edith war die coolste Tante, die man sich wünschen konnte. Eine von der Sorte, die einem noch Schokolade zusteckte, wenn mein Vater (oder vielmehr unsere spanischen Kindermädchen) sich über unseren Süßigkeitenkonsum beklagte. Auch ihre Tochter Kisha war einer meiner absoluten Lieblingsmenschen.
Da hörte es dann aber auf. Ihr Mann Fedor, ein erfolgreicher russischer Geschäftsmann, mit dem sich mein Vater hervorragend verstand, fand ich etwas irritierend, um es nett zu sagen. Aber vielleicht hatte ich auch einfach zu viele Mafia Filme gesehen. Und von Daria, meiner anderen Cousine, wollte ich gar nicht erst anfangen. Dagegen war meine Schwester noch der allerfeinste Engel.
Ich schob ein bauschiges Kleid aus blauen Tüll mit glitzerten grünen Steinen zur Seite, um etwas Platz für meine Reisetasche zu schaffen. Eine Sekunde später kam Charlotte in mein Zimmer gestürzt. Wie ein Hai, der Blut aus kilometerweiter Entfernung riechen konnte, nur dass es sich hierbei nicht um Blut, sondern ihre Kunst handelte. Sie nahm ihre sagenhafte Kunst an sich und drückte es an ihre Brust.
„Bist du verrückt? Das kann zerknittern“, fauchte sie mich an. Als ob es an in ihrer Umarmung nicht zerknittern würde.
„Dann leg es doch nicht auf mein Bett“, erwiderte ich genervt und riss meinen Kleiderschrank auf.
Sie hängte sich noch zwei weitere Kleider über den Arm, sodass jetzt tatsächlich ein bisschen mehr als die Hälfte meines

Bettes frei war. Sie sah mich an, als erwarte sie, dass ich mich bedankte, obwohl es doch *ihre* Sachen auf *meinem* Bett waren. Ich wandte mich stattdessen meinem Kleiderschrank zu und griff wahllos nach ein paar Pullovern und Shorts. Hinter mir hörte ich, wie Charlotte mit den Klamotten raschelte. Als ich mich wieder umdrehte, hatte sie die Kleider auf meinem Schreibtisch abgelegt, der ohnehin schon von ihrer Kunst überladenen war.

Ich zog die Luft ein und stieß sie langsam wieder aus. Das war ein Fortschritt, versuchte ich mich zu überzeugen. Mittlerweile hatte ich Übung, wenn es um die Ausblendung meiner Schwester ging. Sonst wäre ich schon lange verrückt geworden.

Eigentlich verbrachte ich auch gar nicht so viel Zeit zuhause. Um der drückenden Stille der Villa zu entgehen hatte ich mich probeweise in ungefähr allen außerschulischen Kursen eingeschrieben, die ich finden konnte - und war bei experimenteller Chemie hängen geblieben. Ich hatte ein Gefühl dafür, welche Stoffe man wie hoch erhitzen musste, damit es richtig knallte.

Ich stopfte weitere Klamotten in meine Tasche, während Charlotte durch das Zimmer wedelte und mir ab und zu abschätzende Blicke zuwarf. Vermutlich musste sie sich auf die Zunge beißen, um sich den Kommentar über meine abgewetzte Jeans zu verkneifen, die ich gerade in der Hand hielt - und dafür war ich ihr sehr dankbar.

Ich drehte mich um und ließ den Blick über das Chaos wandern auf der Suche nach meinem liebsten Hoodie, da spürte ich, wie mir ein kleiner warmer Schauer über meine Haut lief und seine Anwesenheit verkündete. So zuckte ich auch nicht zusammen, als er plötzlich sagte: „Sie hat mehr Kleider als meine fünf Schwestern zusammen."

Ich drehte mich sachte in die Richtung, aus der die Stimme kam, während ich meine Schwester beobachtete, die ungerührt weiter jene Kleider betüterte. Dann gelangte Luca in mein Sichtfeld.

Mit Luca war es so eine Sache. Ich war nämlich die Einzige, die ihn sehen konnte. Als ich kleiner war, hatte ich einmal den Fehler gemacht, ihn Charlotte und meinem Vater gegenüber zu erwähnen, die ihn prompt als imaginären Freund abgestempelt hatten und als ich darauf beharrte, dass er durchaus real war, hatte mein Vater erste Überlegungen angestellt, mich zu einem Psychiater zu schicken. Daraufhin hatte ich aufgegeben, es ihnen erklären zu wollen und sie in dem Glauben zu lassen, dass sie Recht hatten - was natürlich nicht der Fall war.

Luca war real. Das wusste ich anhand von zahlreichen Experimenten, die wir über die Jahre durchgeführt hatten. Er erzählte mir Sachen, die ich unmöglich wissen konnte, und wenn ich sie nachschlug, stimmten sie. Die einzige komische Sache war, dass niemand ihn sehen konnte, außer ich.

Luca bewegte sich behände durch das Chaos, bis er bei mir angekommen war und einen Blick in meinen Koffer warf.

„Du bist ja schon weit", meinte er und ließ sich auf den freien Fleck auf meinem Bett fallen. Ich schenkte ihm lediglich ein Lächeln. Charlotte würde mich für verrückt erklären, wenn ich ihm antwortete, wo sie doch nichts als Luft sehen konnte.

„Meine Schwestern veranstalten eine Eiskönigin zum Mitsingen Party und ihr Gekreische treibt mich in den Wahnsinn", stöhnte er und ließ seinen Kopf nur wenige Millimeter von Charlottes Kleid auf die Matratze sinken.

„Haben sie das gestern nicht auch schon gemacht?“, fragte ich so leise, dass nur er es hören konnte und hielt ein Kleid vor mir in die Höhe, während ich überlegte, ob es wohl warm genug in Moskau wäre, sodass ich es tragen konnte. Es war Frühling und das Wetter war unberechenbar.

„Hmm“, kam ein weiteres mitleidserregendes Stöhnen von Luca, der sich jetzt auch noch dramatisch den Arm über die Augen schlug.

Du armes Kerlchen, formte ich mit dem Mund und wandte mich dann wieder meiner Kleidung zu. Während ich fertig packte, rekelte sich Luca weiter auf meinem Bett und erzählte mir die neusten Neuigkeiten aus dem Hause „Aapaam“. In seiner Familie war immer etwas los. Viola und Rami Aapaam hatten nämlich sechs Kinder. Luca war der Älteste und der einziger Junge. Chloe war ein Jahr jünger als Luca. Dann folgte Victoire. Dann die Zwillinge Zélie und Dominique. Dann das Nesthäkchen - die fünfjährige Amalia. Es war ein chaotischer Haushalt und ich liebte die Geschichten, die er mir erzählte. Insgeheim wünschte ich mir seine Familie gegen meine auszutauschen.

Viola war eine waschechte Französin. Rami ist in Portugal aufgewachsen, wo sein Vater Bechir, der ursprünglich aus dem Oman kam, in seiner Jugend hingezogen war. Mittlerweile war Bechir mit seiner Frau Luna wieder zurück in seine Heimat gezogen. Einmal im Jahr gab es eine Familienfeier, wo die Familie, die in der ganzen Welt verstreut war, sich im Oman

zusammen fand. Und genau diese Zeit im Jahr stand bevor. Luca klang jedoch wenig begeistert.
Meine Reisetasche war schließlich vollgestopft und da Charlotte noch immer im Zimmer herumwerkelte, beschlossen wir in die Küche zu gehen.
Sara, eines unserer Kindermädchen, Spanierin mit Herzensblut und die beste Köchin der Welt, zauberte gerade einen Apfelkuchen, für den sie Mehl und Eier in einer Schüssel verrührte.
„Hast du fertig gepackt?“, fragte sie, ohne aufzusehen.
„Hmm“, murrte ich und stibitzte mir eines der Apfelstücken, bevor ich Luca am Ärmel griff und ihm mit in den Garten zog.

Kapitel 3 - Luca - Von Regenwürmern und Raketen

Es regnete. Von meinem Zimmerfenster aus konnte ich die vielen Wasserelementare erkennen, die es bei einem solchen Wetter regelmäßig auf die Straße zog. Meine Art fühlte sich von Regen angezogen - schließlich waren wir von allen Seiten von Wasser umgeben. Wie sagen die Menschen? Wir waren voll in unserem Element. Wortwörtlich.

Den anderen Elementaren schien es jedoch eher weniger zu gefallen. Die Feuerelementare fühlten sich unwohl und des Lichts beraubt, was dazu führt, dass sie sich in ihren Häusern einschlossen und dort ein Feuer machten. Die Luftelementare waren genervt, dass das Wasser es wagte, sich in ihr Element zu mischen. Die Erdelementare, wie immer die Ruhe selbst, lamentierten nicht viel und erschufen einfach ein übergroßes Bananenblatt, unter dem sich sich verstecken konnten, bis die Sonne wieder schien.

Der Regen brachte Ruhe in die Stadt. Die wenigen aufgeregten Stimmen wurden von dem beständigen Prasseln fast vollständig geschluckt. Es befanden sich kaum Kinder auf den Straßen - die der Wasserelementare befanden sich sowieso meist am See.

Leider erstreckte sich die temporäre Ruhe der Stadt nicht auf das edle Gebäude, in dem ich mich momentan befand. Ich hatte mich auf mein Zimmer unter dem Dach verkrochen und trotzdem konnte ich dem schallenden Lärm meiner Schwestern, die begeistert die Lieder der Eiskönigin jodelten, nicht entgehen. Zu diesem Zeitpunkt konnte selbst ich sie auswendig.

Ich seufzte und stieß mich von meinem Bett ab. Nach meinem kurzen Besuch bei Sicily hatte ich eine Weile aus dem Fenster gestarrt und die Elementare beobachtet, während ich mir wünschte, dass wir hier bleiben würden. Stattdessen ging es heute in die Menschenwelt - einer der Orte, an denen ich mich nicht unbedingt wohl fühlte.

Wir durften unsere Kräfte nicht verwenden - das könnte die Menschen irritieren - und mussten eine ganze Woche lang wie ein stinknormaler Mensch vor uns hinvegetieren. Meine Mutter war der Meinung, es würde uns Demut lehren und wir würden unsere Kräfte dadurch mehr zu schätzen wissen. Ich fühlte mich weder besonders demütig noch dankbar, ich war einfach nur genervt.

Der einzige Grund, aus dem ich je freiwillig in die Menschenwelt reisen würde, wäre, um dieses sonderbare Mädchen zu finden - Sicily. Ich wusste, sie war ein Mensch. Sie lebte in dieser Welt… Hör auf, schallte ich mich selbst. Es war nicht echt.

Ich wusste noch, als Sicily das erste Mal aufgetaucht war. Ich war gerade einmal sechs Jahre alt gewesen und hatte in der Küche gesessen. Chloe und ich teilten uns ein paar Kekse - eine Beute, die wir in einem der Küchenschränke gefunden hatten, da tauchte plötzlich ein kleines Mädchen auf, das nicht älter sein konnte als meine - zu diesem Zeitpunkt - dreijährige Schwester Victoire. Doch sie sah Victoire nicht im geringsten ähnlich. Statt dunkelbraunen Haaren, dessen Locken sich kaum bändigen ließen, war sie blond und leichte Wellen flossen über ihre Schulter. Ihre Haut war viel heller als unsere - fast wie Porzellan. Ihre Augen schimmerten braun und blitzten, als ihr Blick auf die Kekse fiel.

„Kann ich auch einen haben?“, fragte sie. Sie sprach mit einem merkwürdigen Unterton, der verriet, dass sie nicht von hier war.

„Wer bist du?“, fragte ich misstrauisch und veränderte meine Position so, dass ich nun ihr gegenüber hockte, während ich wie beiläufig den Blick auf Chloe versperrte, die noch immer ungerührt auf dem Boden saß, die Kekse as und dem Mädchen nicht ein Funken Aufmerksamkeit schenkte.

„Ich bin Sicily“, stellte sich das Mädchen vor. Sie starrte immer noch voller Begierde auf die Kekse.

„Was machst du da?“, fragte Chloe hinter mir und griff nach dem Saum meines T-Shirts, um mich wieder auf den Boden zu ziehen.

„Kennst du das Mädchen?“, fragte ich und verlagerte mein Gewicht etwas zur Seite, damit Chloe einen Blick auf Sicily werfen konnte. Doch Chloe runzelte nur verwirrt die Stirn und fragte: „Welches Mädchen?“

Ich drehte mich zu Chloe, um zu sehen, ob sie mich auf den Arm nahm, aber sie sah ehrlich verwirrt aus. Sicily hatte sich währenddessen den Rest meines Kekses geschnappt und krümelte den ganzen Boden voll.

„Das Mädchen, das gerade meinen Keks aufisst“, sagte ich und zeigte auf Sicily. Chloe verdrehte die Augen und meinte: „Du hast deinen Keks doch schon aufgegessen.“ Sie zeigte auf die Krümmel vor Sicily.

„Das war nicht ich! Das war…heißt das…du kannst sie wirklich nicht sehen?“, fragte ich. Sicily legte den Kopf schräg, als würde sie die Antwort ebenfalls äußerst interessieren. Chloe runzelte die Augenbrauen. „Wen denn?“

Ich öffnete den Mund, zögerte und schloss ihn wieder.

„Warum sieht sie dich nicht?“, fragte ich Sicily. Diese sah mich mit großen Augen an, bevor ihr Kopf herum fuhr. Ihre Aufmerksamkeit auf etwas gerichtet, was ich nicht sehen konnte. Sie verzog das Gesicht und quengelte: „Charlotte, lass das.“ Dann war sie verschwunden. Perplex starrte ich auf die Krümel - der einzige Beweis dafür, dass sie da gewesen war.

„Sprichst du mit einem Geist?“, fragte Chloe aufgeregt. Ich schüttelte den Kopf, obwohl ich nicht wusste, was das gerade gewesen war. Vielleicht war es ja ein Geist.

„Du konntest sie wirklich nicht sehen?“, fragte ich noch einmal. Chloe schüttelte den Kopf und knabberte weiter an ihrem Keks.

Seitdem hatte ich nie wieder mit jemanden über Sicily gesprochen. Niemand konnte sie je sehen, wenn sie mich besuchte. Und nie nahm jemand von mir Notiz, wenn ich bei ihr war. Trotzdem versuchte ich die Welt der Legends vor ihr geheim zu halten, so wie es uns von klein auf gegenüber den Menschen eingetrichtert worden war.

Ich hatte in der Bibliothek nachgesehen, hatte Bücher gewälzt und Gelehrte gefragt, aber Antworten fand ich keine. Die einzige Erklärung war also, dass ich sie mir einbildete. Sicily war ein Konstrukt meiner Fantasie. Ich wusste, sie war anderer Meinung, aber vielleicht war das nur mein Unterbewusstsein,

dass sich auf irgendeiner verkorksten Ebene wünschte, dass sie real wäre.
Um nicht länger über das wundersame Mädchen nachzudenken, machte ich mich auf den Weg nach unten. Ich warf nur einen kurzen Blick in das geräumige Wohnzimmer, in dem sich Chloe, Zélie, Dominique und Amalia versammelt hatten und noch immer den Film schauten, welcher - ich konnte mein Glück kaum fassen - beinahe zu Ende war. Victoire war vermutlich noch auf ihrem Zimmer und tüftelte an einer ihrer sonderbaren Erfindungen. Meine Mutter lief geschäftig durch die Räume, während sie die letzten Vorbereitungen traf. Mein Vater war beim Rat und würde dort vermutlich auch bis zur letzten Minute verweilen. Der Rat war alles für ihn.
Chloe, die auf dem Sofa gelümmelt und die anderen drei beobachtet hatte, stand auf und folgte mir mit schwingenden Schritten, halb gehend, halb tanzend, in die Küche. Sie setzte sich schweigend und beobachtete mich, als ich mir ein Brot nahm und sie mit der restliche Avocado, die noch vom Frühstück übrig war, beschmierte. Kaum war ich fertig, schnappte sie danach und biss hinein.
„Hmm, das ist wirklich gut“, sagte sie kauend.
Ich seufzte ergeben. „Freut mich, dass es dir schmeckt“, sagte ich und zog eine weitere Scheibe Brot aus der Papiertüte, um die Prozedur zu wiederholen.
„Wo wollt ihr denn hin?“, fragte Chloe. Ich sah auf. Zélie und Dominique spazierten gerade zur Tür hinein. In den Händen hielten sie einen großen roten Plastikeimer und eine Schaufel, die sie aus dem Sandkasten stibitzt haben mussten.

„Was habt ihr denn vor? Es regnet“, fragte ich mit gerunzelter Stirn, als sich Dominique mit Gummistiefel und einer übergroßen sonnengelben Regenjacke an uns vorbeidrängte. Die Jacke kam mir bekannt vor.
„Wir wollen Regenwürmer sammeln“, antwortete Zélie geschäftig, während Dominique sich die Kapuze der Regenjacke tief ins Gesicht zog. Kein Wunder, dass mir die Jacke so bekannt vorkam. Es war meine.
„Warum das denn?“, fragte Chloe und verschlang den letzten Bissen von meinem Sandwich.
„Wir haben bei Wissen macht Ah! gehört, dass die hervorragend für die Erde sein sollen und ein absoluter Muss in jedem Garten sind, wenn man darauf hofft eine ertragreiche Ernte zu haben“ erklärte Dominique großspurig, als wäre dies eine total logische Antwort darauf, in strömenden Regen nach draußen zu gehen.
Chloe warf mir einen fragenden Blick zu. Ich schüttelte den Kopf. Nein, ich verstand es auch nicht. Zélie gab es auf, sich an Chloe vorbei drängeln zu wollen und seufzte in einem genervten Ton über unsere Begriffsstutzigkeit.
„Wir wollen sie dann an Leute in Wohnungen verkaufen, die auf ihren Balkonien versuchen Sachen anzubauen“, ließ sie sich dazu hinab uns aufzuklären.
„Dafür sind doch die Erdelementare da“, erwiderte ich verwirrt. Zélie wandte sich mir zu und meinte: „Natürlich sind hier die Erdelementare dafür zuständig, aber doch nicht in der Menschenwelt. Die sind auf die kleinen Helfer angewiesen.“
„Genau“, sagte Dominique. „Wir nehmen sie mit in die Menschenwelt und dann verkaufen wir sie dort für ein Vermögen.“

Ich warf einen Blick auf Chloe, die ernst nickte, als sei das eine vollkommen nachvollziehbare Idee. Kurz überlegte ich mir, dazu noch etwas zu sagen, da waren die Zwillinge auch schon im Garten verschwunden.

Meine Mutter streunte in die Küche. „T'as bouclé ta valice?“ *Hast du schon alles gepackt*, fragte sie, stellte eine Tasche auf die Theke und öffnete die Schränke, um den Proviant für die kurze Reise zu packen. „Hmm“, murmelte ich. „N'oublie pas tes affaires d'école“, sagte sie. *Denk daran, dir auch deine Schulaufgaben mitzunehmen.*

„Hmm“, antwortete ich erneut, als sich die Tür öffnete und mein Vater mit seiner dicken Aktentasche in die Küche kam. Er gab meiner Mutter einen kurzen Kuss auf die Wange, begrüßte mich mit einem kurzen Nicken und verschwand dann die Treppe hoch in sein Arbeitszimmer.

Meine Mutter widmete sich dem Keksregal, als ihr Blick auf den Garten fiel und sie inne hielt. „Elles font quoi, Zélie et Dominique?“

Was machen Zélie und Dominique da?

„Regenwürmer sammeln“, sagte ich und stellte meinen Teller in die Spüle. Seufzend aber liebevoll schüttelte sie den Kopf. „Vas chercher tes affaires. On part bientôt“, sagte sie. *Hol bitte deine Sachen. Wir fahren gleich los.* Dann öffnete sie die Küchentür, um Zélie und Dominique wieder einzufangen.

Als ich mit meinem Rucksack wieder herunterkam, trotteten mir Zélie und Dominique entgegen. Völlig durchnässt und mit gesenkten Köpfen.

„Wie lief es? Wo sind die Regenwürmer?“, fragte ich und ließ meinen Rucksack auf den Boden fallen, wo sich bereits das restliche Gepäck häufte.
„Mama hat gesagt, wir dürfen sie nicht mit hereinbringen“, erwiderte Dominique mit einer gepressten Stimme, bevor sie im Flur verschwand. Zélie sah mich an. Mittlerweile hatte sich eine winzige Pfütze zu ihren Füßen gebildet. Schwungvoll kam sie auf mich zu gehüpft. Mit einer Handbewegung orderte sie mich zu ihr herunter. Schmunzelnd beugte ich meinen Kopf, sodass unsere Gesichter auf einer Höhe waren. Sie hielt mir die Hände an mein Ohr und flüsterte in Zimmerlautstärke: „Wir haben sie im Fahrradschuppen versteckt. Du darfst Mama und Papa aber nichts sagen. Und den anderen auch nicht.“ Sie sah mich ernst an. Mit einer Bewegung verschloss ich mir den Mund mit einem imaginären Schlüssel und warf ihn weg.Vor meinen Augen sah ich bereits den Fahrradschuppen, über und über mit Regenwürmern bedeckt. Zelie lächelte und streckte mir beide Daumen nach oben. Dann drehte sie sich schwungvoll um, sodass die Wassertropfen zu allen Seiten flogen, und huschte Dominique hinterher.
Nachdem ich die Wasserpfütze verschwinden ließ, blieb ich ratlos im Flur stehen, nicht wissend, was ich mit mir anfangen sollte. Es war typisch, dass meine Mutter alle zum Aufbruch aufrief und dann dauerte es doch noch eine Sunde, bis tatsächlich Bewegung in die Sache kam. Schließlich entschied ich mich für das Wohnzimmer. Ich schnappte mir die Fernbedienung und ließ mich auf das Sofa fallen. Wahllos zippte ich durch die Sender und blieb bei den Simpsons hängen.

Nach einer Weile stand ich auf und ging zu dem deckenhohen Bücherregal, dass sich über die gesamte Wand erstreckte und überquoll von geschichtlichen Lektüren, Biographien und naturwissenschaftlichen Lehrbüchern.
Ich studierte gerade die Buchrücken, als Dominique in das Zimmer hüpfte.
„Mir ist laaaaaaangweilig", ließ sie mich wissen. Ich gab ein Murmeln von mir, während ich wahllos nach einen Buch griff. Ich hatte gerade wenig Lust, mich mit Dominique zu beschäftigen. Statt wieder zu verschwinden, kam Dominique jedoch in großen Sprüngen auf mich zu und blickte interessiert auf das Buch in meinen Händen. Es war eines der alten Geschichtsbücher, die noch in Leder eingebunden waren. Das Leder war braun und weich und schien zwar alt, aber unversehrt zu sein. Die Seiten wogen schwer und waren rau.
„Was ist das für ein Buch?", wollte Dominique wissen. Ich zuckte mit den Schultern. Mir war es vorher noch nie aufgefallen. Es war so unscheinbar, dass es neben den ganzen anderen Büchern unterging. Neugierig öffnete ich es und sah auf die feine Schrift, die die Seiten ausfüllte. Dominique reckte ihren Kopf, um besser sehen zu können. Dann zog sie enttäuscht den Kopf wieder zurück und murmelte: „Nicht noch ein Geschichtsbuch." Das reichte offenbar, um Dominique's Interesse zu verlieren. Sie wandte sich von mir ab und ging zu der Seite mit den neueren Büchern, um wahllos einige herauszuziehen und wieder reinzustellen. Ich blätterte weiter durch das Buch in meiner Hand. Mein Blick blieb bei einem der wenigen Bilder hängen. Ein Drachen war darauf abgebildet. Er war unglaublich fein gezeichnet, fast wie eine Fotografie. Es gab

Mythen und Legenden, die behaupteten, dass einst Drachen die Erde bevölkerten. Angeblich waren sogar einige Menschen in der Lage gewesen, diese zu beherrschen. Doch das waren alles nur Geschichten.
Zélie, die sich nun auch zu uns gesellte, lenkte mich ab. Ich klappte das Buch zu und stellte es wieder an seinen Platz, bevor ich mich den Zwillingen zuwandte.
„Habt ihr niemand anderen, den ihr nerven könnt?“, fragte ich, halb neckend, halb gereizt.
„Chloe packt noch“, erklärte Zélie und seufzte theatralisch.
„Vic baut vermutlich wieder mit ihrem Chemiebaukasten“, fuhr Dominique fort und ließ sich in einen der Sessel fallen.
Victoire erschien in der Tür, warf den Zwillingen einen genervten Blick zu und keifte: „Das ist kein Chemiebaukasten. Ich arbeite an einem Motor, der nur mit Wasserdampf betrieben wird.“
„Kannst du uns nicht eine Rakete bauen?“, unterbrach sie Zélie, die schwungvoll auf sie zu sprang und sie mit ihren großen Augen bittend ansah.
„Ich baue euch keine Rakete“, sagte Victoire und rümpfte die Nase.
„Aber wir könnten daraus voll die coole Sache machen. Wir könnten so eine Art Party im Garten veranstalten und jeder der kommen möchte und den Start der Rakete sehen möchte, muss Eintritt bezahlen. Denk doch mal darüber nach: das könnte dir bestimmt dein nächstes Mathe Camp finanzieren“, argumentierte Zélie und klimperte mit ihren Wimpern.
„Das war keine Mathe Camp. Es war das Mensa Camp für überdurchschnittlich Intelligente und Interessierte. Da war

eine Besichtigung des ZERN bei. Da kommen nur die Besten hin“, erwiderte Victoire genervt.
„Hab ich doch gesagt. Mathecamp“, meinte Zélie leise und verdrehte die Augen.
„Konzentriere du dich lieber darauf, die Grundschule zu bestehen.“ Das Gift tropfte förmlich von ihrer Stimme.
„Die verstehen einfach unsere Grandiositätigkeit nicht“, meinte Dominique und seufzte.
„Das Wort gibt es überhaupt nicht“, fauchte Victoire.
„Es ist ein Neologismus“, erwiderte Dominique. Dafür, dass sie solche nervtötenden Zwerge waren, waren sie doch unglaublich schlau.
Victoire schnaubte, konnte es aber nicht verhindern, dass sich ihre Mundwinkel nach oben verzogen. Sie ließ es sich zwar nicht anmerken, aber sie liebte die beiden abgöttisch. Das entging auch Dominique nicht.
„Also baust du uns die Rakete.“
„Nein.“
„Bitte.“
„Nein.“
„Bitte.“
„Nein. Baut sie euch doch selber“, schoss Victoire genervt zurück. Zélie und Dominique sahen sich an. Dann drehten sie sich um und waren auch schon verschwunden.
Victoire sah ihnen perplex nach, bevor sie mich mit großen Augen schuldbewusst ansah. „Das war ein Fehler“, murmelte sie leise.
Da stimmte ich ihr zu. „Das wird bestimmt interessant“, sagte ich und ließ mich auf den Sessel fallen.

Wenig später schafften wir es dann doch endlich loszufahren - glücklicherweise bevor Zélie und Dominique ihren nächsten furchtbaren Plan in die Realität umsetzen konnten.
Anhand der Vielzahl an Gepäckstücken und dem vorherrschenden Wetter entschieden wir uns, die kurze Strecke zum Kolosseum mit dem Auto zu fahren. Zélie und Dominique drückten ihre Nase gegen die Fensterscheibe.
„So viel Wasser", seufzte Dominique missmutig.
„So viele Regenwürmer", flüsterte Zélie ehrfürchtig.
Amalia saß mit ihren drei Kuscheltieren (Zuma, Rocky und Everest) zwischen ihnen. Sie hatte darauf bestanden, alle mit ins Auto zu nehmen, obwohl ihr schon bei dem kurzen Gang zur Garage zwei heruntergefallen waren. Nun drückte sie mir den braunen Hund - Zuma - in die Hand, während sie die anderen beiden in der Hand hielt und sie so bewegte, dass es aussah, als würden sie laufen. Schicksalsergeben beugte ich mich ihrem Willen und bewegte den Hund, den sie mir zugewiesen hatte, auf ähnliche Weise.

Einmal im Jahr reisten wir in den Oman, um die Familie meines Vaters zu besuchen. Meine Urgroßeltern waren vor vielen Jahrzehnten nach Maskat ausgewandert. Es war ziemlich selten, dass Elementare das Königreich verließen und sich in der Menschenwelt niederließen. Mein Vater, der damals gerade mit der Schule fertig gewesen war, war nicht begeistert gewesen von der Idee, dass seine Eltern verschwanden, um sich in einer Welt anzusiedeln, die er nicht verstand und in der er sich nicht wohl fühlte. Doch dann lernte er bei einem seiner Besu-

che Viola, meine Mutter, kennen. Sie war Französin, Luftelementarin und machte mit dem Rucksack eine Tour durch den Oman. Die Augen meines Vaters wurden noch heute ganz weich, wenn er von ihrer ersten Begegnung erzählte.
Er verliebte sich in sie und beschloss ihr zur Liebe einige Zeit in der Menschenwelt zu verbringen, bis ihm eines Tages ein Sitz im Rat angeboten wurde. Meine Mutter erklärte sich einverstanden ihm in seine Heimat zu folgen - schlussendlich war es auch ihre Heimat, schließlich war sie eine Elementarin. Ehrlich gesagt war ich wirklich froh, dass wir hier lebten und nicht in der Menschenwelt. Ich wusste nicht ansatzweise, wie ich mich dort hätte zurechtfinden sollen.

Schwingende Palmen und strahlend blauer Himmel begrüßten uns. Es war bereits früher Nachmittag und die Sonne brannte umerbärmlich auf die pulsierende Stadt nieder. Ein warmer trockener Wind fuhr mir durch die Haare und ich verzog das Gesicht. Überall nur Sand. Viel zu wenig Wasser.
Ein aufgeregter Schrei ertönte und ein kleiner Junge kam auf uns zu gerannt. Es war Leon - mein Cousin, der ungefähr in Amalia's Alter war. Diese schrie ebenfalls begeistert auf und kletterte über die Gepäckstücke, die um uns verteilt auf dem Sand standen. Leon umarmte sie freudig und hob sie hoch, was sie zum kichern brachte.
Nun trat ein Mann an uns heran. Es war David, Leons Vater und mein Onkel. Wie Vater war er groß und seine Haare waren rabenschwarz. Seine Augen waren braun und sein Körper war schlaksig mit länglichen Muskeln. David begrüßte uns der Reihe nach mit einer Umarmung, während Leon und Amalia

dazu übergegangen waren, im Sand mit den Kuscheltieren zu spielen.
Wir räumten unsere Taschen und Koffer in den dicken Jeep meiner Großeltern, mit dem David da war, um uns von dem Portal abzuholen. Amalia und Leon kletterten von der Seite auf den Wagen und setzten sich kichernd auf die Ladefläche zwischen die Koffer.
„Passt du auf sie auf?“, fragte David an mich gewandt. Ich wusste zwar nicht, wann ich zum Babysitter erklärt worden war, aber mein Vater warf mir einen stechenden Blick zu, sodass ich ohne Widerworte mich zu den beiden Fünfjährigen gesellte. „Passt auf, dass die Kuscheltiere nicht aus dem Wagen fallen“ mahnte ich seufzend. Leon stieß einen Wuff aus und ließ seinen Hund wieder auf die Ladefläche zurückspringen. Chloe setzte sich neben mich und zog ihre Knie an die Brust. Die anderen verkrümelten sich in das Fahrerhaus und David schwang sich auf den Fahrersitz. Dann ertönte knatternd der Motor.

Wir fuhren auf die Autobahn auf und tuckerten hinter einem Jeep her. Ein Transporter mit einem Kamel auf der Ladefläche fuhr neben uns her. Der Fahrer lächelte uns freundlich zu. Das Kamel sah uns mit seinen großen braunen Augen interessiert an und legte den Kopf schief. Ein Speichelfaden flog ihm aus dem Mund. Amalia kicherte vergnügt. Das Kamel sah ihr freudiges Gesicht und steckte die Zunge heraus, sodass es so aussah, als würde es grinsen. Die Zunge schlug im Wind hin und her. Kurz darauf fuhren wir von der Autobahn ab und gelangten auf eine unbefestigte Straße. Polternd fuhren wir über

den Schotter. Wir kamen an einigen Abzweigungen vorbei, dessen Straßen sich schlängelnd in der Ferne verliefen. Dann machte die Straße eine Knick nach rechts und nach wenigen Minuten, roch die Luft bereites nach Meer. Gierig zog ich die Luft ein. Die Möwen kreischten vergnügt und schwebten über unsere Köpfe hinweg Richtung Meer. Ein Prickeln ging durch meinen Körper.
Als wir an dem Haus meiner Großeltern ankamen, war bereits Hochbetrieb. Die Tür stand sperrangelweit offen und das Kreischen der Kinder ertönte. So wie es sich anhörte waren wir die Letzten. Ich konnte gar nicht in Worte fassen, wie sehr ich mich freute, die nächsten paar Wochen mit Kindergeschrei und Disneyfilmen zu verbringen. Noch mehr als sonst. Sobald wir zum Stillstand gekommen waren, kletterten Leon und Amalia vom Truck und stürmten los, um die anderen zu begrüßen. Grinsend sah ich Amalia mit ihren beiden Kuscheltiere unter dem Arm im Eingang verschwinden. Das dritte Kuscheltier hatte sie auf dem Truck verloren, schien es jedoch nicht zu bemerken. Ich schnappte mir Zuma und schwang mich von der Ladefläche. Großmutter Ava erschien in der Tür und strahlte uns entgegen. Lächelnd umarmte Vater seine Mutter. Großmutter Ava war eine fröhliche Frau und eine unglaublich gute Köchin. Ihre grauen Haare kringelte sich in Locken auf ihrem Kopf und umrahmten ihr lächelndes Gesicht. Nachdem sie Vater wieder losgelassen hatte, wandte sie sich Mama zu und zog auch sie in eine dicke Umarmung. Nachdem sie uns begrüßt hatte, zog sie uns in das angenehm kühle Haus.

Kapitel 4 - Sicily - Das Gruselhaus

Die Fahrt zum Flughafen verlief ereignislos und der Terminal war schnell gefunden. Der Fahrer meines Vaters machte mir die Tür auf und holte mein Gepäck aus dem Kofferraum. Dann verabschiedete er sich und ich war alleine. Seufzend zog ich meinen Koffer hinter mir her und betrat das riesige Gebäude.
Überall wuselten Menschen herum und ein Stimmengewirr aus den unterschiedlichsten Sprachen erfüllte die Luft. Der Geruch von Kaffee waberte durch die stickige Halle und ließ mir das Wasser im Mund zusammen laufen. Nach einem kurzem Abstecher zu einem Café und der Sicherheitskontrolle, bummelte ich ein bisschen durch die Läden, fand jedoch nichts, was mich interessierte. Schließlich ließ ich mich am Gate nieder und zog einen Apfel aus meiner Tasche.
Kaum saß ich zwei Minuten da, beschloss sich eine Familie neben mir nieder zu lassen, die sich lautstark auf Spanisch miteinander unterhielten. Die beiden kleinen Jungen hatten sich auf den Boden gelegt und gaben dröhnend ihr Missgefallen kund, während ihre Mutter versuchte, sie zum Hinsetzen zu bewegen. Der Vater stand unbeteiligt daneben und starrte auf sein Smartphone. Er hob erst den Blick, als sich einer der Jungen um sein Bein schlang.
Als das Gate schließlich geöffnet wurde, war ich an dem Punkt, dass ich betete, nicht in der Nähe dieser Familie zu

sitzen. Aber ich flog First Class - wie hoch war die Wahrscheinlichkeit, dass die Familie mir dort Gesellschaft leistete. Anscheinend nicht allzu gering - schnell hatte ich meinen Platz gefunden und ließ mich in den weichen Sessel fallen. Die Familie zog an mir vorbei und setzte sich zwei Reihen hinter mich. Ich widerstand dem Drang, meinen Kopf gegen den Sitz vor mir zu schlagen. Stattdessen zog ich erschöpft die Knie an die Brust und legte meinen Kopf so, dass ich aus dem Fenster sehen konnte. Entgegen meiner Erwartung war es relativ ruhig. Die Jungen mussten eingeschlafen sein. Nur der Regen trommelte gleichmäßig gegen das Fenster. Erleichtert stieß ich den Atem aus, der sogleich die Scheibe beschlug.

Ich manövrierte gerade meinen Koffer durch den Ausgang, da hörte ich auch schon einen aufgeregten Schrei. Als nächsten zog mich eine riesige Plüschjacke in ihre Arme. Ich drückte mich in die weiche Jacke und zog den Geruch von Vanille auf. Ohne es zu merken, hatten sich meine Lippen schon zu einem Grinsen verzogen und als sich die Gestalt nicht mehr von mir lösen wollte, musste ich lachen.

„Mama, du erstickst sie ja“, schallte eine Stimme von meiner linken Seite und mein Grinsen verbreiterte sich. Tante Edith lockerte ihre Arme und hielt mich nun vor sich. Ihr Blick wanderte einmal von oben nach unten und wieder nach oben.

„Wunderschön siehst du aus, mein Stern“, sagte sie auf Russisch.

„Du auch“, erwiderte ich, immer noch breit lächelnd. Und es stimmte. Edith war eine wunderschöne Frau. Ihr halbes Jahrhundert an Lebensjahren konnte man nicht erahnen. Ihre aschblonden Haare fielen ihr in leichten Wellen über den Rücken. Die wenigen Falten um ihre Augen verrieten, wie gerne sie lachte. Sie war schlank und groß und hatte so ein inneres Strahlen in sich, dass jeden in ihren Bann zog. Auch jetzt zog sie einige Blicke auf sich. So wollte ich später auch aussehen, wenn ich in ihrem Alter war.

Hinter ihr trat Kisha hervor. Auch sie war eine Schönheit, jedoch schien sie das größtenteils verstecken zu wollen - was ihr aber nicht gelang. Ihre Haare waren eine Nuance heller und in einem unordentlichen Dutt auf ihrem Kopf zusammen gerollt. Sie trug eine weite Jeans und ein einfaches weißes Top. Ihre Füße steckten in abgelaufenen Chucks, die sie seit bestimmt zwei Jahren täglich trug. Es wunderte mich, dass sie noch nicht auseinander fielen. Ihre Augen waren von dem selben merkwürdigen grau, wie auch die ihrer Mutter und auch ungeschminkt leuchteten sie.

Ein riesiges Grinsen prangte ihr im Gesicht, als sie nun auch auf mich zukam und mir in die Arme fiel.

„Ich bin so froh, dass du da bist. Daria war in letzter Zeit unausstehlich“, flüsterte sie in mein Ohr und an ihrem Tonfall hörte ich, wie sie die Augen verdrehte. Kisha und ich lösten uns von einander.

Dann entdeckte ich Daria. Sie war zwei Jahre älter als Kisha. Von Außen waren sie sich zum verwechseln ähnlich, doch vom Wesen hätten sie nicht unterschiedlicher sein können. Während Daria zum Überdenken neigte, war Kisha schon immer der abenteuerliche Typ gewesen. Egal, ob es darum ging, Piraten im Baumhaus zu spielen oder Schlammkuchen zu backen - sie war immer dabei.

Daria hingegen spielte lieber mit ihren Puppen, trug schöne Kleider und wollte sich nicht dreckig machen. Auch jetzt trug sie ein Kleid, das an ihrer schmalen Gestalt locker herunterfiel. Ihre Füße steckten in Sandalen, die ihre bunten Fußnägel perfekt zur Geltung brachten. Ihre blonden Haare waren zu Locken gedreht und fielen ihr bis zum Bauchnabel. Auf den Kopf thronte eine große Sonnenbrille, wie Hollywood Stars sie trugen, und ihre langen Wimpern wirkten durch den Mascara noch länger und voller, als sie sowieso schon waren.
Als sie bemerkte, dass ich sie anschaute, schenkte sie mir ein Zahnpastalächeln und ließ sich dazu herab mich ebenfalls kurz in den Arm zu nehmen.
Dann griff Kisha mit der einen Hand nach meinem Koffer und mit der anderen nach meinem Arm und zog mich mit sich. Während wir den Flughafen verließen, redete sie in einer Tour auf mich ein. Sie erzählte mir von den Jungs, die sie süß fand, von der neuen Eisdiele, bei der es Erdbeer-Straciatella Eis gab und dem baldigen Kanuwettkampf, an dem sie teilnahm.
Edith manövrierte das Auto durch den frühen Abend und schimpfte dabei wie ein Spatz über die anderen Autofahrer. Kisha erzählte mir von all den Plänen, die sie für meine Zeit in Moskau geplant hatte. Daria hatte sich ihre Kopfhörer in das Ohr gesteckt und sah der vorbeiziehenden Landschaft zu.
Edith lenkte das Auto von der Schnellstraße herunter und wir gelangten in den Stadtteil Krylatskoje. Ein Stadtteil im Westen von Moskau, mit viel Grün und Wasserfläche, wenn auch teilweise künstliche. Die Gegend hier war wunderschön und hatte so viel zu bieten, dass es eine Qual war sich zu entscheiden, was man zuerst machen wollte. Im Sommer konnte man

im Fluss baden gehen, auf den weiten Grünflächen picknicken, joggen gehen oder Wassersport betreiben. Die künstlichen Wasserbahnen waren extra für die Ruderer und Kanufahrer angelegt und wunderschön für einen Ausflug auf dem Wasser. Kisha war fast täglich dort.
Im Winter konnte man dann zwar nicht mehr baden, aber es wurde alles andere als langweilig. Die Hügel, die sich über die Gegend zogen wurden in Skigebiete umgewandelt. Zugegeben nicht sehr große, aber genug für einen Nachmittag auf der Piste. Falls das jedoch nicht ansprechend genug war, stand auch Schlittschuhlaufen zur Auswahl oder man schlenderte über den kleinen Weihnachtsmarkt.

Schließlich kamen wir an dem großen schmiedeeisernen Tor an, das zum Anwesen führte. Es piepte kurz und die schweren, schwarzen Eisentüren schwanken langsam auf und ließen uns passieren. Wir fuhren an den großen, mächtigen Fichten vorbei und gelangten zu einem Anwesen, dass mindestens genauso alt war, wie die Bäume drumherum. Es handelte sich um ein altes Backsteinhaus, das sich schon seit einer Ewigkeit im Familienbesitz der Blinow befand. Fedor hatte es von seinem Vater geerbt, der es wiederum von seinem geerbt hatte und so weiter.
Als Kind hatte ich das Haus immer unheimlich gefunden. Es hatte die charmante Atmosphäre, die sich bestimmt gut als Kulisse eines Horrorfilmes machen würde. Vielleicht lag das aber auch an den vielen Geistergeschichten, die uns Fedor erzählt hatte.

Es war ein dreistöckiges Gebäude mit einem Turm auf der linken Seite. Die Spitzen des Turmes ragten stolz zwischen den Fichten hervor. Seine Dachziegel schimmerten silbrig in dem aufgehenden Mondlicht. Ein Schauer lief mir über den Rücken. Uns war der Zutritt zum Turm zwar nicht gerade untersagt, aber hinauf trauten wir uns trotzdem nicht. Es war der baufälligste Teil des Hauses und war bestimmt seit Jahrhunderten nicht restauriert worden. Die Treppe, die sich innerhalb des Turmes hinabschlängelte, knarzte bei jedem Schritt laut auf und ließ Staub herab rieseln. Spinnweben schmückten fast jeden Zentimeter des Raumes. Ab und an verirrten sich Raben in dem Gemäuer und Fedor musste hinauf gehen und sie verscheuchen. Warum sie dafür nicht ein Hausmeister hatten, war mir ein Rätsel.
Der Rest des Hauses war jedoch wunderschön. Warmes Licht strömte aus den langen Fenstern und ließ die Fichten lange Schatten werfen. Eine dicke breite Treppe führte zu der imposanten Eingangstür, an der sogar noch ein Türklopfer prangte.

Wir fuhren auf das Grundstück und folgten dem ausgefahrenen Pfad zur Garage, die etwas abseits des Hauses erst kürzlich erbaut worden war.
Auf dem kurzen Weg zurück zum Haus schlug mir die frische Nachtluft entgegen und ließ mich leicht frösteln. Ein Wind war aufgezogen und raschelte durch die Blätter. Daria in ihrem Kleid schien hingegen nicht zu frieren. Wie ein Engel schwebte sie über den plattgetretenen Waldboden. Ich stampfte ihr in meinen Turnschuhen hinterher und kam mir plötzlich schäbig

vor. Kisha hatte sich meinen Koffer geschnappt und manövrierte ihn gekonnt an den Wurzeln vorbei.

Die drei Etagen ragten über unseren Köpfen, als Edith mit klirrenden Schlüsseln die schwere Tür aufschloss.
Seit meinem letzten Besuch hatte sich nichts verändert. In dem riesigen Eingangsbereich standen ein paar knautschige Sessel, die zum gemütlichen Nachmittagsklatsch einluden. Bunte Zeitschriften lagen auf dem Tisch davor in einem ordentlichen Stapel und daneben thronte eine Vase mit einem mächtigen Blumenstrauss.
Die massiven Kronleuchter an der hohen Decke tauchten den Raum in ein goldenes Licht. Zu unserer Linken schlängelte sich eine Treppe an der Wand entlang, die zu den oberen Etagen führte. Aus weitreichender Erfahrung wusste ich, dass sie bei jeder einzelnen Bewegung, selbst wenn es auch nur ein Atemzug war, ein lautes Knarzen von sich gab. Es war praktisch unmöglich, sich in diesem Haus lautlos zu bewegen. Ich wusste nicht, wie oft ich abends wach gelegen hatte und bei jedem Knarzen ein schreckliches Monster vor meinem inneren Auge die Treppe herauf kommen sah. Solange sie nicht knarzte, war die Treppe jedoch durchaus schön. Das dunkle Holz sah nobel aus und glänzte in jedem Licht. In das Geländer waren Verzierungen, Muster und Wirbel eingeschnitzt. Es gab eine Stelle auf der zweiten Etage, die eine ganze Geschichte aus Bildern schmückte.

Kaum hatten wir das Haus betreten, verschwand Daria auch schon nach oben. Dabei entlockte sie der Treppe lediglich ein leises Flüstern. Wie machte sie das?
Edith steuerte währenddessen die Küche an, die sich auf der rechten Seite befand.
„Habt ihr Hunger?“, fragte sie, als wir hinter ihr die Küche betraten. Kisha warf sich auf einen der Hochstühle an der Kücheninsel und griff nach einem Apfel aus der Obstschale. Ich nickte und setzte mich auf den Stuhl neben Kisha, die sich laut schmatzend zu mir umdrehte.
„Dasch ischt so kol, dass du endlisch hier bischt“, ließ sie mich wissen. Sie schluckte.
„Gleich morgen können wir runter zur Rennstrecke schauen. Das Senior Team soll morgen Training haben, da können wir zuschauen.“ Sie sah mich mit ihren großen Augen bittend an. Ich verdrehte die Augen und nickte. Kisha war praktisch im Kanu aufgewachsen. Sie ging auf eine Sportschule und war jeden Tag auf dem Wasser. Ich freute mich für sie, dass sie etwas gefunden hatte, dass sie glücklich machte. Ich würde mich jedoch noch mehr freuen, wenn es nicht bedeuten würde, dass ich wesentlich mehr Zeit bisher in einem Kanu verbracht hatte, als es mir lieb war. Zufrieden mit meiner Zusage biss Kisha in ihren Apfel.

Wenig später erfüllte der Geruch von Kohl und Gewürzen die Luft. Edith hatte zur Feier des Abends ihren Bortsch zusammen gewürfelt, der jetzt auf dem Herd köchelte. Als wir gerade den Tisch deckten, knarzte die Haustür. Schwere Schritte durchquerten den Eingangsbereich und ein Mann mit kurzgelockten blonden Haaren streckte den Kopf in die Küche. Noch bevor er nur einen Schritt hinein setzen konnte schoss Kisha auf und rannte auf ihn zu. Überschwänglich umarmte sie ihn und drückte ihm einen Kuss auf die Wange. Ihr Vater lachte und stellte seine überfüllte Aktentasche ab, um Kisha an sich zu drücken. Ich wandte mich ab. Solche Szenen gab es nie bei uns.

Nachdem Kisha ihn wieder frei gegeben hatte, drehte sich Fedor in meine Richtung und war in zwei Schritten bei mir. Er zog mich in eine dicke Umarmung, bei der ich das Gefühl hatte zu versinken. Fedor war ein sehr großer bulliger Mann. Seine Locken standen wild vom Kopf ab und bildeten einen starken Kontrast zu dem eleganten Anzug, den er trug. Seine Statur mochte an die eines Bären erinnern, aber seine Art war mehr Teddybär als alles andere. Er ließ mich los und trat einen Schritt zurück. „Willkommen kleiner Stern."

Das Essen war eine Wohltat für die Seele. Fedor erzählte Geschichten aus seiner Jugend, die Edith immer wieder neckend ausschmückte und die Kisha und ich laut lachend kommentierten. Er veranschaulichte sie mit solchen ausufernden pantomimischen Bewegungen, dass selbst Daria ihre akkurat geschminkten Lippen zu einem leisen Lächeln verzog.

Fedor stand gerade neben dem Tisch und demonstrierte uns, wie er auf ein Pferd aufstieg, als das Telefon laut schrillte. Fedor hielt irritiert inne, ein Bein immer noch in der Luft. Edith reckte sich über den Tisch und reichte ihm das Telefon. Dabei warf sie ihm ein bedeutungsvollen Blick zu. Verwirrt sah ich zu Kisha, aber sie hatte sich bereits wieder ihrer Suppe

zugewandt. Fedor murmelte eine kurze Entschuldigung und verschwand im Flur.
Alle saßen nun löffelnd über ihrer Suppe und Stille erfüllte den Raum. Edith räusperte sich.
„Möchtest du noch Brot?", fragte sie und hielt mir den Brotkorb unter die Nase. Das Brot war so frisch, dass es leicht dampfte und einen Geruch verströmte, der mir das Wasser im Mund zusammen laufen ließ. Ich riss mir ein Stück ab und Edith reichte den Korb weiter zu Kisha. Ich tunkte das warme Brot in die heiße Suppe und schloss genießerisch die Augen. Die feinen Tomaten mit dem zarten Kohl und das salzige Brot - alles war rundum perfekt.
Wenige Minuten später kam Fedor zurück und ließ sich auf seinen Stuhl fallen. Er nahm den Löffel in die Hand, machte aber keine Anstalten, ihn in die Suppe zu tauchen.
„Alles in Ordnung?", fragte ich ihn stirnrunzelnd. Er hob erstaunt seinen Blick, als wäre er gerade weit weg gewesen und hätte gar nicht bemerkt, dass er mit uns am Tisch saß. Schnell verzog er seinen Mund zu einem Lächeln und nickte. „Natürlich."

Die Tage verliefen relativ ereignislos. Wie ich schon vorhergesehen hatte, überredete mich Kisha, mit ihr Kanu fahren zu gehen. Mal paddelten wir zu einem wildem Wasserfall, mal zu einer kleinen, verborgenen Höhle, mal zu einem verlassenen, vergessenen Strand. Wenn wir an unserem Ziel angekommen waren, zogen wir unsere Kanus aus dem Wasser und schafften sie an Land. Das war immer der schwerste Part. Nachdem wir solange gepaddelt waren, schienen meine Arme nämlich nur noch aus Gummi zu bestehen. Danach ließen wir uns ins Gras fallen und Kisha holte das Essen aus dem Fach vorne im Kanu. Mit dem Essen veranstalteten wir ein königliches Picknick und genossen die Sonne, die auf uns herunter brannte. Als wir dann endlich zurückgepaddelt waren, war es bereits wieder Abend. Am Ufer tummelten sich die Leute. Einige schwammen noch eine Runde, die anderen hatten sich bereits mit ihrem Grill hingestellt. Der Geruch von Fleisch und Kohle wehte zu uns herüber. Als wir dann zu Hause ankamen, fühlte ich mich erschöpft und wie ausgehungert. Gierig schlang ich alles herunter, was uns Edith vorsetzte.

In einer Nacht, ungefähr eine Woche nach meiner Ankunft, polterte es laut an meiner Tür. Verschlafen blinzelte ich und sah mich um. Dann vergrub ich mein Gesicht wieder in der Decke. Es klopfte erneut und ein Kopf schob sich in mein Zimmer. Kisha's Kopf.
„Komm mit. Ich will dir was zeigen", forderte sie mich auf. Sie klang viel zu wach für diese Uhrzeit.
„Kisha, es ist mitten in der Nacht", stöhnte ich genervt und drehte mich auf die andere Seite. Dumpfe Schritte ertönten, dann zog Kisha mir die Decke weg. Wütend drehte ich mich zu ihr um und funkelte sie an.
„Gib mir die Decke wieder", verlangte ich und streckte fordernd die Hand aus.
„Erst wenn du mitkommst", erwiderte sie.
„Na gut. Ich komme mit", willigte ich ein.

„Perfekt.“ Kisha wandte sich um. Doch statt aufzustehen und ihr zu folgen, klaubte ich mir meine Decke vom Boden, zog sie wieder über mich und kuschelte mich hinein.
Kisha war schon an der Tür, als sie bemerkte, dass ich ihr nicht folgte. Perplex drehte sie sich um und sah mich im Bett liegen. Mit der Decke. Sie stemmte die Arme in die Seite und schnaubte wütend. Unbeeindruckt schloss ich die Augen und zog die Decke noch fester um mich.
„Zu solchen Mitteln wollte ich eigentlich nicht greifen, aber du lässt mir keine Wahl“, sagte sie und hantierte mit der Hand hinter ihrem Rücken an der Wand. Helles Licht durchflutete den Raum. Ich stöhnte und vergrub meinen Kopf in meiner wiedereroberten Decke.
„Komm schon. Dann gehe ich auch mit dir zu diesem magischen Tierwesen Film. Ich lade dich sogar ein“, lockte sie mich. Ich zog meine Decke ein wenig herunter und blickte sie durch den Spalt hindurch an, wobei mich das helle Licht sofort blinzeln ließ.
„Mit Popcorn?“, fragte ich. Meine Stimme klang gedämpft von der Decke. Kisha seufzte ergeben und nickte.
„Na gut, aber mach das Licht aus“, stöhnte ich genervt.
Dieses Mal wartete Kisha, bis ich mich aus der Decke geschellt hatte und neben ihr stand, bevor sie sich in Bewegung setzte. Wir verließen mein Zimmer und wie automatisch wandte ich mich nach rechts, wo die Treppe herunter führte. Kisha griff nach meinem Arm und deutete in die andere Richtung. Verwirrt verzog ich die Augenbrauen. In die Richtung ging es nur nach oben. Auf der zweiten Etage befand sich Fedors Arbeitszimmer, zwei weitere Gästezimmer und eine Ab-

stellkammer, wo sich auch der Zugang zu dem Turm befand. Nichts, wofür es sich lohnen würde, nach oben zu gehen. Vor allem nicht mitten in der Nacht. Seufzend folgte ich ihr dennoch.

Die Dielen knarzten protestierend, als wir in unseren Pyjamas, die Treppe hinauf schlichen und ich war fest der Überzeugung, dass jeden Moment Fedor oder Edith, oder noch schlimmer: Daria, auf den Flur traten und fragten, was wir uns dabei dachten, mitten in der Nacht, auf dem Flur herumzulungern. Leider hätte ich darauf nicht einmal eine zufriedenstellende Antwort.

Als wir oben ankamen, ließ Kisha die beiden Gästezimmer und das Arbeitszimmer links liegen und schritt zielstrebig auf die Abstellkammer zu. Ich blieb stehen, als mir klar wurde, worauf das hier hinaus lief.

„Bist du verrückt?“, zischte ich leise. Kisha blieb stehen und sah mich mit großen Augen unschuldig an.

„Was meinst du denn?“, fragte sie und klimperte mit den Wimpern.

„Ich gehe nicht auf diesen Turm“, sagte ich so bestimmt ich konnte.

„Warum denn nicht?“, fragte sie, ihre Augen immer noch groß wie Tennisbälle.

„Weil es kompletter Irrsinn ist, spätnachts auf einen baufälligen Turm zu klettern“, antwortete ich, erleichtert, dass es zumindest halbwegs logisch klang und nicht so als hätte ich Angst - die ich natürlich nicht hatte.

„Der steht da schon seit Ewigkeiten, da wird er ja wohl nicht ausgerechnet heute zusammenbrechen“, erwiderte sie. Ich

konnte sie zwar nicht sehen, aber ich hörte, wie sie die Augen verdrehte.
Ich nahm einen tiefen Atemzug und meine Nasenflügel blähten sich, als ich sagte: „Mach doch, was du willst. Ich gehe wieder ins Bett.“ Müde schüttelte ich den Kopf und drehte mich um.
„Du hast doch nur Angst vor den Monstern“, neckte sie mich.
„Es gibt keine Monster“, sagte ich wie aus der Pistole geschossen, während mein Herz schneller klopfte und meine Handflächen schwitzig worden.
„Dann brauchst du ja auch keine Angst haben“, erklärte sie und ich konnte ihr Lächeln hören. Sie glaubte, dass sie gewonnen hatte.
Langsam stieß ich die Luft aus, die sich in meiner Lunge angesammelt hatte. Ich musste ja nicht auf den Turm gehen, ich könnte auch unten warten und falls irgendwas passiert, Hilfe holen. Das war ein guter Plan. Widerwillig folgte ich ihr.
Seitdem wir klein waren gruselte ich mich vor dem Turm. Der Wind heulte, wie ein Rudel Wölfe und die Dielen knarzten, als würden sie lachen. Das Licht in dem Raum war immer trübe, als würde man durch Nebel gehen. Daria hatte uns erzählt, dass dort Hexen hausten, die jeden, der den Turm betrat, in eine Kröte verwandeln würden. Natürlich hatten wir irgendwann herausgefunden, dass das nicht stimmte. Schließlich kam Fedor immer als Fedor und nicht als Kröte zurück, wenn er mal wieder eine Krähe aus dem Turm verscheuchen musste.
Kisha hatte immer fantasiert, dass dies der Turm war, in dem sich Aurora die Nadel in den Finger gepickt hatte. Es waren natürlich alles nur Geschichten, was es aber nicht weniger

schaurig machte. Trotzdem folgte ich Kisha, als sie die Tür aufstieß. Ein muffiger Geruch wehte uns entgegen und ich verzog angewidert das Gesicht.
Ich hatte den Raum seit Jahren nicht mehr betreten, aber trotzdem hatte sich nichts verändert. Der Raum war bis zur Decke mit Gerümpel zugestellt. Möbel standen kreuz und quer überall verteilt. Dazwischen thronten Kartons, alte Koffer, Tüten, zwei kaputte Fernseher, mehrere Holzlatten, ein alter Heizkörper und tausend andere Sachen. Aus einem der Kartons quellten Kuscheltiere hervor. Onkel Hase, das alte Plüschschwein von Daria, schien uns mit seinem einem verbliebenen Knopfauge zu beobachten. Alles war von einer dicken Staubschicht begraben und moderte seit mindestens einem Jahrzehnt vor sich hin. Ein schmaler Pfad schlängelte sich durch das Chaos und führte zu der schmalen Wendeltreppe, die hinauf zum Turm führte. Die Luft roch abgestanden und hinterließ einen schallen Geschmack in meinem Mund. Ein Schauer lief mir über den Rücken. Ich wollte zwar nicht als Angsthase dastehen, aber sollte es hier irgendwo Porzellanpuppen mit aufgemalten Fratzen geben, würde ich den Raum fluchtartig verlassen. Ich weiß nicht, was sie an sich hatten, dass mich so aus dem Konzept brachte, aber ich fand Puppen mit ihren leblosen Augen unglaublich gespenstig.
Wie selbstverständlich schlich Kisha den dünnen Pfad entlang, direkt auf die Wendeltreppe zu.
„Kisha“, zischte ich.
Sie drehte sich mit erhobenen Augenbrauen um und fragte: „Was denn?“

„Ich gehe da nicht rauf“, sagte ich gepresst. Kisha seufzte genervt.
Ich biss mir auf die Lippen. „Ich warte hier“, sagte ich bestimmt..
Sie zuckte mit den Schultern und meinte: „Du kannst ja nachkommen, wenn es dir alleine zu gruselig wird.“
Dann ging sie zu der Treppe und verschwand. Zitternd wartete ich. Der Wind pfiff durch die undichten Fenster und ließ die Läden klappern. Über mir knarzte es. Das war nur Kisha, versuchte ich mich zu beruhigen. Hinter mir knarzte es. Erschrocken drehte ich mich um, aber da war nichts. Nur der Wind. Um mich abzulenken, sah ich mir den Kram genauer an.
An der Wand stand ein Schrank, aus dem alle möglichen Gegenstände herausquollen. Davor stand ein bunt verziertes Holzschaukelpferd, dass vor sich her wippte. Angeschwungen vom Wind. Nahm ich an. Die Gänsehaut, die sich über meine Haut gezogen hatte, wollte gar nicht mehr verschwinden.
An der Wand stand ein Leiter angelehnt, die mit Kleidung überhängt war. Das Mondlicht fiel durch einen Fensterspalt und ließ das Spinnennetz am Treppenabsatz silbrig schimmern.
Ich drehte mich um meine eigene Achse und mein Blick blieb an einem alten, reich verzierten Schreibtisch hängen. Das Holz war von einem dunklen Schokoladenbraun und wies nur auf der Schreibfläche ein paar hellere Flecken auf, die durch Abnutzung entstanden waren. Hier und da waren sogar einige eingetrocknete Wachsflecken unter dem ganzen Staub erkennbar. Der Tisch musste wirklich alt sein. Seine Beine waren reich verziert. Bewundernd ließ ich meine Hand über die

Schnitzereien gleiten. Dabei blieb eine dicke Staubschicht an meinem Finger hängen, die ich an meiner Pyjamahose abwischte.
Mein Blick wanderte zu den Schubladen, die in die Beine eingelassen waren. Auch sie waren mit Schnörkeln versehen. Neugierig zog ich an einem der Messingringe. Die Schublade glitt ohne Probleme auf und gab den Blick auf ein Sammelsurium von Kleinkram frei. Stifte rollten über die alten Dokumente, deren weiß schon lange verblichen war. Ein paar rostige Büroklammern lagen zerstreut zwischen den Stiften und ein silberner Briefbeschwerer lugte zwischen den Blättern hervor. Nichts allzu Abenteuerliches. Enttäuscht schloss ich die Schublade wieder und widmete mich den anderen Fächern, doch die waren auch nicht interessanter.
Ein Rascheln ertönte hinter mir. Erschrocken drehte ich mich um, wich einen Schritt zurück und prallte gegen den Schreibtisch. Dieser ächzte und aus dem Augenwinkel nahm ich eine Bewegung war. Eine Schublade, die ich vorher gar nicht wahrgenommen hatte, war aufgesprungen. Ein Geheimfach! Neugierig beugte ich mich über sie. Doch die Spannung verflüchtigte sich schnell wieder. In der Schublade befand sich nur noch mehr Krimskrams: ein Siegelring, ein kleines, in Leder gebundenes Buch und ein verzierter Dolch. Ich stützte die Lippen und griff nach dem Buch. Das weiche Leder gab unter dem Druck meiner Finger leicht nach. Ich schlug es in der Mitte auf und stutzte. Das Buch war leer. Ich blätterte zum Anfang zurück, aber weiße Seiten strahlten mir entgegen. Nichts. Warum versteckte man ein blankes Buch in einer geheimen Schublade? Ich ließ es wieder fallen und griff nach

dem Siegelring. Er war aus Gold gefertigt, welches sich unter meiner Haut ganz glatt und kalt anfühlte. Das Zeichen der Blinow war in den Kopf eingearbeitet. Sachte legte ich ihn wieder zurück und tauschte ihn gegen den Dolch. Ein Schauer lief mir über den Rücken. Die Klinge glänzte in dem Mondlicht. Mit gerunzelter Stirn betrachtete ich sie näher. Etwas schien in die Klinge eingestanzt zu sein. Schwungvolle Schriftzeichen zogen sich sich über das Metall. Ich fuhr mit meinem Finger hinüber. Zu meiner Überraschung war es nicht kalt, wie ich erwartet hatte, sondern fast schon warm, als hätte es in der Sonne gelegen.

Ein schrilles Quicken ertönte. Scheppernd ließ ich den Dolch fallen und fuhr herum. Doch wieder fand ich alles ruhig vor mir. Als ich mich zurückdrehte, war die Schublade verschwunden. Prüfend fuhr ich mit den Händen über die Stelle, an der sie sich befunden hatte. Doch ich konnte sie nicht mehr finden. Die Muster des Holzes verliefen so, dass sie im geschlossenen Zustand nicht zu erkennen war. Ein weiteres Scheppern ertönte. Das Schaukelpferd wippte fröhlich hin und her. Es ertönte wieder. Es schien irgendwo aus dem Gerümpel zu kommen. Der Turm eignete sich wahrscheinlich perfekt für das Nisten von allerlei Tieren. Vielleicht eine Fledermaus. In meinem Kopf tauchte ein Bild auf. Die Fledermaus, wie sie schrill kreischend auf mich zuflog und mir mit ihren Krallen das Gesicht zerfetzte.

Unsicher machte ich einen Schritt auf die Treppe zu und zuckte erschrocken zusammen, als meine Schritte ein lautes Knarzen verursachten.

„Kisha? Wie lange brauchst du noch?“, rief ich und versuchte meine Stimme nicht allzu zittrig klingen zu lassen. Sie musste doch mittlerweile eine Ewigkeit da oben sein.
„Es…Warum… rauf“, ertönte es. Kritisch schaute ich in das dunkle Treppenhaus. Ein weiteres Knirschen ertönte aus dem Stapel und ich gab auf. So schnell ich konnte rannte ich die Treppe hinauf, betend, dass sie unter mir nicht nachgab.

Als ich oben ankam schlug mir die kalte Nachtluft entgegen. Kisha schmunzelte.
„Warum bist du so außer Puste?“, fragte sie scheinheilig.
„Bin ich gar nicht“, meinte ich und versuchte meinen Atem zu verlangsamen. Meine Lungen protestierten lautstark.
„Ich hätte nicht gedacht, dass du so lange aushältst. Das müssen ja ganze fünf Minuten gewesen sein“, sagte sie spöttisch. Doch ich nahm Kisha nur am Rande war. Mit wenigen Schritten war ich an der Brüstung und blickte auf das Bild, das sich vor mir ergoss. Die Aussicht hatte mir die Sprache verschlagen. Überall funkelten die Lichter der Häuser. Der Fluss zog sich wie ein silbriges Band durch den Wald. Die rote Brücke bog sich hell erleuchtet über ihn. Die wenigen Autos waren kleine Modelle, die über die Straßen tuckerten, die sich wie ein Spinnennetz über die die Landschaft zogen. Die ganze Stadt lag schlafend vor uns.
Kisha stützte sich neben mir mit den Ellbogen auf die Mauer. Ein paar Kiesel lösten sich aus dem Mörtel und rollten über die Brüstung in die Tiefe. Der Wind blies uns unsere Haare aus dem Gesicht und trieb mir die Tränen in die Augen. Fröstelnd wünschte ich mir, wir hätten eine Decke mitgenommen.

Dennoch blieb ich stehen. Gierig zog ich den Anblick und die frische Luft in mich auf. Jegliche Gedanken an Geister waren aus meinem Kopf gefegt und ich merkte wie sich ein Grinsen auf meinem Gesicht ausbreitete. Hier oben wirkte die Welt endlos.

Nach einiger Zeit hatte ich das Gefühl, dass meine Nase bald abfallen würde, so kalt wie sie war. Wir ließen uns auf den Boden sinken, wo uns die Mauern vor dem Wind schützten und reckten die Köpfe zum Himmel. Einige Sterne blitzten zwischen den Wolken hervor.
„Glaubst du eigentlich an Wunder?“, fragte mich Kisha. Ich drehte den Kopf zu ihr. Sie hatte sich gegen die Wand gelehnt und die Augen geschlossen. Ich zuckte mit den Schultern.
Wir saßen noch ein Weile da, bis sich schließlich am fernen Horizont die ersten Sonnenstrahlen ankündigten. Mit dem Gefühl, jede Sekunde einzuschlafen, wanderten wir wieder nach unten und ließen uns in unsere Betten fallen. Mein Kopf berührte das Kissen und mein letzter Gedanke war, dass ich Kisha gar nichts von dem Geheimversteck erzählt hatte. Dann war ich auch schon eingeschlafen.

Kapitel 5 - Luca - Kamele und Schildkröten

Die Dämmerung brach gerade an. Die Küchentür war nur angelehnt und als ich heraus trat, kam mir die letzte warme Brise des heißen Tages entgegen. Sobald die Sonne untergegangen sein würde, würde es merklich kälter werden. In der Ferne erstreckte sich die weite Sandlandschaft wie ein rotgoldenes Meer in dem feurigen Rot.

Ich balancierte ein Tablett mit zwei Karaffen frischer Limonade und mehreren Gläsern, um die mich meine Großmutter gebeten hatte. Meine Familie saß dicht zusammen gedrängt auf der Terrasse. Mein Großvater hatte den Sonnenschirm zusammengeklappt, sodass man einen wunderbaren Blick auf das Schauspiel der Natur hatte.

Ich schlängelte mich zwischen den Kuscheltieren, die Amalia auf dem Boden vergessen hatte, und Palmen entlang und drängte mich zwischen meinen Onkel und meinen Vater, um die Limonade auf den Tisch zu stellen.

Meine Großmutter dankte mir liebevoll lächelnd und griff nach der Karaffe, um jedem ein Glas einzuschenken. Als ich mich neben Chloe auf die Bank fallen ließ, drückte sie mir ebenfalls ein Glas in die Hand.

Langsam setzte ich es an die Lippen und nahm einen großzügigen Schluck. Der süße Zitrusgeschmack prickelte auf meiner Zunge.

Amalia, die mir gegenüber saß, gewährte dem Glas nicht einen einzigen Blick. Stattdessen sah sie unsere Mutter flehentlich an und sagte: „Bitte."

„Ich habe nein gesagt", erwiderte meine Mutter sanft und nahm dankend ihr Glas Limonade von Großmutter entgegen.

„Warum nicht?", quengelte Amalia und stützte ihre Ellbogen auf den Tisch auf, um ihr schmollendes Gesicht auf den Händen abzustützen.

„Mir ist nicht wohl dabei, wenn du und Leon alleine zum Wasserfall lauft. Der Weg dorthin ist steinig und führt am Abhang entlang. Was ist, wenn euch etwas geschieht?", fragte sie sorgenvoll.

Mein Blick huschte zu Leon, der auf seinem Stuhl lümmelte und den Austausch interessiert verfolgte, während er den Stein in seiner Hand knetete. Leon war ein Erdelementar und liebte es, Figuren aus Steinen zu zaubern.

Amalia ließ derweilen ihren Blick über den Tisch gleiten, bis dieser schließlich an mir hängenblieb. Ihre Augen leuchteten auf und ich verschluckte mich an meiner Limonade. Die Kohlensäure brannte in meiner Kehle. Das Glitzern in ihren Augen konnte überhaupt nichts Gutes bedeuten.

„Luca kann doch mitkommen", schlug sie freudig vor.

„Ähm", sagte ich und überlegte, wie ich am besten aus diesem Chaos herauskam. Den Tag mit zwei Grundschulkindern zu verbringen, stand nicht unbedingt auf meiner Wunschliste. Amalia wandte sich zu mir und sah mich mit großen runden Augen bittend an. Ich spürte, wie der Widerstand in mir dahin schmolz, wie Schokolade in der Sonne.

„Na gut“, seufzte ich. Auf Amalia's Gesicht schlich sich ein zufriedenes Grinsen, während meine Mutter noch immer Zweifel zu haben schien.
Sie wandte sich an meinen Vater, der sich mitten in einer Unterhaltung mit David befand.
Meine Mutter berührte ihn an der Schulter, um seine Aufmerksamkeit auf sich zu ziehen. Seine blauen Augen huschten zu ihr.
„Amalia und Leon wollen zum Wasserfall. Was sagst du dazu?“, fragte sie ihn auffordernd.
„Luca kommt auch mit“, rief Amalia dazwischen, bevor mein Vater die Gelegenheit hatte zu antworten. Die Augen meines Vaters richteten sich auf mich. Sofort fühlte ich mich unwohl in meiner Haut, als befand ich mich in einer Prüfung, für die ich nicht gelernt hatte. Meine Schultern spannten sich an.
„Bitte Papa“, bettelte Amalia, als Vater nicht antwortete. Er tauschte einen Blick mit seinem Bruder, der sich räusperte und sagte: „Ich denke, dass Luca auf sie aufpassen kann. Es ist nicht weit und bisher hat es keine Vorkommnisse gegeben.“ Dabei warf er meinem Vater einen bedeutungsvollen Blick zu, bevor er sich seinem Sohn zuwandte. „Du kannst mitgehen, sei aber vorsichtig“, mahnte er Leon. Dieser nickte eifrig.
Mein Vater seufzte und sah meine Mutter an. „Es wird schon nichts geschehen“, sprach er leise zu ihr. Ich spitzte die Ohren, um ihn dennoch zu verstehen. „Die letzten…Vorkommnisse liegen schon eine Weile zurück. Außerdem gehen sie nach einem Muster vor. Sie fokussieren sich auf Gruppen, nicht auf Einzelpersonen.“

Er beugte sich wieder zurück, und meine Mutter sah nicht vollkommen beruhigt aus, gab dann aber Amalia's Flehen nach. Wir durften gehen.

Es war eine kurze Nacht. Schon bei Sonnenaufgang stand Amalia an meinem Bett mit einer Energie wie ein Weihnachtself auf Drogen. Sie zog mich aus den Federn und schickte mich ins Bad. Dann hüpfte sie die Treppe runter, wo uns Leon bereits gähnend erwartete, während ich ihr wankend folgte.

Zu meiner Überraschung war die Küche nicht wie ausgestorben. Chloe saß mit angezogenen Knien auf einem der Stühle. Eine qualmende Tasse stand vor ihr und sie blickte gedankenverloren auf den kargen Garten. Als wir hereinkamen - Amalia hüpfte, ich schlürfte - sah sie auf.

„Wir gehen zum Wasserfall und machen ein Picknick", verkündete Amalia aufgeregt. Ich ließ mich auf den Stuhl neben Chloe fallen und meinen Kopf auf die Tischplatte sinken. Chloe hingegen sah auf. „Kann ich mitkommen?", fragte sie. Amalia sah sie kritisch an und warf dann Leon einen Blick zu. Der saß jedoch mit geschlossenen Augen auf dem kleinen Hocker neben der Tür und schien Chloe's Frage gar nicht mitbekommen zu haben. Amalia wandte sich wieder Chloe zu.

„Na gut. Du darfst mitkommen", meinte der kleine Zwerg gönnerhaft.

Chloe lächelte, stand auf und wuschelte Amalia im Vorbeigehen durch die Haare. „Ich gehe mir kurz noch was anderes anziehen. Bin gleich wieder da", sagte sie und verschwand im Flur.

Während wir auf Chloe warteten, packten wir die von Großmutter vorbereiteten Speisen in einen Rucksack und noch drei Wasserflaschen dazu. Als Chloe wieder runter kam, machten wir uns auf.
Es war ein schöner Tag für einen Ausflug zum Wasserfall. Obwohl, wenn man es genau betrachte, war vermutlich jeder Tag dafür geeignet. Der Weg, der zum Wasserfall führte, schlängelte sich einmal durch die Büsche hindurch. Es handelte sich um eine kleine Oase, bei der sich nie jemals irgendwelche Menschen befinden zu schienen. Eigentlich seltsam. Sie war nicht allzu weit von der Stadt entfernt und für Touristen bestimmt durchaus einen Besuch wert. Aber mich sollte es nicht stören.
Amalia und Leon benahmen sich ausnahmsweise vorbildlich. Beide blieben auf dem Weg, liefen nicht zu dicht an dem Abgrund und jagten auch nicht irgendwelchen Tieren hinterher. Kein Geschrei, kein Geheule. Bis jetzt also ein richtig guter Tag.
Am See angekommen, stürmten Amalia und Leon auch schon los. Amalia kreischte laut auf, als das Wasser ihre Füße berührte, lachte jedoch gleich wieder, als Leon wie ein Frosch ins Wasser hüpfte.
Ich setzte mich auf einen der Steine, der im langen Schatten der Bäume stand und behielt die beiden im Auge. Man konnte ja nie wissen, wann einer von beiden spontan beschloss, sich zu ertränken. Chloe streckte sich neben mir aus und schob sich den Hut, den sie noch soeben auf dem Kopf getragen hatte, auf ihr Gesicht, sodass dieses vor den ersten Sonnenstrahlen ge-

schützt war. Es war immer wieder schön, wie gut die Arbeitsteilung bei uns funktionierte.
Ich schaute den beiden eine Weile beim Herumtollen zu und hing meinen Gedanken nach. Es war bereits brütend heiß und die Sonne stieg immer weiter dem Zenit entgegen. Plötzlich katapultierte mich ein Schrei wieder zurück in die Gegenwart.
„Der Stein hat sich bewegt“, rief Amalia und sprang nach hinten. Leon näherte sich vorsichtig und reckte seinen Hals. Nun sprang auch er einen Satz zurück.
„Dem Stein wächst ein Hals“, brüllte er laut.
„Rette uns“, rief Amalia mir zu und winkte mich heran. Ich warf einen Blick auf Chloe, die von dem allen nichts mitbekommen zu schien. Vermutlich tat sie einfach nur so. Nie im Leben konnte sie so einen Lärm ignorieren. Seufzend erhob ich mich und watete in das Wasser.
„Da ist es“, sagte Amalia und zeigte auf ein verschwommenen braunen Fleck, als ich bei den Beiden ankam. Ich ging in die Knie und sah mir den vermeidlichen Stein genauer an. Aus einer Spalte am länglichen Ende schaute ein kleiner Kopf heraus.
„Und was ist es?“, fragte sie und spähte mir über die Schulter.
Es handelte sich gar nicht um einen Stein, sondern um einen Panzer einer -
„Es ist eine Schildkröte“, sagte ich und richtete mich wieder auf. Nun beugten sich Leon und Amalia über die Schildkröte.
„Lasst bloß die arme Schildkröte in Ruhe“, rief Chloe vom Felsen her. Leon zog die Hand, die er bereits ausgestreckt hatte wieder zurück. Ich watete wieder zurück zum Ufer und ließ mich tropfnass auf den Stein sinken. Chloe sah mich vor-

wurfsvoll an, als einige Tropfen sie erwischten. Ich hätte mich trocknen können, aber ich genoss das kühlende Nass auf meiner Haut. Chloe hatte ihren Hut wieder auf ihrem Kopf platziert und beobachtete nun Leon und Amalia.

„Wie kommt denn eine Schildkröte hierher? Hier ist doch gar kein Zugang zum Meer“, fragte sie mit gerunzelter Stirn. Ich zuckte mit den Schultern.

„Keine Ahnung“, meinte ich und ließ mich auf den Rücken fallen.

Ich musste wohl weg gedämmert sein, denn als ich erwachte, stand die Sonne im Zenit am Himmel und brannte heiß auf mich herunter. Meine Kleidung war mittlerweile vollkommen getrocknet, auch ohne mein Zutun. Chloe saß nicht mehr neben mir, sondern hatte sich im Schatten der Dattelpalmen am Strand niedergelassen. Neben ihr stand der offene Rucksack und etwas Essen war quer über die Decke verteilt. Amalia und Leon waren nicht mehr im Wasser, aber ich hörte ihre Stimmen aus dem kleinen Wald kommen.

Ich schlenderte zu Chloe und ließ mich neben ihr auf die Decke fallen. Hungrig griff ich nach einem der Sandwiches, die aus dem Rucksack ragten und biss herzhaft hinein. Wie alles, was Großmutter zauberte, waren sie perfekt. Der Hummus war cremig und zerging auf der Zunge. Der Salat knackig und die Falafel knusprig. Innerhalb kürzester Zeit hatte ich mein erstes Sandwich aufgegessen und griff auch schon nach dem nächsten, als ich einen Schrei hörte.

„Alles in Ordnung?“, rief Chloe fragend in den Wald hinein. Wir erhielten keine Antwort, nur ein lautes Kichern, das von

Amalia stammte. Chloe verdrehte die Augen und griff nach ihrem Buch.

Am Nachmittag hatten wir schließlich keine Lust mehr. Die Sonne war immer weiter gewandert, sodass wir mehrfach den Platz wechseln mussten, um im Schatten zu bleiben. Ein paar Mal, war ich im Wasser gewesen, aber mir gelang es beim besten Willen nicht, mich noch länger zu beschäftigen. Wie Kinder es schafften stundenlang nur mit einer Sache zu spielen war mir wahrlich ein Rätsel.

Chloe packte die Sachen zusammen, sodass mir die ehrwürdige Aufgabe zukam, Amalia und Leon zu holen. Amalia kam nach kurzem Widerspruch, während Leon auf einen Felsvorsprung kletterte, der in Form einer Klippe über den Wasserfall herausragte.

Chloe bedeute mir ihn zu holen und ich kletterte zu Leon auf den Felsen.

„Leon, komm jetzt“, sagte ich und versuchte nicht allzu genervt zu klingen.

„Nein. Ich will noch bleiben“, meinte er schmollend.

„Wir wollen jetzt aber los“, erwiderte ich und konnte den gereizten Unterton nicht ganz unterdrücken.

Leon schüttelte trotzig den Kopf und stampfte auf den Boden. So stark, dass sich ein Riss in dem Stein zog. Ein lautes Knirschen ertönte. Stein auf Stein schabte gegeneinander. Dann, mit einem Geräusch, wie ein Donnerschlag löste sich der Stein und platschte mitten in das Wasserbecken. Leon war rechtzeitig mit einem großen Sprung nach hinten ausgewichen und hatte die Augen erschrocken aufgerissen.

„Nein, die Schildkröte“, schrie Amalia erbost.
„Leon, komm von der Kante weg“, forderte Chloe Leon mit erstaunlich ruhiger und sanfter Stimme auf. Leon bewegte sich nicht von der Stelle. Er schien wie versteinert zu sein. Ich griff nach seinem Arm und zog ihn von der Kante weg.
Er klammerte sich an meine Arme und schien den Tränen nah zu sein. Beruhigend strich ich ihm über den Rücken.
„Das wollte ich nicht“, stammelte er.
„Das passiert manchmal, wenn man seine Kräfte noch nicht unter Kontrolle hat. Dir ist ja nichts geschehen“, beruhigte ich ihn.

Der Rückweg verlief schweigend. Leon war ungewöhnlich still. Amalia hatte ihn einige Male zu einem Wettrennen aufgefordert, welches er kopfschüttelnd abgelehnt hatte. Der Schreck musste ihm noch tief in den Gliedern stecken.
Als wir zuhause ankamen, ging es Leon bereits wieder besser. Er und Amalia hockten sich zugleich in das spröde Gras und spielten, als wäre nichts vorgefallen.
Ich hielt meine Aufgabe damit für erledigt und wollte mich gerade in mein Zimmer verziehen, als Chloe mich am Arm festhielt.
„Was ist los?“, fragte ich sie, als sie mich auch schon um die Ecke des Hauses zog, Richtung Terrasse.
„Vater ist da“, flüsterte sie und zeigte auf das Wohnzimmer.
„Und?“, fragte ich in normaler Lautstärke, woraufhin sie mich giftig ansah. Ich seufzte und senkte meine Stimme, als ich zischte: „Was ist mit Vater?“

„Kommt es dir nicht auch merkwürdig vor, dass Mutter so ängstlich war, uns zum Wasserfall zu lassen und von den mysteriösen Vorkommnissen ganz zu schweigen“, fragte sie leise.
„Doch, natürlich. Aber sie haben sich schon in Nysus komisch verhalten. Er ist in letzter Zeit noch öfter in Sachen des Rates unterwegs. Irgendwas scheint nicht zu stimmen“, stimmte ich ihr zu.
„Eben. Und siehst du?“, fragte sie und deutete auf den Gartentisch, der auf der Terrasse thronte. Erst hatte ich das Bedürfnis genervt nachzufragen, wovon sie sprach, doch dann entdeckte ich das Telefon, welches auf dem Tisch ruhte.
Als mir einleuchtete, was Chloe vorhatte, war es bereits zu spät, um sie aufzuhalten. „Chloe“, zischte ich und versuchte nach ihren Arm zu fassen. Doch ich griff ins Leere.
Chloe war schon am Tisch und hielt das Telefon von Vater in der Hand. Ich gesellte mich an ihre Seite.
„Lege es wieder zurück“, zischte ich und sah mich nervös um.
„Sei doch nicht so ein Angsthase“, schallte mich Chloe und ich warf ihr einen wütenden Blick zu.
Sie entsperrte den Bildschirm und ich runzelte die Stirn. „Woher kennst du seinen Code?“, fragte ich.
„Es ist das Gründungsjahr des Rates“, meinte Chloe abwesend, während sie auch schon begann, durch sein Telefon zu scrollen.
Ich schüttelte den Kopf über ihr Verhalten. Chloe war immer diejenige, die uns in Schwierigkeiten brachte.
„Leg es wieder hin“, versuchte ich es halbherzig, wohlwissend, dass sie sowieso nicht auf mich hören würde.

„Sieh doch nur“, unterbrach sie meine Sorge. Nach einem weiteren vergewissernden Blick, ob wirklich niemand kam, widmete ich mich dem, was Chloe mir zeigte.
Ich runzelte die Stirn, als ich den Text las.

Eilmeldung an alle Ratsmitglieder:
Ein weiterer Überfall wurde heute morgen aus Edinburgh gemeldet. Die Angehörigen der Kolonie sind nicht auffindbar. Es liegen Anzeichen eines Angriffs vor.
Die Kolonien der Großraumgebiete wurden benachrichtigt und gebeten, zu ihrer eigenen Sicherheit nach Nysus zurückzukehren. Voraussichtlich wird die Warnung auch an die Nomadenvölker weitergeleitet werden, soweit diese erreichbar sind.
Des Weiteren wurden die Sicherheitsvorkehrungen für das Königreich verschärft. Die Wachen wurden angewiesen, die Einreisenden einzeln zu kontrollieren.
Mit freundlichen Grüßen,
Ratsmitglied Vince Rosefield

„Was bedeutet das?“, fragte ich verwirrt und sah Chloe an, die mit den Schultern zuckte. Plötzlich stand Chloe auf und ich verlor kurz das Gleichgewicht, weil ich ihr über die Schulter gesehen hatte. Sie schlich zur Küchentür und spähte durch das Fenster. Mit panischer Miene drehte sie sich wieder um.
Mach es aus. Er kommt, formte sie mit den Mund und gestikulierte dabei wild mit den Händen.
Ich wischte den Artikel, der noch immer offen war, weg und betätigte den Ausschaltknopf, bevor ich es zurück auf den Tisch legte und hastig einige Schritte wegtrat. Keine Sekunde

zu früh, denn kurz darauf schwang die Terrassentür auf und Vater kam heraus.
Er verzog die markanten Augenbrauen, als er uns vor dem Tisch stehen sah.
„Was macht ihr da?“, fragte er misstrauisch.
„Ich habe Chloe gerade etwas über Viskosität erklärt“, sagte ich eilig. Die harte Linie um den Mund meines Vaters entspannte sich ein wenig und er nickte steif - die höchste Form von Wertschätzung, die ihm möglich war - bevor sein Blick auf den Tisch fiel. „Das habe ich schon gesucht“, brummte er und schlängelte sich zwischen uns hindurch. Er sah auf den Bildschirm und las die Nachricht. Dann wandte er sich um, ohne uns eines weiteren Blickes zu würdigen und verschwand wieder in der Küche.

Kapitel 6 - Sicily - Der Traum vom Ende

Ich stand auf einem Feld, über das wohl ein Tornado gewütet haben musste. Ein brennender Tornado.

Der Boden war bedeckt von weißer Asche und wurde nur hin und wieder von riesigen, braunen Erdklumpen durchbrochen, die sich wie große Maulwurfshügel erhoben. Eine tiefschwarze Brandspur zog sich wenige Meter von mir entfernt bis in den Horizont. Doch es war nicht die einzige. Überall fanden sich Zeugen der Verwüstung, die in den Boden hinein gebrannt waren. Hier und da glühten sogar noch einige rote Funken.

Zu meiner linken Seite sah es jedoch noch schlimmer aus. Ein Spalt, von der Länge eines Fußballfeldes, zog sich über die Erdfläche, als hätte ein wütendes Kind ein Blatt Papier zerrissen. Aus der Öffnung qualmten gelbliche Rauchsäulen empor und verströmte einen starken Schwefelgeruch, der mir in den Augen brannte.

Schwere, dunkelgraue Wolken verhängten den Himmel wie eine dicke Decke und ließen nicht einen Fetzen Himmel erkennen. So musste es nach dem Einschlag des Meteoriten ausgesehen haben, der die Dinosaurier ausgelöscht hatte.

Ein Mädchen erschien vor mir. Ihr Gesicht war mit Ruß verschmiert. Ihre Wangen feucht von Tränen. Dennoch war sie wunderschön und schien beinahe unwirklich. Ihre langen, ebenfalls vom Ruß bedeckten, Locken reichten ihr fast bis zur Hüfte, die ihr herzförmiges Gesicht weich erscheinen ließen.

Mit leuchtend bernsteinfarbenen Augen sah sie mich wütend an.
„Was machst du hier? Verschwinde“, zischte sie mich an. Ein Lichtblitz erstrahlte und es wurde schwarz.

Mit klopfenden Herzen erwachte ich. Eine Weile starrte ich in die Dunkelheit, die sich vor mir auftat, wie der Erdriss in meinem Traum. Mir war warm und ich bildete mir ein, die Luft wäre noch immer von Feuer und Schwefel erfüllt. Mein Hals fühlte sich von der trockenen Luft ganz kratzig an. Ohne nachzudenken glitt ich aus dem Bett und schlich aus meinem Zimmer.
Ich war bereits eine halbe Treppe heruntergelaufen, als zwei aufgeregte Stimmen an mein Ohr drangen. Verwirrt blinzelnd hielt ich inne. Es war noch so früh am Morgen, das nicht einmal die Vögel erwacht waren. Dennoch brannte in der Küche das Licht und die Schatten von Edith und Fedor tanzten über die Wand, die der Küchentür gegenüber lag.
„...besorgt, dass es noch weitere Anschläge geben könnte. Die Elementare haben bereits die Kolonien der Menschenwelt zurückgerufen“, dröhnte Fedors laute Stimme durch den Flur. Sie war gefärbt von Sorge und Empörung. Diesen Ton gebrauchte er auch immer, wenn Kisha auf Bäume kletterte, um von dort in den Pool zu springen.
„Glaubst du, wir sollten ebenfalls zurückkehren?“, fragte Edith so leise, dass ich sie kaum verstanden hätte. Ich beugte mich über das Treppengeländer und schielte nach unten. Gespannt hielt ich die Luft an, um nicht ein Wort zu verpassen.

Fedor seufzte. Sein Schatten tigerte über die Wand, als er Edith antwortete: „Unser Volk hat es bisher nicht getroffen. Sie scheinen es auf die Elementare abgesehen zu haben...obwohl ich auch schon von Verlusten bei den Formwandler und Seelies gehört habe."

Der Schatten von Edith nickte. „Ich habe das von Aberdeen gehört. Furchtbar. Es sollen Kinder darunter sein. Ich kann verstehen, dass die Elementare ihre Kolonien zurückrufen", sagte sie und klang nervös. Edith war sonst nie nervös. Sie war eine starke Powerfrau, die nie vor irgendwas Angst zu haben schien. Wenn überhaupt war sie diejenige, die einschüchternd war, nicht andersherum. Wenn es etwas gab, das sie beunruhigte, musste es ernst sein.

Dann murmelte sie: „Silvia und ihre Familie sind bereits wieder nach Nysus zurückgekehrt. Ihr war die ganze Sache nicht mehr geheuer."

Fedor bewegte sich auf Edith zu und blieb dicht neben ihr stehen, als er ihre Hand nahm. Ich bildete mir fast ein, Funken sprühen zu sehen.

„Ich weiß, dass du dir Sorgen machst. Mir geht es genauso. Aber ich denke nicht, dass wir in Gefahr sind", sagte er sanft, während er Edith über den Arm strich. Dann fuhr er fort: „Wir reden morgen erst einmal mit den Mädchen. Daria und Kisha werden Moskau nicht einfach verlassen wollen. Abgesehen davon haben wir im Moment auch noch einen Gast."

Edith stieß die Luft aus und lehnte ihren Kopf gegen Fedor's Schulter.

„Kisha wird einen Aufstand machen, falls wir zurückkehren", murmelte Edith, ihre Worte gedämpft.

Einige Sekunden verstrichen, bevor sich die beiden Schatten voneinander lösten und schließlich kleiner wurden, als sie sich auf den Flur zubewegten.
Eilig schlich ich die Treppenstufen nach oben und zog mich in mein Zimmer zurück. Kaum hatte ich die Tür geschlossen, hörte ich Edith's und Fedor's knarzende Schritte auf der Treppe.
Ich starrte auf die mit kunstvollen Schnitzern gestaltete Tür, während ich versuchte zu verstehen, was ich soeben gehört hatte. Vergeblich. Weder hatte ich von irgendwelchen Anschlägen gehört - sowas käme doch in den Nachrichten, oder? - noch von...Nysa? Nuss? Nysanuss? - dem Land, in das sie zurückkehren wollten. Ich wusste nicht einmal, dass sie jemals in einem anderen Land als Russland gelebt hatten, in das sie zurückkehren konnten.
Und was waren diese...Elementare? Das Wort kam mir dunkel bekannt vor und aus irgendeinem Grund verband ich es mit Luca. Hatte Dominique nicht einmal davon gesprochen? Was hatte sie dazu gesagt? Ich meinte mich zu erinnern, dass sie es erwähnt hatte und dann hatte Luca sie bereits abgeschnitten. Gerne würde ich Luca fragen, was er dazu wusste, aber so wie jedes Mal, wenn ich ihn willentlich versuchte, herbeizurufen, funktionierte es nicht.
Ich wandte mich von der Tür ab und warf mich auf mein Bett, dessen Laken in der Zwischenzeit kalt geworden war. Mein Telefon, an dem ich abends noch gelesen hatte, lugte unter einem der Kissen hervor und ich griff danach. Das Internet öffnend, tippte ich „Elementare“ in die Suchleiste.

Nichts, das irgendwie Sinn ergab, taucht auf. Ich seufzte und tippte „Nysa“ und „Nysanuss“, was ebenfalls zu keinen Ergebnissen führte, wobei es vielleicht daran lag, dass ich mir den Namen nicht richtig gemerkt hatte. Doch auch nach mehreren Minuten, die ich damit verbrachte, an die Wand zu starren, wollte mir der Name nicht einfallen. Ich gab auf und warf mein Telefon in das kalte Laken.

Grübelnd knetete ich meine Lippe, bis ich schließlich Schritte vor der Tür hörte. Fedor polterte die Treppe herunter, wenig später gefolgt von Edith's leichten Schritten, die sanft auf dem alten Holzboden knarzten. Doch erst als Kisha verschlafen an meiner Tür vorbeischlurfte, erhob ich mich.

Wenn selbst Kisha bereits wach war, sollte ich mich auch in Bewegung setzen. Würde ich nicht bald am Frühstückstisch erscheinen, würden sie sich wundern, wo ich blieb.

Ich überlegte, ob ich Edith darauf ansprechen sollte. Doch so, wie sie geflüstert hatten, schien es nicht so, als wollten sie, dass ich von ihrem Gespräch wusste. Eher, als würden sie planen, es vor mir geheim zu halten - was auch immer es war.

Aber vielleicht wusste Kisha, was es mit den Elementaren und Nysanuss auf sich hatte. Ich nahm mir vor, sie später auszufragen, wenn wir alleine waren.

Dieser unzulängliche Plan löste sich bereits am Frühstückstisch in Seifenblasen auf.

„Lasst uns doch heute mal alle was zusammen machen“, schlug Edith vor, als ich mich auf meinen Platz sinken ließ und nach dem Orangensaft griff. Wenn Edith den ganzen Tag

mit uns verbrachte, sanken die Chancen, Kisha auszufragen, immens.
Kisha schien auch nicht zu begeistert von der Idee zu sein. Mitten in der Bewegung, den Löffel zum Mund zu führen, hielt sie inne und sah ihre Mutter bestürzt an. Langsam senkte sie ihre Hand und ließ ihren Löffel in die Schüssel platschen, sodass Milch und Haferflocken durch die Gegend spritzten.
„Aber Sicily und ich wollten heute mit dem Kanu zum Wasserfall fahren und baden gehen“, protestierte Kisha und sah mich hilfesuchend an.
Ich öffnete den Mund, wusste aber nicht, was ich sagen sollte. Wir waren diese Woche bereits fünf Mal zu besagtem Wasserfall gefahren - dabei war es erst Donnerstag - und ich hatte wirklich keine Lust auf einen erneuten Besuch.
„Was sagst du dazu, mein Stern?“, wandte sich Edith an mich. Offensichtlich wollte sie Kisha's Protest ignorieren.
„Ähm“, krächzte ich und musste mich räuspern.
„Siehst du Sicily hat nichts dagegen“, meinte Edith an Kisha gewandt. Kisha warf mir einen genervten Blick zu, den ich entschuldigend erwiderte. Demonstrativ wandte sie sich ab und löffelte schweigend ihr Müsli.
„Wir können ein bisschen in der Stadt bummeln, vielleicht ins Kino gehen, was ihr wollt und den Abend lassen wir bei Miss Bellenza ausklingen. Fedor hat heute morgen bereits eine Reservierung gemacht“, sagte Edith mit einem versöhnlichen Ton in Kisha's Richtung.
Diese sah bei der Erwähnung ihres Lieblingsrestaurants auf. Einen Moment sah sie noch unentschlossen aus, als würde sie überlegen, ob sie nicht doch weiter schmollen sollte. Dann

entschied sie sich aber dagegen und sagte: „Das klingt gut", bevor sie sich wieder ihrem Frühstück widmete.

Wenig später schlenderten wir über die überfüllte Marktstraße, die mit bunten Schaufensterläden und noch bunteren Menschen gefüllt war. Edith blickte sich immer wieder sorgenvoll um, als würde sie erwarten, jederzeit von einem Axt schwingenden Durchgeknallten attackiert zu werden. Nichts der Gleichen passierte.
Kisha bekam davon gar nichts mit. Fröhlich plapperte sie mit ihrem Eis in der Hand vor sich her und ignorierte vollkommen, dass wir ihr gar nicht zuhörten. Obwohl ich zugeben muss, dass ich Ediths merkwürdiges Verhalten auch nicht bemerkt hätte, wenn ich das Gespräch am Morgen nicht mitgehört hätte.
Wir betraten eine große Buchhandlung, die sich über mehrere Etagen zog. Hier konnte man alles finden, was das Herz begehrt. Normalerweise würde ich mich stundenlang in den Büchern verlieren, doch die Unruhe, die sich in mir festgesetzt hatte, ließ keinen Platz für mitreißende Charaktere und fantastische Welten.
Einer der Angestellten warf Kisha, deren Eis an der Waffel herunter lief, einen bösen Blick zu, sagte jedoch nichts. Mittlerweile wünschte ich mir, das Gespräch nie belauscht zu haben. Ich fühlte mich fast paranoid, als ich unauffällig meine Augen über die lesende und schwatzende Menschenmasse wandern ließ.

Ein Mann stand nicht weit von uns entfernt an einem Regal und studierte die ausgelegten Zeitungen. Hatte ich ihn zuvor nicht bereits auf der Straße gesehen? Folgte er uns?
Was war mit der Frau, die den blauen Kinderwagen vor sich her schob? War sie jemand, vor dem man sich fürchten musste?
Ich schallte mich selbst, über meine fantasievollen Spekulationen und versuchte mich auf die Reihen voller Bücher vor mir zu konzentrieren - der Himmel auf Erden für jede Leseratte.
Doch jedes Mal, wenn ich ein Buch in die Hand nahm, um den Klappentext zu lesen, erinnerte ich mich an kein einziges Wort, als ich es wieder zurück legte. Edith schien ebenfalls mit geistiger Abwesenheit zu glänzen. Mehrere Minuten starrte sie auf ein Buch in ihren Händen, legte es wieder hin und nahm genau das gleiche Buch von dem benachbarten Stapel.
Kisha hingegen war voll in ihrem Element. Sie wuselte zwischen den Tischen und Regalen hin und her, während der Bücherstapel unter ihrem Arm stetig wuchs.
Ich hatte mittlerweile aufgegeben und dem Zwang, die Menschen um mich herum kritisch zu mustern, nachgegeben. Zu meiner Verteidigung waren tatsächlich einige merkwürdige Gestalten unter ihnen. Eine Frau mit schlecht blondierten Haaren und einem Telefon zwischen Ohr und Schulter geklemmt, blätterte vor mir durch die Zeitungen. Sie warf mir einen kurzen Blick zu, bevor sie sich an mir vorbeidrängte und in Richtung der DVDs verschwand.
Ein junger Mann, der auf einem Kaugummi herum kaute und dabei laut schmatzte, saß mit breitgespreizten Beinen auf ei-

nen der Sessel und ließ seinen Blick gelangweilt über die bunte Menschenmenge gleiten.
Ich erschrak, als Kisha plötzlich neben mir auftauchte. Eine große Tüte baumelte an ihrem Arm, die ihren Umfang nach zu urteilen mit mindestens einem halben dutzend Wälzern gefüllt war.
„Wo ist Mama?“, fragte sie und runzelte die Stirn, als sie meine leeren Hände sah, in die sich nicht ein einziges Buch verirrt hatte. Stumm deutete ich zu einem der Tische am Ende des Raumes, wo Edith stand, scheinbar vertieft in den Klappentext eines Buches. Als wir näher kamen, bemerkte ich, dass sie das Buch falsch herum hielt.
„Mama?“, fragte Kisha vorsichtig und Edith erwachte aus ihren Gedanken. Ihre Augen wanderten zu der Tüte in Kisha’s Hand.
„Oh, ihr seid schon fertig?“, fragte sie und sah auf das Buch in ihrer Hand, das sie eilig umdrehte, als sie ihren Fehler bemerkte. Sie legte den Kopf schräg und laß den Titel, bevor sie den Mund irritiert verzog und das Buch wieder auf den Stapel legte.
Schweigend, in Gedanken versunken, verließen wir das Geschäft. Stechend kalter, peitschender Wind begrüßte uns und trieb mir die Tränen in die Augen. Ich zog mir meinen Reißverschluss bis zum Hals hoch und betrachtete mit zusammengekniffenen Augen die dunklen Wolken. Zum Glück waren wir nicht zum Wasserfall gefahren. Bei dem Wetter wäre ich nach zwei Paddelzügen untergegangen.
Die Straßen waren merklich leerer geworden. Eine Gruppe Japaner gestikulierte laut auf japanisch redend zum Himmel.

An der Straßenecke verkaufte ein Händler Regenschirme und -capes.
„Wollen wir nach Hause?“, fragte Edith und schlang sich ihr Tuch um den Hals. Weder Kisha noch ich hatten irgendwelche Einwende und wir erreichten das Auto gerade noch rechtzeitig, bevor sich der Himmel öffnete und die Stadt unter flutartigen Wassermassen begrub.

Edith ließ uns an der Haustür raus, damit wir nicht durch den kalten Regen von der Garage bis zum Haus laufen mussten. Nachdem Kisha jedoch in ihrer Tasche gewühlt hatte, fiel ihr auf, dass sie ihren Schlüssel vergessen hatte. Also standen wir bibbernd vor der Tür und warteten auf Edith, die wenig später durch den Regen gerannt kam. Über Kisha's Vergesslichkeit schüttelte sie nur den Kopf und schloss die Tür auf. Ein Windzug kam uns entgegen.
„Hat einer von euch das Fenster aufgelassen?“, fragte Edith alarmiert, als wir in die Eingangshalle traten. Kisha und ich schüttelten den Kopf und folgten Edith in die Küche, wo die Fensterläden klappernd gegen den Rahmen schlugen und dicke Regentropfen auf den Fliesen zerplatzten. Die kleinen Rinnsale krochen fast bis an die Türschwelle.
Edith hechtete durch den Raum und schloss die Fenster mit einem lautem Knall. Kisha und ich blieben im Türrahmen stehen und beobachteten sie, wie sie ihre schmalen, eleganten Finger über den Verschluss gleiten ließ. Als sie sich zu uns umdrehte, war ihre Stirn in Falten gelegt.
„Ich dachte, ich hätte die Fenster geschlossen, als wir gegangen sind“, murmelte sie leise, mehr zu sich selbst, als zu uns.

Dem war mir auch so gewesen. Beunruhigt verlagerte ich mein Gewicht und fragte: „Meinst du, es war ein Einbrecher?"
Kisha schnalzte missbilligend mit der Zunge, als sie auf dem Weg zur Vorratskammer den Pfützen auswich. „Bestimmt hat Daria sie aufgelassen", sagte sie und verschwand kurz, um dann mit einem Lappen in der Hand wieder aufzutauchen.
„Daria ist beim Tanzen", murmelte Edith und beobachtete Kisha, ohne sie richtig zu sehen. Sonst hätte sie bestimmt protestiert, als Kisha den Lappen auf den Boden warf, um ihn mit dem Fuß hin und herzuschieben.
„Vielleicht ist der Verschluss kaputt", schlug Kisha vor, während sie den Lappen wieder aufhob und in die Abstellkammer warf. Die Fließen glänzten noch immer feucht, waren aber nicht mehr pitschnass.
Edith wandte sich um und nahm den Griff, mit dem man das Fenster verschloss, abermals in Augenschein.
„Er ist in Ordnung. Ich rede nachher mal mit Fedor. Vielleicht haben ja unsere Schutzzau…ähm…Überwachungskameras etwas aufgezeichnet", stotterte sie. Ihre Augen schnellten nervös zu mir und wieder weg.
„Ich gehe mal und sehe nach, ob irgendetwas fehlt", sagte sie dann eilig und verschwand, bevor ich nachfragen konnte, seit wann sie Kameras hatten.
Dann musste eben Kisha herhalten: „Seit wann habt ihr ein Überwachungssystem?"
Kisha zuckte mit den Schultern und öffnete den Kühlschrank, nicht schnell genug, als dass sie ihre angespannte Miene verbergen konnte. Doch als sie die Tür wieder zuwarf, mit zwei Flaschen Limonade in der Hand, waren ihre Züge so unbe-

kümmert wie sonst. Sie drückte mir eine Flasche in die Hand und zog mich am Arm Richtung Wohnzimmer.
„Papa hat sich ein paar Kameras andrehen lassen“, meinte sie achtlos. „Sind sie dir nicht aufgefallen? Ich zeige sie dir nachher, wenn es aufgehört hat zu regnen.“
Sie ließ sich auf das Sofa fallen und griff nach der Fernbedienung.

Nach einer Folge Simpsons war das Gefühl, dass sie etwas vor mir verbargen, immer noch nicht verschwunden. Kisha lümmelte in den dicken Kissen und tat so, als würde sie meine skeptischen Blicke nicht bemerken. Dabei war es doch offensichtlich, dass etwas im Busch war.
„Glaubst du jemand hat hier eingebrochen?“, fragte ich.
Sie winkte ab. „Dann wäre die Alarmanlage doch losgegangen“, meinte sie und griff nach der Dose mit Nüssen, um sich einige herauszufischen.
„Es ist mir immer noch neu, dass ihr eine habt“, sagte ich und kaute auf meiner Lippe.
Kisha antwortete mir nicht sofort, hielt mir aber die Nussdose hin.
„Kisha“, fauchte ich genervt und schob ihre Hand mit der Dose von mir.
„Was denn?“, seufzte sie. „Die Anlage ist wirklich nichts besonderes.“
„Edith wollte doch erst etwas anderes sagen…Schutz… Schutzzauber…vielleicht?“, bohrte ich nach.

Kisha schnaubte: „Das ist lächerlich. So etwas gibt es gar nicht.“ Ihre Stimme war eine Nuance zu hoch. Subtil aber genug, dass es mir auffiel.

Ich musterte sie abschätzend. Kisha hatte mich noch nie angelogen. Jedenfalls nicht, dass es mir aufgefallen war. Das machte die ganze Sache noch seltsamer.

„Wo habt ihr das System her? Von einer Hexe vom Jahrmarkt? Hat sie einfach ein bisschen Weihwasser auf den Rasen gesprenkelt?“, fragte ich und Kisha presste die Lippen aufeinander, als sie mir einen wütenden Blick zuwarf. Sie öffnete den Mund und…

Die Eingangstür quietschte. Einen Moment dachte ich, es handle sich tatsächlich um einen Einbrecher, aber dann ertönten Fedor’s vertraute Schritte auf dem knarzenden Parkett.

„Hallo“, rief er und seine Stimme hallte durch das Haus. Sein brauner Schopf schob sich durch den Türrahmen und blickte sich suchend um. Kisha sprang auf und warf sich ihrem Vater in die Arme, der sie lachend an sich drückte. Ich stürzte die Lippen. War es wirklich Kisha’s Freude, ihren Vater wiederzusehen oder wollte sie einfach sich meiner Fragerei entziehen? Vermutlich beides.

Kisha ließ Fedor los und meinte dann: „Sicily und ich haben gerade über das Überwachungssystem geredet, dass du eingebaut hast. Sie meint, wir hätten es von einem Jahrmarkt.“

Fedor’s Stirn runzelte sich leicht, als er mit den Lippen formte: Alarmanlage. Dann schien er sich beinahe zu verschlucken, so ruckartig atmete er ein. Sein Blick schoss zu mir. „Natürlich. Die Alarmanlage“, murmelte er und lächelte mich an. Er

schob sich einen Finger unter den Knoten der Krawatte, um sie zu lockern.
Edith schneite in das Wohnzimmer und begrüßte Fedor mit einem kurzen Kuss.
„Ich habe gerade einen Anruf bekommen von einem meiner Klienten. Es gibt ein Problem und wir treffen uns in einer Stunde, um es zu besprechen“, teilte Edith uns hektisch mit, griff nach ihrer Tasche und warf Fedor einen bedeutungsvollen Blick zu, ehe sie den Raum verließ.
Verwirrt folgte Fedor ihr in den Flur. „Was ist denn?“, hörte ich ihn fragen, aber Edith’s Antwort konnte ich nicht mehr verstehen.
„Aber wir wollten doch zusammen essen gehen?“, murmelte Kisha betrübt, als sie ihrer Mutter hinterher sah. Diese kam wenig später in einem mitternachtsblaues Kostüm herein, dass ihre Haut leuchten ließ und küsste uns zum Abschied auf die Stirn.
„Seid vorsichtig“, murmelte sie.
Kisha verdrehte die Augen. „Mama, es ist doch nur ein Dinner.“
Edith und Fedor tauschten einen Blick, dann verschwand sie.

Der Abend war herein gebrochen. Nachdem es den ganzen Tag geregnet und gestürmt hatte, war die Luft zwar rein, aber so kalt, dass mein Atem in kleinen Wölkchen aus meiner Nase stieß.
Ein wohliger Seufzer entfuhr mir, als wir das kleine, gemütliche Restaurant betraten. Die warme Atmosphäre und der Ge-

ruch von Kräutern und Knoblauch umhüllte uns und ich spürte, wie mir die Spannung aus den Knochen wich.
Kaum hatten wir einen Fuß über die Schwelle gesetzt, kam Signora Bellenza mit schwingendem Rock und strahlenden Lächeln auf uns zu. Trotz ihres Alters - sie war älter als Fedor - war sie voller Tatendrang. Lebensfreude umgab sie wie ein Parfüm, das jeden betörte, der sich in ihrer Nähe wiederfand. Sie schätzte herzliche Gesellschaft und gutes Essen, letzteres war ihr deutlich anzusehen.
Sie drückte jeden von uns an die weiche Brust und sofort fühlte ich mich warm und behaglich. Noch bevor Kisha und Daria geboren waren, zählten Fedor und Edith bereits zu den Stammgästen. Jung und verliebt waren sie damals gewesen, hatte uns Signora Bellenza erzählt. Verliebt waren sie noch immer, aber nun waren wir die jungen Hüpfer, auf die das Leben wartete. Mit diesem Kommentar hatte sie uns einen Marienkäfer aus Schokolade zugesteckt.
„Wo ist denn Edith?“, fragte Signora Bellenza, als sie uns zu unserem Tisch führte.
„Die Arbeit hat gerufen. Sie schafft es leider nicht“, seufzte Fedor und zog den Stuhl für Kisha zurück, damit sie sich setzen konnte. Ich setzte mich ihr gegenüber und Daria nahm grazil neben mir Platz.
„Die Gute ist immer am Arbeiten. Deve godersi la vita“, meinte Signora Bellenza und zauberte eine Flasche Rotwein hervor. Ohne zu fragen, goss sie Fedor ein Glas Rotwein ein und eilte in die Küche, um uns hauseigene Limonaden zu bringen - für Kisha Grapefruit Johannisbeere und für mich Heidelbeere Mango. Daria nahm wie immer einen Tee. Sie reichte uns pro

forma eine Karte, die niemand von uns auch nur anschaute. Nachdem wir uns einmal durch die Karte gegessen hatten, hatte jeder für sich sein Leibgericht entdeckt, von dem man nur selten abwich.

Nachdem Signora Bellenza in der Küche verschwunden war, ließ ich meinen Blick durch den Raum schweifen. Es war ein kleines Restaurant und war ein Geheimtipp, von dem wirklich nur wenige wussten. Die Atmosphäre war familiär und wärmend. Ein Mann unterhielt seine Familie mit einer Geschichte, die er laut gestikulierend unterstrich. Seine Kinder lachten, während seine Frau lächelnd die Augen verdrehte. Am Fenster hielten zwei junge Erwachsene Händchen. Sie hatten die Köpfe zusammen gesteckt und unterhielten sich.

Fedor zauberte ein Kartenspiel aus seiner Jackentasche.

Daria schnaubte: „Pa, wir sind doch keine Kinder mehr.“ Dennoch lehnte sie sich ihm entgegen.

„Natürlich nicht. Würden die Damen dennoch mir die Ehre eines Spieles erweisen?“, fragte Fedor.

Daria versuchte gegen das Lächeln anzukämpfen, das sich in ihre Züge schleichen wollte. Ich verstand nicht warum. Es machte sie doch nur noch schöner.

„Na gut, ein Spiel“, stimmte sie gnädig zu.

Wir beschlossen Doppelkopf zu spielen und Fedor begann die Karten auszuteilen, als sich die Tür öffnete und ein Mann das Restaurant betrat. Er war alleine und hatte einen tiefschwarzen Mantel an, dessen Kragen er hochgeklappt hatte. Ein bisschen wie Sherlock Holmes, obwohl er wesentlich korpulenter als der Detektiv war.

„Sicily, für das Spiel musst du die Karten aufnehmen. Blind zu spielen ist nämlich relativ schwer“, neckte mich Fedor und zog meine Aufmerksamkeit wieder auf den Tisch.
Er legte einen Trumpf und ein Prickeln ging durch meinen Körper, als hätte jemand Limonade in meine Adern gekippt. Etwas stimmte nicht, schrie mein Instinkt, von dem ich gar nicht wusste, dass er so intensiv sein konnte.
Dann knallte es plötzlich ohrenbetäubend laut. Es klirrte in meinen Ohren. Ich meinte etwas grünes Aufblitzen zu sehen, bevor ich die Augen zusammenkniff. Gerade rechtzeitig, bevor mich eine Druckwelle erfasste und mich von meinem Stuhl schleuderte.
Der Aufprall presste die Luft aus meiner Lunge und als ich sie gierig wieder einziehen wollte, brannte sie wie glühende Asche.
Ich riss die Augen auf. Doch alles was ich sah waren rote und orange Flammen und dicker schwarzer Rauch.
Hustend rappelte ich mich auf. Meine Lunge schrie nach Sauerstoff. Dennoch presste ich die Lippen fest aufeinander. Der Rauch war gefährlicher als die lodernden Flammen. Die meisten Menschen, die Opfer eines Brandes wurden, starben eher an einer Rauchvergiftung als an dem Feuer.
Meine Augen brannten von der trockenen Hitze, als ich wie blind durch die Flammen schritt. Wo waren die anderen? Ich wollte ihre Namen rufen, doch nur ein armseliges Krächzen kam über meine trockenen Lippen.
Über mir krachte es laut. Funken sprühten und das Feuer loderte auf.

Ich musste hier raus. Ein Beben ließ den Boden unter mir wanken. Nicht atmen, laufen, laufen, nicht atmen, wo ist die Tür?
Orientierungslos stolperte ich gegen eine Wand. Mein Fuß war an etwas hängen geblieben, aber ich hatte nicht den Mut, nachzusehen, was es war.
Ich folgte dem Pfad zwischen den lodernden Flammen. Kurz wunderte ich mich, wie es einen solchen Pfad überhaupt geben konnte, wo doch der Rest des Raumes in einem lodernden Feuer unterging, doch dann erhaschte ich einen Blick auf einen Funken Himmel.
Ich stolperte in die Küche. Noch hatte das Feuer den Raum nicht ergriffen, aber es war nur eine Frage der Zeit. Überall standen Speisen herum. Der Topf auf dem Herd, in dem eine Suppe köchelte, lief über. Der Pudding daneben war bereits angebrannt und verströmte einen verbrannten Schokoladengeruch, der jeden Schokoladenliebhaber das Herz brechen würde. Geschnittener Sellerie lag überall auf dem Boden, zusammen mit etwas, was aussah wie Orangensaft. Dahinter war die Tür angelehnt. So schnell ich konnte, rannte ich auf die Tür zu, bevor die Flammen auch noch das Speiseöl fanden und mir hier alles um die Ohren flog. Die Tür ließ sich ohne weitere Probleme öffnen und ich stolperte in die kühle Nacht. Plötzlich war ich dankbar für die Kälte.
Taumelnd und hustend entfernte ich mich einige Schritte von dem brennenden Gebäude, bis mich meine Beine nicht mehr trugen und ich auf dem harten Asphalt zu Boden ging.

Meine Augen wurden schwer und nur am Rande nahm ich war, wie einige Männer in Sanitäteruniform auf mich zugeeilt kamen. Dann wurde alles schwarz.

Kapitel 7 - Luca - Eine Geschichte

Schweißgebadet schreckte ich aus dem Schlaf und schnappte nach Luft. Mein Herz raste so schnell, dass es sämtliche Geschwindigkeitslimits brechen würde und meine Lunge schrie verzweifelt nach Sauerstoff, sodass mein Brustkorb sich hektisch hob und senkte.

Ich versuchte mich in der Dunkelheit zu orientieren. Die Umrisse meines Zimmers zeichneten sich schwach in dem einfallenden Mondlicht ab. Meine Decke - nur ein dünnes Lacken - lag zusammengeknüllt am Ende des Bettes.

Es war komplett still. Ich schielte auf die leuchtenden roten Ziffern meiner Digitaluhr. 4:13 Uhr. Das war zu früh. Viel zu früh. Ich stöhnte und ließ mich wieder zurück in mein Kissen sinken. Es war alles nur ein Traum gewesen. Ich schloss die Augen und lauschte, wie sich mein Herzschlag langsam wieder beruhigte. Dann versuchte ich mich an den Traum zu erinnern. Doch alles, was davon noch übrig war, war die Unruhe, die sich in meinen Gliedern festgesetzt hatte.

Ich drehte mich auf die Seite und schloss die Augen, nur um sie sofort wieder zu öffnen. An Schlaf war nicht mehr zu denken. Ich wälzte mich auf den Rücken und starrte an die Decke, die dunkel über mir hing. Irgendwann hallte der tägliche Gesang, der zum Morgengebet aufrief, durch das Dorf. Leise rumpelte es auf der Treppe, dann war es wieder still. Ich starrte weiter an die Decke, während das Schwarz sich langsam zu einem rötlichen Orange mauserte und schließlich zu einem strahlenden Blau wurde. Schleppend erwachte das Haus: Schritte polterten auf der Treppe, vom Schlaf noch raue Stimmen ertönten und das Klappern und Klirren von Geschirr und Besteck verdrängte die Stille gnadenlos.

Ich vergrub meinen Kopf im Kissen. Diese Unruhe wollte mich einfach nicht loslassen. Als ich schließlich die ersten Kinderstimmen hörte, nahm ich es als Zeichen, dass es nun auch für mich Zeit war, mich endlich aufzurappeln.

Beim Frühstück stocherte ich nur in meinem Rührei herum. Meine Gedanken kreisten noch immer um den Traum und lenkten mich von den tobenden Kindern um mich herum ab. Zélie und Dominique alberten herum. Chloe unterhielt sich angeregt mit unseren Cousinen. Victoire hatte sich noch nicht blicken lassen, aber ich hörte sie zusammen mit Mama und Großmutter in der Küche erzählen.

„Isst du das noch?“, fragte Zélie, die neben mir saß und deutete auf mein Rührei. Seufzend schob ich ihr den Teller rüber, über den sie sich sogleich her machte. Es war ein Wunder, wie sie soviel essen konnte und trotzdem aussah wie eine filigrane Fee.

„Jetzt bleib doch mal still sitzen“, fuhr mich Chloe genervt an, was ich mit einem bösen Blick erwiderte. Im Vergleich zu den schreienden und dröhnenden Kindern, war ich geradezu die Ruhe in Person.

Das Gespräch in der Küche verstummte und Großmutter erschien im Türrahmen. Sie trug eine Karaffe mit frischem Eistee, in dem Minzblätter und Zitronenscheiben umher wirbelten. Geschickt wich sie Amalia und Leon aus, die lebhaft fangen spielten, statt zu frühstücken und stellte den Eistee auf den Tisch, bevor sie sich zu den beiden umdrehte.

„Habt ihr denn keinen Hunger? So wie ich euch kenne, habt ihr doch noch keinen Happen gegessen. Dabei braucht ihr Energie, wenn ihr den ganzen Tag spielen wollt", tadelte sie die beiden liebevoll. Mein Großvater tauchte hinter ihr auf und schlang die Arme um seine Frau.

„Es sind doch nur Kinder. Wenn sie Hunger haben, dann werden sie sich schon zu Tische bewegen", sagte er sanft. Großmutter verdrehte die Augen, woraufhin Großvater ihr lächelnd einen Kuss auf die Schläfe drückte, bevor er sich von ihr löste und sich auf den Stuhl neben mir fallen ließ. Er griff nach der Karaffe und goss sich eine Tasse ein, dabei ließ er seinen Blick über den Tisch schweifen. Über all seine lebhaften Enkelinnen, bis sein Blick schließlich an mir hängen blieb.

„Na, mein Junge, hast du gut geschlafen?", fragte er und obwohl er leise sprach, hallte seine tiefe Stimme durch den Raum.

Ich begann zu nicken, bis ich inne hielt und mir bewusst wurde, dass das gar nicht stimmte. Dann schüttelte ich langsam den Kopf. Mein Großvater lehnte sich nach hinten und zog seine buschigen Augenbrauen nach oben.

„Haben die Kleinen dich wach gehalten?", fragte er in einem verständnisvollen Ton. Wieder schüttelte ich den Kopf.

„Ich hatte einen komischen Traum", murmelte ich und bereute es bereits, ehrlich auf die Frage geantwortet zu haben. Ich hatte keine große Lust über meinen Traum zu sprechen, an den ich mich ja noch nicht einmal richtig erinnern konnte. Großva-

ter tat mir jedoch nicht den Gefallen. Interessiert musterte er mich aus seinen grauen Augen und fragte neugierig: „Was für einen Traum?"
Ich fuhr mir mit der Hand durch die Haare und zuckte mit den Schultern.
„Ich kann mich nicht erinnern. Es ist nur...ich fühle mich seitdem so unruhig", versuchte ich es zu erklären und seufzte. „Ist eh nicht so wichtig", versuchte ich ihn abzuwimmeln und wandte mich wieder meinem Teller zu - von dem ich feststellen musste, dass Zélie ihn komplett leer gegessen hatte.
„Ich hab auch manchmal komische Träume", erzählte Großvater und begann sich Obstsalat in seine Schale zu häufen.
„Was denn zum Beispiel?", seufzte ich und schob den leeren Teller von mir. Großvater nahm ein Bissen Obstsalat und schien zu überlegen. Dann spülte er es mit einem Schluck Tee herunter und begann zu sprechen:
„Einmal hatte ich einen Traum über zwei Kinder. Ein Junge und ein Mädchen. Es handelte sich bei ihnen jedoch keineswegs um gewöhnliche Kinder. Im Gegenteil. Es sind wahrlich zwei außergewöhnliche Kinder." Großvater nahm einen weiteren Bissen Obstsalat und kaute langsam. Das machte er gerne. Er begann zu erzählen und wenn alle Augen auf ihn gerichtet waren, ließ er uns zappeln. Zélie und Dominique hatten bereits aufgehört, miteinander herumzualbern und ihre Aufmerksamkeit auf Großvater gerichtet. Sie liebten seine Geschichten.
„Warum waren sie denn außergewöhnlich?", fragte Zélie auch schon neugierig. Großvater zwinkerte ihr verschwörerisch zu.
„Ich habe gesehen, dass die beiden Kinder zu den Myth gehören werden. Kennt ihr die Geschichte der Myth?", fragte er.

Zélie und Dominique schüttelten die Köpfe, während ich die Stirn runzelte. Die Geschichte der Myth war ein fast vergessenes Märchen, das heute kaum noch erzählt wurde. Wie auch die Könige und Königinnen von Nysus waren sie Sagengestalten.
Mein Großvater ließ sich davon nicht abhalten, als er anfing jene Geschichte zu erzählen: „Die Myth waren die ersten Wesen auf der Erde und lebten vor Tausenden von Jahren. Es gab dreizehn von ihnen und jeder hatte seine ganz eigenen Fähigkeiten. So gibt es den Formwandler, der die Form eines jeden Lebewesens, ob Mensch oder Tier, annehmen konnte. Die Legende sagt, er wäre der Herr und Schöpfer der Tierwelt und der erste Wandler.
Dann gibt es noch den Schatten. Wie ein solcher konnte er sich durch den Schleier der Dunkelheit bewegen. Außerdem ist er der Herr einiger Kreaturen, die jedoch so dunkel sind, dass sie in einer fremden Welt festgehalten werden.
Wieder ein anderer ist der Elementar. Oder wie wir ihn nennen: der erste Elementar. Er beherrscht alle vier Elemente, nicht nur eins, wie die meisten von uns. Er erschuf Seen und Meere und die gesamte Pflanzenwelt. Außerdem…“, Großvater legte eine Kunstpause ein und die Zwillinge hielten vor Spannung die Luft an. Dann: „Außerdem ist er der Vater unseres Volkes, derjenige, der die Elementare erschaffen hat.“
„Er konnte alle vier Elemente beherrschen?“, fragte Zélie mit leuchtenden Augen.
„Genau“, bestätigte Großvater schmunzelnd und sichtlich zufrieden mit dem Effekt, den seine Geschichte auslöste.
„Wow“, hauchte Zélie verzückt.

Dominique mischte sich ein und reckte die Nase in die Höhe, als sie fragte: „Aber wie können denn diese beiden Kinder zu denen gehören, wenn es sie doch schon gab?“
Mein Großvater nickte anerkennend. „Das ist eine sehr gute Frage und die Antwort ist nicht weniger faszinierend. Sie geht wie folgt: Mit dem Tod eines Myth löst sich die Macht von ihm. Während der Körper zerfällt, sucht sich die Macht einen neuen Wirt, ein noch ungeborenes Kind. Die Kräfte erscheinen jedoch erst im Laufe der Jahre“, berichtete Großvater.
„Es gibt also irgendwo dreizehn Myth, die munter durch die Weltgeschichte spazieren?“, fragte Chloe skeptisch und beugte sich über den Tisch, um sich noch eine Scheibe Brot zu angeln. Großvater schmunzelte.
„Nicht ganz. Viele Jahrtausende lebten sie und ihre Völker friedlich Seite an Seite, doch mit der Zeit wurden einige von ihnen immer unzufriedener. Davos, der Myth der Gefühle, sah die Macht, die ihnen gegeben worden war, als ein Zeichen göttlicher Überlegenheit. Er sah darin die Berechtigung über die Menschen zu herrschen, sie zu versklaven und sie zu Tieren herabzusetzen.
Einige schlossen sich seiner Meinung an. Der Gedanke war nicht neu. Viele Legends fühlten sich den Menschen aufgrund ihrer Fähigkeiten grundlegend überlegen.
Doch es gab auch diejenigen, die sich auf die Seite der Menschen stellten, für sie kämpften und starben, als dann ein Krieg ausbrach. Die Myth wurden immer wieder geboren, doch die gegnerische Seite brachte die Kinder schon oft bei der Geburt um. Schließlich gelang es der Gruppe, die für die Menschheit

kämpfte, Davos zu töten und die gegnerischen Truppen soweit zu dezimieren, dass diejenigen, die überlebten, sich ergaben."
„Wo sind die Myth jetzt?", fragte Zélie, die sich nach vorne gebeugt hatte, um kein Wort, das Großvaters Lippen verließ, zu verpassen.
„Nach dem Krieg, kamen die Übergebliebenen zu einer Übereinkunft. Sie waren zu mächtig. Wenn alle Dreizehn auf der Erde wandelten, war es, als spiele man mit einem Pulverfass in der Nähe des Feuers. Deshalb beschlossen sie sich einen Fluch aufzuerlegen. Niemals wieder sollten mehr als sieben Myth auf der Erde wandeln" erklärte Großvater und beendete so seine Geschichte. Zufrieden lehnte er sich zurück.

Am Nachmittag schnappte ich mir ein Buch und lümmelte mich in einen der weichen Ledersessel im Wohnzimmer. Die Kinder waren mit den Erwachsenen auf einem Bootsausflug, weswegen es ungewöhnlich, aber nicht unwillkommen, still im Haus war. Nur Chloe und Victoire leisteten mir Gesellschaft. Chloe lackierte ihre Nägel und sah dabei Fernsehen, während Victoire über eines ihrer Notizbücher gebeugt war und die Seiten mit komplizierten Formeln in enger, kleiner Schrift bekritzelte. Als Chloe fertig mit ihren Nägeln war, kam sie zu mir herüber geschlendert und setzte sich auf die Lehne meines Sessels. Neugierig blickte sie mir über die Schulter.
„Lass das", mahnte ich sie genervt.
„Was denn?", fragte sie unschuldig und strich sich eine Haarsträhne hinter ihr Ohr.
„Chloe, das…", noch bevor ich den Satz beenden konnte, durchfuhr mich ein brennender Schmerz, als würde ich in

Flammen stehen. Ich krümmte mich zusammen und stieß überrascht die Luft aus. Chloe beugte sich besorgt über mich und legte mir die Hand auf den Rücken.
„Alles in Ordnung?“, fragte sie beunruhigt. Ich hielt die Luft an, doch der brennende Schmerz war genauso plötzlich wieder verschwunden, wie er gekommen war. Langsam nickte ich und richtete mich wieder auf.
Chloe öffnete den Mund, um etwas zu sagen, aber meine Aufmerksamkeit schnellte zu der Frau im Kostüm, die soeben auf der Bildschirmscheibe aufgetaucht war und mit ernster Stimme ankündigte: „Eine Eilmeldung aus Moskau.“
Chloe sah sich verwirrt um, um zuerkennen, was meine Aufmerksamkeit fesselte. Die Nachrichtenmoderatorin fuhr fort: „Soeben hat es eine Explosion in der Moskauer Innenstadt gegeben.“
Ein Bild wurde eingeblendet, dass ein lichterloh brennendes Haus zeigte und ein paar hektisch herumrennende Feuerwehrmänner, die versuchten das Feuer zu bändigen. Rundherum standen ein Pulk Menschen, die eifrig das Geschehen beobachteten und es mit ihren Handys filmten.
„In einem Restaurant in der Moskauer Innenstadt gab es vor einer halben Stunde eine große Explosion. Die Feuerwehrmänner sind dabei, es zu löschen. Es gibt bisher eine Überlebende, die derzeit im Krankenhaus behandelt wird. Die Urasche ist noch nicht ermittelt worden. Experten gehen jedoch von einer Gasexplosion aus.“ Die Nachrichtensprecherin holte Luft und die Bilder veränderten sich. Dann ging es weiter mit: „Nachrichten aus London.“

Ich wandte mich ab und versuchte mich zu beruhigen. Sicily hatte mir erzählt, dass sie nach Moskau fahren würde und ihre Familie besuchte. Aber sie war nicht echt. Sie war nur Fantasie. Und eine Fantasie konnte nicht in einem Brand in Moskau sterben. Obwohl ich mit aller Kraft versuchte mich daran zu erinnern, gelang es mir nicht, die tanzenden Gedanken in meinem Kopf zu beruhigen.

Es war bereits weit nach Mitternacht und ich lag noch immer hellwach in meinem Bett. Seufzend gab ich es auf zu schlafen, dabei hätte ich eine erholsame Nacht wirklich gebrauchen können. Ich setzte mich auf und starrte aus dem Fenster in die Nacht. Der Mond schien hell, beinahe so hell, dass man lesen könnte, wenn man sich ein bisschen anstrengte.
Einer plötzlichen Eingebung folgend schlug ich die dünne Bettdecke zurück und zog mich leise an. Auf Zehenspitzen schlich ich die Treppe herunter, auf jegliche Geräusche lauschend. Doch das Haus war still. Die Tür ließ sich geräuschlos öffnen und die kühle Nachtluft schlug mir entgegen. Vorsichtig zog ich sie wieder hinter mir zu. Ohne zu wissen wohin, machte ich mich auf den Weg. In dem silbernen Mondlicht, konnte ich mich problemlos zurechtfinden.
Ich ging an den Kamelen vorbei, die mir schläfrig nachsahen und bog in den kleinen Wald ein. Schließlich fand ich mich an dem kleinen Wasserfall wieder, wo wir den Tag verbracht hatten und Leon seinen Ausrutscher hatte. Der Stein, der mitten in der kleinen Bucht gelegen hatte, war weg. Irritiert sah ich zur Klippe herauf. Die Silhouette des abgebrochenen Vorsprungs leuchtete im Mondlicht. Vielleicht hatte David ihn

weggeräumt? Langsam ging ich auf das Wasser zu. Ein merkwürdiges kribbliges Gefühl hatte mich ergriffen. Das Wasser schien unruhiger zu werden und schlug in Wellen gegen den Stein, wo sie schäumend zerschellten. Ich zog die Augenbrauen zusammen. Es gab keinen Grund für den plötzlichen Wellengang. Ich streckte meinen sechsten Sinn aus, konnte aber nichts beunruhigendes finden. Langsam watete ich in das kühle Nass. Das war es, was ich gebraucht hatte. Einfach eins sein mit meinem Element.

In Gedanken verloren begann ich Formen und Wirbel zu erschaffen. Irgendwann hielt ich inne. Der Wasserspiegel war immer weiter gestiegen. Kleine Wellen kamen auf mich zu und zerschlugen an meinem Körper.

Es wurde immer unruhiger. Etwas regte sich wenige Meter vor mir. Meine Haare stellten sich auf, aber ich konnte mich nicht bewegen. Etwas Neues erwachte in mir, etwas Altes, von dem ich nicht wusste, dass es in mir war. Es zog mich zu dem Strudel, der plötzlich aufgetaucht war. Ohne, das ich mir dem bewusst war, streckte ich die Hand aus. Das Wasser leckte sanft über meine Hand, immer höher den Arm hinauf. Verwirrt zog ich die Hand zurück. Das war definitiv seltsam. War hier vielleicht noch ein Elementar in der Nähe, der sich einen Scherz mit mir erlaubte? Ich sah mich um, doch in dem Mondlicht waren nur die Felsen und der kleine Wald zu erkennen.

Das Sprudeln hörte auf und das Wasser wirkte plötzlich so still wie in einem Bergsee. Unsicher verlagerte ich mein Gewicht und hielt meine Hand probeweise an die Wasseroberfläche.

Ein Ruck ging durch meinen Körper und ein Strudel ergriff mich. Noch bevor ich mich gegen die fremde Macht wehren konnte, wurde ich in die Tiefe gezogen. Das Letzte, das ich sah, war der Mond, der geheimnisvoll schimmerte. Dann verschluckte mich die Dunkelheit.

Kapitel 8 - Sicily - Ein Tässchen Tee mit Aleksei

Ich erwachte mit einem brennenden Kratzen im Hals. Mein Kopf war auf einem steifen, sanitär riechenden Kissen gebettet. Der Geruch von Desinfektions- und Reinigungsmittel brannte mir in der Nase.

Stöhnend fasste ich mir an die Schläfe, in der es dumpf pochte und hätte dabei beinahe die Infusionsnadel, die in meinem Handrücken steckte, herausgerissen. Meine Augen öffneten sich flatternd und ich versuchte mich zu orientieren.

Es war dunkel in dem Raum. Abgesehen von dem schwachen Licht, das durch einen Spalt an der Tür fiel, und das monotone Blinken, welches mit dem nervtötenden Piepen einherging.

Blind tastete ich mit der Hand, an der keine Infusionsnadel hing, meine Umgebung ab, bis ich auf etwas glattes und kühles stieß. Tastend umfasste ich das, was sich anfühlte wie ein Becher und von dem ich hoffte, er wäre mit Wasser gefüllt. Ich hatte Glück und stürzte es mit einem Mal herunter. Doch mein Mund fühlte sich immer noch trocken und jeder Atemzug rau an. Hustend und mit Tränen in den Augen stellte ich den Becher zurück auf die Anrichte.

Fast bemerkte ich nicht, wie sich die Tür öffnete und eine Frau, in pastelgrünem Kittel, den Kopf durch den Spalt steckte. Als sie mich sitzend auf dem Krankenbett sah, rief sie etwas in den Flur, dann flammte Licht auf. Noch immer etwas

langsam, kniff ich geblendet meine Augen zusammen. Das Pochen in meinem Kopf verstärkte sich.
Die Krankenschwester kam zu mir und drückte mich wieder ins Kissen, während ein Haufen anderer in weiß gekleideter Menschen in den Raum strömte. Mit großen Augen beobachtete ich, wie sie an den Geräten hantierten.
Einer von ihnen leuchtete mir mit einer Lampe in die Augen, woraufhin ich geblendet die Augen zusammen kniff. Danach legte er mir einen Blutdruckmesser um. Als er schließlich fertig war, setzte er sich an meinen Bettrand und sah mich prüfend an.
„Ich bin Doktor Pepow und ihr behandelnder Arzt. Wie fühlen Sie sich?“, fragte er geschäftsmäßig.
„Gut“, sagte ich und streckte meine Arme. Der eine kribbelte nach dem Blutdruckmessen noch immer.
„Haben Sie sich während der Explosion in dem Restaurant aufgehalten?“, fragte er weiter und musterte mich neugierig.
„Explosion?“, erwiderte ich verwirrt. In meinem Kopf wirbelten bunte Erinnerungsfetzen durcheinander. Ich brauchte ein bisschen, um meine Gedanken halbwegs zu ordnen. So langsam dämmerte es mir aber. Kisha, Edith und ich waren in der Stadt gewesen. Das Wetter war schlecht und wir waren wieder nach Hause gefahren. Ich kniff die Augen zusammen und versuchte mich weiter zu erinnern. Doktor Pepow riss mich aus meinen Gedanken.
„Können Sie sich nicht erinnern?“, fragte er und Besorgnis überschattete sein Gesicht. Sein Oberkörper drehte sich bereits zu seinen Krankenschwestern.

„Wir waren in der Stadt“, erzählte ich ihm, nur um ihm zu beweisen, dass ich mich noch an irgendwas erinnerte. Doktor Pepow wandte sich wieder zu mir um und nickte ermunternd.
„Sie waren in einem Restaurant namens Ambiente“, half er mir auf die Sprünge und plötzlich strömte eine Welle von Erinnerungen auf mich ein. Ruckartig setzte ich mich auf. Am Rande nahm ich wahr, dass mein Körper gegen die plötzliche Bewegung protestierte und meine Sicht leicht schwankte.
„Geht es den Anderen gut?“, frage ich, während die Panik mir die Luft abschnürte. Doktor Pepow senkte seinen Blick und sah auf seine schlanken Chirurgenhände. Noch bevor er den Mund öffnete, kannte ich die Antwort. Mein Magen fiel einige Stockwerke nach unten.
„Sie sind bisher die einzige Überlebende. Die Trümmer werden noch durchsucht, aber es sind Bergungsarbeiten, keine Rettungsmissionen mehr“, sagte er behutsam und hielt seinen besorgten Blick auf mich gerichtet, als wartete er bereits auf den Zusammenbruch.
Ich schnappte nach Luft, hatte aber nicht das Gefühl, dass sie meine Lunge erreichte. Das Krankenzimmer verschwamm vor meinen Augen, doch erst als die Tränen auf die Decke tropften, bemerkte ich, dass ich weinte.
„Es tut mir leid“, sagte Doktor Pepow und reichte mir ein Taschentuch. Schluchzend verbarg ich mein Gesicht in meinen zitternden Händen. Ich dachte an Kisha, ihr Lachen, ihre Geschichten und ihre Lebensfreude. Sie konnte nicht tot sein. Die Welt konnte doch nicht so grausam sein, dieses strahlende Licht auszulöschen.

Und Daria und Fedor…sie waren doch meine Familie. Edith's Familie. Ein weiterer Schluchzer entfuhr mir.
Doktor Pepow wartete geduldig, bis das Zittern in meinem Körper abgenommen hatte und ich müde den Kopf hob.
„Was ist passiert?", krächzte ich schließlich.
„Bisher wird von einem Gasleck ausgegangen, welches zu der Explosion geführt hat."
„Wo ist meine Tante?", fragte ich.
Doktor Pepow warf einer seiner Krankenschwestern einen fragenden Blick zu, die ratlos die Schultern zuckte.
„War sie mit Ihnen im Restaurant?", fragte Doktor Pepow vorsichtig. Ich schüttelte den Kopf. Das schien ihn zu erleichtern und ich dachte wieder daran, dass niemand außer mir es aus dem Inferno geschafft hatte.
„Wir können sie benachrichtigen, wenn sie das wünschen", bot Doktor Pepow an.
„Kann…kann ich mit ihr telefonieren?", fragte ich und der Gedanke ließ mich leichter atmen.
„Ähm", setzte Doktor Pepow an, bevor er mein hoffnungsvolles Gesicht sah, „Natürlich. Schwester, bringen Sie ein Telefon."
Eine der Krankenschwestern verschwand und tauchte Sekunden später mit einem Telefon in der Hand auf. Sie überreichte es mir mit einem warmen Lächeln.
Meine Hände zitterten noch immer, als ich die Nummer wählte, die ich glücklicherweise auswendig konnte. Dann drückte ich den Bildschirm gegen mein Ohr und betete, meine Tante möge rangehen. Bestimmt hatte sie bereits von dem Zwischenfall gehört.

Doktor Pepow und die Krankenschwester zogen sich währenddessen zu den Fenstern zurück und begannen miteinander zu flüstern, während Doktor Pepow durch die Akten blätterte, die sie ihm gegeben hatte. Hinter ihnen zeichnete sich der Sonnenaufgang ab und tauchte alles in einen glühend roten Lichtschein, welches mich unbehaglich an das Feuer erinnerte, dem ich erst Stunden zuvor entkommen war.

Der Freiton ertönte erst ein, dann zwei, dann drei Mal und dann endlich:

„Hallo?"

„Edith?", fragte ich und meine Stimme zitterte.

„Meine Sonne", flüsterte sie. Sie klang, als hätte sie geweint, was sofort dazu führte, dass auch mir wieder die Tränen in die Augen schossen.

„Geht es dir gut?", fragte sie rau.

Ich schluchzte und brauchte einige Atemzüge, bis ich mich genug beruhigt hatte um ein „ja" zu flüstern.

Ein erleichtertes Seufzen ertönte. Dann sagte sie mit erstaunlicher Dringlichkeit in der Stimme: „Hör mir zu, meine Sonne, wir haben nicht viel Zeit, deswegen ist es wichtig, dass du mir zuhörst. Hast du verstanden?"

Ich brachte einen zustimmenden Laut hervor, der mir einen besorgten Blick von Doktor Pepow und der Krankenschwester einbrachte.

„Eine Gruppe ist schon auf den Weg zu dir. Es sind Freunde von mir. Sie werden dich zu mir bringen. Ich kann leider nicht selber kommen. Das wäre zu gefährlich und ich gehe keine Risiken ein. Nicht nach dem, was bereits geschehen ist", sagte

sie so schnell, dass ich, immer noch desorientiert von den Beruhigungsmitteln, Schwierigkeiten hatte, ihr zu folgen.
„Warum?“, wimmerte ich schließlich.
„Ich erkläre dir alles, sobald du bei mir bist. Ich habe deinen Vater bereits angerufen und ihm Bescheid gesagt. Er bringt Charlotte in Sicherheit“, sagte sie und ihre Stimme überschlug sich, „ich habe dich lieb, meine Sonne.“
Dann brach das Gespräch ab.
„Edith?“, flüsterte ich tränenerstickt in den Hörer. Doch es blieb still. Sie hatte einfach aufgelegt. Langsam senkte ich den Arm. Meine Hand zitterte so stark, dass ich es nur mit Mühe verhindern konnte, dass mir das Telefon aus der Hand rutschte.
Als die Krankenschwester merkte, dass ich fertig war, kam sie auf mich zu und nahm mir das Telefon aus der Hand. Doktor Pepow verließ währenddessen das Zimmer. Sanft glättete sie die Bettdecke und strich mir mit der Hand über das Haar.
„Ruhe dich etwas aus. Falls du irgendwas brauchst, dann ruf nur“, erklärte sie mir freundlich, bevor sie sich umdrehte und leise aus dem Zimmer verschwand.

Die Sonne war bereits schon weit über den Horizont gezogen und ich zählte gerade die Kacheln an der Decke, um meinen Kopf zu beschäftigen - nur nicht an Kisha denken - als sich die Tür öffnete.
Ich rechnete mit einem Arzt oder einer Krankenschwester, aber herein kamen zwei grimmig schauende Männer mittleren Alters. Beide trugen schwarze Anzüge aus schweren Stoff, die einer Montur ähnelten. Schusswaffen baumelten an ihren Gür-

teln. Was zur Hölle? War das etwa die Gruppe, von der Edith gesprochen hatte?
Sie stellten sich jeweils auf eine Seite neben der Tür, durch die gerade ein dritter Mann schritt. Im Gegensatz zu den anderen Männern trug er einen dreiteiligen, eleganten Anzug, der vollkommen fehl am Platz wirkte. Seine dunklen Haare waren sorgfältig nach hinten gestriegelt. Er war etwas kleiner als die anderen Männer und eher drahtig als bullig. Auf seinem Gesicht lag ein breites, herzliches Grinsen, dass sofort sympathisch wirkte. Er bewegte sich zwischen den beiden Männern hindurch und kam mit langen Schritten auf mich zu. Freundlich streckte er mir die Hand entgegen. Der Händedruck war warm und weder zu stark noch zu schwach, sondern genau richtig.
„Ich bin Aleksei", stellte er sich vor und neigte dabei leicht den Kopf, als würde er eine Verbeugung andeuten. Ich blinzelte verwirrt. In mir regte sich etwas, das ich nicht zu benennen vermochte.
„Ich bin Sicily", krächzte ich. Meine Stimme hatte sich noch nicht von dem Feuer und dem vielen Weinen erholt.
„Das weiß ich doch. Es freut mich außerordentlich, dich kennenzulernen. Deine Tante wartet bereits auf dich", sagte er und sein Lächeln verbreiterte sich. Er streckte die Hand nach hinten aus und einer der Männer reichte ihm eine kleine Ledertasche. Aleksei überreichte mir die Tasche und ich öffnete sie zögernd. Zum Vorschein kamen ordentlich gefaltete, saubere Kleidung und ein paar Wasserflaschen.

Ich kniff geblendet die Augen zusammen, als wir das Krankenhaus verließen. Der Himmel war wolkenlos und strahlend blau. Mir wäre es lieber gewesen, er wäre grau und düster gewesen, als würde auch er trauern und den Tod der am vorherigen Tag Verstorbenen bedauern.
Aleksei führte mich zu einem schwarzen SUV. Einer der bulligen Männer öffnete mir die Tür und ich kletterte auf die hohen Sitze. Aleksei nahm neben mir Platz und der Mann warf die Tür zu.
Die getönten Scheiben dämpften das hineinfallende Sonnenlicht, sodass Aleksei's Gesicht im Schatten lag. Er hatte seinen Kopf schräg gelegt und musterte mich mit einem unergründlichen Blick. Ich musterte ihn genauso ungeniert.
Irgendetwas an ihm kam mir so…vertraut vor. Dabei war ich mir sicher, ihn noch nie in meinem Leben zuvor gesehen zu haben.
„Wie lange dauert es, bis wir bei Edith sind?", fragte ich schließlich, hauptsächlich um mich selbst abzulenken.
„Nicht lange", sagte er und wandte den Blick von mir ab. Eine feine Falte zog sich über seine Stirn, als er die Landschaft an sich vorbeiziehen ließ.

Der Wagen hielt vor einem großen prachtvollen Gebäude, auf dessen Gelände schwarz gekleidete Männer mit sichtbaren Waffen an der Hüfte patrouillierten. Verwirrt zog ich die Augenbrauen zusammen.
„Was ist das hier?", fragte ich Aleksei, der bereits seinen Sitzgurt gelöst hatte und sich nun nach vorne lehnte.

„Einer unserer Stützpunkte. Aber keine Angst, du wirst nicht lange hier bleiben“, antwortete er, während die Tür auch schon aufgezogen wurde.

Aleksei glitt aus dem Wagen und hielt mir dann die Hand hin, um mir beim Ausstieg zu helfen. Als ich seine Hand nahm, ging ein Kribbeln wie Elektrizität durch meinen Körper.

Ich schüttelte mich und begegnete Aleksei's intensiven Blick. Er beobachtete mich gespannt, als versuchte er ein Rätsel zu lösen. Die Falte in seiner Stirn grub sich immer tiefer in seiner Haut, dann fragte er: „Alles in Ordnung?“

„Hmm, ja, alles gut“, murmelte ich und ließ mir von Aleksei heraushelfen. Nachdem ich seine Hand wieder losgelassen hatte, spürte ich es noch immer. Wie Feuer brodelte es in meinen Adern.

Schluckend verschränkte ich die Arme vor der Brust. Das letzte, woran ich denken wollte, war Feuer.

Um mich abzulenken, sah ich mich um. Das flache Gelände, auf dem wir uns befanden, war von hohen Stacheldrahtzäunen umgeben, die von muskelbepackten Männern in Uniform patrouilliert wurden. Schusswaffen baumelten an ihren Hüften.

Der Kies knirschte unter meinen Füßen, als Aleksei mir mit einer Handbewegung bedeutete, dem Weg zu folgen, der auf ein längliches Gebäude zuführte. Abgesehen von einigen Verschnörkelungen, Säulen und einer Kuppel in der Mitte war es schlicht. Alles war in Sandfarben gehalten.

Die zwei Männer, die uns schon aus dem Krankenhaus begleitet hatten, flankierten unsere Seiten, als Aleksei uns zu dem riesigen Anwesen führte. Wir begegneten einigen Wachen, welche Aleksei respektvoll zunickten und dann ihren Blick

neugierig über mich flattern ließen. Vielleicht fragten sie sich, was ein - in ihren Augen - kleines Mädchen auf einem...was war das hier? Ein Militärstützpunkt?...zu suchen hatte.
Die Flügeltüren schwangen auf und Aleksei bedeutete mir vorzugehen. Der Boden war mit rotem Teppich ausgelegt und an den Wänden hingen altertümliche Gemälde. Schwere Kronleuchter hingen in regelmäßigen Abständen von den Decken. Es wirkte alles so...alt. Und prunkvoll. Eher wie das Haus eines Adligen aus vergangener Zeit, als das eines Militärstützpunktes.
„Wo ist Edith?“, fragte ich und rieb mir die Nase, die von dem Staub in der Luft zu jucken begonnen hatte.
In Aleksei flackerte etwas, als er zögerte zu antworten. Ich blinzelte verwirrt und das Feuer in meinen Adern loderte auf. Aleksei's Augen huschten zu mir und weiteten sich für eine Sekunde.
„Was ist los?“, fragte ich. Die ganze Situation wurde immer merkwürdiger.
Aleksei antwortete nicht sofort. Seine Schultern hoben sich langsam, als er tief einatmete, und senkten sich dann wieder, als er den Atem ausstieß.
Das Feuer in meinen Adern ließ nach und beruhigte sich soweit, dass ich es beinahe nicht mehr wahrgenommen hätte.
Aleksei blieb vor einer Tür stehen und sagte: „Entschuldige bitte.“ Er schenkte mir ein warmes Lächeln, bevor er den Arm ausstreckte und eine Tür aufstieß. Freundlich bedeutete er mir vorzugehen und ich trat neugierig über die Schwelle.
Der Raum sah aus, wie ich mir einen Salon aus der Oberschicht des achtzehnten Jahrhunderts vorstellte. Mit Samt be-

zogene Sofas und Sessel standen in der Mitte und bildeten eine gemütliche Sitzgruppe. Warmes Sonnenlicht strömte durch die spitzbogigen Fenster, die fast bis zum Boden reichten.

„Wo sind wir hier?“, fragte ich.

„Schön oder? Das Gebäude wurde dem Schloss Sans Souci nachempfunden“, sagte er, ohne meine Frage zu beantworten.

Er führte mich zu der Sitzgruppe und ich setzte mich auf das knautschige Sofa. Er setzte sich auf den Sessel daneben und griff nach der Teekanne, die auf dem Tisch stand. Nachdem er eingegossen hatte, reichte er mir die Tasse und wandte sich der zweiten zu.

„Du bist nicht die Tochter von Edith, oder?“, fragte er, als er die Kanne wieder senkte und sie auf den Tisch zurückstellte. Behutsam und ohne mich aus den Augen zu lassen, lehnte er sich in seinem Sessel zurück.

„Ähm, nein“, erwiderte ich, den Blick auf meine Tasse gerichtet, und beobachtete, wie der Dampf sich in der Luft verlor. Dann sah ich zu ihm und fragte: „Wo ist Edith?“

„Auf dem Weg“, meinte Aleksei und nippte an seinem Tee. Wieder nahm ich dieses Flackern bei ihm wahr und bemerkte, dass ich es nicht sah, sondern spürte.

„Wer bist du dann?“, fragte Aleksei und sah mich über seine Teetasse hinweg an.

„Ich bin Sicily. Edith ist meine Tante“, sagte ich und nippte an dem Tee. Er war noch zu heiß, schmeckte aber unerwartet gut, nach Minze und Erdbeere.

„Hat Edith Ihnen nicht gesagt, wer ich bin?“, fragte ich verwundert.

Aleksei rieb sich über die Augen und sagte: „Ich wurde nur mit deiner Abholung beauftragt und habe angenommen, du bist einer ihrer Töchter." Ich ließ die Teetasse sinken, als der Schmerz des Verlustes erneut aufflammte. Wie sehr ich mir doch wünsche, Kisha würde an meiner Stelle hier sitzen, an meiner Stelle überlebt haben.

„Leider nicht", murmelte ich und starrte in meinen Tee.

„Wie haben Sie das Feuer überlebt?", fragte Aleksei sanft.

Ich hob den Blick und begegnete seinen braunen Augen. Erneut stob das Gefühl der Vertrautheit in mir auf.

„Ich weiß es nicht", flüsterte ich zurück.

Kapitel 9 - Luca - Ranos, die Insel des Grauens

Hustend erwachte ich und spuckte dabei einen Schwall Meereswasser aus. Zittrig zog ich die warme Luft ein. Sie brannte wie Feuer in meiner geschundenen Lunge.
Blinzelnd öffnete ich die Augen. Ein Strand, der aussah als gehöre er zum Set von Fluch der Karibik, breitete sich vor mir aus. Der schwarze Sand war kühl und feucht und gab unter mir nach, als ich versuchte mich aufzurichten. Eine Welle spülte über mich und das Salz brannte auf meiner geschundenen Haut.
Ein Hustenanfall überkam mich und zerrte an meinen letzten Kräften. Erschöpft ließ ich mich wieder in den Sand fallen und schloss flatternd meine Augen. Es war keine gute Idee, aber im Moment wollte ich nichts mehr, als schlafen.
Dann erklang direkt neben mir ein Knirschen und ich riss meine Augen wieder auf. Eine zerzauste Vogelscheuche schob sich in mein Blickfeld.
„Warte, ich helfe dir“, sagte die Vogelscheuche mit einer erstaunlich samtigen Stimme und stützte meinen Rücken, um mir beim Aufsetzen zu helfen. Meine Umgebung begann sich zu drehen und mir wurde übel. Erschöpft schloss ich die Augen.
„Danke“, krächzte ich. Meine Stimme klang, als wäre sie durch den Fleischwolf gezogen worden und war kaum mehr als ein Flüstern. Ein sehr leises Flüstern noch dazu. Ich ver-

suchte zu schlucken, doch mein Mund war staubtrocken. Als hätte der Fremde meine Gedanken gelesen, zog er einen Wasserschlauch aus seinem Gürtel.

„Hier, nimm das.“ Sanft drückte er mir den Wasserschlauch in meine zitternde Hand. Gierig schüttete ich das kühle Nass meine Kehle hinunter. Der Schmerz ließ etwas nach, doch das Kratzen blieb. Langsam hörte sich meine Umgebung auf zu drehen.

Der Fremde beobachtete mich. Er war groß. Seine schwarzen schulterlangen Haare waren in einem Knoten in seinem Nacken zusammen gefasst. Ein paar wellige Strähnen hatten sich herausgelöst und umrahmten sein Gesicht sanft. Er trug ein loses Leinenhemd, dass ihm locker von den Schultern hing und eine dazu passende Hose. Seine Kleidung war an einigen Stellen gerissen, aber an ihm wirkte es eher kunstvoll als verwahrlost. Die Ärmel seines dunkelblauen Hemdes waren bis zum Ellbogen hochgekrempelt und offenbarten eine mit Narben übersäte Haut. Aus dem Kragen seines Hemdes schaute ein Tattoo hervor. Er sah wirklich aus wie ein Pirat.

Der Fremde legte den Kopf schräg und musterte mich eingehend. Seine Augen waren von einem intensiven Schwarz, sodass man die Pupille kaum noch erkennen konnte - als würde man in ein endloses Loch hineinblicken. Er erwiderte meinen Blick mit einer Intensität, sodass ich meine Augen mit einem Schaudern von ihm abwandte und stattdessen die Umgebung betrachtete. Schwarzer Sand schmückte den Strand, der eine klare Trennlinie zwischen dem türkisblauem Meer und dem tiefgrünen Wald dahinter bot.

„Wo bin ich?“, krächzte ich.

Der Mann löste seinen Blick von mir und ließ ihn einmal über den schwarzen Strand gleiten.
„Auf Ranos", antwortete er. Das sagte mir nichts, aber ich war nie eine Leuchte in der Topographie der Menschenwelt gewesen. In dem Oman gab es viele kleine Orte. Vermutlich war ich an einen von ihnen gestrandet - wie auch immer das passieren konnte. Verzweifelt versuchte ich mich an die letzten Stunden zu erinnern, doch da war Nichts als Leere. Der Mann riss mich aus meinen Gedanken.
„Ich bin Henry", sagte er und streckte seine Hand aus.
„Luca", erwiderte ich und ließ mich von ihm hochziehen. Meine Muskeln protestierten lautstark, aber immerhin klappte ich nicht wieder zusammen. Henry betrachtete mich lächelnd.
„Schön dich kennenzulernen, Luca", sagte er strahlend und wollte noch etwas hinzufügen, da ertönten schwere Schritte hinter uns.
„Was hast du denn da angeschleppt?", fragte eine donnernde Stimme.
Henry versteifte sich neben mir. Das sympathische Funkeln war aus seinen Augen verschwunden. Stattdessen verzog er das Gesicht leidend, als würde ihm die Stimme Kopfschmerzen bereiten. Er fing meinen Blick auf und verdrehte die Augen, bevor er ein Lächeln aufsetzte und sich umdrehte.
„Hugo, was für eine unglaubliche Freude, dich hier anzutreffen", begrüßte Henry den Neuankömmling. Seine Stimme triefte nahezu vor Sarkasmus. Der Mann, Hugo, warf Henry einen kurzen Blick zu und grunzte, bevor er seine Augen auf mich richtete und mich misstrauisch musterte. Henry spannte sich an. Offenbar mochte er den Mann nicht besonders.

Neugierig sah ich mir Hugo meinerseits genauer an. Er war groß und braungebrannt. Seine dunklen Haare fielen ihm strähnig ins Gesicht und sahen nicht so aus, als wären sie vor kurzem gewaschen worden. Seine Kleidung war an vielen Stellen zerrissen und die ehemalige Farbe war unter dem Dreck nur noch schwer zu erahnen. Ein Messer hing ihm lose an einem improvisierten Gürtel an der Hüfte. Die Klinge blitzte in der Sonne und war wohl das Sauberste an seiner Erscheinung. Der Mann musterte mich argwöhnisch aus seinen dunklen Augen und grinste dann. Dieses Grinsen ließ mir einen Schauer über den Rücken laufen.

„Wo kommst du denn her?“, fragte er. Er war mittlerweile auf uns zugeschritten, nah genug, dass ich seinen abgestandenen Atem riechen konnte. Übelkeit stieg in mir auf. Das Wasser schwappte unruhig in meinem Magen.

„Es ist einer der Jungen aus dem Camp“, erklärte Henry und trat einen Schritt nach vorne, sodass er zwischen Hugo und mir stand. Verwirrt hob ich meine Augenbrauen. Was für ein Camp?

Hugo betrachtete eingehend mein Gesicht.

„Hab ihn da noch nie gesehen“, grummelte er.

„Sag bloß, du kennst die Gesichter von unseren Rekruten“, meinte Henry vermeidlich beeindruckt. Hugo machte ein Geräusch - eine Mischung zwischen einem verächtlichen Schnauben und einem freudlosen Lachen. In mir verstärkte sich der Eindruck, dass die beiden sich nicht wirklich leiden konnten. Und ich war mitten drin.

„Für mich sehen die alle gleich aus“, erklärte Hugo herablassend. Dann wandte er sich mir zu.

„Bist du etwa weggelaufen, du kleine Ratte?“, fragte er bedrohlich. Ungläubig sah ich ihn an. Der Mann, der aussah, als wäre er aus einer Gosse gekrochen, beleidigte mich? War das sein Ernst?

„Nein, keineswegs, Hugo“, erklärte Henry sanft, bevor ich den Mund aufmachen konnte. „Im Gegenteil. Ich brauchte Hilfe mit einer meiner Aufgaben und habe mir kurzerhand einer der Rekruten zur Seite genommen.“

Hugo schnaubte abfällig und warf Henry einen verächtlichen Blick zu, welchen Henry mit einem unschuldigen Lächeln erwiderte.

„Bist du fertig mit ihm? Dann nehm ich ihn wieder mit zurück“, sagte er und griff mit seiner Pranke nach mir. Erschrocken stolperte ich einige Schritte zurück. Durch die plötzliche Bewegung setzte der Schwindel wieder ein und ich schwankte, schaffte es aber mich wieder zu fangen.

„Nicht nötig. Ich geleite ihn zurück, sobald wir hier fertig sind“, erwiderte Henry bestimmt und schob sich noch ein Stück weiter vor mich, sodass Hugo der Blick auf mich versperrt war.

„Ich werde euch erwarten“, versprach Hugo, seine Augen funkelten bedrohlich, bevor er sich umdrehte und mit großen Schritten davon stampfte.

Eine kurze Stille legte sich über uns, bis Hugo aus unserem Blickfeld verschwunden war.

„Tut mir leid, dass du seine Bekanntschaft machen musstest. Er ist nicht gerade der umgänglichste Geselle“, meinte Henry entschuldigend. Langsam nickte ich. Ich fühlte mich etwas

überfordert mit der ganzen Situation. Henry drehte sich schwungvoll zu mir um.
„Wo kommst du denn überhaupt her?“, fragte er interessiert. Ich sah mich verloren um und zuckte hilflos mit den Schultern.
„Ich weiß es auch nicht“, flüsterte ich. Das hier war nicht der Oman. Jedenfalls nicht so wie ich ihn kannte. Dort war der Sand golden und erstreckte sich über alles. Grüne Natur bekam man nur selten zu sehen und wenn, dann nicht in einem solchem Ausmaß.
„Ich habe dich hier noch nie gesehen und ein neuer Rekrut bist du auch nicht, die werden nämlich direkt zu uns gebracht“, erklärte er mir und überlegte. „Vielleicht ein Schiffbrüchiger?“ Er sah mich fragend an. Ich schüttelte den Kopf.
„Ich war auf keinem Schiff“, erklärte ich, war mir jedoch nicht ganz sicher, ob das auch stimmte. Schließlich konnte ich mich an nichts erinnern. Es konnte ja alles Mögliche passiert sein.
Henry sah mich stirnrunzelnd an. Sein Blick huschte zum Meer. Ich folgte seinem Blick. Die Sonne war bereits weit über den Himmel gewandert und tauchte das Meer in einen rötlichen Schimmer, sodass die Wellen aussahen wie Flammen, die über den Horizont tanzten.
„Wir sollten zurück gehen. Nachts ist es hier stockduster“, murmelte Henry und legte mir eine Hand auf den Rücken. Ich versteifte mich.
„Ich kann nicht mit dir kommen. Ich muss wieder nach Hause. Meine Eltern machen sich bestimmt schon Sorgen“, sagte ich störrisch. Bei dem Gedanken, wie mein Vater ausrasten würde, wenn ich umangekündigt den ganzen Tag wegblieb und dann

auch zur Nacht nicht auftauchte, ließ mir einen Schauer über den Rücken laufen.

„Wo sind denn deine Eltern?“, fragte Henry und runzelte seine Stirn. Seine Hand verharrte noch immer auf meinem Rücken. Ich schüttelte sie ab.

„Bei meinen Großeltern. Sie wohnen in der Nähe von Maskat“, antwortete ich.

„Maskat? Die Hauptstadt des Omans?“, fragte Henry misstrauisch, als versuchte er herauszufinden, ob ich ihn auf den Arm nahm. Ich nickte.

„Weißt du, wie ich zurück komme? Fährt hier vielleicht ein Boot ab?“, fragte ich und sah den Strand herunter. Die Insel war schön. Sicherlich kamen viele Touristen und irgendwo befand sich ein Hafen, wo ich ein Schiff nehmen könnte. Henrys Blicken nach zu urteilen sah ich so mitleidserregend aus, dass sie mich vielleicht sogar kostenlos mitnehmen würden.

„Tut mir Leid, dich enttäuschen zu müssen, aber dich zurück in den Oman zu schicken wird etwas schwieriger als dich auf ein Boot zusetzen“, sagte er vorsichtig, als wäre ich ein scheues Tier, das er nicht verschrecken wollte.

„Wo bin ich denn überhaupt?“, keifte ich.

„Auf Ranos“, sagte Henry wieder. Ich warf ihm einen ungeduldigen Blick zu.

„Ranos ist eine Insel im Pazifik“, erklärte er seufzend. Im… Pazifik?

„Das kann nicht sein. Ich war gerade noch im Oman. Wie soll ich denn im Pazifik gelandet sein?“, fragte ich und hätte beinahe gelacht.

„Das gilt es herauszufinden“, meinte Henry und sah dabei so Ernst aus, das mein Magen sich unruhig überschlug.
„Und wie komm ich dann hier weg?“, fragte ich und schluckte, während ich versuchte, die Unruhe, die nach meinen Knochen griff, niederzuschlagen. Wenn dem wirklich so war, wären selbst meine Fähigkeiten als Wasserelementar keine Hilfe. In den Tiefen der menschlichen Weltmeere schlummerten grausame Kreaturen. Ungeheuer, vor denen selbst unsere ausgebildeten Kämper vor Angst schlotterten. Es wäre leichtsinnig, sich diesen entgegenzustellen. Ich war zwar oft überheblich in meinen Klassen, aber ich war nicht dumm. Ich kannte die Grenzen meiner Fähigkeiten.
Henry zuckte derweilen hilflos mit den Schultern und riss mich aus meinen Überlegungen. „Hier gibt es nicht gerade einen Flughafen, wo du mal kurz vorbeischauen könnest, abgesehen davon, wäre das auch nicht sehr umweltfreundlich“, murmelte er. Ich wartete immer noch darauf, dass er erklärte, dass das alles ein Witz wäre. Doch Henry sah nicht aus, als würde er mir den Gefallen tun. Stattdessen sah er mich mitleidig an.
„Ich kann dich mitnehmen, wenn ich hier fertig bin“, beruhigte er mich schließlich. „Aber bis dahin kommst du erst einmal mit. Ranos ist wirklich eine Schönheit, wenn man die Menschen, die hier leben, ignoriert.“
Da mir nicht gerade viele andere Möglichkeiten offen standen, ließ ich mich von ihm mitziehen.

Henry lotste mich durch den Wald. Je weiter wir gingen, desto mehr verlor sich meine Hoffnung, dass Henry unrecht hatte

und wir uns noch immer irgendwo im Oman befanden, doch nichts war so wie ich es kannte. Die Luft war stickig und feucht statt trocken und staubig. Die Vegetation war üppig und schien jedes Fleckchen Erde zu bedecken. Der Boden schmatzte, als wir durch den Wald gingen und im Blattwerk raschelte es. Kein Kamel weit und breit. Stattdessen summten Mücken durch die Gegend und Vögel zwitscherten.
Nach einem kurzen Fußmarsch lichtete sich der Wald. Stimmengewirr mischte sich unter die Geräusche des Waldes. Ein kleines Camp tat sich vor uns auf. Zelte waren quer über die Lichtung verteilt aufgebaut. In der Mitte loderte ein Lagerfeuer, um dass sich einige Menschen versammelt hatten und sich leise unterhielten.
Die Bewohner des Camps waren bunt zusammen gewürfelt. Manche waren hellhäutig, manche dunkler, manche hatten den typischen Indianerunterton, andere den Asiatischen. Die meisten Menschen hatten schwarze Haare. Das erleichterte mich. Dies schien kein Ort zu sein, an dem ich auffallen wollte. Frauen, Kinder, Männer, in allen unterschiedlichen Formen und Größen. Einzig allein gemeinsam war ihnen die Erschöpfung, die förmlich von ihnen zu triefen schien. Sie beachteten mich nicht, nur hin und wieder nickte einer der Menschen Henry zu.
„Was machen die alle hier?“, fragte ich verwirrt.
„Sie wurden geschickt, um zu arbeiten“, erwiderte Henry.
Plötzlich tauchte Hugo vor uns auf und Henry atmete genervt aus.
„Was willst du?“, fragte Henry ungeduldig.

„Der Meister möchte ihn sehen“, sagte Hugo und deutete auf mich. Er sah zufriedenen aus, was mir Angst machte. Henry verzog das Gesicht. Er wirkte nicht sehr glücklich.
„Gut. Ich komme mit“, sagte er entschlossen. Hugo sah ihn wütend an.
„Hast du nichts besseres zu tun?“, blaffte er. Henry verzog gespielt nachdenklich das Gesicht und schüttelte dann den Kopf. „Ich glaube nicht.“
„Meinetwegen“, schnaubte Hugo wütend und griff nach meinem Arm. Er umfasste ihn so fest, dass ich bestimmt einen blauen Fleck zurückbehalten würde. Ich versuchte mich loszumachen und meine Kraft flammte auf. Doch sie verdampfte, sobald sie auf die Haut von Hugo traf, der es nicht einmal zu bemerken schien. Grob zerrte er mich zu einem der Zelte, die ganz am Rande der Lichtung standen. Verzweifelt versuchte ich mich loszureißen, doch Hugo's Griff lockerte sich nicht. Henry legte mir beruhigend eine Hand auf den Rücken. „Keine Angst. Ich kümmere mich darum. Bleib einfach nur ruhig und mach auf keinen Fall unaufgefordert den Mund auf.“ Langsam, aber sicher fragte ich mich, in was ich hier geraten war. Zögernd nickte ich und mit einem schlechten Gefühl in der Magengrube ließ ich mich in das Zelt zerren.

In dem Zelt war es dämmrig, sodass ich meine Augen zusammenkneifen musste, um überhaupt etwas erkennen zu können. Die untergehende Sonne konnte man an den Zeltwänden nur erahnen. In dem Zelt stand ein breiter, schwerer Holztisch, der irgendwie fehl am Platz wirkte. Dahinter saß ein Mann. Er war hoch gewachsen und schien einer der wenigen Personen in diesem Camp zu sein, die nicht vollkommen verdreckt war. Im Gegenteil. Seine Kleidung wirkte sauber und bedächtig ausgewählt. Seine grauen Haaren glänzten silbrig. Als wir hereinkamen, sah er auf. Sein kalter Blick richtete sich sofort auf mich und ließ mir einen Schauder über den Rücken laufen. Neben mir machte Hugo eine kleine Verbeugung und drehte meinen Arm dabei so, dass auch ich meinen Oberkörper vorbeugen musste. Die Augen des Mannes flogen zu Henry, der seinen Blick unbeeindruckt erwiderte.

„Ich habe gehört, du hast dir einen meiner Arbeiter ausgeliehen", klagte der Mann, seine Stimme war genauso kalt und leblos wie seine Augen.

„Ich brauchte für meine Arbeiten eine zweite Hand", erklärte Henry. Der Mann verzog seine Miene missbilligend.

„Der Junge gehört mir und ich bestimme, was er macht. Ich kann mich nicht erinnern, dir gestattet zu haben, dich an meinem Eigentum zu vergreifen." Ich sah den Mann entgeistert an und wollte gerade meinen Mund öffnen, um lautstark zu protestieren, als Henry mir die Hand auf den Rücken legte. Er sah mich eindringlich an. Ich schluckte und klappte meinen Mund wieder zu. Wütend sah ich auf den Boden.

„Du hast Recht." Mein Kopf zuckte zu Henry. „Der Junge ist dein Eigentum und ich wäre dir unglaublich verbunden, wenn du es mir gestatten würdest, ihn als meinen Assistenten zu beschäftigen."

Das war doch wohl ein Witz?

„Warum er? Er ist doch nur ein kleiner schmächtiger Junge", sagte der Mann spöttisch und musterte mich kalt. Wie bitte? Ich war definitiv kein schmächtiger Junge. Henry drückte

warnend meine Schulter fester, als würde er spüren, dass ich kurz davor war, dem alten Wurm mal meine Meinung zu sagen. Ich presste den Kiefer zusammen.
„Genau, er wird dir bei der Grabung nichts nützen. Du wirst ihn gar nicht vermissen“, bemühte sich Henry eilig zu sagen. Der Mann musterte mich nochmals ausgiebig von oben nach unten.
„Von mir aus. Du kannst ihn haben“, sagte er gönnerhaft und lehnte sich auf seinem Stuhl zurück.
„Vielen verbindlichsten Dank, mein Herr“, schleimte Henry und deutete eine Verbeugung an. Der Mann nickte und widmete sich wieder seinen Papieren, die vor ihm verstreut auf dem Tisch lagen. Henry's Hand glitt von meiner Schulter zu meinem Arm und er zog mich aus dem Zelt. Aus dem Augenwinkel sah ich, wie uns Hugo einen wütenden Blick zu warf. Er wirkte nicht sehr glücklich. Henry zog mich einige Schritte weg vom Zelt, bevor er mich losließ und mir bedeutete, weiter mit ihm zu laufen.
„Was war das bitte?“, fragte ich wütend, als wir aus ihrer Hörweite waren und beeilte mich, mit ihm Schritt zu halten.
„Das, mein lieber Luca, war Douglas“, sagte Henry spöttisch.
„Auf Menschenrechte scheint er auf jeden Fall keinen Wert zu legen“, bemerkte ich verächtlich.
„Ich bezweifle, dass er das Wort kennt“, meinte Henry abwesend.
„Komm ich zeig dir das Camp.“ Er winkte mich zu sich heran.
Das Camp war eine Lichtung inmitten des Urwaldes, nur wenige Fußminuten entfernt vom Strand. Wäre ich zum Urlaub hier, wäre ich begeistert gewesen. Das Ganze glich einer Rui-

nenstätte. Überall standen Häuser, die meisten von ihnen lediglich ein Stockwerk hoch, außer ein paar vereinzelten, die sich in der Mitte der Lichtung befanden und zwei Stockwerke maßen. Einige hatten sogar eine Terrasse oben drauf. Die meisten Gebäude waren bereits zerfallen, doch einige schienen noch ziemlich intakt. Jedenfalls intakt genug, um darin leben zu können. Ein paar der Ruinen, bei denen die Decken und Teile der Wände weggebrochen waren, waren notdürftig mit Holz soweit wieder hergestellt, dass sie als Unterkunft dienen konnten.

Wir gingen immer weiter ins Innere des Camps. Hier waren die unversehrten Häuser, die, wie mir Henry erzählte, von den Wächtern und anderen wichtigen Personen bewohnt worden.

Henry führte mich weiter und umso weiter wir gingen, desto ruhiger wurde es. Die Häuser waren größtenteils zerfallen und niemand hatte sich die Mühe gemacht, sie wieder aufzubauen. Am Rande des Dorfes stand jedoch ein kleines Haus, unscheinbar, aber vollkommen intakt. Henry stieß die Tür auf und bedeutete mir mit einer Handbewegung einzutreten. Mit zitternden Knien folgte ich seiner Aufforderung.

Der Raum war winzig und das kleine Fenster ließ nur wenig Licht herein. Ein moderner Holztisch stand unter dem Fenster und war bedeckt von Schriftrollen und losen Blättern.

An der Wand befand sich eine provisorische Küche, die aus einer kleinen Theke bestand, auf der sich ein Eimer mit Wasser, Geschirr und eine kleine Kiste befanden. Ein Wasserkanister stand darunter.

Überall lagen Sachen herum. In der einen Ecke türmten sich Werkzeuge aufeinander, an denen noch der Dreck klebte. Auf einer Bank lagen verschiedene Kleidungsstücke verstreut.
In der Ecke spannte eine Hängematte, die mit einer Konstruktion an die Wand gehämmert wurde, die nicht sehr vertrauenserweckend aussah.
„Fühl dich ganz wie Zuhause“, meinte Henry, während er hinter mir eintrat. Damit war der Raum eigentlich auch schon voll. Unbehaglich trat ich einen Schritt zur Seite und stieß gegen einen Stuhl, auf dem ein kleiner brauner Ledersack gelegen hatte, der bei dem Anstoß herunterpurzelte. Eine Schriftrolle fiel heraus und rollte unter den Tisch. Ich bückte mich. Sie sah unglaublich alt und zerbrechlich aus, sodass ich Angst hatte, sie würde unter meiner Berührung in Staub zerfallen. Doch als ich danach griff fühlte sich das Papier erstaunlich fest an. Bewundernd strich ich über das Pergament. Es war soweit entrollt, dass ich erste Zeilen geschwungener Schrift erkennen konnte. Aber noch ehe ich die ersten Buchstaben entziffern konnte, riss mir Henry das Pergament aus der Hand.
„Das ist privat“, erklärte er mit einem Augenzwinkern, während er das Pergament in seiner Hosentasche verschwinden ließ. Noch ehe ich nachfragen konnte, drehte er sich um und fasste seinen Unterschlupf fachmännisch ins Auge.
„Wenn wir die Stühle etwas zur Seite räumen, können wir dir hier ein kleines Lager aufschlagen. Vielleicht finde ich noch irgendwo etwas, was wir als Unterlage verwenden können“, sagte er und blickte sich suchend um, als würde sich in dem kleinem Raum plötzlich eine Matte finden.

„Ich brauche gar kein Lager. Ich habe nicht vor, hier zu bleiben“, erwiderte ich bestimmt. Ich wollte nach Hause zu meiner Familie. Henry schien zwar nett zu sein, aber damit schien er eine Ausnahme zu bilden und ich hatte wirklich keine Lust noch länger in dem Dorf zu bleiben, wo ich wie ein Sklave behandelt wurde.

„Was machst du hier überhaupt?“, fragte ich und nahm die kahlen Wände in Augenschein.

„Ein lange Geschichte“, meinte er wage. Ich wartete, doch er hielt es offenbar nicht für nötig, das weiter auszuführen.

„Die wäre?“, fragte ich deshalb nach.

„Ich bin sowas wie…eine zuverlässige Quelle“, erklärte er, während er in dem Schrank herumkramte. Verwirrt runzelte ich meine Stirn.

„Du bist also diesem Douglas unterstellt?“, fragte ich pikiert.

Henry schnaubte. „Ich bin niemanden unterstellt. Im Moment ist es jedoch das Beste, wenn er das zumindest denkt. Das erleichtert mir meine Arbeit ungemein“, meinte er und zog eine Schachtel Kräcker aus seinem Schrank. Mich beschlich das Gefühl, dass er mir etwas verheimlichte, doch beim Anblick der Cracker fiel mir auf, wie lange ich nichts mehr gegessen hatte und mein Gehirn verabschiedete sich. Henry musste das hungrige Glitzern in meinen Augen gesehen haben. Mit einem Ratsch öffnete er die Packung und hielt sie mir hin. Ich nahm mir einen und zwang mich, ihn nicht mit einem Happen herunterzuschlingen. Henry beobachtete mich amüsiert.

„Nimm ruhig. Ich glaube du hast es nötiger als ich“, sagte er schmunzelnd und hielt mir die ganze Packung hin.

Etwas rumpelte. Blinzelnd erwachte ich und stützte mich auf. Schwärze umgab mich. Ich brauchte eine Weile, bis ich wieder wusste, wo ich mich befand. Irgendwo in einer Hütte, auf einer Insel mitten im pazifischen Ozean. Es war also doch kein Traum gewesen. Phantastisch. Immerhin ließ mich mein Gedächtnis nicht vollkommen im Stich, auch wenn ich immer noch nicht wusste, wie zur Hölle ich hierher gekommen war.
Das silbrige Mondlicht fiel nur schwach durch das Fenster und belichtete den Raum gerade gut genug, dass ich erkennen konnte, das Henry nicht da war. Ich rappelte mich auf und sah mich schläfrig um. Vielleicht musste er ein nächtliches Geschäft verrichten. Da hörte ich eine Stimme, die durch das Fenster wehte.
Es war Henry. Er unterhielt sich mit jemandem. Leise schlich ich mich an das Fenster und lugte hinaus. Die Gestalten waren nur schemenhaft erkennbar, aber die eine war ganz sicher Henry. Der Knoten in seinem Nacken, an dem sich die Haare kräuselten, war klar zu erkennen. Ich duckte mich wieder und verharrte regungslos.
„Bist du dir sicher, dass es weg ist?“, fragte die eine Stimme gerade. Sie war männlich. Ich hielt inne. Die Stimme kam mir bekannt vor, aber woher?
„Ich bin mir sicher“, zischte Henry. Er klang nervös. Ich kannte ihn zwar erst seit ein paar Stunden, aber in der kurzen Zeit hatte ich ihn als einen wahren Sonnenschein kennengelernt, der die ganze Welt auf die leichte Schulter zu nehmen schien. Die Besorgnis passte nicht zu ihm.

„Das ist jetzt aber ungünstig“, meinte die andere Stimme trocken. Henry schnaubte.
„Das ist mehr als ungünstig. Wir haben keine Ahnung, in wessen Besitz sich der Dolch befindet. Und das macht die Aufgabe, auf ihn aufzupassen und dafür zu sorgen, dass er nicht in die falschen Hände fällt, um einiges schwerer“, sagte Henry gereizt. Nach den Schrittgeräuschen und dem Rascheln der Blätter zu urteilen, schien er unruhig hin und her zu gehen.
„Ich werde Magarete aufsuchen“, sagte Henry schließlich.
„Ich werde es dem Rat melden. Es ist besser, wir sind für den schlimmsten Fall vorbereitet“, erwiderte die andere Stimme.
„Ich bezweifle, dass wir darauf vorbereitet sein können“, murrte Henry.
Die andere Gestalt tat, als hätte er Henry nicht gehört. „Die meisten Siedlungen wurden sowieso schon evakuiert wegen der ganzen Anschläge. Es wird schon richtig kuschelig bei uns“, sagte die Stimme. „Komm zu uns, wenn du bei Magarete warst. Am besten du bringst sie gleich mit. Wir können im Moment keinen von euch da draußen gebrauchen.“
„Ich glaube nicht, dass wir gerade die Priorität darstellen. Macht euch mal lieber über unsere Neuzugänge Gedanken. Magarete hat zwei Weitere erwachen sehen und wir haben noch nicht einmal den davor gefunden.“ Mit diesen Worten entfernen sich die Schritte. Schnell kroch ich zurück in mein Nachtlager. Ich hatte gerade die Bettdecke über meine Schultern gezogen und die Augen geschlossen, als Henry hereinkam. Ohne ein Wort legte er sich in seine Hängematte und Stille legte sich über die Hütte.

Kapitel 10 - Sicily - Alles unter Kontrolle

Aleksei und ich schwiegen eine Weile, aber er warf mir immer wieder Blicke zu, als wäre ich ein Rätsel, das er versuchte zu ergründen. Sein Gestarre verunsicherte mich.

„Was ist los?“, fragte ich schließlich, als ich mich dabei erwischte, wie ich unbehaglich auf dem Sessel hin und her rutschte.

Seine Augen huschten von mir weg und zu seiner Tasse, die er eingehend musterte. Er presste die Lippen aufeinander.

„Es tut mir leid, dass ich...es ist nur so lange her...“, er räusperte sich, bevor er fragte: „Kommst du aus dem Feuerland?“

Er sah auf. Ein sehnsuchtsvolles Funkeln lag in seinen Augen.

„Aus dem...was?“, fragte ich perplex.

„Aus dem Feuerland?“, wiederholte Aleksei und legte den Kopf schräg. Die wohlbekannte Falte grub sich wieder zwischen seine Augenbrauen.

„Ähm...“, ich überlegte. „Ist das ein Code für irgendwas?“

Aleksei starrte mich für einem Moment mit offenem Mund an und wandte dann schnell den Blick ab. Seine Augen waren kugelrund vor Schreck.

Er setzte mehrfach an, etwas zu sagen, aber kein Wort kam über seine Lippen.

Er räusperte sich und sagte dann langsam: „Du weißt doch sicherlich von dem Feuerland? Das Reich der Vynami?“

Für einen Augenblick war ich sprachlos. Dann sagte ich: „Nein“, und schüttelte den Kopf.
Aleksei beäugte mich von oben bis unten.
„Aber…“, er hielt inne und starrte auf meine Tasse, während hinter seinen Augen die Gedanken rasten.
„Du…du bist doch einer von…uns?“, fragte Aleksei. Etwas loderte in seinen Augen. Vielleicht Schmerz…oder Bedauern?
„Von euch?“, fragte ich und rückte ein wenig auf dem Sofa zurück, weg von Aleksei. Ich hatte keine Ahnung wovon er sprach.
„Von ihnen…von den Vynami“, erläuterte Aleksei und sah mich voller Unglaube an.
„Was soll das sein?“, fragte ich.
Aleksei beantwortete meine Frage nicht, stattdessen starrte er mich nur an. Ich rutsche noch etwas weiter zurück, bis mein Rücken gegen die seitliche Sofalehne stieß. Aleksei ließ mich nicht aus den Augen. Schließlich räusperte er sich.
„Was denkst du denn, was du bist?“
Verwirrt hob ich die Augenbrauen. Was war das denn für eine Frage?
„Ein…Mensch?“, antwortete ich.
Aleksei blinzelte einige Male, bevor er sich zurücklehnte. Seine Augen waren immer noch vor lauter Fragen geweitet, als er mich erneut musterte. Noch kritischer als das letzte Mal.
Unbehaglich lehnte ich mich gegen die Sofalehne und unterdrückte das Bedürfnis, die Beine anzuziehen, in dem Versuch, seinen Blicken zu entkommen.
Aleksei atmete geräuschvoll aus und schloss dann die Augen. Etwas, das mir mehr als merkwürdig vorkam.

Doch bevor ich mich weiter darüber wundern konnte, stockte mir überrascht der Atem. Die Lampen flackerten und erloschen. Die Luft roch plötzlich verbrannt und kleine Blitze liefen über Aleksei's Haut, in der Dunkelheit nicht zu übersehen. Das Knistern der Elektrizität legte sich auf meine Haut und mein Puls beschleunigte sich.

„Wa…wa…was machst du?“, fragte ich. Meine Stimme klang merkwürdig hoch.

Aleksei's Augen glühten fast weißlich, als er mich ansah. Meine Nasenflügel bebten, als ich mich noch mehr in meine Ecke zurückzog.

Aleksei musste die Angst in meinem Blick und meiner Körpersprache gesehen haben, denn genauso plötzlich, wie es gekommen war, verschwand das Knistern und Blitzen der Elektrizität.

„Ich verstehe das nicht“, flüsterte Aleksei und schüttelte den Kopf.

Er hatte gut reden. Er beschwor Elektrizität herbei und dann beklagte er sich, dass er derjenige war, der etwas nicht verstand.

„Wie hast du das gemacht?“, fragte ich mit zitternder Stimme.

Aleksei zuckte mit den Schultern. „Ich wurde damit geboren.“

„Hast du das schon einmal untersuchen lassen?“, fragte ich.

Aleksei's Nasenflügel bebten. Dann waren seine Gesichtszüge wieder glatt.

„Wir sollten etwas essen“, sagte er und stand auf. Er lächelte mich erwartungsvoll an, als wäre nichts geschehen. „Hast du Hunger?“

Die Frage nahm ich gar nicht richtig war. „Was war das gerade?“, fragte ich und starrte ihn an, darauf wartend, dass es erneut geschah.
Er seufzte. Schließlich erklärte er mir: „Ich bin ein Vynami. Ich kann die Elektrizität kontrollieren.“
Mein Mund öffnete sich langsam und ich brauchte mehrere Momente, bis ich herausbrachte: „Wirklich?“
Aleksei stieß einen langen Atemzug aus. „Wirklich.“
„So wie ein Superheld?“, fragte ich und er zuckte zusammen. Er verzog das Gesicht. Seine unergründlichen Augen auf mich gerichtet.
Wir starrten uns eine Weile an, bis er schließlich flüsterte: „Leider nein, ich bin kein Superheld.“
Er schluckte sichtbar und stand auf. Erst nachdem er einige Schritte Richtung Tür gelaufen war, wurde mir klar, dass er gerade gehen wollte.
„Warte“, rief ich und sprang auf. Meine Angst war wie weggeblasen. Ich war fast schon begierig darauf, seine Kraft noch einmal zu erleben. „Was soll das heißen? Was sind die Vynami?“
Ich holte Aleksei ein und legte eine Hand auf seinen Arm. Wieder fuhr diese Elektrizität durch meine Haut, meine Muskeln und meine Knochen. Aber nun wusste ich, was es war. Es musste an ihm liegen. An seiner Fähigkeit die Elektrizität zu beeinflussen.
„Machst du das?“, fragte ich und deutete mit dem Kinn auf die Stelle, an der meine Hand seinen Arm berührte.
Er zögerte und schüttelte dann den Kopf. „Das ist mir vorher noch nie passiert“, gab er zu und stieß die Luft aus. Dann:

„Komm mit. Ich habe Hunger. Lass uns etwas essen und ich erzähle dir vielleicht ein bisschen von dem Volk der Vynami."
In mir kribbelte es vor Aufregung, fast wie Spuren der Elektrizität.
Aleksei führte mich die Flure entlang und eine Treppe hinauf, bis wir schließlich in einen großzügigen Saal gelangten, dessen Mittelpunkt ein langer, aus dunklem glänzendem Holz gefertigter Esstisch bildete. Darauf waren unzählige dampfende Speisen aufgebaut, die einen deftigen Geruch verströmten, sodass mir das Wasser im Mund zusammen lief.
Aleksei bedeutete mir, mich zusetzen und erst als ich Platz genommen hatte, setzte auch er sich. Mir direkt gegenüber.
„Auf was hast du Lust?", fragte er und hob den Deckel von einem der Töpfe. Ein Schwall Dampf strömte mir entgegen, gemischt mit einem wärmenden Geruch von Brühe, Knoblauch und Tomaten.
Ich sah mich um. Abgesehen von uns befand sich niemand anderes in dem Raum. „Warum isst sonst niemand mit uns?"
Das überraschte Aleksei. Er räusperte sich und sagte: „Die Anderen essen später. Kartoffeln?"
Ich hielt ihm meinen Teller entgegen und er häufte Kartoffeln und Ofengemüse darauf.
„Möchtest du etwas von der Soße?", fragte er und deutete auf eine braune dickliche Flüssigkeit, in der undefinierbare weißliche Brocken schwammen.
„Was ist das?", fragte ich und unterdrückte den Impuls, das Gesicht zu verziehen.
„Das ist veganes Waldpilzragout mit karamellisiertem Wurzelgemüse", sagte er und fügte hinzu: „Es ist wirklich gut."

„Ich mag keine Pilze“, gab ich kleinlaut zu.
„So eine Schande“, seufzte er und reichte mir den Teller. Dann griff er nach dem Schälchen mit dem Waldpilzragout. Ohne Umschweife tauschte er es mit seinem Teller, griff nach einem Brot und tunkte es in die Soße.
„Mhh“, meinte er und verzog genießerisch das Gesicht.
Ich sah auf meinen Teller und dann wieder zu ihm.
„Erzählst du mir jetzt von diesem Volk?“, fragte ich.
Aleksei kaute und schluckte. „Dem Volk der Vynami.“
Ich nickte bestätigend. Aleksei nahm einen weiteren Bissen und kaute langsam.
„Hast du schon einmal von den Legends gehört?“, fragte er schließlich.
Ich schüttelte den Kopf.
„Das habe ich mir schon gedacht“, seufzte er und tupfte sich mit einer Serviette den Mund ab, bevor er sich nach hinten lehnte.
„Die Legends sind Menschen mit Begabungen“, erklärte er.
„Sind sie so wie du?“, fragte ich.
Er nickte und griff nach dem Brot. Langsam begann er es mit seinen langen Fingern auseinander zu zupfen.
Er neigte den Kopf von einer Seite zur anderen, als würde er seine Antwort abwägen.
„Einige sind wie ich“, bestätigte er. „Aber andere sind…anders. Das Volk der Vynami hat die Fähigkeit, die Energien zu beherrschen. So ist es bei mir zum Bespiel die Elektrizität. Bei vielen ist es das Feuer. Aber natürlich ist von magnetischer Energie bis hin zur Schwerkraft alles dabei.“ Natürlich.

„Und du dachtest, ich sei jemand von euch?“, fragte ich ungläubig.
Aleksei zuckte mit den Schultern und widmete sich wieder seiner Soße.
„Wie kommst du darauf?“, wollte ich wissen.
„Du hast es doch auch gespürt…diese…Energie. Ich habe einfach angenommen, du wärst eine Vynami. Aber ich habe mich wohl geirrt.“ Er wischte die Schüssel mit dem letzten Stück Brot aus.
„Ich verstehe das nicht. Wie…“
„Ich verstehe es auch nicht“, unterbrach er mich gereizt, nur um kurz danach zu sagen: „Entschuldige Bitte. Ich…Das ist kompliziert. Ich denke, ich muss jemanden anrufen.“ Mit diesen Worten schob er quietschend seinen Stuhl zurück und wandte sich von mir ab.
Perplex starrte ich ihm hinterher, als er zur Tür marschierte. Bevor er jedoch nach der Türklinge greifen konnte, öffnete sich die Tür von allein.
Der Mann, in der gleichen Uniform, wie auch die anderen, blieb abrupt auf der Schwelle stehen, als er sich Nase an Nase mit Aleksei wiederfand.
Er trat eilig einen Schritt zurück.
„Mein Herr“, keuchte er. Seine stämmigen Schultern senkten sich. „Darius ist hier.“
Das Licht im Raum flackerte. Aleksei’s Werk.
„Er sollte doch erst morgen früh kommen“, gab er zurück.
Die Wache hob unwissend die Schultern und Aleksei seufzte tief.

„Dann hat sich das wohl erledigt", murmelte er, mehr zu sich selbst und drehte sich zu mir. Als sein Blick auf mich fiel, legten sich Sorgenfalten auf seine Stirn. Sein Kiefer verspannte sich, als würde er mit sich selbst ringen.
Schließlich atmete er bebend aus. Etwas wie ein schlechtes Gewissen schien in seinen Zügen geschrieben.
„Darius ist ein Hexenmeister. Er wird dich…zu deiner Tante portalieren", Aleksei stockte. Sein Blick wich meinem aus, als er fortfuhr: „Es war ursprünglich geplant, dass du morgen früh reist, aber scheinbar ist Darius früher da", Aleksei hielt inne und runzelte die Stirn, „was eigentlich ein wenig merkwürdig ist."
Einen kurzen Augenblick legte sich Stille über den Raum, bis der Mann sich räusperte und sagte: „Er wartet im Spiegelsaal. Soll ich…ihn herbringen?"
Aleksei schüttelte den Kopf und erwiderte: „Bemühe dich nicht. Wir gehen zu ihm."
Er wandte sich zu mir. „Bist du fertig?"
Ich schob meinen leergeputzten Teller von mir und nickte. Eilig stand ich auf und folgte ihm aus dem Speisesaal.
„Portalieren?", fragte ich, als wir den langen, mit rotem Teppich ausgelegten Gang hinabliefen.
„Weißt du wirklich nichts über die Welt der Legends?", fragte er.
„Nein", sagte ich gereizt.
„Aber Edith ist doch…", sagte er und brach ab, als wir in einen weiteren Saal hineintraten. Er war riesig. Oder er wirke zumindest so. Spiegel bedeckten jede freie Oberfläche. Selbst

der Marmorboden spiegelte verschwommen die schweren Kronleuchter, die von der Decke herabhingen.
Ein Mann stand in der Mitte des Raumes. Beeindruckt verzog ich das Gesicht. Selten hatte ich jemanden gesehen, der so... zerflattert aussah. Der schmuddlige braune Mantel, den der Mann trug, hing ihm halb von der Schulter und an dem Ärmel prangte ein großer roter Fleck, der wohl von Rotwein stammte. Die Vermutung lag jedenfalls nah, denn der Mann triefte praktisch von dem Geruch von Alkohol und Zigarettenqualm.
Aleksei verzog die Augenbrauen fast unmerklich, als er auf ihn zuging. Ich folgte ihm misstrauisch.
„Darius. Du bist früh“, begrüßte Aleksei den Mann.
Darius zuckte mit den Schultern. Seine Augen flatterten von Aleksei zu mir. Dafür, dass er so nach Alkohol stank, war sein Blick erstaunlich klar.
Mein Eindruck revidierte sich, als er zu sprechen begann.
„Is'n noch nich morgens?“, fragte er lallend.
„Nein“, antwortete Aleksei schneidend.
„Oh.“ Darius blinzelte. „War in'er Nähe. De Straße runter hat'ne neue Bar aufgemacht.“ Er leckte sich über die Lippen. Dann verdunkelte sich seine Miene und er sagte: „Die hab'n mir'n Hausverweis gegeben.“
Aleksei seufzte: „Das tut mir wirklich leid für Sie.“
Darius winkte ab und zog geräuschvoll die Nase hoch.
Aleksei verzog den Mund und betrachtete Darius kritisch und fragte zweifelnd: „Sind Sie in der Lage, das Portal zu erschaffen?“
Darius nickte geschäftig und murmelte: „`türlich, `türlich.“

Aleksei starrte ihn einige Sekunden stumm an. Schließlich nickte er, sah dabei aber nicht allzu glücklich aus.
„Dann fangen wir am Besten gleich an“, schlug Aleksei vor.
Darius gab ein zustimmendes Gurgelgeräusch von sich. Dann bekam er einen Schluckauf, schlug sich die Hand vor dem Mund und kicherte, wie ein kleines Kind.
Mittlerweile zweifelte ich zutiefst an seiner Zurechnungsfähigkeit und versuchte mit Aleksei Blickkontakt herzustellen, den er jedoch ignorierte. So richtig wusste ich immer noch nicht was er vorhatte, aber was auch immer es war, wenn es Darius involvierte, konnte es gar nicht gut gehen.
Dieser hatte nämlich derweilen begonnen, mit den Armen vor sich in der Luft herumzufuchteln.
„Aleksei…“, setzte ich an und brach ab, als ich sah, wie auf dem Marmorboden Linien auftauchten, so schwarz wie Asche. Sie zogen sich um Darius herum, zogen einen Kreis, bildeten Muster und malten einen Stern in sein Zentrum. Verblüfft blieb mir der Mund offen stehen.
Als Darius fertig war, ließ er die Arme sinken, stolperte einige Schritte zur Seite und kicherte wieder.
Unverwandt starrte ich auf den Kreis, von dem eine…Andersartigkeit ausging, dass es mir den Atem verschlug.
„Am Besten, ich schicke ein paar der Wachen zuerst durch“, murmelte Aleksei leise und ich riss meinen Blick von dem dunklen Kreis los, um ihn fassungslos anzusehen.
Er ignorierte mich - schon wieder - und nickte einem der Männer zu. Dieser trat vor, offenbar kein Problem damit, dass er als Versuchskaninchen fungierte. Ohne zu zögern trat er in den Kreis…und verschwand.

In dem Saal war es still, abgesehen von dem Kichern, welches Darius immer wieder leise von sich gab. Dann brummte ein Handy. Aleksei warf einen kurzen Blick auf den Bildschirm und nickte dann zufrieden.
Er drehte sich zu mir und sagte: „Na dann“, er deutete auf den Kreis, „Lady’s first.“
Wieder bildete ich mir ein, so etwas wie Bedauern und schlechtes Gewissen in seinem Blick zu sehen. Das ließ mich zögern.
„Du brauchst gar keine Angst haben. Ich habe alles unter Kontrolle“, hickste Darius, als ich keine Anstalten machte, mich auf den Kreis zuzubewegen.
Darius hielt seine Hand geöffnet über den Boden und ballte sie zur Faust, als würde er etwas greifen, dann schleuderte er den Kreis auf mich zu. Noch bevor ich reagieren konnte, verschwand der Saal vor meinen Augen.

Meine Haut kribbelte und ich fühlte mich, als hätte mir jemand den Boden unter den Füßen weggezogen. Ich fiel. Die Luft wurde aus meinen Lungen gepresst. Das Licht flackerte. Dann war es vorbei und es wurde wieder hell. Geblendet stolperte ich, blieb an irgendetwas hängen und fiel. Der Untergrund war weich und gab nach. Kleine Nadeln bohrten sich in meine Handfläche.
Ich hob den Kopf und sah mich um. Eine Eidechse, auf einem Stein neben mir, blinzelte mir vorwurfsvoll entgegen, bevor sie ihren Kopf wieder in die Sonne streckte.

Langsam setzte ich mich auf und sah mich prüfend um. Ich befand mich in einem Wald. Riesige Bäume streckten sich in die Höhe. Sonst war niemand hier. Ich war ganz alleine.

Kapitel 11 - Luca - Eine Warnung und eine Geschichte

Am nächsten Morgen wurde ich durch ein Scheppern geweckt. Flatternd schlug ich meine Augen auf. Die letzten Traumfetzen verschwanden, als Henry sich in mein Blickfeld schob.
„Guten Morgen, Kleiner. Ich mache gerade Frühstück, hast du Hunger?“, fragte er, während er sich bereits der Küche zuwandte, und schwenkte eine Banane durch die Luft, um seinen Worten Nachdruck zu verleihen. Mein leerer Magen machte einen Satz. Die Cracker von gestern waren schon wieder vergessen. Schnell nickte ich und rappelte mich auf. Dabei versuchte ich tunlichst meine steifen Muskeln zu ignorieren, die sich nach der kurzen Nacht auf dem kalten Boden ganz wund anfühlten.
Henry fügte die Banane, ein paar Beeren und etwas Getreidebrei in einen Blechbecher und vermanschte es mit einer Gabel zu einer blauen Masse.
„Falls du Durst hast liegen noch irgendwo Becher herum und unter der Theke befindet sich ein Kanister mit frischem Wasser“, sagte er und zückte ein Messer, um die Papaya aufzuschneiden.
Ich nickte und rappelte mich verschlafen auf. Meine Zunge fühlte sich pelzig an und mein Mund war staubtrocken. Ich hätte mir gerne die Zähne geputzt, aber ich bezweifelte, dass ich irgendwo eine Zahnbürste und Zahnpasta auftreiben konnte. Der Becher war genau da, wo Henry gesagt hatte und das

Wasser aus dem Kanister schmeckte erstaunlich frisch. Hinsichtlich der misslichen Situation war das wohl der Höhepunkt des Tages.
Als ich fertig war, lehnte Henry bereits in der Tür mit einer Schüssel Brei in der Hand. Kauend hielt er mir auch eine Schale hin, die ich dankbar annahm. Da die Stühle allesamt unter Sachen begraben waren, setzte ich mich kurzerhand auf den angenehm kühlen Boden und lauschte den Geräuschen des Waldes. Vogelrufe und Affengeschrei tönten durch die Bäume. Die Luft war bereits stickig warm und mein T-Shirt klebte an meiner Haut.
Henry wartete geduldig, bis ich fertig war. Als ich meinen letzten Bissen genommen hatte und die Schale ausgiebig ausgekratzt hatte, klatschte er in die Hände.
„Los geht's“, meinte er gut gelaunt und stieß sich von der Wand ab. Ich folgte ihm in den morgendlichen Wald. Etwas, das aussah, wie eine große Ratte ohne Schwanz, huschte an uns vorbei. Ein Vogel mit einem gelben Schnabel blickte uns interessiert nach, bevor er sich von seinem Ast abstieß und sich in die Luft stürzte. Schmetterlinge labten sich an den bunten Blumen.
„Warum hilfst du mir eigentlich?“, fragte ich, während ich neben ihm her trabte.
„Ich meine, etwas in dir zu sehen und es würde mich interessieren, ob ich Recht habe“, erwiderte er fröhlich.
„Wie? Was siehst du denn in mir?“, fragte ich verwundert und sah ihn von der Seite an. Er blinzelte mir verschwörerisch zu, bevor er sich unter einem dicken Ast hinweg duckte. Ich überlegte, ob ich ihn auf das Gespräch von gestern Nacht anspre-

chen sollte, doch irgendwas sagte mir, dass er nicht darauf antworten würde.

Die Tage vergingen. Ich gewöhnte mich an mein Leben in der Schwüle und den täglichen Spaziergängen durch den Wald. Mit Henry zusammen streunte ich durch die Bäume, dessen Kronen hoch über uns aufragten und erkundete Teiche, die in dem Sonnenlicht verzaubert glitzerten. Henry erzählte mir von Höhlen, die vor Edelsteinen überquollen, aber für einen Menschen nicht zu erreichen waren, und von einem Fluss, der sich in der Nacht in ein Ungeheuer verwandelte. Er schien eine sehr ausgefallene Fantasie zu haben.

Generell redete Henry viel und über alles Mögliche - vom Platons Höhlengleichnis bis hin zur letzten Fußball-Weltmeisterschaft.

Er strahlte eine merkwürdige Weisheit aus, die nicht zu seinem jungen Gesicht passen wollte. Das Einzige, worüber er kein Wort verlor, war über sich selbst. Als ich ihn einmal fragte, wo er herkam, hat er mir nur ausweichend erklärt, dass er Europa liebte und gerne Pariser Eclairs und florentinisches Eis aß.

Nicht nur, dass er nicht über sich sprach - er erwähnte nie, was genau denn eigentlich seine Aufgabe auf dieser Insel war. Wir liefen nur immer wieder über die grünen Wiesen, den schwarzen Sand und das mächtige Wurzelwerk des Waldes, bis ich das Gefühl hatte fast jeden Zentimeter unserer unmittelbaren Umgebung zu kennen. Henry achtete darauf, dass wir dem Camp nie zu nahe kamen, insbesondere, wenn Douglas und seine Männer schlechte Laune hatten.

„Was machen wir eigentlich?“, fragte ich ihn deshalb, als wir gerade auf einem breiten Stein hockten, der von der Sonne ganz warm war, und einem kleinen Wasserfall beim plätschern zusahen. Bei dem Anblick musste ich an meinen letzten Tag mit meiner Familie denken - als ich mit Chloe, Amalia und Leon am Wasserfall war. Ein Stich fuhr durch mein Herz und ließ mich schlucken, als sich ein Kloß in meinem Hals festsetzte. Ich hatte versuchte zu vermeiden an meine Familie zu denken und den Gedanken zu verdrängen. Doch nun schien sich die Angst in meinem Geist festzusaugen wie ein unliebsamer Parasit.
„Ich helfe ihnen auf der Suche“, erwiderte er mit einer wegwerfenden Handbewegung. Ich schnaubte. Er log mich an.
„Auf der Suche nach was?“, fragte ich, obwohl ich sofort an den Dolch denken musste, über den sich Henry und der mysteriöse Mann unterhalten hatten.
Henry zögerte fast unmerklich, bevor er sagte: „Nach Bodenschätzen.“
Ich verkniff mir ein Schnauben. Stattdessen fragte ich: „Und wann sind wir endlich damit fertig?“
„Bald“, antwortete Henry wage. Ich funkelte ihn wütend an, was er mit erhobenen Augenbrauen unbeeindruckt erwiderte. Meine bunt gemischten Gefühle - hauptsächlich Angst und Verzweiflung - schwappten durch meine Adern. Meine Fähigkeiten prickelten in meinen Fingerspitzen. Bisher hatte ich es vermieden, sie einzusetzen. Weder Henry noch der Rest des Camps durfte von ihnen erfahren.

„Ich will nach Hause“, flüsterte ich. Die ganzen aufgestauten Gefühle schienen sich in meinen Körper zu sammeln. Es fühlte sich an, wie ein Gummi, das sich immer weiter spannte.
„Ich habe dir doch gesagt, ich werde dir helfen, nach Hause zurück zu kommen, sobald meine Arbeit hier erledigt ist.“ Henrys Stimme war sanft und beruhigend, was mich nur noch wütender machte.
„Welche Arbeit?“, fragte ich laut. Meine Stimme vibrierte.
„Luca, beruhige dich.“
Er hatte Recht und ich wusste es. Meine Kraft pochte in meinen Adern, so heftig, dass ich Mühe hatte, sie zurückzuhalten. Henry streckte die Hand aus, um mich am Arm zu berühren. Das brachte das Fass zum Überlaufen.
„Lass mich in Ruhe“, keifte ich. Doch mein Schrei ging in einem riesigen Knall unter. Mit weit geöffneten Augen sah ich auf den Teich, bevor uns eine riesige Welle unter sich begrub. Die Wassermassen erfassten uns und schleuderten uns mehrere Meter nach hinten. Ich landete unsanft auf dem Rücken, während die Flut über mir brach.
Ich konnte es nicht fassen. Ich hatte die Kontrolle verloren. Das war mir schon seit Jahren nicht mehr passiert.
Laut hustend richtete ich mich wieder auf. Henry schnappte neben mir nach Luft. Geschockt sah ich auf das feuchte Fleckchen Erde, wo vor einer Minute noch der Teich vor sich hin gedämmert hatte. Die hohen, stolzen Bäume, deren Blätterdach uns Schatten geboten hatte, waren entwurzelt und bildeten einen Kreis um uns, wie umgekippte Dominosteine. Ich hörte, wie sich Henry neben mir hustend aufrappelte.

Verdammt. Nicht nur hatte ich die Kontrolle verloren - es war auch noch vor den Augen von Henry geschehen.
Ich versuchte einen erschrockenen Gesichtsausdruck aufzusetzen, als wüsste ich nicht, was soeben geschehen war. „Was war das denn?“, fragte ich unbehelligt.
„Ein winzig kleiner Tsunami“, keuchte Henry. Ich drehte mich mit gespielt weit aufgerissenen Augen zu ihm um. Soweit ich sehen konnte, triefte er zwar vor Nässe, war aber unversehrt. Als sich jedoch unsere Blicke begegneten, verengten sich seine Augen. „Dir ist schon klar, dass ich weiß, dass du ein Elementar bist? Du musst nicht so scheinheilig tun.“
„Was?“, fragte ich perplex. „Woher weißt du von den Elementaren?“ Ich war fest davon ausgegangen, dass Henry ein unwissender Mensch war. Scheinbar hatte ich mich geirrt.
Henry schnaubte, zog sein Hemd aus und wrang es aus. „Ich glaube, wir sollten uns unterhalten.“

Wir suchten uns einen Stein in der Sonne mit Blick auf das Meer. Henry ließ sich mit einem Ächzen auf dem Stein nieder, auf dem sich sofort eine Pfütze bildete.
„Du könntest mich wenigstens trocknen“, murrte er. Ich seufzte und überlegte kurz, aber so wie es aussah, war ich sowieso aufgeflogen. Ein Wimpernschlag später, waren wir beide wieder trocken.
„Woher weißt du von den Elementaren?“, fragte ich und lehnte mich auf dem Felsen zurück. Die Sonne liebkoste meine Haut.
Henry schnaubte. „Ich bin in meinem Leben schon vielen von ihnen begegnet.“
„Aber…du bist keiner von uns“, bemerkte ich.

Noch ein Schnauben. „Nein, bin ich nicht.“
„Was bist du dann?“, fragte ich.
Henry schwieg. Sein Kiefer zuckte. Schließlich sagte er: „Im Moment ist das nicht von Bedeutung.“
„Wie bitte?“, fragte ich ungläubig. Wut stieg in mir auf.
Henry warf mir einen scharfen Blick zu. „Aber wenn du bereit bist, mir zuzuhören, gibt es noch zwei Dinge, die sich für dich durchaus lohnen zu wissen.“
Ich knirschte mit den Zähnen. „Bist du ein Vynami?“
„Nein“, seufzte Henry.
„Ein Seelie?“
„Nein“, erwiderte Henry wieder und seine Nasenflügel blähten sich vor Ungeduld.
Ich betrachtete ihn von oben bis unten und ging die Völker der Legends durch. Doch ein Riese oder eine Fee war er mit Sicherheit nicht. Was dann?
„Ein Kind der Gedanken?“, fragte ich vorsichtig und hoffte, dass dem nicht so war. Schließlich konnten diese in die Köpfe ihrer Mitmenschen Einblick erlangen und das empfand ich als eine eher unangenehme Vorstellung.
„Nein und hör auf damit“, keifte Henry. „Hörst du mir jetzt zu?“
„Na gut“, brummte ich.
„Gut“, sagte Henry zufrieden. „Die erste Sache, die du wissen musst, ist dass Hugo und Douglas ebenfalls Legends sind. Ich weiß nicht, was Douglas ist, aber Hugo ist ein Vynami.“ Ich schnaubte abfällig und Henry verdrehte die Augen, bevor er fortfuhr: „Ich würde dir empfehlen, deine Kräfte vor ihnen

geheim zuhalten. Am Besten hältst du dich einfach von ihnen fern."

Ich brummte. Das Hugo ein Vynami war, war tatsächlich eine nützliche Information. Und interessant. Ich war noch nie zuvor einem Vynami begegnet.

„Was ist die zweite Sache?", fragte ich, als Henry nicht weitersprach.

Dieser streckte seine Beine vor sich aus und rollte die Schultern zurück. Dann meinte er: „Eine Geschichte."

„Ist das dein Ernst?"

„Willst du sie hören oder nicht?"

Ich stieß die Luft langsam aus und seufzte: „Na schön."

„Es gibt eine Legende über diese Insel", begann Henry. Innerlich stöhnte ich auf. Das konnte doch wahrlich nicht sein Ernst sein.

Trotzdem hielt ich den Mund.

„Angeblich ist sie der Ort, an dem alles begonnen hat", fuhr Henry fort.

„Was soll hier begonnen haben?", fragte ich.

„Unsere Geschichte", erklärte er. Er nahm einen tiefen Atemzug und sah mich an, bevor er auch schon wieder wegsah.

„Vor langer Zeit wurden hier die ersten Wesen geboren. Es waren dreizehn Kinder, die auf die noch leere Welt gesetzt wurden und den Anfang von all dem, was wir heute kennen, bildeten. Es waren keine gewöhnlichen Kinder. Sie waren mit unvorstellbare Kräften gesegnet worden, die ihnen dienten, die Welt um sich herum zu gestalten. Sie erschufen die Berge, das Meer, Flora und Fauna, die Magie und die Schatten."

Ein Prickeln lief mir über die Wirbelsäule. Ein Déjà-vu Gefühl überkam mich.

„Zuweilen arbeiteten einige von ihnen zusammen. Doch es gab nur eine Kreation, die sie alle zusammen erschufen. Den Menschen. Der Formwandler, der ihnen den Körper gab. Der Elementar - das Blut. Der Denker - die Gedanken. Das Sonnenkind - die Lebensenergie. Die Zwillinge - die Fähigkeit, sich zu vervielfältigen. Die Welt blühte auf. Es herrschte Frieden. Völker bildeten sich und lebten friedlich nebeneinander. Einige der Dreizehn nahmen sie unter ihre Fittiche und teilten ihre Fähigkeiten mit ihnen. So entstanden die Elementare, die Vynami, die Zauberwesen, Feen, Riesen und Schatten. Erst schien alles harmlos. Doch dann begann alles aus dem Ruder zu laufen. Die Bevölkerung wuchs stetig und breitete sich ausgehend von der Insel in alle Himmelsrichtungen aus. Kontinente wurden besiedelt. Doch der Mensch war nicht perfekt. Obwohl sie doch alle gleich waren, richteten sie sich gegeneinander. Die Dreizehn wussten nicht, was sie machen sollten. Sie konnten es sich nicht erklären, warum sich ihre Kinder, gegeneinander stellten. Die Gruppe der Dreizehn begann sich zu spalten. Die eine Seite wollte ihren Kindern helfen und nahmen sie in Schutz. Die andere Seite war zu dem Schluss gekommen, dass ihre Kreation fehlgeschlagen war und beherrscht werden sollte. Ein Krieg entbrannte. Viele starben. Die Dreizehn galten als unsterblich, doch bald wurde klar, dass sie sich geirrt hatten und durch die Hand eines ihrer Geschwister sterben konnten. Doch selbst dann waren sie nicht wirklich tot, ihre Kräfte suchen sich immer wieder einen neu-

en Wirt.“ Henry schwieg und starrte auf das Meer hinaus. Meine Gedanken überschlugen sich.
„Das sind die Myth, oder?“, fragte ich und versuchte mir die Einzelheiten der Geschichte meines Großvaters ins Gedächtnis zu rufen. Henry sah mich überrascht an.
„Mein Großvater hat mir die gleiche Geschichte erzählt“, sagte ich und verspürte einen Stich, bei dem Gedanken an den friedlichen Morgen, der eine Ewigkeit her zu sein schien. Um mich abzulenken redete ich einfach weiter. „Er sagte, es gäbe einen Fluch, der verhindere, dass die Myth je wieder gleichzeitig auf der Erde wandeln würden.“
„Hat dein Großvater dir auch von der Prophezeiung erzählt?“, fragte Henry beeindruckt. In meinen Magen flatterte es. Verneinend schüttelte ich den Kopf.
„Laut der Prophezeiung verliert der Fluch seine Wirkung. Es gibt schon lange nicht mehr nur sieben Myth auf der Erde und es werden immer mehr.“ Mir lief ein Schauer über den Rücken.
„Du sagst das, als wären die Geschichten wirklich war“, bemerkte ich. In meinem Inneren zitterte es. Henry warf mir einen Blick von der Seite zu, sagte aber nichts.
Ich starrte auf das Meer und fragte mich, was hier vorging.

Die folgenden Tage verhielt Henry sich merkwürdig, was bei ihm schon etwas hieß. Er war für seine Verhältnisse regelrecht schweigsam und warf mir immer wieder musternde Seitenblicke zu, wenn er dachte, dass ich sie nicht bemerkte.
Eines Morgens - die Sonnenstrahlen küssten gerade die ersten Fleckchen Erde - rüttelte mich Henry aus dem Schlaf. Er war

vollständig bekleidet, inklusive einer Jacke, die ich noch nie an ihm gesehen hatte, und schweren Stiefeln, die mit Schlamm bedeckt waren. Seine Haare hatten sich fast vollständig aus dem Pferdeschwanz gelöst, als wäre er sich immer wieder nervös über den Kopf gefahren. Der Rucksack rutschte ihm fast von der Schulter und seine Hose war mit Staub bedeckt. Überhaupt sah er irgendwie gestresst aus.

„Guten Morgen, Kleiner. Ich habe eine dringende Sache zu erledigen. Ich versuche spätestens übermorgen wieder da zu sein. Schaffst du es, solange keinen allzu großen Mist zu bauen und dich bedeckt zu halten? Bitte?“ Henry warf mir einen flehentlichen Blick zu. Er wirkte zerstreut und gehetzt. Unwillkürlich fühlte ich mich in die geheimnisvolle Nacht zurückversetzt, in der ich das Gespräch mit dem Fremden belauscht hatte. Das war das letzte und bisher einzige Mal gewesen, dass ich diesen Tonfall bei ihm wahrnahm.

„Wo musst du hin?“, fragte ich, während ich mich alarmiert aufsetzte.

„Vielleicht verrate ich es dir später. Halte dich bedeckt und mach keinen Ärger. Schaffst du das?“, drängte er. Verwirrt nickte ich. Henry warf mir noch einen langen zweifelnden Blick zu, bevor er erschlagen seufzte. Mit einem aufmunternden Lächeln, das vollkommen erzwungen wirkte, winkte er und verschwand zwischen den Bäumen, noch bevor ich mich fragen konnte, was zur Hölle das gerade war.

Ich schaffte es fast einen halben Tag mich bedeckt zu halten. Den Morgen hatte ich damit verbracht die Hütte einigermaßen

aufzuräumen, was bei den wenigen Besitztümern, die Henry besaß, eine eher kurzweilige Angelegenheit war.
Als die Mittagshitze hereinbrach, war mir bereits zum Sterben langweilig und ich entschloss, mir etwas die Beine zu vertreten. Vielleicht würde ich zu dem Teich gehen, um etwas zu trainieren - noch immer kribbelte meine Kraft in meinen Fingern und ich hatte Mühe sie zu unterdrücken. So aktiv hatte ich sie nie erlebt. Vielleicht lag es an der verzweifelten Situation, in der ich mich befand. Denn nicht nur das Meer schien nach mir zu rufen, sondern die gesamte Insel.
Es war ein schöner Tag - die Sonne strahlte, die Vögel sangen und der Wind trug das Rauschen des Meeres bis an meine Ohren. Auf dem Weg zum Teich fand ich einen kleinen Strauch, dessen Zweige sich, unter dem Gewicht der vielen Beeren, bogen. Ich blieb stehen und pflückte mir eine Handvoll Beeren, die ich auf dem restlichen Weg vernaschen wollte.
Als ich mich wieder umdrehte, zuckte ich zusammen und zerdrückte die Beeren. Der klebrige Saft lief über meine Finger. Hugo grinste.
„Na Kleiner, wo ist dein Schutzengel?“, fragte er spöttisch. Mein Herz klopfte mir bis zum Hals, während meine Gedanken rasten. Er war ein Vynami. Halte dich von ihm fern, hatte Henry gesagt. Das war wohl nicht so gut gelaufen. Aber wer hätte damit gerechnet, dass ausgerechnet Hugo mitten in der Idylle auftauchen würde? Da mir keine passende Erwiderung einfallen wollte, schwieg ich. Hugo verzog das Gesicht.
„Wir bringen dich mal zurück zu der Basis. Henry schätzt es bestimmt nicht, wenn du hier alleine durch den Wald streunst“, meinte Hugo mit falscher Fürsorglichkeit und packte

mich am Arm, um mich hinter sich herzuziehen. Ich wand mich unter seinem Griff, doch er lockerte ihn nicht. Hugo hielt geradewegs auf das Dorf zu. Einige der Menschen sahen auf, als Hugo mit mir im Schlepptau ankam, doch ein Blick von ihm genügte und sie wandten sich eilig wieder ihrer Arbeit zu. Mein Herz klopfte mir bis zum Hals, als Hugo mich geradewegs zu dem Zelt schleifte, von dem ich mich eigentlich um jeden Preis fern halten sollte. Henry würde gar nicht erfreut sein, wenn er davon erfuhr.

In den paar Wochen, seitdem ich zuletzt hier gewesen war, hatte sich nicht gerade viel verändert. Selbst Douglas thronte noch auf dem gleichen Platz und bot das gleiche Bild des kalten Grauens.

Hugo legte mir die Hand in den Nacken und drückte mich herunter, sodass ich eher schlecht, als recht eine Verbeugung hinlegte. Douglas, der letztes Mal die gesamte Zeit eine gleichgültige, fast gelangweilte Miene aufgesetzt hatte, sah nun mit einem kleinem Lächeln auf mich herab. Augenblicklich wünschte ich mir den ausdruckslosen Gesichtsausdruck zurück.

Mit seinen knochigen Finger zeigte er auf den leeren Stuhl vor sich. „Setz dich doch“, forderte er mich mit seiner kalten Stimme auf. Ich überlegte, ob die Möglichkeit bestand, dankend abzulehnen, doch Hugo schob mich - die Hand noch immer in meinem Nacken - zu dem Stuhl. Schluckend ließ ich mich darauf nieder. Hugo stellte sich hinter mich und legte seine Pranke auf die Rückenlehne.

„Was wollen Sie von mir?“, fragte ich und straffte die Schultern. Ich war fest entschlossen, mir die Unruhe nicht anmerken

zu lassen. Der Mann antwortete nicht sofort, sondern musterte mich aufmerksam.
„Ich verstehe es nicht“, sagte Douglas schließlich und lehnte sich zurück.
„Was verstehen Sie nicht? Warum Sie mich hierher geholt haben? Das ist mir auch nicht ganz klar“, meinte ich gereizt und hätte mir sofort am liebsten auf die Zunge gebissen. Douglas ignorierte mich, doch Hugo legte mir warnend seine Pranke auf die Schulter und drückte einmal schmerzhaft zu.
„Warum hat Henry so ein Interesse an dir?“, fragte Douglas. Seine Augen blitzten wie die eines Raubtiers. Vielleicht war er ein Gestaltswandler? Er verschränkte seine Hände auf dem Tisch und lehnte sich näher an mich heran, woraufhin ich auf meinem Stuhl noch weiter nach hinten rutschte, bis ich gegen Hugo's Hand stieß und mich schnell wieder nach vorne lehnte. Als ich nicht antwortete, fuhr er fort: „Wie dem auch sei. Als ich meinem guten Freund von dir erzählte, war er äußerst begeistert. Er ist immer auf der Suche nach Probanden, die vor Jugend und Gesundheit nur so strotzen.“ Ich wusste nicht was er mit Probanden meinte, aber mir lief ein Schauer über den Rücken.
„Er kommt dich zum nächsten Morgengrauen abholen“, meinte er und sah mich an, als erwarte er, dass ich ihm dafür applaudierte, dass er einen Weg gefunden hatte mich loszuwerden. Als ich nichts erwiderte, verzog er den Mund zu einer schmalen Linie. „Du darfst jetzt gehen“, sagte er, als ich mich nicht rührte, setzte er sich wieder auf seinen Stuhl und widmete sich einem der wenigen Papiere, die vor ihm lagen. Wie erstarrt blieb ich sitzen. Hugo stieß mir mit der Schusswaffe in

die Rippen. Langsam stand ich auf und drehte mich, ohne Verbeugung, um und ließ mich von Hugo aus der Hütte führen.
Mein Herz klopfte wie wild. Wie in Trance ließ ich mich von Hugo durch das Dorf zehren. Ich merkte gar nicht, wohin wir liefen, bis wir vor einem der zentralen Gebäude stehen blieben, die noch am besten erhalten waren.
Hugo stieß die Tür auf. Einige der Männer, die um einen Tisch herum saßen und Karten spielten, hoben verwundert den Kopf, als ich hineingestolpert kam. Auf dem Tisch standen einige Gläser, in denen eine bernsteinfarbene Flüssigkeit schimmerte. Ohne ein Wort an seine Kollegen bugsierte mich Hugo für seine Verhältnisse sogar sehr sanft, durch die nächste Tür, in einem Raum, der wohl eine Küche darstellen sollte. Einer der Männer an dem Tisch hatte sich erhoben und kam uns hinterher.
„Hugo, können wir reden?“, fragte eine Stimme, die für diesen rauen Ort, merkwürdig sanft klang. Ihr Besitzer sah auch eher aus wie ein Surfer als ein Wächter. Seine blonden verwuschelten Haare standen ihm wild vom Kopf ab und seine Augen waren so braun und unschuldig, wie die eines Rehs.
„Nicht jetzt, Basil. Ich hab zu tun“, meinte Hugo bissig.
„Wer ist das?“, fragte Basil und betrachtete mich neugierig.
„Er ist nicht wichtig“, erklärte Hugo kurz angebunden und zog mich weiter durch den Raum, bis zu einer der Anrichten. Basil kam uns hinterher.
„Was macht er dann bei uns?“
„Ich passe auf, dass er nicht abhaut“, erläuterte Hugo, bevor er sich abwandte und tatsächlich anfing, sich ein Brot zu schmieren. Sofort meldete sich mein Magen. Gierig konnte ich mei-

nen Blick gar nicht mehr von Hugo abwenden, der sich nun mampfend an den Tisch setzte.
Basil warf mir einen mitleidigen Blick zu, ging zu der Anrichte, schmierte ein Brot und hielt es mir dann hin. Kurz zögerte ich, aber Basil sah mich aufmunternd an, also griff ich schnell zu.
„Was soll das?“, herrschte Hugo ihn an. Erstarrt hielt ich das Brot fest umklammert, doch Hugos Blick war gar nicht auf mich, sondern auf Basil gerichtet.
Dieser verdrehte die Augen, zog einen Stuhl zurück und bot ihn mir mit einer Handbewegung an. Mit klopfenden Herzen setzte ich mich auf den Rand des Stuhles, unsicher, ob es bei Hugo nun das Fass endgültig zum Überlaufen bringen würde. Doch dieser schien mich gar nicht mehr wahrzunehmen. Sein wütender Blick war auf Basil gerichtet, der nur spitzbübisch grinsend ein weiteres Brot schmierte. Hugo stopfte sich den letzten Rest seines Brotes in den Mund und stand auf.
„Komm jetzt, wir gehen.“ Sein Blick war noch immer nicht auf mich gerichtet, aber darüber beschweren konnte ich mich nun wirklich nicht.
Basil schob mir mit einem Zwinkern noch zwei Brote zu.
„Das ist der Grund, warum du nie für die Betreuung der Sklaven eingesetzt wirst“, kritisierte Hugo ihn.
„Der arme Junge ist ganz dünn. Er wächst doch noch, da braucht er ordentlich was zu essen“, erwiderte Basil. Seine Augen funkelten schelmisch. Einerseits fand ich es lustig, wie er Hugo reizte, aber anderseits war ein gereizter Hugo nicht unbedingt eine gute Idee. Hugo schnaubte wieder, sagte aber nichts und unternahm auch keine Versuche, mir die Brote wie-

der abzunehmen, stattdessen starrte er jetzt an die Wand. Seine Arme hatte er vor der Brust verschränkt. Basil lachte leise.
„Also, was ist so besonders an dir?“, wandte sich Basil an mich.
„Das ist der Kleine von Henry“, antwortete Hugo noch bevor ich mein Brot heruntergeschluckt hatte, um zu antworten.
„Wie interessant.“ Basil taxierte mich. Er lächelte immer noch. Er war der erste, den ich in diesem Camp traf, der tatsächlich ein sympathisches Lächeln hatte und nicht wie ein sadistischer Irrer rüberkam, abgesehen von Henry natürlich.
„Er kommt morgen zu dem Doktor“, erklärte Hugo weiter.
Basil fiel das Lächeln aus seinem Gesicht und ein bestürzter Ausdruck nahm seinen Platz ein. Noch mal sah er mich an.
„Warum das denn?“, fragte er fassungslos. Das fragte ich mich auch. Dieser Basil wurde mir immer sympathischer, obwohl mich sein Ton beunruhigte. Hugo zuckte mit den Schultern.
„Wir gehen jetzt hoch“, meinte Hugo nach einer kurzen Stille.
Basil nickte und erhob sich. „Ich komm mit. Jemand muss doch sicherstellen, dass du dich gut benimmst.“
Hugo schnaubte erneut, erhob aber keine Einwände.

Kapitel 12 - Sicily - Das Kind im Rat der Ältesten

Der Wald schien kein Ende zu nehmen. Überall waren Bäume, Bäume und noch mehr Bäume - hauptsächlich Kiefern und andere Nadelgewächse. Meine Haut prickelte noch immer von der Reise mit dem Portal. Immerhin hatte sich die Übelkeit gelegt.

Ich konnte immer noch nicht fassen, dass das wirklich geschehen war. In einer Sekunde war ich noch in Moskau gewesen und in der nächsten...ich hatte immer noch nicht so richtig herausgefunden, wo ich mich befand. Irgendwo tief im Wald.

Mein Blick wanderte über den Waldboden, ein Bett aus Moos und Nadeln, aus dem die Wurzeln wie dicke knochige Finger ragten. Dann hoch an den dicken Stämmen, die in dem dünnen Blattwerk endeten. Der Himmel war strahlend blau. Immerhin regnete es nicht. Ich inhalierte die klare Waldluft, die nach Kiefer und Harz roch. Ein weiterer starker Kontrast zu der Großstadt Moskau.

Erst hatte ich eine Weile auf der Lichtung gewartet, an der ich angekommen war. Doch nach einigen Stunden - so kam es mir jedenfalls vor - hatte ich die Hoffnung, dass jemand zwischen den Bäumen auftauchen würde, aufgegeben.

Ich kannte mich nicht mit Hexenportalen aus, aber scheinbar war es Darius gelungen, mich zu verlieren. Anders konnte ich mir nicht erklären, warum ich hier war, aber weder Aleksei noch einer der Wächter.

„Hallo?“, rief ich wieder. Das tat ich schon seit meiner Ankunft, doch die einzige Antwort war das Rascheln der Blätter und der Gesang der Vögel.
Doch dieses Mal…war das Meeresrauschen? Ich blieb stehen und lauschte. Dann setzte ich mich wieder in Bewegung und tatsächlich…kaum fünf Minuten später stand ich an einem Strand. Schwarzer Sand soweit das Auge reichte.
Zittrig zog ich die salzige Meeresluft ein und blinzelte gegen die blendende Sonne. Das Rauschen der Wellen war so laut, dass es mein heftig pochendes Herz übertönte.
Wo war ich nur?
„Hallo?“, brüllte ich noch einmal. Doch wieder kam keine Antwort.
Etwas raschelte im Unterholz und ich fuhr herum. Ein kleines Wesen, das aussah, wie eine übergroße Ratte ohne Schwanz, blickte mich erschrocken an. Ich sah erschrocken zurück. Quickend drehte es sich um und verschwand wieder.
Ich entschied mich dazu, an der Grenze des Waldes zum Strand entlang zu laufen. Mir gefiel die frische Brise und wie die Sonne auf dem Meer funkelte. Außerdem war der Weg zwischen Sand und Waldboden weich und eben, ohne die ständigen Wurzeln, Baumstämme und andere Hindernisse, die so misslich in meinem Weg lagen, dass ich beinahe das Gefühl hatte, jemand hätte sie mit Absicht dort drapiert.
Nach einer gefühlten Ewigkeit - meine Beine brannten bereits vor Anstrengung - ließ ich mich auf einer besonders dicken Wurzel nieder und legte erschöpft den Kopf in die Hände. Ich hatte Durst. Mein Kopf pochte und meine Knochen fühlten

sich immer noch seltsam deplatziert an, wofür ich die Reise durch das Portal verantwortlich machte.

Die Sonne war während meiner Wanderung immer weiter über den Himmel gewandert und mir wurde schleichend bewusst, dass ich die Nacht allen Anschein nach zwischen schwarzem Sand und mächtigen Kiefern verbringen würde. Erschöpft und entmutigt ließ ich den Kopf hängen.

Ich kämpfte mit den Tränen, die Dank der Verzweiflung hinter meinen Lidern brannten, und verlor. Eine Weile saß ich einfach da und die Erinnerung an den Brand ließ mir die Luft abschnüren. Ich hatte Kisha verloren. Sie war alles gewesen, was ich mir von einer Schwester jemals gewünscht hatte, alles was Charlotte nie gewesen war. Kisha hatte immer auf meiner Seite gestanden. Hatte mich nicht verurteilt, mich nicht ausgelacht, egal was für Wünsche, Fürchte und peinliche Erfahrungen ich mit ihr teilte. Sie hatte mich immer unterstützt. Mich aufgemuntert, wenn es mir schlecht ging. Mich zum Lachen gebracht. Und jetzt sollte sie fort sein?

Es tat gut zu weinen. Die ganzen angestauten Gefühle herauszulassen. Am Ende brannten meine Augen, aber ich fühlte mich leichter.

Schließlich schaffte ich es, mich aufzuraffen und weiterzulaufen. Es ging bergauf und mit der Zeit wurde der Strandstreifen immer dünner, bis er schließlich schwindelerregenden Klippen wich.

Vorsichtig linste ich in die Tiefe. Schäumende Wellen schlugen gegen die schroffe Felswand und spritzen einige Meter in die Höhe. Ein Schauer lief mir über den Rücken und ich schreckte vor dem Abgrund zurück. Als ich weiter lief, achtete ich darauf, einen respektablen Abstand zum Rand der Klippen einzuhalten.

Allmählich begann ich mich zu fragen, wo das enden sollte. Wie lange sollte ich noch so weiter laufen? Ich versuchte, den unheilvollen Gedanken zu verdrängen, als ich den Berg bestieg.

Ich keuchte und meine Seiten schmerzten, doch dann ebnete sich der Weg schließlich und ich sah auf. Mein Atem stockte. Ein Meer aus grünen Baumwipfeln breitete sich unter mir aus. In der Ferne erhob sich ein Berggipfel, der über dem Fichtenwald ragte.

Dann blieb mein Blick an einer Linie hängen, die sich zwischen Gipfel und Meer entlangzog. Als hätte jemand einen Bleistift genommen und einen Strich gezogen. Eine massive Felsenwand, die höher reichte als die höchsten Kronen der Fichten.

Sie versperrte die Sicht auf das, was auch immer dahinter lag. Mein Blick wanderte an der Wand herunter, über die Wipfel und blieb an einem in der Sonne funkelnden Bach hängen. Meine trockene Kehle meldete sich lautstark und so weit schien er gar nicht entfernt zu sein.

Mit neuer Energie setzte ich mich wieder in Bewegung. Meine Füße flogen geradezu über den Waldboden.

Zwischen den Bäumen blitzte der Fluss bereits hindurch, als ich plötzlich ein schrilles Geräusch hörte. Strauchelnd blieb ich stehen und lauschte angestrengt. Doch nur das Rauschen der Strömungen erfüllte die Luft, sonst war es ruhig. Vorsichtig wagte ich mich weiter, huschte von Baum zu Baum, behut-

sam darauf bedacht, so wenig Geräusche wie möglich zu machen.
Mit jedem Schritt lichtete sich der Wald mehr und schließlich erhaschte ich einen Blick auf das Ufer. Sofort fuhr ich wieder zurück hinter den Baum. Dort am Ufer hatte sich etwas bewegt. Und es war mindestens so groß wie ein Mensch gewesen. Zum ersten Mal kam mir der Gedanke, dass es hier auch gefährliche Tiere geben könnte.
Mein Herz pochte mir bis zum Hals, als ich meinen Mut zusammen nahm und hinter meinem Versteck hervorlugte. Ich erstarrte. Es war kein Tier. Es waren Kinder. Einige Sekunden gaffte ich sie einfach an. Auf die Idee, dass die Insel bewohnt war, war ich gar nicht gekommen. Es hatte doch alles so verlassen gewirkt. So unberührt. Fern weg von jeglicher Zivilisation.
Ich hörte ein Knacken hinter mir und noch bevor ich zurückschrecken konnte, hatte sich eine Hand um meine Kehle gelegt. Ich versuchte den Kopf zu drehen, um einen Blick auf die Person zu werfen, die mich festhielt. Ein Mann mit braunen Augen und grimmigen Zügen starrte auf mich herab.
„Wer bist du?“, fragte er barsch. Seine Hand drückte unangenehm gegen meine Kehle, als ich schluckte.
„Ich bin Sicily“, brach ich hervor.
„Woher kommst du?“
„Ich…“, begann ich und hielt inne. Unmöglich konnte ich dem Mann von meiner Reise durch ein Portal berichten. Er würde mir nicht glauben. Ich konnte es selber kaum glauben.
„Ich weiß es nicht“, antwortete ich schließlich schwach.

Die Lippen des Mannes wurden schmal, als er mich musterte. Tiefe Falten gruben sich auf seine Stirn. Er schien nicht so richtig zu wissen, was er von mir halten sollte.
„Bitte helfen Sie mir“, flehte ich, in der Hoffnung, er möge mich nicht zurücklassen…oder mich mitnehmen und sich als Kannibale herausstellen. Hinter den Augen des Mannes flackerte es. Schließlich kam er zu einer Entscheidung. Seine Hand verließ meine Kehle, wofür ich äußerst dankbar war, und wanderte zu meinem Arm, den er fest umpackte.
Sein Atem strich über die feinen Härchen an meinem Ohr, als er zischte: „Wir nehmen dich mit. Dann werden die Ältesten entscheiden, was mit dir geschehen soll.“
Dann drehte er sich halb um und rief über die Schulter zu den Kindern: „Macht euch fertig. Wir gehen zurück.“
Die Kinder protestierten nicht. Sie hatten meine Ankunft bereits bemerkt und schauten neugierig in meine Richtung. Es waren zwei Mädchen und ein Junge. Die Älteste schätzte ich auf zwölf Jahre - sie hatte das Kinn vor gereckt, als sehe sie in mir eine Bedrohung und sich vor einem kleinen Jungen positioniert, der nicht älter als fünf Jahre sein konnte. Sie nickte knapp, als Antwort auf den Befehl des Mannes, drehte sich um und zog den kleinen Jungen mit sich.
Ein anderes Mädchen hockte auf einem Stein im Fluss und war die Einzige, die mich nicht anstarrte. Stattdessen sah sie verträumt den Bachforellen zu, die sich durch die Strömung schlugen.
„Malou“, sagte der Mann, als sie sich nicht rührte. Das Mädchen blinzelte und ihr Blick aus leuchtend violette Augen war strahlend klar, als sie ihn auf mich richtete und sagte: „Bald ist

es soweit. Der Reisende ist bereits erwacht. Die Flut und das Feuer folgen. Ein Reich wird fallen, ein Mädchen dem Tod gefallen. Aber der Bär…"
„Malou", sagte der Mann scharf und das Mädchen verstummte. Sie blinzelte noch einmal und schenkte mir dann ein fröhliches Lächeln, bevor sie sich umdrehte, um dem älteren Mädchen und dem Jungen hinterherzurennen.
Sie verschwanden zwischen den Bäumen und der Mann bedeutete mir mit dem Kinn, ihnen zu folgen. Mein Anblick musste sich sehr von dem der Kinder unterscheiden, die vor uns her hüpften, leichtfüssig über Steine kletterten und sich an den Ästen der großen Bäume schwangen, während ich mich darauf konzentrieren musste, nicht über die nächste Wurzel zu stolpern. Wir liefen direkt auf die Felswand zu, die sich über den Kronen der Bäume unheilvoll bis in den Himmel erhob. Aus der Nähe wirkte sie noch massiver.
Schließlich lichtete sich der Wald und wir fanden uns der steilen Felswand direkt gegenüber. Eigentlich hatte ich erwartet, dass wir nun eine andere Richtung einschlagen würden, doch die Kinder hielten direkt auf die Wand zu. Ich fragte mich, was sie vorhatten. Dann begannen sie an dem Felsen hinaufzuklettern. Mein Mund klappte auf.
Sie bewegten sich, als hätten sie das schon tausende Male gemacht. Mühelos und ohne Furcht. Das ältere Mädchen und der Junge verschwanden zwischen den Felsspalten, während Malou einige furchterregende Meter über dem Erdboden über einen schmalen Vorsprung balancierte und dabei verträumt einem Vogel mit den Augen verfolgte.

„Nach dir“, brummte der Mann und gestikulierte ungerührt zu der Felswand. An seiner Stelle hätte ich mir unheimliche Sorgen um die Kinder gemacht, aber ihn schien das kalt zu lassen.
Malou hatte derweilen den Spalt erreicht, hinter dem auch die beiden anderen Kinder verschwunden waren. Lautlos und ohne einen Blick zurück verschwand sie zwischen den Felsen.
Der Mann räusperte sich und deutete erneut auffordernd mit dem Kinn zur Wand. Ich zwang mich, mich zusammenzureißen und nahm einen tiefen Atemzug, als ich die letzten Schritte zur Felswand tat. Der Stein fühlte sich rau und kalt unter meinen Fingern an.
Ich kletterte und tatsächlich stellte es sich leichter heraus, als ich es mir vorgestellt hatte. Die Felsvorsprünge und Einbuchtungen schienen sich geradezu unter meinen Füßen zu bilden und vereinfachte die Sache um ein Vielfaches.
Der Mann folgte mir behände. Er schien nicht einmal einen Gedanken, geschweige denn einen Blick daran zu verschwenden, wo er seine Hände und Füße platzierte.
Wir erreichten den Spalt, hinter dem die Kinder verschwunden waren und der Mann versteifte sich, als er nach meiner Schulter griff, als wollte er sicherstellen, dass ich keine Dummheiten anstellte.
Ich ließ mich von ihm vorwärts und durch den Spalt hindurch schieben. Es folgten einige Ecken und Verwicklungen und dann…
Es war das Schönste, was ich je gesehen habe. Eine neue Welt tat sich vor mir auf. Eine Welt voller intensiver, atemberaubender Farben.

Ein See erstreckte sich vor uns. Das Wasser so kristallklar, dass ich auf seinem Grund die Muscheln hätte zählen können. Kleine Wesen, die ich für Libellen hielt, sausten über die Wasseroberfläche. Ihre Flügel glitzerten wie Tropfen von Edelsteinen in der Sonne.
Hinter dem See, in der Ferne, bildeten sich Häuser ab. Einige von ihnen wirkten, als wären sie aus dem Felsen geschlagen worden. Andere hingegen, als beständen sie aus wilden Flechten und blühenden Blumen. Der Geruch von geräuchertem Fisch und Lagerfeuer lag in der Luft. Mein Magen knurrte. Seit dem Mahl mit Aleksei hatte ich nichts mehr gegessen.
Die Kinder liefen über eine saftiggrüne Wiese auf die bunten Häuser zu. Mit dem Mann an meiner Seite, seine Hand auf meinem Rücken, folgte ich ihnen.
Wir begegneten einigen Männern und Frauen, jung und alt, die bereits um Lagerfeuer herumsaßen oder dabei waren, eins zu entfachen. Sie nickten dem Mann respektvoll zu. Dann wanderte ihr Blick weiter zu mir und ihre Augen wurden kugelrund. Einige stießen ihre Nachbarn an, die mich dann ebenfalls teils neugierig, teils argwöhnisch musterten.
Der Mann hielt nicht inne, sondern führte mich zwischen den Menschen und Lagerfeuern hindurch, direkt auf eins der Häusern zu, das aus goldenem Sandstein zu bestehen schien. Wilde Rosenranken kräuselten sich auf dem Dach und hingen teilweise bis auf den Boden herab, sodass es beinahe wirkte, als hätte das Haus ein wilde Lockenpracht.
Ein Mann mit grauen Haaren lehnte an der Hauswand. Eine Narbe zog sich über die rechte Seite seines wettergegerbten

Gesichts, vom Wangenknochen bis hin zum Kinn. Trotz seines ergrauten Haares strotzte er nur so vor Energie.
„Maliksi", grüßte er, dann fiel sein Blick auf mich und seine breiten buschigen Augenbrauen zogen sich misstrauisch zusammen. „Wer ist das?"
„Sind die anderen schon da?", fragte Maliksi, ohne auf die Frage des Mannes einzugehen und schob mich weiter vor sich her. Der Mann löste seinen stechenden Blick nicht von mir, als er Maliksi antwortete: „Wir haben deinen Ruf erhalten. Kana und Jalma sind schon da. Wer ist das?"
„Ich habe sie an der Grenze gefunden. Am Fluss", berichtete Maliksi und führte mich zum Eingang.
Die Augen des Mannes formten sich zu Schlitzen. Kalte Macht schien von ihm auszugehen. Seine Augen funkelten wie Obsidian, als er schließlich seinen Blick von mir abwandte und Maliksi scharf ansah. Dann fragte er: „Ist sie ein Mensch?" Das letzte Wort spuckte er geradezu aus, wie eine Beleidigung.
Maliksi hielt für einen Augenblick inne und seine Lippen wurden schmal, als er mit den Schultern zuckte.
„Du bringst einen Mensch in unser Dorf?", fragte der Mann ungläubig.
„Hätte ich sie am Fluss zurücklassen sollen? Sie ist doch nur ein Kind", zischte Maliksi und setzte sich wieder in Bewegung. Er bugsierte mich durch den Eingang. Der griesgrämige Mann folgte uns und lief beinahe in mich hinein, als ich ruckhaft stehen blieb.
Ich wusste nicht, was ich erwartet hatte. Vielleicht ein kleinen Raum, der spärlich möbliert war. Schließlich war dies ein

Volk, das fern von jeder Zivilisation existierte. Aber so war es nicht.

Was sich vor mir erstreckte, ähnelte einer Kathedrale - und wir befanden uns an der Spitze. Unter uns tat sich eine Halle auf, die tief in die Erde zureichen schien. Eine Treppe, die zu unserer linken Seite begann, schlängelte sich an der Wand herunter bis zum Grund, der über und über mit Gras bewachsen war - was ich mehr als seltsam innerhalb einer Höhle fand. Bunte Blumen, die meisten größer und prächtiger als ich sie je gesehen hatte, reckten sich der Decke entgegen. Einige erreichten sogar das Dach, welches tatsächlich aus Flechten bestand und alles in ein smaragdgrünes Licht tauchte. Das beeindruckendste jedoch, war die Glaswand, die sich schräg von dem Punkt an, wo der Wasserspiegel begann bis herunter zum Boden zog und einen atemberaubenden Blick auf die Unterwasserwelt bot.

Maliski griff ungeduldig nach meinem Arm und zog mich hinter sich her, die Treppe herunter, die im Kontrast zu dem goldenen Sandstein aus grauen, rauen, zerfurchten Stein geschlagen war.

Ich war so vertieft in den Anblick der bunten Fische, die sich graziös durch die Strömungen bewegten, sodass ich erst nach einiger Zeit bemerkte, dass wir nicht die Einzigen waren, die sich in der Kathedrale befanden. Etwa ein dutzend Menschen hatten sich zusammengefunden, von denen uns ein Großteil immer wieder neugierige Blicke zuwarf.

In der Mitte des Raumes stand ein Baum in der Form eines Tisches. Sein Stamm war ungefähr einen Meter nach oben gewachsen, bevor er sich wie eine Schnecke um sich selbst gewickelt hatte. Zwei Männer und eine Frau standen an dem Tisch. Sie schienen angeregt diskutiert zu haben, doch als Maliksi und ich uns ihnen näherten, verstummten sie und richteten ihre Augen auf uns. Sollte Maliksi ihre Blicke bemerken, so ließ er sich nichts anmerken. Tatsächlich schien er sie gar nicht wahrzunehmen. Seine Augen waren auf eine Frau gerichtet, die gerade aus dem hinteren Teil der Kathedrale mit langen Schritten auf uns zukam. Als sie die Männer passierte, warf sie ihnen einen scharfen Blick zu, woraufhin diese eilig den Kopf respektvoll neigten, bevor sie sich wieder den Papieren zuwandten, die auf dem Tisch ausgebreitet waren.

Die Frau kam geradewegs auf uns zu und blieb elegant vor Maliksi und mir stehen. Ich konnte gar nicht anders als sie anzustarren. Sie trug ein wallendes violettes Kleid, das magisch zu schimmern schien. Ihre hellblonden, fast weißen Haare, fielen ihr in leichten Wellen bis zur Taille. Eine Partie hatte sie sich zurückgesteckt, damit sie ihr nicht ins Gesicht fielen, aber es hatten sich dennoch einige Strähnen gelöst und umrandeten ihr Gesicht sanft. Ihre Augen hatten die Farbe von flüssigen Karamell. Sie hatte etwas faszinierendes an sich. Die Art von faszinierend, von der man nicht wusste, woher es kam, aber den Blick einfach nicht abwenden konnte.

Sie warf Maliksi ein strahlendes Lächeln zu, bei der ihre Augen wie Bernstein funkelten. Schien er gerade noch den Blick nicht von ihr abwenden zu können, so sah er stur an ihr vorbei als wollte er ihrem Blick ausweichen. Aber aus der Nähe konnte ich sehen, wie sich sein Kiefer verspannte. Die Frau schien das nicht zu irritieren. Stattdessen wanderte ihre eigenartigen Augen zu mir.

„Ich bin Jalma", sagte sie, mit einer klaren hellen Stimme und streckte mir die Hand entgegen. Ohne nachzudenken griff ich nach der Hand.
„Ich bin Sicily", antwortete ich. Obwohl ich leise redete, schien meine Stimme von den Wänden wieder zu hallen. Jalma strahlte mich an.
„Komm mit, mein Kind", forderte sie mich auf.
Maliksi hatte meinen Arm losgelassen und als ich einige Schritte gelaufen war, merkte ich, dass er mir nicht hinterher kam. Stattdessen wandte er sich ab und gesellte sich zu der Gruppe am Tisch, die ihn sofort in ihr Gespräch einbezogen. Als wir weiter gingen, spürte ich jedoch seinen Blick auf mir ruhen.

Ein kleines, dünnes Mädchen saß auf einer Decke im Gras. Sie mochte vielleicht fünf Jahre alt sein. Ihre wilden dunkelbraunen Locken fielen ihr über den Rücken und versteckten ihr Gesicht. Drei Erwachsene hatten sich zu ihr in einen Kreis gesetzt und diskutierten. Das Mädchen rupfte gelangweilt Grashalme aus dem Boden. Hin und wieder, wenn einer der Erwachsenen sie etwas fragte, nickte sie oder schüttelte den Kopf, sodass die Locken um ihren Kopf flogen. Als wir uns näherten, hob sie ihren Blick. Ich stolperte über eine Wurzel. Ihre Augen waren so glasig, wie bei einem Blinden und betrachteten mich dennoch mit einer Intensität, dass es mir schien, als würde sie mir direkt in die Seele sehen. Das Mädchen sprang auf, noch bevor wir die Gruppe erreicht hatten.
Die Erwachsenen, die mit ihr auf der Decke gesessen hatten, erhoben sich ebenfalls und stellten sich in einer lockeren Rei-

he hinter sie. Die Leute, die sich eben noch mit Maliksi unterhalten hatten, gesellten sich zu ihnen. Ich hatte gar nicht gemerkt, dass sie uns doch nach gekommen waren. Wie aus dem Nichts erschienen noch drei weitere Frauen und zwei Männer. Nun bildeten sie einen lockeren Kreis, der sich um das kleine Mädchen und mich schloss. Aus dem Augenwinkel konnte ich sehen, wie sich Maliksi gegen die Wand lehnte.

Das Mädchen kam noch einige Schritte auf mich zu und blieb direkt vor mir stehen, sodass ich das Wirbeln in ihren Augen erkennen konnte. Es war still. Man hörte lediglich das Rascheln der vielen Blätter, die sich in der nicht vorhandenen Brise sanft wiegten.

Das Mädchen sagte, ihre Stimme so melodisch wie ein Glockenspiel: „Ich bin Kana. Ich werde darüber richten, was mit dir geschehen soll.“

„Aber du bist ein Kind“, erwiderte ich und ließ meinen Blick über die Reihe der Erwachsenen schweifen, die alle ernst um uns herum standen.

„Du auch“, erwiderte Kana. Ich wollte ihr widersprechen und ihr erklären, dass ich wesentlich älter war als sie, doch es blieb mir auf der Zunge liegen.

„Erzähl mir deine Geschichte“, bat mich Kana und streckte mir ihre Hände entgegen. Ich wusste nicht, was ich erwidern sollte, kam aber ihrer stummen Aufforderung nach und sobald meine Haut ihre berührte, verschwand unsere Umgebung. Ein Tornado aus Farben und Licht umwirbelte mich und zog mich tief in sein Inneres. Die Farben flossen ineinander und erschufen ein Bild.

Es zeigte unser spanisches Kindermädchen, das mir die Haare kämmte, die nach dem Spielen komplett zerzaust waren.
Das Bild verschwamm und ein neues erschien, welches meinen Vater zeigte, der in einem edlen Anzug in der Mitte der Eingangshalle unseres Hauses Charlotte im Kreis herumwirbelte, sodass ihr feines Kleid wie ein Schweif hinter ihr her flog.
Wieder verschwamm das Bild und ein neues erschien. Schmerz durchzuckte meinen Körper, als ich Kisha dabei beobachtete, wie sie den Pokal, den sie bei den regionalen Meisterschaften gewonnen hatte, stolz in die Höhe streckte.
Die Bilder waren Erinnerungen. Mein gesamter Körper schien zu brennen, zu glühen. In meinen Adern erwachte das Feuer. Dann, plötzlich, war alles vorbei. Der Tornado aus Erinnerungen verschwand.
Ich blinzelte und blickte geradewegs in Kana's Gesicht. Ihre Augen glitzerten wie Sonnenstrahlen.
„Du bist etwas Besonderes", flüsterte sie so leise, dass es mir beinahe so vorkam, als wäre ihre Stimme nur in meinem Kopf.
Mir gelang es erst, meinen Blick von ihr zu lösen, als der Mann mit der Narbe, der uns auch am Eingang aufgelauert hatte, aus dem Kreis ausbrach und auf uns zukam.
„Was ist dein Urteil?", fragte er und blickte Kana an. Diese ließ meine Hand los und strahlte den Mann an.
„Sie kann bleiben", sagte Kana und wandte sich gänzlich von mir ab. „Darf ich jetzt spielen gehen?"
Erleichtert stieß ich die Luft aus, von der ich mir nicht bewusst gewesen war, dass ich sie angehalten hatte. Der Mann

starrte sie eine Sekunde an und nickte dann langsam. Er schien etwas überrascht zu sein.
Ein Lächeln breitete sich über Kana's Gesicht aus. Sie lief auf die weißblonde Frau zu und griff nach ihrer Hand. Beide verschwanden die Treppe hinauf und ließen mich zurück.
Dem Mann war es derweilen gelungen, seine Züge zu straffen und ein Lächeln aufzusetzen, welches beinahe aufrichtig wirkte. Er streckte mir die Hand entgegen. Sein Händedruck war warm und trocken.
„Herzlich Willkommen in unserer Gemeinschaft", sagte er und mir lief ein Schauer über den Rücken. Keiner der restlichen Erwachsenen sagte etwas. Ihre Mienen waren entweder offensichtlich überrascht oder so verschlossen, dass man keine Gefühlsregung erkennen konnte.

Das tiefe Dämmerlicht blendete mich, als ich, gefolgt von Maliksi und einigen der Ältesten die Kathedrale verließ. Sie murmelten unablässig. Narbengesicht war unter ihnen.
„Ich werde mit Malou sprechen", sagte er mit bebender Stimme. „Das kann nicht mit rechten Dingen zugehen." Malou... das Mädchen vom Fluss?
„Falls dir das Gespräch etwas bringt, lass es mich wissen", seufzte eine Frau und ein weiterer Mann schnaubte erheitert.
„Letztes Mal war von einer großen Welle und einem Stern die Rede. Ich wünschte, sie würde sich klarer ausdrücken", brummte ein Vierter.
„Dann wäre es ja langweilig", erwiderte die Zweite lachend.

Die Stimmen verloren sich, als ich Maliksi zurück zu den Lagerfeuern folgte, um die sich mittlerweile eine ansehnliche Gruppe von Menschen versammelt hatte.
„Hast du Hunger?“, fragte Maliksi und ich nickte.
„Dann werden wir dir mal was zum Essen besorgen“, sagte er und das erste Mal, seitdem ich hier war, entspannten sich seine grimmigen Züge etwas. Seitdem wir aus der Kathedrale gekommen waren, wirkte er viel gelöster. Als würde Kana's Freispruch ihm alle Sorge von den Schultern nehmen. Das blinde Vertrauen kam mir eigenartig vor. Doch nicht nur das, dachte ich, als ich mich umsah. Das gesamte Dorf schien ein Geheimnis zu haben.
Kurz bevor wir die Lagerfeuer erreichten, blieb mein Blick an einem Schatten hängen, der über die Wand huschte. Stirnrunzelnd schüttelte ich den Kopf und rieb mir über die Augen. Als ich noch einmal hinsah, war der Schatten verschwunden.

Kapitel 13 - Luca - Der Hexenmeister und der Elementar

Es dämmerte als ich aufwachte. Mehr als eine halbe Stunde hatte ich nicht geschlafen. Vorsichtig drehte ich mich um. Hugo lag nicht weit von mir auf dem Rücken. Er hatte seinen Arm um Basil geschlungen, der sich, dicht an ihn gedrängt, zusammen gerollt hatte. Was für ein irritierendes Bild.

Ich versuchte mich aufzusetzen und vergass dabei die Handschelle, mit der Hugo mich am Vorabend, wie ein Stück Vieh, an einen Pfosten gefesselt hatte. Laut schepperte es.

Vorsichtig drehte ich mich um, aber Hugo und Basil schliefen noch tief und fest. Mein Mund wurde ganz trocken, als ich mich vorsichtig den Handschellen zuwandte. Wenn ich es richtig anstellte, könnte ich Wasser in die Zwischenräume leiten und es zu Eis erstarren lassen. Wenn sich das Eis dann ausdehnte, würde es das Metall sprengen. Ich brauchte nur ein wenig Wasser.

Suchend sah ich mich um und mein Blick fiel auf eine alte Plastikflasche, die noch zur Hälfte gefüllt war. Vorsichtig und so leise wie möglich streckte ich mich nach ihr aus, doch ich erreichte sie nicht. Frustriert blies ich die Luft aus. Es fehlten nur wenige Zentimeter. Noch ein Versuch.

Plötzlich knackte es laut. Der Widerstand war mit einem Mal verschwunden und ich fiel der Länge nach in den Dreck. Vor meiner Nase befand sich die Flasche, gleich neben Hugos Gesicht. Ich war ihm so nah, dass ich seine Bartstoppeln zählen

könnte. Zitternd hielt ich die Luft an. Ich wagte es nicht, auch nur einen Atemzug zu nehmen.
Doch Hugo schnarchte weiter. Langsam griff ich nach der Flasche und robbte so leise wie möglich zurück zu meinem Platz. An meinem Handgelenk baumelte die eine Hälfte der Handschelle. Die Andere umschlang noch immer den Balken, doch die Kette zwischen den beiden war gerissen. Ich atmete erleichtert aus. Das Glück schien endlich mal auf meiner Seite zu stehen.
Ich nahm die Flasche und goss das Wasser vorsichtig in den Mechanismus. Langsam erstarrte es zu Eis und die Handschelle fiel von meinem Handgelenk. Dann ließ ich beides zu Boden gleiten und schlich so schnell ich konnte über den modrigen Holzboden.
Ich kam leider nicht sehr weit. Noch bevor ich die Küche erreicht hatte, baute sich einer der Wächter vor mir auf.
„Wo kommst du denn her?“, fragte er verdutzt. In der Hand hielt er eine Tasse, aus der Dampf und der Geruch von gemahlenen Kaffee aufstieg. Bevor er reagieren konnte, drängte ich mich an ihm vorbei. Ohne mich umzudrehen stürzte ich aus dem Haus und hielt auf den Wald zu. Ich rannte so schnell ich konnte. Nur noch wenige Meter und ich würde die Baumgrenze erreicht haben und dann würde es wesentlich schwerer für sie werden, mich zu verfolgen.
Schmerz explodierte in meinem Bein. Ich stolperte unsanft über meinen eigenen Fuß und prallte mit der Schulter gegen einen Baum. Kraftlos sackte ich in mich zusammen. Meine Knie schabten über den rauen Waldboden, aber das nahm ich nur am Rande wahr. Ich rollte mich auf die Seite und kämpfte

gegen die aufkommende Schwärze an, die mich zu übermannen drohte.
„Netter Versuch, Kleiner“, hallte Hugos Stimme über die Lichtung. Das Moss schmatzte, als er sich mit schweren Schritten näherte und schließlich sein Gesicht in mein Blickfeld schob. Die Waffe hatte er schon wieder in seinem Gürtel verstaut. Tränen vor Schmerz und vor Enttäuschung ließen meine Sicht verschwimmen. Hugo zog mich am Arm hoch. Mein Bein protestierte und sackte immer wieder weg. Schmerzwellen schwappten über mich. Meine Augen verloren die Sicht. Immer wieder wurde alles Schwarz.
„Das ist doch jetzt nicht dein Ernst“, murrte Hugo, als ich nicht auf die Beine kam. Nicht gerade sanft hob er mich halb hoch und schleifte mich neben sich her. Meine Sicht schwankte und dann wurde alles schwarz.

„Das ist er?“, fragte eine fremde Stimme. Ich konnte einen strengen britischen Akzent ausmachen. Ein Mann trat in mein Sichtfeld, wohl der Besitzer der Stimme. Er sah mir prüfend in die Augen und ein zufriedener Ausdruck legte sich auf sein Gesicht.
„Er scheint etwas blass um die Nase“, bemerkte er und drehte sich halb zu Hugo um. Dieser zuckte mit den Schultern.
„Er wollte fliehen, da mussten wir leider zu etwas härteren Maßnahmen greifen“, erklärte er dem Mann lapidar. Der Mann nickte, als wäre das keine große Sache und total verständlich, dass mir ins Bein geschossen wurde.

Der Mann wandte sich wieder zu mir um und ging ein wenig in die Hocke, sodass unsere Gesichter auf einer Höhe waren. Er streckte mir die Hand entgegen.
„Ich bin Charles. Es ist schön, deine Bekanntschaft zu machen.“ Ich starrte seine gepflegte Hand an, als wäre sie giftig. Charles verzog das Gesicht und zog seine Hand zurück.
„Wir werden eine schöne Zeit miteinander haben“, sagte er und zwinkerte mir zu.
„Was wollen Sie eigentlich von mir?“, fragte ich vor Schmerzen stöhnend.
„Das wirst du schon noch früh genug erfahren“, erklärte Charles. Ich konzentrierte mich darauf, ruhig zu atmen und antwortete nicht. Charles wandte sich von mir ab.
„Bringt ihn zum Wagen“, wies er Hugo an, der sich sofort neben mich beugte und nach meinen Arm griff. Meine Welt schwankte schon wieder bedrohlich, als er mich auf die Füße zog. Bei der rabiaten Bewegung stöhnte ich vor Schmerzen auf, was Hugo nicht im Geringsten interessierte. Mit schnellen Schritten hielt er auf einen schmutzigen Geländewagen zu, in den er mich wie ein abgeschlachtetes Vieh hineinwarf. Ich wimmerte und versuchte gegen die Schwärze anzukämpfen. Doch dann setzte sich der Wagen in Bewegung und bei der ersten Bodenwelle, verlor ich das Bewusstsein.

Grelles Neonlicht erleuchtete den Raum. Verwirrt sah ich mich um. Ich lag auf einem Stuhl, der dem eines Zahnarztes ähnelte und so weich war, dass mein Rücken schmerzte, nachdem er die letzten Wochen nur auf hartem Boden gelegen hatte. Meine Hände und Beine waren an den Stuhl gefesselt, sodass ich keine Möglichkeit hatte, mich zu bewegen. Ich rief nach meinen Kräften. Vielleicht gelang es mir irgendwie, mich zu befreien. Doch dort, wo normalerweise meine Kräfte schlummerten, fand ich nichts. Panik stieg in mir auf. Das war gar nicht gut. Ich hätte nicht gedacht, dass nachdem, was ich auf der Insel erlebt hatte, es noch schlimmer kommen konnte, aber ich ahnte bereits, dass ich mich getäuscht hatte.

Nachdem ich einige Zeit an den Fesseln gerüttelt hatte und diese sich keinen Millimeter bewegten, sah ich mich in dem kleinen Raum um. Leider gab es nicht viel zu sehen. Der Stuhl und somit auch ich, befand sich in der Mitte des Raumes. Es gab kein Fenster. An der Decke hingen nur diese furchtbaren Neonleuchten, die den Raum in ein künstliches Licht tauchten. Die Tür war zu meiner rechten Seite. An der Wand gegenüber von der Tür befand sich eine kleine Zeile, die aussah als wäre sie einem Chemielabor entsprungen. Auf der Theke konnte ich eine Spritze und ein Skalpell erkennen. Mein Magen drehte sich um.

Die Tür öffnete sich und mein Kopf schnellte zur anderen Seite. Charles betrat den Raum und lächelte, als er sah, dass ich wach war.

„Wie schön, dass du endlich wieder bei Bewusstsein bist. Ich habe dir die Kugel aus dem Bein geholt, die Wunde desinfiziert und genäht, einen Verband angelegt und dir ein Schmerzmittel gegeben“, erklärte er mir, während er den Raum durchschritt und etwas, das ich nicht sehen konnte, auf der Fläche ablegte. Ich sah auf mein Bein, welches tatsächlich ein dicker, weißer Verband zierte. Charles drehte sich wieder um, zog sich einen Hocker unter der Liege hervor und zu sich

heran. Er setzte sich und schlug die Beine übereinander. Ausdruckslos sah ich ihn an.
„Was wollen Sie von mir?“, presste ich hervor.
Charles lächelte und erklärte ruhig: „Im Moment möchte ich nur mit dir reden.“
„Worüber?“, fragte ich und wünschte, ich hätte die Kraft ihn anzuspucken.
„Ich habe es mir gestattet, dir während du bewusstlos warst, Blut abzunehmen und meine Vermutungen wurden bestätigt“, erklärte Charles.
„Was denn für Vermutungen?“, fragte ich fassungslos.
„Die anderen haben mir schon berichtet, dass sie denken, dass es sich bei dir um einen Legend handelt. Um einen Elementar. Sie hatten recht.“
„Was?“, fragte ich perplex. Wie hatten Hugo und Douglas herausbekommen, dass ich ein Elementar war. Ich hatte mich doch so zurückgehalten. Vielleicht bluffte er nur?
„Ich habe keine Ahnung, wovon Sie sprechen. Binden Sie mich los“, klaffte ich ihn an. Der Mann neigte seinen Kopf und musterte mich mit einem scharfen Blick.
„Tu nicht so dumm. Ich bin ein Hexenmeister. Du bist ein Elementar“, er wandte sich von mir ab und ließ seine Hände, über was auch immer auf der Fläche lag, gleiten. „Welches Element?“
„Keins“, antwortete ich und versuchte noch einmal nach selbigen zu greifen. Doch wieder nichts.
Als wüsste Charles genau, was ich vorhatte, drehte er sich plötzlich zu mir um und sagte grinsend: „Ich habe dir ein Neurotoxin gespritzt, welches deine Fähigkeiten für eine Weile

außer Kraft setzen dürfte. Wir möchten doch nicht, dass du auf dumme Gedanken kommst."
Entgeistert sah ich Charles an.
„Sie haben meine Kräfte blockiert?", fragte ich zutiefst schockiert, zu schockiert, um meine unbehelligte Fassade aufrecht zu erhalten. Schrecken verbreitete sich in meinem Körper, griff kalt nach meinen Knochen und legte sich wie eine Schlange um meinen Brustkorb, dass mir die Luft wegblieb.
„Jetzt hast du also doch welche?", schmunzelte Charles. Ich biss wütend die Zähne zusammen.
„Bevor wir mit der Einnistung beginnen, habe ich meinem Freund Douglas noch versprochen, dich wegen Henry auszufragen." Charles nahm ein Skalpell von dem Tisch und begann, sich damit die Nägel zu säubern, während ich fragte: „Einnistung?"
Charles winkte mit dem Skalpell in der Hand ab. „Das ist für dich nicht von Belang. Reden wir über Henry."
„Was soll mit Henry sein?"
„Was weißt du über ihn?"
„Nichts", beteuerte ich, während meine Gedanken noch immer über diese unheilvolle „Einnistung" kreisten. Ein Schauer lief mir über den Rücken.
Charles' Nasenflügel blähten sich auf und er ließ das Skalpell sinken.
„So ein Pech. Es wäre alles so viel einfacher, wenn du mit mir reden würdest. Aber gut, dann machen wir es eben auf die harte Tour." Er drehte sich um und betätigte einen Knopf, der auf der Theke eingelassen war.

„Kommen Sie herein, meine Herren", sprach er in die Anlage und löste den Knopf wieder. Kurz darauf öffnete sich die Tür und zwei Männer, so bullig wie Elefanten, kamen herein.
„Ruft mich, wenn er reden möchte." Die Männer nickten und verbeugten sich vor ihm, als Charles den Raum verließ. Noch bevor die Tür ins Schloss gefallen war, holte der Erste aus und schlug mir ins Gesicht.

Irgendwann musste ich ohnmächtig geworden sein, denn plötzlich befand ich mich an einem Strand. Die Wellen rauschten ruhig und beständig. Hinter mir befand sich ein Regenwald.
Ich wandte meinen Kopf wieder zum Meer. Es funkelte in der Sonne und zwar auf eine Weise, dass ich kurz stehen blieb, um das Schauspiel zu bewundern. Ich war so abgelenkt, dass ich erst gar nicht bemerkte, dass ich nicht alleine war. Ein Mädchen stand am Ufer, die Gischt umspielte leicht ihre Knöchel. Ihre langen blonden Haar fielen ihr in Wellen über den Rücken. Sie starrte auf das Meer und schien mich nicht bemerkt zu haben. Doch ich wusste auch wer sie war, ohne dass sie sich umdrehte. Mit klopfenden Herzen ging ich auf sie zu.
„Sicily?"
Sie drehte sich zu mir und ihre Augen weiteten sich vor Erstaunen. Sie streckte ihre Hand aus und ich nahm sie. Wärme durchfloss mich und ich spürte, wie sich mein geschundener Körper entspannte.
„Ich bin so froh, dass du hier bist", sagte sie und drückte meine Hand. Mein Gesicht verzog sich zu einem Lächeln, trotz des Horrors, den ich in den vergangenen Stunden durchge-

macht hatte. Ich erwiderte den Druck ihrer Hand und ließ meinen Blick über das Wasser gleiten.
„Wo sind wir?“, fragte ich.
Sie zuckte mit den Schultern und erwiderte: „Ich bin auf einer Insel.“
Mein Blick huschte zurück zu ihr. Das konnte doch nicht sein. Sie sollte doch eigentlich in Moskau sein.
„Ich bin auch auf einer Insel“, flüsterte ich, während meine Brust sich zusammen zog.
„Bei mir?“, flüsterte sie zurück. Bei dem Gedanken zog sich alles in mir zusammen. Sie durfte nicht hier sein. Ich könnte es nicht ertragen, sie an diesem furchtbaren Ort zu wissen.
„Ich weiß es nicht“, antwortete ich schließlich zögernd. „Ich hoffe nicht.“ Mit meinem ganzen Herzen.
„Was?“, fragte sie verdutzt. Ich sah zur ihr. Ihre Konturen waren dabei, sich aufzulösen.
„Sei vorsichtig“, sagte ich ihr noch, bevor sie vollends verschwand.

Mit einem Ruck erwachte ich. Mein Gesicht brannte und ich spürte, wie Blut mir die Wange herunterlief. Ich befand mich in einer kleinen Kammer. Der Boden war verdreckt und es roch modrig.
„Guten Morgen, Dornröschen“, sagte eine dunkle Stimme hämisch. Über mir stand einer der Bullen, der mir wohl gerade ins Gesicht geschlagen hatte. Wut stieg in mir auf. Vielmehr, weil er den Traum beendet hatte, als wegen der Ohrfeige.
„Du wirst erwartet.“ Stöhnend raffte ich mich auf. Anscheinend nicht schnell genug, denn der Bulle zog mich genervt am

Arm auf und schob mich durch die Tür. Ich biss die Zähne zusammen. Um nicht laut aufzuschreien, dachte an Sicily und den merkwürdigen Traum.
Der Bulle schleifte mich ungeduldig hinter sich her, während ich die Schmerzen versuchte zu ignorieren, die bei jeder Bewegung wie ein Blitz durch meinen Körper jagten. Der Bulle schob mich unsanft durch eine Tür, wobei ich gegen eine Tischkante stolperte und beinahe weggesackt wäre, hätte er mich nicht mit seiner Pranke im Nacken gepackt. Energisch zog er mich weiter.
Wir blieben vor einer Tür stehen, die ich schon kannte. Monsieur Bulle klopfte. Und das ohne die Tür einzurammen. Er konnte also auch sanft sein, der Gute.
„Herein“, ertönte Charles’ Stimme dumpf durch die Tür. Monsieur Bulle öffnete die Tür und ließ mich eintreten. Er stellte sich hinter mich und verschränkte die Arme vor der Brust. Charles hatte uns seinen Rücken zugedreht und schien es nicht eilig zu haben, sich uns zuzuwenden. Aber darüber würde ich mich nicht beschweren.
Monsieur Bulle drückte mich auf einen Stuhl nieder. An dem Stuhl klebte noch immer Blut. Ich nahm an, dass es mein Blut von gestern war und sie noch keine Zeit gefunden hatten, sauber zu machen. Es konnte aber auch gut sein, dass schon jemand vor mir das missliche Vergnügen hatte. Übelkeit stieg in mir auf und ich erinnerte mich, dass ich seit den Broten bei Basil und Hugo nichts mehr gegessen hatte. Aber wenn ich ehrlich war, hatte ich auch keinen Appetit. Charles drehte sich um und lächelte. Wie gerne würde ich ihm doch dieses Lächeln aus dem Gesicht wischen.

„Vielen Dank, Georg, Sie können jetzt gehen“, sagte er freundlich zu Monsieur Bulle. Georg verneigte sich, bevor er sich, ohne mir einen Blick zuzuwerfen, umdrehte und das Zimmer verließ.

„Hast du gut geschlafen?“, fragte Charles, seine Augen blitzten. Ich überlegte kurz, darauf zu antworten, kam dann aber zu dem Entschluss, dass das wohl eine Fangfrage und eine schnippische Antwort nicht erwünscht war. Ich sah ihn stumm an.

„Willst du etwa immer noch nicht reden?“, fragte Charles mit einer so sanften Stimme, dass sich meine Nackenhaare aufstellten. Er stieß sich vom Schreibtisch ab und ging um mich herum.

„Was weißt du über Henry? Wer ist er? Was macht er wirklich auf der Insel?“

Ich presste die Lippen aufeinander und schwieg. Die Ader auf seiner Stirn pochte bedrohlich. Mit einer Wucht, die ich ihm nicht zugetraut hätte, holte er mit der Hand aus und schlug mir ins Gesicht. Ich spürte, wie meine Lippe aufplatzte und mir Blut über das Kinn lief. Ich hustete und meine Sicht verschwamm. Mein Herz begann zu rasen. Mir wurde schwindelig. Feuer schien durch meine Adern zu fließen und plötzlich schaukelte der Boden bedrohlich. Ein Erdbeben.

Charles stolperte überrascht mehrere Schritte zur Seite. Kurz bevor sein Kopf auf der Wand aufschlug, fand er - zu meinem Missfallen - doch sein Gleichgewicht wieder. Irritiert sah er sich um, bevor sein stechender Blick auf mich fiel.

„Was machst du?“, fragte er mich aufgebracht. Seine Worte ertönte in meinen Ohren verzehrt. Ich merkte, dass ich zitterte.

Charles kam auf mich zu, doch bevor er mich erreichte, schwankte der Boden wieder, diesmal deutlich stärker. Charles wurde über seinen Schreibtisch geschleudert und blieb liegen. Meine Hoffnung, dass der Fall tödlich war oder ihn immerhin schwer verletzt hatte, wurde schnell zu Nichte gemacht. Er richtete sich schon wieder auf. Ein paar Wachen kamen herein gestolpert, unter ihnen auch Georg, der aus einer Wunde am Kopf blutete.

„Hör auf mit dem Mist", schrie mich Charles an und endlich wurde mir bewusst, dass ich es tatsächlich war. Meine Fähigkeiten kehrten zurück. Auch wenn das nicht sein konnte. Ich war ein Wasserelementar und wir konnten die Erde nicht beben lassen. Nur Erdelemente waren dazu fähig.

Charles drehte sich um und holte ein Gerät aus einer Schublade. Mit einem Ruck stach er mir damit in den Hals, noch bevor ich merkte, was passiert war. In meinem Kopf fühlte sich plötzlich alles voller Watte an und gleichzeitig war ich hellwach. So schnell, wie sie gekommen waren, verschwanden meine Kräfte wieder. Das Beben ließ nach und Sekunden später zeugte nur noch die Unordnung und Georg's blutende Schläfe von dem Vorfall.

„Glaube nicht, dass du dich hier aufspielen kannst, mein Junge. Du kannst nicht entkommen. Egal wie sehr du dich auch anstrengst", schnaubte Charles wütend. Er trat an mich heran, so nah, dass seine Nasenspitze beinahe meine berührte.

„Sie sind wahnsinnig", stieß ich hervor. Das Grinsen wich aus seinem Gesicht und eine kalte Fratze nahm seinen Platz ein. Er wandte sich zu seinen Bullen.

„Lasst ihn schreien." Dann fiel die Tür ins Schloss.

Stöhnend kam ich zu mir. Mein Kopf fühlte sich seltsam schwerelos an. Der Schmerz vernebelte meine Gedanken. Meine Haut fühlte sich an, als stände sie in Flammen. Ich wimmerte. Die Lampen flackerten und ich kniff gequält die Augen zusammen. Das gleichmäßige Atmen der Erde zog mich in eine Art Trance und irgendwann wurde alles wieder Schwarz.

Blinzelnd öffnete ich die Augen. Erst war es still. Dann hörte ich, was mich aus dem Schlaf gerissen hatte. Jemand machte sich an der Tür zu schaffen. Der Schlüssel drehte sich im Schloss und kurz darauf fiel bereits ein Lichtstrahl durch den immer größer werdenden Spalt. Schnell schloss ich die Augen und stellte mich schlafend. Vielleicht würden sie mich in Ruhe lasse, wenn sie glaubten, ich wäre bewusstlos. Dumpfe Schritte näherten sich. Die einen waren schwer und mussten wohl zu Georg oder einem seiner Kumpanen gehören. Neben ihm erkannte ich noch ein zweites Paar Schritte, welche einen starken Kontrast zu dem Stampfen des Wachmanns bildeten. Ich spürte, wie sich die dunkle Leere am Rande meines Bewusstsein ankündigte. Noch bevor ich die Augen öffnen konnte, um zu erfahren, wem diese Schritte gehörten, übermannte mich erneut die Schwärze.

Ich wusste nicht, wie lange ich bewusstlos auf dem Boden gelegen hatte, aber als ich aufwachte, war ich nicht mehr alleine. Ich spürte, wie mich jemand beobachtete. Meine Muskeln spannten sich an. Schmerz schoss durch meinen Körper, doch ich ignorierte ihn. Ich versuchte mich aufzurappeln und schaffte es, mich gegen eine Wand zu lehnen. Meine Augen fielen auf die Gestalt auf der anderen Seite des Raumes. Der Mann in der Ecke war asiatischer Abstammung. Er trug eine rosa kurze Strandhose und ein blaues Hawaiihemd, dass mit gelben Flamingos bestickt war. Der Kragen seines Hemdes war etwas angerissen und auf seiner Wange klebte Blut, das sich bis zum Haaransatz zog und auch in einigen seiner blonden Locken hing - abgesehen davon schien er unversehrt zu sein. Der Mann beobachtete mich seinerseits mit einem wachem Blick und schräggelegtem Kopf. Unbehaglich wich ich weiter an die Wand zurück, was meine Muskeln mit Protest quittierten. Meine Sicht schwankte, aber ich schaffte es, nicht ohnmächtig zu werden.

„Wer bist du?“, fragte ich erschöpft. Meine Stimme klang wie eine kaputte Kettensäge.

„Ich bin Aldrian“, sagte der Mann.

Ich runzelte die Stirn. Das war keine gute Idee. Selbst diese kleine Bewegung ließ mich gequält aufstöhnen. Aus dem Stöhnen wurde schnell ein Husten. Blut sammelte sich in meinem Mund und tropfte dann in einem dünnen Rinnsal an meinem Kinn hinunter. Erschöpft ließ ich meinen Kopf wieder auf den Steinboden sinken.

Aldrian kam mit langen, schnellen Schritten auf mich zu und kniete sich neben mich. Mit einem mitleidigen Blick sah er auf mich herab. Ich hasste diesen Blick. Am liebsten hätte ich den Kopf weggedreht, aber an den Gedanken daran, wie viel Kraft mich dies kosten würde, verflüchtigte sich diese Idee schnell wieder.

„Ich kann dir helfen“, meinte Aldrian mit einer sanften Stimme. Ich schloss die Augen. Falls er mir wirklich helfen wollte, wäre das natürlich fantastisch. Ich konnte mir zwar nicht vorstellen, wie ein Mann, der so hager wie eine Bohnenstange war und die kämpferische Ausstrahlung eines Plüschpandas aufwies, mir helfen konnte, aber leider hatte ich im Moment nicht gerade viel Auswahl.

Der Mann hob ganz vorsichtig seine Hand, als wollte er mir genug Zeit geben, um zurückzuschrecken. Als ich es nicht tat, begann sie zu leuchten, ein warmes golden-rotes Leuchten, welches aus seinen Händen strömte und sich langsam von dem Punkt, an dem er mich berührte, wie Lichtfäden über meinen Körper ausbreitete. Wärme strömte durch meinen Körper und meine geschundenen Muskeln entspannten sich. In meinem Kopf regte sich müde was. Etwas kam mir vertraut vor, obwohl ich mir absolut sicher war, dass mir so etwas noch nie passiert war.

Ich schaute auf meine Hände, die noch immer blutverschmiert waren und bewegte sie probeweise. Als sie sich ohne Schmerzen öffneten und schlossen, durchströmte mich Erleichterung. Dann weitete ich die Übungen auf meinen ganzen Arm aus. Alle Schmerzen waren weg. Die Bewegungen, die mir noch vor nur zwei Minuten unmöglich vorgekommen waren, ließen sich wieder ohne jegliche Probleme ausführen. Der Schnitt in meinem Brustkorb, die mir das Atmen schwer gemacht hatte und der mich bei jedem Herzschlag innerlich erbeben ließ, war verschwunden. Ich tastete über meinen Oberkörper. Die Wunde war tatsächlich komplett verschwunden. Genauso wie auch der Rest.

Noch immer schwammen einige Lichtfaden um mich herum. Das Leuchten hatte jedoch schon deutlich nachgelassen und einen Augenblick später verebbte es komplett. Ich ließ meinen Blick über meinen Körper wandern, der zwar noch grün, blau und mit verkrusteten Blut bedeckt war, aber die Schmerzen waren weg. Mein Blick wanderte weiter zu Aldrian, der mich betrachtete wie ein Künstler, der seine Skulptur kritisch musterte, auf der Suche nach Makeln.

„Du bist ein Hexenmeister", keuchte ich verblüfft. Über das Gesicht von Aldrian huschte ein Lächeln.

„Ganz recht", sagte er stolz.

Ich musterte ihn misstrauisch, wahrend ich versuchte, den Staub und das Blut von meiner Hose zu klopfen.

„Du verschmierst es nur noch weiter", bemerkte Aldrian. Genervt ließ ich von meiner Hose ab, die jetzt dank meiner mit Blut und Erde verkrusteten Hände, noch ein Stück dreckiger war als vorher.

Aldrian wandte mir den Rücken zu, als wäre ich jetzt, da ich nicht mehr tödlich verletzt war, nicht weiter von Interesse, und musterte die Kerkertür. Mit großen Schritten durchquerte er den kleinen Raum und tastete die Tür ab.

Ich runzelte die Stirn, bevor ich meine Aufmerksamkeit von Aldrian abwandte und sie lieber darauf richtete, mich aufzusetzen. Mein Körper fühlte sich zwar noch etwas schwach an, aber so viel besser als vorher. Aldrian hielt sein Ohr prüfend an die Wand. Ob das was bringen würde, bezweifelte ich, aber er hatte mir gerade das Leben gerettet, da wollte ich ihm nicht im Gegenzug gleich alle Hoffnungen zerstören. Als er dies aber an allen Ecken wiederholte und dann tatsächlich auch noch ein paar Steine umdrehte, hielt ich es nicht mehr aus.

„Es gibt keinen Ausgang“, erklärte ich ihm müde.

„Ich glaube, ich habe wesentlich mehr Erfahrungen als du“, erwiderte er.

„Wirklich? Du hast Erfahrungen, wie man aus einer Zelle ausbricht?“, fragte ich zweifelnd. Aldrian warf mir einen kurzen Blick zu.

„Nein, eigentlich meinte ich Erfahrungen im allgemeinen Sinne“, verkündete er. Ich betrachtete Aldrian genauer in dem dämmrigem Licht. Er sah aus, als wäre er nur wenige Jahre älter als ich. Aber Hexenwesen konnten durchaus Jahrhunderte alt sein, ohne dementsprechend auszusehen.

„Wie alt bist du?“, fragte ich und reckte mich ein wenig, immer noch fasziniert von meiner plötzlichen Genesung.

„Für deine Verhältnisse: alt“, sagte Aldrian und ein Klicken ertönte. Ich drehte mich erstaunt um. Aldrian hielt die Tür offen.

„Wie hast du das gemacht?“, fragte ich argwöhnisch.

„Ein Geheimnis“, meinte er und zwinkerte mir zu. Er gestikulierte zur Tür und bedeutete mir vorzugehen. Misstrauisch bewegte ich mich auf die Tür zu und spähte hinaus, in der Erwartung, dass das eine Falle war und jederzeit die Wächter auftauchen würden. Doch der Flur war leer. Aldrian folgte mir und sah sich aufmerksam auf dem Flur um.

Links waren die Labore, wo mich die Wachen hingeschleift hatten. Also nach rechts. Ich lief den Gang runter, bog ab und folgte einer Treppe nach oben. Die Tür schloss ohne Probleme

auf. Frische Luft schlug uns entgegen, die ich gierig in mich einzog.
Der Moment der Stille wurde von einem Rumpeln durchbrochen. Ein Junge hatte vor Schreck, uns zu sehen, wohl eine Stufe verfehlt und war die Treppe heruntergestürzt. Einen Moment starrten wir uns an. Der Junge war so überrascht von unserem Auftauchen wie wir von seinem.
„Nico?“ Einer der Bullenmänner trat in unser Blickfeld. Unser Anblick schien ihn nicht sehr zu erfreuen. Er zog eine Waffe aus seinem Gürtel und zielte auf uns. Er schoss und ich duckte mich. Glücklicherweise wurde ich nicht getroffen, was aber weniger an meinen tollen Reflexen lag, als an einer riesigen flimmernden Wand, die sich wie ein Schutzschild zwischen Bulle Nummer drei und Aldrian und mir errichtet hatte. Das irritierte Bulle Nummer Drei nur kurz, bevor er wieder auf uns schoss. Die Kugeln prallten nacheinander von der Wand ab. Hoffnung keimte in mir auf. Vielleicht würden wir es ja tatsächlich lebend hier raus schaffen. Da tauchten hinter uns weitere Wächter auf. Georg war unter ihnen.
„Was glaubt ihr, was ihr da tut?“, fragte er erbost.
„Ausbrechen?“, schlug ich ihm das Offensichtliche vor. Fieberhaft suchte ich nach einem Ausweg. Erst jetzt ging mir auf, dass das eine Sache war, die man, bevor man mit dem Ausbruch anfing, hätte planen sollen.
Wir waren noch immer auf der Insel, jedoch so tief im Wald, dass ich das Meer nur noch flimmernd am Rande meines Bewusstseins spüren konnte. Es war zu weit weg. Die einzige Chance, die uns blieb, war durch den Wald zu rennen und dar-

auf zu hoffen, ein Versteck zu finden. Keine rosigen Aussichten.
Charles tauchte hinter Georg auf und spöttelte: „Ein Hexenmeister und ein Elementar haben sich angefreundet und kämpfen jetzt Seite an Seite, mir geht das Herz auf."
„Du Widerling", keifte Aldrian und schleuderte etwas, das aussah wie ein gebündeltes Feuerwerk, auf Charles. Charles machte eine Handbewegung und das Feuerwerkbällchen verdampfte vor ihm. Aldrian fluchte.
Die Männer kamen auf uns zu und packten mich an den Armen. Ich wand mich und entkam, doch schon war der nächste da, der mich zu Boden riss. Aldrian versuchte, die Männer mit seiner Magie in Schach zu halten. Aber er wirkte müde und schwankte bereits. Die Männer kamen immer näher und schließlich schafften sie es, ihn bewusstlos zu schlagen.
„Nein", schrie ich und trat um mich. Blut lief mir über das Gesicht, aber ich spürte die Wunde nicht. Jemand trat mir fest in den Bauch, sodass ich einige Meter nach hinten gegen einen Stein flog. Und dann passierte es. Plötzlich war es, als wäre die Welt um einiges schärfer gestellt. Pure Macht floss durch meine Adern und Instinkte, von denen ich nicht wusste, dass ich sie hatte, übernahmen meinen Körper.
Der Boden brach auf. Ich sah kurz Charles verdutzten Ausdruck, bevor er in dem Abgrund verschwand, wo er hoffentlich für immer bleiben würde.

Kapitel 14 - Sicily - Ein Tag im Dorf

Es war früher Morgen, als Maliksi mich aus meiner Hängematte warf.

Nachdem wir gestern noch am Lagerfeuer gesessen und zwischen Gelächter und Gesprächen ein phantastisches Mahl genossen hatten, war ich todmüde gewesen.

Das Wetter war hier so warm, dass man statt in den Steinhäusern oft im Freien übernachtete - und was für ein Erlebnis. Ich hätte die Sterne ewig anschauen können, wäre ich nicht so müde gewesen. Es waren so viele, viel mehr als bei uns zu Hause in der Zivilisation, wo das ganze künstliche Licht, das wunderbare Funkeln verdrängte.

Ich schaukelte in meiner Hängematte, die aus geflochtenen Lianen bestand und zwischen zwei Bäumen aufgespannt war. Der Wind wiegte mich sanft hin und her und das Meeresrauschen begleitete mich in einen tiefen traumlosen Schlaf, der anhielt, bis Maliksi auftauchte.

Müde blinzelte ich gegen das goldene Morgenlicht und brauchte ein paar Sekunden, um mich zu orientieren.

„Guten Morgen, Sonnenschein", begrüßte er mich.

„Guten Morgen", krächzte ich und rieb mir verschlafen die Augen.

„Du solltest langsam aufstehen. Wir sind spät dran", brummte er.

„Wofür sind wir spät dran?“, fragte ich und sah ihn schlaftrunken an.
„Für deine Schicht“, antwortete er, als sei das selbstverständlich. Ich runzelte die Stirn und schälte mich aus der Hängematte, bis ich schließlich neben ihm stand.
„Was für eine Schicht?“, fragte ich. Doch statt mir eine Antwort zu geben, drehte er sich um und ging los. Ich musste laufen, um ihn wieder einzuholen und folgte ihm dann mit großen Schritten.
Obwohl die Sonne gerade aufging, waren schon viele Bewohner auf den Beinen. Kinder rannten ins Meer und schrien schrill auf, wenn eine Welle sie erwischte.
Einige der Erwachsenen hatten sich in Gruppen zusammengestellt und unterhielten sich angeregt. Ab und an, sah einer von ihnen auf und grüßte Maliksi, woraufhin dieser grüßend den Kopf neigte, aber nie stehen blieb.
Wir hatten schon das halbe Dorf durchkreuzt, als ein älterer Mann sich aus einer Gruppe löste und auf uns zukam. Es war einer von denen, die am vorherigen Tag bei meiner Aufnahmeprüfung dabei gewesen waren. Er musste also zum Rat der Ältesten gehören.
„Maliksi!“, rief er und blieb vor uns stehen. Er warf mir einen Blick zu. Seine Augen blitzten freundlich. „Guten Morgen, Sicily“, sagte er und schenkte mir ein warmes Lächeln, bevor er sich zu Maliksi wandte.
„Kali, was gibt es?“, frage Maliksi ungeduldig.
„Theodor und ich haben mit Malou gesprochen“, sagte er mit bedeutungsschwerer Stimme.
„Und?“

„Nur wirres Zeug“, seufzte Kali bedauernd.
„Ich verstehe nicht, warum du dir überhaupt die Mühe gemacht hast“, erwiderte Maliksi kopfschüttelnd.
„Dieses Mal war auch noch von dem Stern unserer Sterne die Rede“, fuhr Kali fort, ohne auf Maliksis Bemerkung einzugehen.
„Also ein Stern, ein Wanderer und eine Welle. Jetzt ist mir alles klar“, spottete Maliksi. Kali zuckte mit den Schultern und runzelte die Stirn.
„Naja, ich wollte es dich trotzdem wissen lassen“, meinte er und mit einem Lächeln verabschiedete er sich.
„Malou war doch das Mädchen, das mit am Fluss war?“, fragte ich und Maliksi nickte.
Wir erreichten den See und liefen am Ufer entlang. Im Gegensatz zum Meer, das beständig Wellen warf, schlummerte der See ruhig vor sich hin.
Die Libellen, die mir schon am Vortag aufgefallen waren, schwebten über den See. Gerne hätte ich sie mir genauer angesehen, aber sie waren zu weit weg.

Als wir weiter gingen, kam ein kleiner Junge in Sicht, dessen Gesicht vor Anstrengung verzogen war. Vor ihm tanzte eine Säule aus Wasser, wie eine beschworene Schlange.
Mit offenen Mund blieb ich stehen und starrte den Jungen und das tanzende Wasser an. Ich blinzelte einige Male, doch das Bild veränderte sich nicht. Das war fast noch beeindruckender, als die Vorführung, die Aleksei mir gegeben hatte.

Maliksi war schon einige Schritte weitergegangen, als er bemerkte, dass ich nicht mehr hinter ihm war. Ungeduldig drehte er sich um.
„Er kann zaubern“, rief ich ehrfurchtsvoll. Ich nannte es Zauberei, weil mir kein anderes Wort einfiel, welches ansatzweise beschreiben konnte, wie die Fähigkeiten auf mich wirkten. Maliksi schnaubte belustigt.
„Er ist doch kein Zauberer, sondern ein Elementar. Die meisten hier sind welche“, erklärte Maliksi schmunzelnd. Ein Elementar also…kein Vynami. Aber Aleksei meinte, dass es auch andere Wesen gab, Menschen mit anderen Fähigkeiten. Er musste von den Elementaren gesprochen haben.
„Du kannst das auch?“, fragte ich und wandte mich mit großen Augen Maliksi zu. Er schnaubte, antwortete jedoch nicht. Trotzdem ging ich davon aus, dass dem so war.
„Was sind Elementare?“, fragte ich fasziniert und sah wieder zu dem Jungen.
„Die Elementare können die Elemente kontrollieren“, erklärte Maliksi und warf mir einen merkwürdigen Seitenblick zu. Er hatte es scheinbar aufgegeben, mich zum Weitergehen zu bewegen und sich mit verschränkten Armen neben mich gestellt.
„Alle vier?“, fragte ich erstaunt.
Maliksi seufzte und sagte: „Nein, die meisten können nur einen kleinen Bruchteil eines Elements kontrollieren.“ Also waren sie ähnlich zu den Vynami, nur statt Energien waren Elemente ihr Spezialgebiet.
„Der Junge kann das Wasser kontrollieren“, wandte ich ein.

„Vince kann das Wasser bewegen und es verschiedene Formen annehmen lassen. Das ist eine sehr weit verbreitete Fähigkeit“, erklärte Maliksi in einem ungeduldigen Ton.
„Was gibt es denn noch für Fähigkeiten?“, drängte ich neugierig. Maliksi seufzte ergeben und sah wehmütig auf den ausgetretenen Pfad, von dem wir abgekommen waren.
„Einige können Wasser gefrieren oder verdunsten lassen. Andere können die Bestandteile des Wassers verändern. Das ist eine äußerst praktische Fähigkeit, da es ihnen ermöglicht ihr Blut mit Sauerstoff anzureichern, ohne Atmen zu müssen. So können sie beispielsweise lange Zeit unter Wasser verweilen, ohne ständig Luft holen zu müssen. Aber es gibt noch mehr“, erläuterte er, so schnell, dass ich kaum hinterher kam.
„Und die Anderen? Was ist mit denen, die zum Beispiel das Erdelement beherrschen?“, fragte ich aufgeregt. Maliksi zuckte mit den Schultern.
„Das kann alles Mögliche sein. Die Erdelementare haben beispielsweise unsere Häuser erschaffen“, sagte er und zeigte auf eines der steinernen Häuser, das am Ende des Pfades lag und dessen eine Seite mit riesigen Sonnenblumen bedeckt war. Ich merkte, wie mein Mund wieder aufklappte. Keine Ahnung, was ich gedacht hatte, wie die Häuser entstanden waren, aber das hatte ich nicht erwartet.
„Kennst du einen Aleksei oder eine Edith?“, fragte ich und mein Herz schlug schneller. Maliksi runzelte die Stirn und schüttelte den Kopf. „Wer soll das sein?“
Betrübt blies ich die Luft aus. Das bedeutete wohl, dass Darius mich tatsächlich verloren hatte. Merkwürdig war nur, dass er

mich auf einer Insel von Elementaren verloren hatte. Von Legends.

Maliksi hob die Augenbraue und ich murmelte: „Edith ist meine Tante.“

Darauf antwortete er nichts. Stattdessen sahen wir dem Jungen noch eine Weile zu. Immer wieder erhob sich die kleine Wassersäule und wanderte über den See, bis sie schließlich zerschellte. Ab und an gelang es dem Jungen, sie besonders lange aufrecht zu erhalten, woraufhin sein Gesicht aufgeregt aufleuchtete.

„Komm wir müssen weiter. Ich habe dich für Sonnenaufgang angemeldet“, forderte mich Maliksi schließlich auf. Mit Bedauern riss ich meinen Blick von dem Jungen los und folgte Maliksi auf dem Pfad zum anderen Ende des Dorfes, wo hohe Rauchsäulen in den Himmel stoben.

„Phillip hat sich schon öfter beklagt, dass er gerne mehr Hilfe in der Küche haben würde. Gestern Abend kam er dann auf mich zu und hat gebeten, dich unter seine Fittiche nehmen zu dürfen und ich habe zugestimmt. Ich glaube, dass ist eine gute Idee. Du wirst Phillip mögen.“

Wie auf Kommando öffnete sich die Tür zu einem der breiten Häuser. Ein stämmiger Mann erschien in dem Türrahmen, der so groß war, dass ich den Kopf in den Nacken legen musste, um sein Gesicht zu erkennen. Seine wilden braunen Haare waren in einem kleinen Zopf auf dem Hinterkopf zusammen gefasst und hielten die Strähnen aus seinem Gesicht. Er hatte braune Augen, die von wuchtigen Brauen umrahmt wurden. Seine untere Gesichtshälfte bedeckte ein zurechtgestutzter Bart. Er wirkte mehr wie ein Bär als ein Koch.

Als er mich sah, blitzten seine Augen auf und eine Sekunde später schloss er mich in seine muskelbepackten Arme. Erschrocken versteifte ich mich, doch wider Erwarten war seine Umarmung nicht erdrückend oder unbehaglich, sondern warm und geborgen, wie die eines Teddybären.

Phillip ließ mich wieder los und wandte sich Maliksi zu, den er ebenfalls in eine dicke Umarmung zog. Maliksi erwiderte die Umarmung schmunzelnd und klopfte ihm mit der freien Hand auf den Rücken.

„Dann kommt mal rein in die gute Stube“, lud uns Phillip mit einer Handbewegung in das Haus ein. Kaum hatten wir die Schwelle überschritten, schlug uns der Geruch von süßem Karamell und gerösteten Nüssen entgegen und das Wasser lief mir im Mund zusammen.

Auf den steinernen Tischen reihte sich frisches Obst, welches von herumwuselnden Köchen und Köchinnen in kleine Stücke gewürfelt wurde - mit Messern aus Eis und Stein, die durch die Luft sausten. Die eine Seite der Küche war offen, sodass der Blick auf ein Feld frei wurde, auf dem sich Obstbäume und Beerenbüsche nebeneinander reihten. Nicht weit von uns befand sich eine Pfanne, die über einem freien Lagerfeuer gespannt war und in der eine dicke braune Flüssigkeit köchelte, die in der Sonne glänzte und einen süßen Geruch verströmte.

Phillip führte mich durch den Raum. Enthusiastisch erklärte er mir, welche Kreation zubereitet wurde und was dabei zu beachten war. Dann ließ er mich von jedem seiner Speisen probieren. Und es war göttlich. Es war mit Abstand das beste Essen, das ich je kosten durfte. Phillip schien es Spaß zu machen, mich bei denn einzelnen Verköstigungen zu beobachten und strahlte jedes Mal stolz, wenn ich genießerisch das Gesicht verzog.

Nachdem wir den Raum vom Steinofen bis hin zu der Pfanne über dem freien Lagerfeuer durchquert hatten und mein Magen kurz vor dem Platzen stand, führte mich Phillip nach draußen auf die Felder, auf denen einige Dorfbewohner flanierten. Wie zufällig streiften ihre Hände die Blätter und Blüten der Bäume und Büsche, die unter ihren Berührungen aufblühten und wucherten. Das mussten Erdelementare sein.

Phillip führte mich über das Feld und erklärte mir die verschiedenen Gewächse und wie man sie zubereitete. Dabei zeigte er eine solche Begeisterung für sein Werk, dass ich mich wirklich bemühte, mir seine Ausführungen zu merken, aber nach dem sechsten grünen Blatt, welches sich nicht von den anderen unterschied, verlor ich den Überblick. Diese Vielfalt war wirklich unglaublich.

Phillip begrüßte jeden der Erdelementare mit einem freundschaftlichem Klaps auf den Rücken und die Kinder, die zu ihm angerannt kamen, mit einer warmen Umarmung. Dann stellte er mich als seinen neusten Küchenlehrling vor. Die Erdelementare musterten mich unverhohlen neugierig, doch niemand rügte Phillip dafür, ein fremdes Mädchen einzustellen. Noch dazu eines, welches nur ein Mensch war.

Du bist was Besonderes, hörte ich wieder Kana's Stimme in meinem Ohr und vertrieb sie. Vielleicht war das einzige, was an mir besonders war, dass ich keine Kräfte hatte, so wie jeder um mich herum.

Nachdem die Rundtour beendet war, begleitete mich Phillip zum Speisesaal, der, wie er mir erklärte, größtenteils nur zum Frühstück benutzt wurde. Der Saal war gerammelt voll. Das ganze Dorf hatte sich zum gemeinsamen Start in den Tag versammelt und saß bunt zusammengewürfelt an den Tischen. Immer wieder drehten sich die Elementare um und starrten mich an, nur um dann die Köpfe zusammen zu stecken und zu tuscheln.
„Die starren mich alle so an“, sagte ich und verlagerte unbehaglich mein Gewicht auf den anderen Fuß.
„Natürlich starren sie dich an“, lachte Phillip, „Du bist eine Fremde. Aber mach dir nichts draus. Wenn Kana sagt, dass du hierher gehörst, dann ist dem auch so.“ Er klopfte mir aufmunternd auf den Rücken und ging.

Es stellte sich heraus, dass es nicht so einfach war, wie Phillip es klingen ließ. Ich war gerade dabei, die Teller einzusammeln und dem Wasserelementar zu bringen, der sie spülen sollte, als ich zufällig eine Konversation zwischen einer Gruppe mitbekam, die mir schon während des Essens misstrauische Blicke zugeworfen hatte. Schon wieder war das Narbengesicht unter ihnen, mittlerweile hatte ich erfahren, dass sein Name Theodor war und er den Sitz im Rat der Ältesten für die Feuerelementare inne hielt.
„Ich verstehe wirklich nicht, warum sie sie hierbleiben lassen“, meinte eine Frau gerade abfällig, als ich die schweren Teller am Nebentisch aufeinander stapelte.
„Vielleicht hat sich Kana geirrt“, erwiderte ein Mann, schien aber selbst an seiner Aussage zu zweifeln.

„Vielleicht hat sie sie auch irgendwie hinters Licht geführt“, spann die Frau weiter, begierig Niedertracht zu sähen.
„Ein einfaches Menschenmädchen?“, fragte Theodor abschätzig und schnaubte verächtlich. Ich presste die Lippen zusammen und versuchte, die Enttäuschung und den Ärger herunterzuschlucken. Ich biss die Zähne zusammen und trug die Teller, die schwerer waren, als ich dachte, zur Küche.
„Hallo Sicily“, tönte es hinter mir. Ich drehte mich um. Malou, das Mädchen vom Fluss, über das Maliksi und Kali gesprochen hatten, kam zwischen den Palmen hervor und strahlte mich an, als sie mit federnden Schritten auf mich zukam.
„Hey Malou“, erwiderte ich und versuchte ihr Lächeln zu erwidern.
Darauf fiel sie nicht herein. „Was ist los?“, fragte sie und runzelte die Stirn.
„Nichts“, meinte ich. Malou legte nachdenklich den Kopf schief.
„Soll ich dir helfen?“, fragte sie und zeigte auf die Teller.
„Bist du ein Wasserelementar?“, fragte ich unsicher.
„Nein“, sagte sie und lächelte verträumt. „Ich bin überhaupt kein Elementar. Ich bin eine Seelie.“
„Eine…was?“, fragte ich.
„Eine Seelie“, wiederholte Malou.
„Was soll das sein?“, fragte ich.
Malou biss sich auf die Lippe, als sie nachdachte, wie sie es am Besten erklären sollte. „Wir sind anders…“, sagte sie. „Unsere Fähigkeiten unterscheiden sich grundsätzlich voneinander. Ich kann in die Zukunft sehen. Kana kann in die Seelen

der Menschen sehen. Deswegen haben sie dich zu ihr gebracht, damit sie sehen kann, wer du bist."

„Ich weiß nicht einmal selbst, wer ich bin", hielt ich dagegen. „Wie kann sie wissen, wer ich bin?"

Malou zuckte mit den Schultern und sagte: „Ich weiß es nicht."

Du bist etwas besonderes, hallte es in meinem Kopf. Was hatte Kana gesehen?

„Du kannst in die Zukunft sehen. Wie funktioniert das?", fragte ich. Wieder zuckte Malou mit den Schultern.

„Ich sehe Bilder. Geschichten", erwiderte Malou. „Es sind wie Metaphern. Ich habe einen Stern gesehen und du bist gekommen. Jetzt warte ich auf die Welle."

„Die Welle?", fragte ich. Malou nickte begeistert. Ich wartete darauf, dass sie es erklärte, aber den Gefallen tat sie mir nicht. Stattdessen sprang sie auf und verschwand wieder zwischen den Palmen.

Die Tage vergingen und entgegen meiner Erwartung gewöhnte ich mich ein. Ich freundete mich mit Malou an und dank ihr fand ich mich allmählich in dem Dorf zurecht. Trotz ihrer Eigenart, immer wieder in die Luft zu starren, war sie ein äußerst lebhaftes Mädchen. Sie stellte mich fast jedem Dorfbewohner einzeln vor und ich hatte es schon lange aufgegeben, mir die Namen zu merken.

Die Kinder nahmen mich alle ohne große Fragen auf. Bei den Erwachsenen wurde es jedoch schwieriger. Aber einige waren aufgeschlossen und freundlich und versuchten mich in ihren Alltag einzubeziehen. Sie stellten mir tausende Fragen, wo ich herkam und wie es sich dort lebte und hörten mir interessiert zu.

Im Gegenzug zeigten sie mir, wie sie aus dem Nichts Blumen herbeizauberten oder aus einem schweren hässlichem Felsbrocken eine Skulptur erschufen, ohne ihn anzufassen. Ich hatte auch gelernt, dass das, was ich für Libellen gehalten hatte, in Wahrheit kleine Feen waren, die fröhlich durch die Gegend flirrten.

In dem Dorf war es so geschäftig, dass ich gar keine Zeit gehabt hatte nachzudenken, nur wenn ich abends in meiner Hängematte lag und die leuchtenden Sterne anstarrte, überkam mich ein schmerzhaftes Heimweh. Ich versuchte nicht so sehr an Kisha, Daria und Fedor zu denken, denn jedes Mal, wenn meine Gedanken in diese Richtung abschweiften, bildete sich ein riesiger Kloß in meinem Hals und mir wurde schlecht. Stattdessen konzentrierte ich mich darauf, dass ich bald nach Hause kommen würde. Maliksi hatte mir versprochen, dass sobald der Bote, der regelmäßig vom Festland kam, wieder da war, man mich mit ihm zu meiner Familie schicken würde. Sehnsüchtig erwartete ich seine Ankunft und jedes Mal, wenn ich mich am Meer befand, hielt ich Ausschau nach einem Boot, das mich nach Hause bringen würde. Doch nichts geschah.

Maliski hatte mich gewarnt, dass er oftmals Wochen weg war. Doch so wie er es gesagt hatte, klang es etwas unruhig, als müsste der Bote eigentlich schon längst wieder da gewesen sein. Die Einwohner begannen, sich mit den Feen zu unterhalten, die ihre eigenen Wege hatten zu kommunizieren, um Informationen in Erfahrung zu bringen.

Sie berichteten von großer Unruhe. Irgendwas schien passiert zu sein, aber mehr wussten sie auch nicht. Das wäre der Zeitpunkt, zu dem ein Internetzugang förderlich gewesen wäre.
Ich war gerade auf meinem Weg zu Phillip, als ich bemerkte, dass sie heute besonders aufgeregt waren. Nervös flatterten sie hin und her und flüsterten aufgeregt miteinander. Ich kam an einer kleiner Gruppe Elementare vorbei, in deren Mitte eine Fee aufgeregt mit ihren Händen fuchtelnd auf sie einredete.
Als ich bei Phillip ankam, sah ich, wie eine Fee herausschlüpfte und im Wald verschwand.
„Was ist los?“, fragte ich, als ich herein kam.
„Der hohe Rat der Elementare in Nysus ist schon seit Tagen total aufgewühlt. Immer wieder verschwinden Elementare aus anderen Kolonien“, erklärte Phillip, während ich mir die Schürze umband.
„Der Hohe Rat in was?“, fragte ich verwirrt. Phillip griff nach den Gewürzen und verzog einen Moment konzentriert das Gesicht, bevor er seine Aufmerksamkeit wieder unserem Gespräch zuwandte.
„In Nysus. Die Legends leben schon seit Jahrhunderten getrennt von der Menschenwelt. Nach der ganzen Geschichte mit der Hexenverbrennung hatten die meisten Legends wohl die Nase voll und wollten lieber unter sich leben, ohne befürchten zu müssen, gejagt zu werden oder von der Gesellschaft ausgestoßen zu werden. Deswegen wurde eine Dimension geschaffen, in der wir leben können.“
„Eine eigene Dimension?“, fragte ich erstaunt. Phillip nickte und begann aus der Pampe Buletten zu formen. Eilig machte

ich es ihm nach und steckte meine Hände in den matschigen Teig.
„Es ist nicht so besonders, wie es klingt“, erwiderte Phillip. Irritiert verzog ich die Augenbrauen. Ich hatte keine Ahnung, wie eine andere Dimension nicht besonders klingen sollte.
„Es sieht aus wie hier. Du bemerkst nicht einmal, dass du dich in einer anderen Welt befindest. Das Einzige, das es tatsächlich von dieser unterscheidet, ist, dass es sicherer ist“, erklärte er und machte eine wegwerfende Handbewegung. Langsam nickte ich. Klang immer noch besonders.
„Warum seid ihr dann nicht dort?“, fragte ich und versuchte die Buletten so gut hinzubekommen wie Phillip.
„In Nysus leben alle mehr oder weniger zusammengepfeffert. Hier haben wir die Möglichkeit, frei als Nomaden zu leben.“
„Wie kommt ihr überhaupt in diese Dimension?“
„Durch Portale“, sagte er und ich stutzte. Noch hatte ich niemanden von meiner Reise mit dem Portal erzählt. Wenn sie Aleksei nicht kannten, würden sie es vielleicht auch nicht schätzen, dass sein Hexenmeister mich vor ihrer Haustür abgeladen hatte. Deshalb hatte ich es für das Beste gehalten, einfach den Mund zu halten.
„Wie funktioniert so eine Reise durch ein Portal?“, fragte ich und vermied es dabei aufzusehen.
Phillip zog die Stirn in Falten und überlegte. „Das ist unterschiedlich. Ich glaube es kommt auf das Portal an. So richtig weiß ich es aber auch nicht.“
„Es gibt unterschiedliche Portale?“, fragte ich erstaunt.
„Genau. Es gibt die permanenten Portale, die sehen aus…wie flimmernde Luft. Als könnten sich die Augen nicht entschei-

den, ob es tatsächlich da wäre oder nicht... Aber es gibt auch Wunschportale, die gibt es heutzutage aber kaum noch, weil es gefährlich sein kann durch sie zu reisen... Es gibt auch noch die Portale der Hexenwesen. Diese Art von Portalen können jederzeit hervorgerufen werden, von einem Hexenwesen, das dazu fähig ist...Ich bin noch nie durch so eines gereist. Soweit ich weiß, malen sie irgendwas auf den Boden. Dann..."
„Ich glaube ich bin durch ein Portal hierher gekommen", unterbrach ich ihn.
Phillip sah mich überrascht an und fragte: „Wer hat dir denn ein Portal erschaffen?"
„Darius", erwiderte ich und wartete gespant, ob dies der Name war, der jemandem etwas sagte. Phillip kniff konzentriert die Augen zusammen und schüttelte dann den Kopf. „Von dem habe ich noch nie gehört. Wo hast du den denn gefunden?"
Vor meinen Augen tauchte Moskau auf. Schnell lenkte ich meine Gedanken wieder auf die Bulette in meinen Händen.
„Das ist eine lange Geschichte", sagte ich schließlich. Phillip sah mich aufmerksam an, doch er schien zu verstehen, dass ich nicht darüber reden wollte. Stattdessen nahm er die Buletten, die schon fertig waren und legte sie einzeln in die Pfanne. Eine Weile war nur das Brutzeln der Buletten zu hören und der Geruch von gerösteten Zwiebeln erfüllte den Raum.
„Sie wollen uns evakuieren", durchbrach er schließlich die Stille. Verwirrt sah ich ihn an. Meine Gedanken waren gerade bei der saftig aussehenden Bulette gewesen. Ich brauchte eine Sekunde bis seine Worte bei mir ankamen.
„Wer will euch evakuieren?", fragte ich verdattert.

„Das Königreich der Elementare hat alle Legends zu sich zurückbeordert“, meinte er leichthin und wendete die Bulette.
„Warum?“, fragte ich fassungslos. Das war also die Nachricht gewesen, die das ganze Dorf so in Aufruhe versetzte.
„Sie denken, dass wir in Gefahr wären“, schnaubte er.
„Warum?“, bohrte ich nach. Phillip zuckte mit den Schultern.
„Es verschwinden immer mehr Menschen aus anderen Kolonien. Sie denken, dass sie dem ein Riegel vorschieben können, indem sie uns im Königreich versammeln“, erklärte er. Ich zog die Augenbrauen ungläubig nach oben. Wenn sie es für nötig hielten zu evakuieren, dann war es wohl etwas schlimmer, als Phillip es klingen ließ. Doch Phillip schaute die Bulette so finster an, dass ich mich nicht traute nachzufragen.
„Wann werdet ihr denn evakuiert?“, fragte ich stattdessen. Er zuckte mit den Schultern.
„Kommt drauf an, wie lange wir es herauszögern können. Wir haben die Nachricht ja noch nicht offiziell erhalten. Die Feen haben sie an uns weitergeleitet. Offiziell wird der Befehl erst mit dem Überbringen durch den Boten“, erklärte er und verdrehte die Augen. „Niemand möchte hier gerne weg und die Wahrscheinlichkeit, dass jemand uns findet, ist verschwindend gering. Die ganze Evakuierung ist total unnötig“, fuhr er verdrießlich fort. Ich nickte. In der kurzen Zeit, in der ich hier war, hatte ich miterlebt, wie sehr die Menschen dieses Dorfes in ihrem Nomadendasein aufgingen. Sie waren stolz darauf, sich ihr eigenes Leben zu erschaffen und im Einklang der Natur zu leben, weit weg von Leuten, die ihnen Vorschriften machten. Das sie diese Freiheit nur ungerne aufgaben, konnte ich gut verstehen.

„Jetzt Schluss mit schlechten Nachrichten. Konzentrieren wir uns lieber auf den Nachtisch. Ich hatte mir überlegt, wir machen heute Vanille-Parfait mit Pinienkern-Karamellsoße“, meinte Phillip und klatschte eifrig in die Hände.

Nach dem Abendbrot - die Buletten waren ein Erfolg gewesen - lag ich in meine Hängematte und starrte in die Nacht. Die Sterne funkelten, während meine Gedanken wirr durcheinander wirbelten. Bruchstücke von dem Gespräch mit Phillip schwirrten durch meinen Kopf. Meine gesamte Welt wurde immer merkwürdiger. Erst Aleksei und die Vynami. Dann die Elementare. Feen, die munter durch die Lüfte flirrten. Verschiedene Dimensionen und Portale zu anderen Welten. Eigentlich wartetet ich nur darauf, dass ich aufwachte und es sich alles als ein einziger wilder Traum herausstellte.
Das Dorf wurde immer ruhiger und irgendwann war nur noch das beständige Rauschen des Meeres zu hören. Schließlich schlief ich ein.

Ich stand am Strand und schaute auf das Meer hinaus, welches glitzerte als bestände es aus tausend Saphiren. Die sanften Wellen umspielten meine Knöchel, liebkosten meine Haut.
„Sicily“, riss mich eine Stimme aus meiner Starre. Ich drehte mich der Stimme entgegen. Ein Junge mit kohlrabenschwarzen Haar blickte mich erstaunt an. Luca.
War das hier ein Traum? Dumpf war mir bewusst, dass ich schlief, aber es fühlte sich so real an. Wie jede unserer Begegnungen.

Ich streckte meine Hand nach ihm aus und nahm seine in meine. Seine Haut war so weich wie Samt.
„Ich bin so froh, dass du hier bist“, sagte ich ihm und drückte seine Hand. Tatsächlich flatterte mein Herz aufgeregt. Es war schön ein vertrautes Gesicht, ein bisschen Familiarität, vor mir zu haben nach der ganzen Aufregung.
Er lächelte und erwiderte den Druck meiner Hand. Dann löste er den Blick von mir und ließ ihn über das Wasser gleiten.
„Wo sind wir?“, fragte er.
Ich zuckte mit den Schultern und erwiderte: „Ich bin auf einer Insel.“
Sein Blick huschte zurück zu mir. Unglaube flackerte in seinen Augen. Ich legte den Kopf schräg.
„Ich bin auch auf einer Insel“, flüsterte er, nicht lauter als ein Hauch.
Ich sah ihn an. „Bei mir?“, flüsterte ich zurück.
„Ich weiß es nicht“, antwortete er zögernd. „Ich hoffe nicht.“
Schmerz flackerte in seinem Blick auf.
„Was?“, fragte ich verdutzt. Sein Bild verschwamm bereits. Mein Körper wachte auf und ich kämpfte dagegen an.
„Sei vorsichtig“, raunte er mir zu. Dann war er verschwunden und ich schlug die Augen auf.

Kapitel 15 - Luca - Stehlen will gelernt sein

„Das war eine interessante Vorführung“, ließ Aldrian neben mir verlauten, während er den tiefen Erdspalt misstrauisch musterte, der dunkel und lauernd vor uns klaffte.

Ich blinzelte gegen die Sonne. Ohne die Bäume - ich hatte sie wohl aus Versehen entwurzelt - brannte sie auf uns nieder. Aldrian stand neben mir und schaute sich um. Soweit ich es beurteilen konnte, schien er unverletzt zu sein.

„Was hast du gesagt, wie du heißt?“, fragte Aldrian und wandte sich mir zu.

„Ich habe gar nichts gesagt“, erwiderte ich und dann: „Ich bin Luca.“

„Es ist mir eine Freude dich kennenzulernen, Luca“, meinte Aldrian und deutete ein kurze Verbeugung an, die eher spöttisch als respektvoll wirkte. Dann ließ er seinen Blick betont über das Ruinenfeld schweifen und meinte: „Das hat ja alles wundervoll funktioniert.“

„Findest du?“, fragte ich spöttisch. „Nächstes Mal überlegen wir uns vorher einen Fluchtplan.“

„Das nächste Mal?“, fragte er verschmitzt, bevor er ernst wurde. „Wir sollten uns aus dem Staub machen, bevor irgendwer hier auftaucht.“

Da konnte ich ihm nur zustimmen. Im Westen befand sich das Camp und da ich nicht das geringste Bedürfnis verspürte, dorthin zurückzukehren, wandten wir uns in die entgegengesetzte Richtung.

Nach einigen Minuten, in denen wir uns schweigsam durch den Wald kämpften, meinte Aldrian: „Du hättest mir ruhig sagen können, dass du ein Erdelementar bist."

„Ich bin ein Wasserelementar", entgegnete ich.

Aldrian schnaubte. „Das war nicht das Werk eines Wasserelementars."

Da hatte er recht. Die Erde beben zu lassen und aufzureißen, war das Werk eines Erdelementars. Eines Mächtigen noch dazu. Es gab zwar Elementare, die in der Lage waren, zwei Elemente zu beherrschen, aber diese waren unglaublich selten und im Regelfall war das zweite Element nur schwach ausgeprägt. Zudem war mir so etwas noch nie zuvor widerfahren.

Schweigend folgte ich Aldrian immer weiter den Pfad runter. Ich war immer noch so mit dem Ausbruch des Erdelements beschäftigt, dass ich nicht hinterfragte, wo plötzlich dieser Pfad herkam. Erst als ich etwas aufblitzen sah, hielt ich inne und bückte mich. Auf dem Boden lag eine filigrane goldene Kette. Der Anhänger war ein glasklarer Stein, der hin und her baumelte, als ich die Kette hochhielt.

„Wo gehen wir eigentlich hin?", fragte ich Aldrian, der schon mehrere Schritte vorausgegangen war und sich nun verwirrt umdrehte. Er kam näher und starrte auf die Kette in meiner Hand. Seine Augen blitzten auf. Plötzlich schien er ganz aufgeregt zu sein.

„Du hast mich gerade auf eine grandiose Idee gebracht", erklärte er und lächelte in sich hinein. Verwirrt runzelte ich die Stirn. „Hab ich das?"

Er hockte sich neben mich und sein Blick streifte über die Kette. Sein Grinsen vertiefte sich.

„Das ist ein furchtbarer Plan", klagte ich, als wir uns durch den Wald schlugen.
„Es ist ein hervorragender Plan", korrigierte mich Aldrian und kickte einen Stein aus dem Weg, der gegen eine Fichte schlug.
„Woher willst du überhaupt wissen, dass sie das graue Buch haben?", fragte ich.
„Glaub mir, ich weiß es. Es ist der Grund, warum ich überhaupt auf dieser Insel bin", meinte Aldrian.
Ich verzog den Mund. „Du bist freiwillig auf dieser Insel?"
Aldrian antwortete nicht. Ein Schweigen legte sich über uns, welches nur von dem Schmatzen des feuchten Waldbodens unter unseren Füßen durchbrochen wurde.
„Was ist, wenn ich dabei erwischt werde?", fragte ich weiter.
„Wirst du nicht", stöhnte Aldrian genervt. „Sie denken vermutlich, sie wären die einzigen Legends auf dieser Insel. Auf die Idee, dass sich jemand in ihr Lager schleicht und sie bestiehlt, kommen sie gar nicht."
„Mir ist nicht wohl dabei, sie zu bestehlen", gab ich zu. „Es sind doch Elementare. Glaubst du nicht, ich könnte mit ihnen reden?"
Aldrian stieß einen dramatischen Seufzer aus. „Sie mögen Fremde nicht. Du bist doch ein kluger Junge und dir ist bestimmt bewusst, welche Ablehnung einige Kolonien gegen Nysus hegen." Er rümpfte die Nase. „Und wie barbarisch einige von ihnen sind."

Es stimmte, dass einige Kolonien nicht gut auf Nysus aufgelegt waren, aber überzeugt war ich immer noch nicht.
Aldrian spürte wohl mein Argwohn und meinte: „Abgesehen davon, gehört das graue Buch den Hexenwesen. Sie haben nicht das Recht es zu besitzen. Ich schon."
Ich brummte. Aldrian blieb ruckartig stehen und blitzte mich scharf an. „Du willst doch nach Hause oder nicht?"
„Natürlich will ich nach Hause."
„Wenn du zu den Nomaden gehst, ist deine einzige Chance, nach Hause zu kommen, auf den Boten zu warten und dich von ihm mitnehmen zu lassen. Und das auch nur, wenn sie dir freundlich gesonnen sind und dich nicht sofort wieder wegschicken oder schlimmeres", meinte Aldrian und sah mich eindringlich an. „Wenn du mir das Buch bringst, kann ich uns sofort ein Portal öffnen und dich nach Hause bringen. Kein Warten, kein Risiko."
Ich schluckte „Na gut."

Unsicher sah ich zurück zu Aldrian, der zwischen den Bäumen hockte. Dieser streckte mir den Daumen entgegen und bedeutete mir, weiter zu gehen. Ich atmete tief durch und näherte mich weiter der Grenze, die laut Aldrian direkt vor mir lag und die Kolonie vor herumstreuenden Menschen beschützte. Ohne das etwas passierte, erreichte ich den Rand des Waldes. Eine Felswand, die auf der einen Seite bis zum Meer reichte und auf der anderen Seite im Wald verschwand. Ich fand ein kleines Loch und zwängte mich hindurch.
Langsam schlich ich weiter, immer im Schutze der Bäume, deren Schatten mit jedem Schritt länger wurden. Dann kam

ein See in Sicht und zum Meer hin säumten sich Häuser nebeneinander, die in typischer Elementarmanier aus Erdelementen bestand.
Der Wind hatte sich gedreht und der Geruch von Lagerfeuer und geräuchertem Fisch wehte zu mir herüber. Mein Magen gab ein lautes Brummen von sich. Ich wusste gar nicht, wie lange es schon her war, dass ich eine anständige Mahlzeit bekommen hatte.
Einige hundert Meter von mir entfernt liefen einige Männer geschäftig über das Lager. Die meisten Menschen hatten sich jedoch, dem lodernden Licht nach zu urteilen, bei einem Lagerfeuer am Strand eingefunden. Eine Rauchsäule stieg in den sich verdunkelnden Himmel und Trommelgeräusche wehten zu mir hinüber.
Ich preschte mich weiter vor, bis die Häuser in Sichtweite kamen. Ein paar Leute unterhielten sich in einem Grüppchen davor. Ein Junge löste sich aus der Gruppe und rannte zum Strand runter. Die Gruppe bewegte sich ebenfalls Richtung Strand, jedoch in einer Geschwindigkeit, die mir die Füße, in meiner gehockten Haltung, einschlafen ließ. Sie redeten eindringlich miteinander. Schließlich verschwand die Gruppe außer Sichtweite. Der Mond war aufgegangen und im Lager befand sich fast niemand mehr. Alle schienen am Feuer zu feiern, zu essen und zu trinken. Ich beneidete sie.
Mein Blick wanderte wieder zu den Häusern. Schnell hatte ich das eine Haus ausfindig gemacht, das mir Aldrian beschrieben hatte. Es war etwas abseits und der Eingang war mit Lacken bedeckt, die mit Goldfäden durchzogen waren und in dem Wind flatterten. Über dem Eingang prangte ein steinerner

Löwe, der, wie Aldrian mir erklärt hatte, typisch für das Lagerhaus war. Und dort sollte sich das Buch befinden.
So leise wie möglich, das knirschende Laub tunlichst vermeidend, schlich ich zu der Hütte. Mit einem letzten Blick zu beiden Seiten und darum betend, das dieses Haus auch wirklich leer war, schlüpfte ich durch das Tuch hindurch. Mein Herz klopfte wie wild, als ich mich neugierig in dem schmalen Raum umsah. Es roch nach Kaminfeuer, obwohl nirgendwo ein Kamin war. Mehrere Kästen voll mit Früchten, Gemüse und Nüssen standen auf einem Tisch an der Wand. Ich griff mir einen Apfel und ein paar Walnüsse und stopfte sie in meine Tasche, wobei meine Hand die Kette streifte, die ich ebenfalls dort verstaut hatte.
Ich sah mich weiter um. Decken und Kisten stapelten sich an der Seite, gleich neben mehreren Truhen und einem großen Regal, in dem sich alle möglichen Dinge befanden. Leise schlich ich zu den Truhen und durchsuchte sie nacheinander. In einer befanden sich noch mehr Decken, in der zweiten lagen Waffen und in der dritten befand sie ein Sammelsurium aus Krimskrams, doch das Buch war nicht dabei. Zwischendurch hielt ich immer wieder inne, um auf irgendwelche Geräusche zu lauschen. Schließlich wendete ich mich der vierten und letzten Truhe zu - und ein Haufen Bücher kamen zum Vorschein. Mein Herz pochte aufgeregt, als ich vorsichtig durch die alten Bücher blätterte und dabei rauszufinden versuchte, welches davon das Richtige war. Die durchgesehen Bücher legte ich behutsam neben die Truhe. Ich nahm ein weiteres Buch heraus und fragte mich langsam, ob ich es tatsächlich finden würde, als mein Blick auf das darunter fiel und ich

den Atem anhielt. Macht ging von dem Buch aus. Ich legte das Buch, was ich in der Hand gehalten hatte neben mich auf den Stapel und nahm das Buch heraus. Die Buchstaben, die in verblichem Gold auf dem Umschlag prangten, kannte ich nicht und dennoch konnte ich es lesen. *Das graue Buch*. Unter meiner Berührung schien sich das Buch zu erwärmen, als würde es auf mich reagieren. Mir stockte der Atem. Das Buch verwandelte sich langsam. Das dunkelbraune, raue Leder wurde heller und glättete sich. Die Schrift wurde voller und farbintensiver. Von einer Sekunde auf die andere sah das Buch aus wie neu und leuchtete förmlich, als wollte es, dass ich wusste, wie mächtig es war. Ich schluckte und legte es schnell auf dem Boden ab, als hätte ich mich verbrannt und sah es nicht mehr an, bis ich die übrigen Bücher wieder zurück in die Kiste gelegt hatte und den schweren Deckel geschlossen hatte. Als ich fertig war, sah das Buch wieder aus wie vorher. Ich schüttelte den Kopf. Vermutlich war das nur eine Einbildung gewesen. Kopfschüttelnd drehte ich mich um, um den Rückzug zu starten, als ich vor Schreck fast das Buch wider fallen gelassen hätte.

Ein kleines Mädchen stand nur wenige Schritte entfernt genau vor mir und sah mich mit großen Augen an. Sie trug ein weißes Kleid, ihre schwarzen, gewellten Haare fielen ihr über beide Seiten fast bis zur Taille. Sie war noch recht jung, vielleicht sieben und erinnerte mich schmerzlich an meine Schwestern, die genauso rabenschwarzes Haar hatten.

Das Auffälligste an ihr waren ihre Augen, die leuchtend violett schimmerten.

Für einen Augenblick starrte ich einfach fasziniert zurück. Diese Augenfarbe. Die Leute hatten immer mir vorgehalten, ich hätte wundersame Augen, da sollten sie mal dieses Kind sehen.

„Es ist wie in meinem Traum“, erklang ihre glockenklare Stimme. Ich riss mich von ihrem Anblick los und sah Richtung Ausgang.

Bisher hatte sie noch keine Anstalten gemacht zu Schreien oder ihrem Dorf sonst wie mitzuteilen, dass sich ein Eindringling in ihrem Kreise befand. Vielleicht war sie etwas wirr im Kopf und ich konnte es schaffen, mich an ihr vorbei zu drängen, ohne dass jemand mich bemerkte. Probeweise machte ich ein paar Schritte zum Ausgang. Das Mädchen reagierte nicht. Lediglich ihre Augen schienen an mir zu kleben. Noch ein paar Schritte und ich hatte es geschafft. Mit einem letzten Blick auf das Mädchen trat ich durch die Tür.

„Wir werden uns wiedersehen, Luca.“ Ruckartig drehte ich mich um. Das Mädchen lächelte. Ich fragte mich, woher sie meinen Namen wusste, doch Schritte kamen näher und ich entschied mich, das Rätsel ein Rätsel sein zu lassen und zu verschwinden.

Erst als ich mich wieder im sicheren Gebüsch befand und eine angemessene Distanz zwischen mich und das Camp gebracht hatte, blieb ich stehen. Das Mädchen mit den violetten Augen hatte mich komplett aus der Bahn geworfen.

In Gedanken versunken trottete ich zurück zu dem Felsen, an dem Aldrian auch schon ungeduldig wartete. Jeder Schritt schien mir schwerer zu fallen. Eine plötzliche Müdigkeit

kroch in meine Knochen. Als Aldrian mich kommen sah, hielt er inne und sah mich erwartungsvoll an.
„Hast du das Buch?“, fragte er ungeduldig. Ich holte das Buch unter meinem T-Shirt hervor und reichte es ihm. Er nahm es mit einem großen Grinsen entgegen.
„Das hast du gut gemacht.“ In Gedanken versunken, reagierte ich weder auf das Kompliment noch auf das Glühen in seinen Augen. Ich schaute auf den See. In meinem Kopf wirbelten die Gedanken herum, wurden jedoch langsam von einem aufziehenden Nebel verdrängt. Aldrian blätterte aufgeregt durch die Seiten. Hin und wieder hielt er inne und las einige Zeilen. Nach einer Weile klappte er das Buch zusammen und klemmte es sich unter seinen Arm.
„Irgendwelche Probleme? Hat dich jemand gesehen?“ Das Mädchen erschien vor meinem inneren Auge. Doch ich wollte Aldrian nicht von der Begegnung erzählen. Also zuckte ich mit den Schultern und schüttelte den Kopf, der immer schwerer wurde. Wie gerne würde ich mich hinlegen und eine Runde schlafen. Aldrian nickte zufrieden und klopfte mir auf die Schulter. Dann gähnte er herzhaft.
„Was machen wir jetzt?“, fragte ich und versuchte mich auf Aldrian zu konzentrieren.
„Mithilfe des Buches, könnte ich es schaffen, ein Portal zu öffnen. Damit könnte ich dich nach Hause bringen“, erklärte er. Ich war an dem Punkt angekommen, dass ich seine Worte nicht einmal mehr hinterfragte, sondern einfach nur erschöpft nickte.
Aldrian rieb sich die Augen. „Am Besten wir ruhen uns erst einmal eine Weile aus. Die Beschwörung muss Hundertpro-

zent richtig erfolgen, sonst kann dabei echt fiel schief gehen und so romantisch das Sternenlicht auch ist, so kann ich doch nur die Hälfte der Wörter lesen“, meinte er. Wir suchten uns eine geschützte Stelle zwischen den Bäumen und legten uns in das Moos. Ich war eingeschlafen noch bevor mein Kopf den Boden berührte.

Ein Beben ging durch den Boden. Erschrocken fuhr ich aus dem Schlaf und dachte schon, ich hätte es nur geträumt, als der Boden unter mir erneut anfing sich zu bewegen. Aldrian sah alarmiert auf und kam auf die Füße.

Es bebte wieder. Plötzlich schossen Steinmassen vor uns aus dem Boden. Erschrocken stolperte ich einige Schritte zurück, bis mein Rücken gegen eine Mauer prallte, die vorher noch nicht da gewesen war.

Aldrians Augen flackerten, als er sich breitbeinig vor die Wand stellte. Leuchtende Linien schlangen sich um seinen Körper, fuhren dann um uns beide herum und schlossen uns in eine Kugel ein. Eine Sekunde später explodierte diese Kugel und ließ riesige Steinbrocken regnen. Durch das wabernde Licht der Linien, konnte ich mehrere Menschen erkennen, die sich vor uns aufgebaut hatten.

„Gib uns das Buch wieder, Hexenmeister“, ertönte eine harsche Stimme.

„Ich weiß nicht, wovon ihr redet und es ist gegen das Gesetz, mich ohne Grund anzugreifen“, erwiderte Aldrian wütend.

Der Besitzer der Stimme schnaubte. „Der Grund ist, dass du uns bestohlen hast“, sagte die Stimme und ich erkannte, dass sie zu der Frau gehörte, die uns am nächsten stand. Sie war

groß gewachsen und trug ein langärmliges, schwarzes T-Shirt und eine schwarze Hose, die von einem Gürtel gehalten wurde, an dem mehrere Messer hingen. Ihre Augen leuchteten in einem erdigen Grün.
„Ich habe euer Buch nicht, Verehrteste“, erklärte Aldrian süffisant.
„Dann hast du auch nichts dagegen mit uns zu kommen“, erwiderte die Frau ruhig.
„Natürlich nicht. Wie geschehe mir, diese Einladung auszuschlagen?“, erwiderte Aldrian spöttelnd. Der Glimmer um uns verschwand.
Die Frau nickte ihren Begleitern zu. Diese formatierten sich um uns herum und nahmen uns in ihre Mitte. Erst da schien der Frau aufzufallen, dass ich auch noch da war. Sie ließ ihren geübten Blick prüfend über mich wandern.
„Er kommt auch mit“, forderte sie und ihre Männer packten mich.

Kapitel 16 - Sicily - Zwei Verluste und ein Fund

Ich starrte in den Himmel, dessen undurchdringliches Schwarz langsam von den ersten Sonnenstrahlen verdrängt wurde. Bald würde ich aufstehen und mich bei Phillip melden müssen. Doch bis dahin hatte ich noch ein wenig Zeit.

Meine Gedanken waren noch mit dem Traum beschäftigt. Er hatte gesagt, er sei auch auf einer Insel. War es tatsächlich möglich, dass es die gleiche war, wie die auf der ich mich befand? Unwahrscheinlich, aber in den letzten Wochen waren noch merkwürdigere Dinge geschehen.

Aber was hatte er wohl damit gemeint, dass er hoffe, dass dem nicht so war? So viele Fragen.

Ich wünschte ich könnte diese merkwürdigen Begegnungen steuern und ihn einfach herbeirufen. Doch leider war mir das nicht möglich. Alles was ich tun konnte, war zu hoffen, dass Luca in Sicherheit war.

Mit dem Kopf immer noch ganz woanders, machte ich mich schließlich für den Tag fertig. Ich war so in meinen Grübeleien versunken, als ich durch das morgendliche Dorf schlenderte, dass ich Maliksi erst gar nicht wahrnahm, bis er direkt neben mir stand und mir eine Hand auf die Schultern legte. Erschrocken zuckte ich zusammen und wandte mich ihm zu.

„Phillip hat mir erzählt, du seist durch ein Portal hergekommen“, sagte er ohne jegliche Begrüßung. Ich blinzelte und brauchte eine Sekunde um mich aus dem Gewirr meiner Gedanken zu befreien. Dann nickte ich langsam.

„Du hast gesagt, du kannst dich nicht erinnern, wie du herkamst“, fuhr Maliksi vorwurfsvoll fort. Ich zuckte entschuldigend mit den Schultern.

„Ich dachte…“, begann ich und brach ab. So richtig wusste ich auch nicht, was ich gedacht hatte.

„Es gibt hier Menschen, die die Elemente beherrschen oder in die Zukunft sehen können und Feen, die bunt durch die Gegend flattern und du dachtest das ausgerechnet das verrückt wäre?“, mutmaßte Maliksi. Ich nickte.

„Was hast du uns noch verheimlicht?“, fragte er grimmig.

Ich zögerte, erzählte ihm dann aber schließlich doch die Geschichte von den Brand und wie ich hierher gekommen war.

„Ein Vynami?“, fragte Maliksi schließlich, als ich geendet hatte.

Ich nickte. Maliksi verzog das Gesicht, sodass er noch grimmiger aussah, als sonst.

„Ist irgendwas?“, fragte ich besorgt.

Maliksi schwieg, dann sagte er: „Vynami und die Elementare verstehen sich nicht besonders gut. Besonders die Feuerelementare hassen sie.“

Ich öffnete den Mund und schloss ihn wieder. Als ich ihm die Geschichte erzählt hatte, hatte ich mich dafür entschieden, Aleksei’s anfängliche Vermutung, dass ich ebenfalls ein Vynami sei, ihm vorzuenthalten. Scheinbar war dies eine besonnene Entscheidung gewesen.

Maliksi starrte eine Weile nachdenklich auf den See. Die Sonne hatte derweilen den Horizont eingenommen. Das Zeichen, dass ich viel zu spät zur Arbeit kommen würde.
Maliksi schien den gleichen Gedanken zu haben. „Du musst los“, sagte er, bevor er sich umdrehte und mit schnellen Schritten zum Haus des Rates verschwand. Aus dem Augenwinkel sah ich, wie ein Schatten über den Stamm huschte und in der Krone verschwand.

Ich kam viel zu spät. So spät, dass der Saal schon brechend voll war und die Speisen bereits auf dem Tisch standen. Mit einem schlechten Gewissen durchquerte ich die Küche und schnappte mir meine Schürze.
„Guten Morgen Sicily“, begrüßte mich Phillip schwungvoll. Er rührte konzentriert mit einem riesigen Kochlöffel in einem noch größerem Topf über dem offenem Feuer. Ein exotisch-süßer Geruch verbreitete sich in der Küche. Neugierig reckte ich den Kopf, als ich an ihn heran schritt.
„Tut mir Leid, dass ich jetzt erst komme. Maliksi hat mich aufgehalten“, entschuldigte ich mich. Phillip verdrehte die Augen und lächelte mir dann verschmitzt zu.
„Schon in Ordnung. Du kommst gerade rechtzeitig, um das Geschirr einzusammeln“, sagte er und zwinkerte mir zu. Ich unterdrückte ein Stöhnen und machte mich an die Arbeit. Das bedeutete wohl, dass ich mein Frühstück verschieben musste. Mein Magen gab ein unglückliches Knurren von sich.
Als endlich die kurze Pause zwischen dem Ende des Frühstücks und der Vorbereitung für das Mittagessen anbrach, fühlte ich mich wie ausgehungert. Phillip hatte mir liebenswürdi-

gerweise eine Schale mit dem köstlichen Pudding hingestellt, den er heute morgen gekocht hatte. Es war eine exotische Mischung aus saftiger Mango, süßer Banane und fruchtigen Beeren und war genau das, was mein Magen jetzt brauchte.

Als ich meinen Teller in die Spüle gelegt hatte, wo ihn ein Wasserelementar später spülen würde, tauchte Maliksi in der Küche auf. Jedoch nicht alleine. Zwei Mitglieder des Rates waren bei ihm. Leise stöhnte ich auf, als ich den narbengesichtigen Mann erkannte: Theodor.

Er und die Frau, die ihn begleitete, hielten auf Phillip zu und schienen ihn etwas zu fragen, was ich jedoch nicht verstehen konnte. Doch was auch immer es war, Phillip's bestürzter Miene nach zuurteilen war es nichts Positives. Als die beiden geendet hatten, schüttelte Phillip bedauernd den Kopf.

Maliksi ließ seinen Blick durch die Küche schweifen, bis seine Augen an mir hängen blieben. Ich hatte erwartet, dass er sich wieder von mir abwenden würde, aber stattdessen kam er direkt auf mich zu und ließ sich erschöpft auf einen Stuhl mir gegenüber sinken.

„Was ist los?", fragte ich.

Er seufzte und seine Hände fuhren zu seinen Schläfen, als hätte er Kopfschmerzen. „Hast du Kana gesehen?"

Ich schüttelte den Kopf. Maliksi stieß die Luft aus und nickte, als wäre es die Antwort, die er erwartet, aber dennoch auf etwas anderes gehofft hätte.

„Sie war heute morgen nicht in ihrem Bett. Manchmal macht sie das. Vor der Sonne aufzustehen um mit den anderen Kindern spielen zu gehen. Aber keines der Kinder hat sie gesehen.

Niemand hat sie seit gestern Abend gesehen. Sie ist einfach weg“, berichtete und knetete seine Schläfe.
Ich wusste nicht, was ich darauf erwidern sollte. Ein verschwundenes Kind sorgte immer für Unruhe. Dazu kam der Umstand, dass immer mehr Elementare aus dem Nomadenvölkern verschwanden. Keiner der anderen Verschwundenen war bisher wieder aufgetaucht. Es blieb nur zu hoffen, dass dies bei Kana nicht der Fall war.

Der Rest des Tages glitt an mir vorbei wie Nebelschwaden. Mittlerweile war das ganze Dorf in Aufruhe. Suchtrupps wurden gebildet, die den Wald durchkämmten, doch niemand konnte Kana finden.
Als wir uns schließlich erschöpft am Feuer niederließen, dämmerte es bereits. Die Leute tuschelten aufgeregt miteinander. Ein paar Ältere hatten sich um Jalma versammelt und redeten beruhigend auf sie ein. Maliksi versprach ihr die Suche auszuweiten und sie höchstpersönlich anzuführen, woraufhin Jalma ihm um den Hals fiel und ihm schluchzend dankte. Als sie ihm dann noch einen Kuss auf die Wange drückte, zog sich eine zarte Röte über seine Wangen.
Maliksi und einige Freiwillige verschwanden als der Mond aufging und bald löste sich die Gruppe um das Lagerfeuer auf. Müde schleppte ich mich in meine Hängematte und war eingeschlafen, noch bevor mein Kopf die Flechte berührte.

Die ersten Sonnenstrahlen kitzelten mein Gesicht und ich drehte mich stöhnend um. Ich fühlte mich als hätte ich kaum geschlafen. Am liebsten wäre ich einfach liegen geblieben, doch ich konnte Phillip nicht noch einen Morgen versetzen. Gähnend stand ich auf, während das erste Vogelgezwitscher die Stille durchbrach.

Auf dem Weg zur Küche bemerkte ich, dass wesentlich mehr Leute auf den Beinen waren, als es sonst um diese Stunde der Fall war. Alle wuselten aufgeregt umher oder hatten sich in Grüppchen zusammen gefunden, in denen aufgeregt diskutiert wurde. Das bedeutete wohl, dass Kana noch immer nicht gefunden wurde. Mit einem dumpfen Gefühl bei dem Gedanken lief ich weiter.

Als ich an der Küche ankam, stand Phillip vor der Hütte und unterhielt sich mit einem Mann, der zwar keine Haare auf dem Kopf hatte, aber dafür einen wolligen vollen Bart, der ihm fast bis zur Brust reichte.

Ich nickte den beiden freundlich zu und griff nach meiner Schürze, während Phillip sich von dem Mann verabschiedete und dann in die Küche trat. Sein sonst so heiteres Gesicht war nachdenklich verzogen.

„Ist was passiert?“, fragte ich, als ich mir die Schürze zuband und hoffte, dass es keine schlechten Nachrichten von Kana waren.

„Wir wurden bestohlen“, erklärte Phillip und raufte sich durch die Haare. Das war es nicht, was ich erwartet hatte. Erschüttert sah ich ihn an. Wer sollte schon ein Nomadenvolk auf einer einsamen Insel bestehlen?

„Was wurde denn gestohlen?“, fragte ich.

„Das graue Buch“, erklärte er mir und richtete seine Haube.

„Ihr dreht durch wegen eines Buches?“

„Es ist nicht irgendein Buch. Es ist ein Buch der Zauberwesen“, sagte er und ging zur Vorratskammer, wo er einen Mehlsack herauszog.
„Die Leute werden früh auf den Beinen sein. Am Besten du fängst gleich mit den Zwiebeln an. Ich wollte Omelett machen“, meinte er. Bevor ich noch eine Frage stellen konnte, verschwand er mit dem Sack Mehl auf der Schulter in der Backstube. Seufzend nahm ich mir eine Handvoll Zwiebeln und machte mich an die Arbeit.

Ich stand in der Küche und wusch die Tomaten, als ein Mann herein gestürzt kam. Phillip, der gerade dabei gewesen war, den Fisch zu entgräten, sah auf.
„Was ist los?“, fragte er und legte den Fisch auf den Haufen Fische, die bereits kochfertig waren.
„Es ist Valerie. Sie haben die Diebe“, keuchte der Mann.
„Wie konnten sie die denn so schnell finden?“, fragte ich Phillip, als er von den Fischen abließ und seine Schürze ablegte.
„Das Buch war mit einem speziellen Zauber versehen, der jeden, der es stehlen will, in einen tiefen Schlaf versetzen wird. Dann muss man nur noch die Energiesignatur des Buches orten und schon hat man sie gefunden“, erklärte er mir, während er sich die Schürze über den Kopf zog.
„Komm mit.“ Er winkte mir zu und schnell rupfte ich mir die Schürze vom Körper und folgte ihm.
Wir liefen den kurzen Weg zu dem großen Spalt, vor dem sich schon eine Menschenmasse versammelt hatte. Uns begrüßte ein lautes Stimmengewirr. Die Älteren standen in Grüppchen

zusammen, während die Kinder fangen spielten, wobei auch immer wieder ein Feuerball durch die Gegend flog.

Das Stimmengewirr brach abrupt ab, als ein Trupp durch das Tor trat. Die Gesichter der vorderen meinte ich schon mal im Speisesaal gesehen zu haben, aber der Blick auf die anderen blieb mir versperrt. Ich konnte nur zotteliges schwarzes Haar erkennen. Theodor trat vor und redete mit der Frau, die den Trupp anführte. Das musste Valerie sein, die Frau, die den Kampftrupp anführte. Sie trat zur Seite und gab den Blick auf einen Mann in der Mitte frei.

Seine Kleidung war etwas zerfetzt und hing ihm in Streifen von dem Körper. Seine blonden Locken hingen ihm unordentlich ins Gesicht. Er war keiner aus dem Dorf, da war ich mir sicher. Aber woher kam er dann?

Valerie trat zurück und der Trupp setzte sich wieder in Bewegung.

Neugierig versuchte ich einen Blick auf den zweiten Gefangenen zu erhaschen, doch die Leute versperrten mir das Blickfeld.

Schließlich blieb der Trupp auf der Lichtung stehen. Der Rat trat vor und sprach einige Worte mit Valerie.

Ich kletterte auf einen Stein, um über die Köpfe der Anderen hinweg sehen zu können.

Der Blonde trat einen Schritt zur Seite und der Blick auf den zweiten Gefangenen wurde frei.

Es war ein Junge, der da verloren zwischen den beiden Wachen stand und stolz das Kinn in die Höhe reckte. Er war abgemagert und die Kleidung, die in Fetzen von seinem Körper

hing, offenbarte den Blick auf eine von blauen Flecken übersäte Haut.
Seine dreckigen Haare hingen ihm strubbelig vor dem Kopf und versperrten eine klare Sicht auf sein eingefallenes Gesicht. Doch die brauchte ich auch gar nicht. Mein Herz begann hektisch zu klopfen. Es war Luca. Der Junge, dem ich noch nie begegnet war, aber seit meiner frühen Kindheit kannte und liebte.
Ich sprang vom Stein und begann mich durch die Menge zu drängen. Phillip, von dem ich gar nicht gemerkt hatte, dass er hinter mir stehen geblieben war, versuchte noch, mich fest zu halten.
Luca hob den Kopf, aufgescheucht von dem Getümmel. Als er mich erkannte, wurden seine wunderbaren blauen Augen groß. Er sah aus, als könnte er nicht glauben, was er sah. Mich sah. Nachdem er all die Jahre behauptet hatte, ich wäre nur eine Ausgeburt seiner Fantasie.
Ich kämpfte mich durch die Wachen, die zu überrascht waren, um mir Einhalt zu gebieten. Dann stand ich vor ihm.
Ich schluchzte und warf mich in seine Arme. Er roch nach Schweiß und Dreck, aber das störte mich nicht. Ich war zu überwältigt von der Tatsache, ihn in den Armen halten zu dürfen. Wahrlich und tatsächlich.
Luca zögerte, aber dann erwiderte er die Umarmung, genauso fest und sehnsüchtig.
„Du bist da“, schluchzte ich.
„Psst, hör auf zu weinen“, beruhigte er mich sanft und ich konnte spüren, wie sich die Muskeln seiner Arme an meinem Rücken bewegten. Nach all dem was passiert war, war ich so

dankbar, ihn in den Armen halten zu dürfen und ich wusste, dass Luca genauso empfand. Der Moment war wunderschön.
Doch dann griff mich eine Wache von hinten, um mich von Luca wegzuziehen und der Moment war vorbei. Mit gerunzelter Stirn hielt der Mann mich am Arm zurück. Lucas Kiefer zuckte, den Blick auf die Hand gerichtet, die meinen Arm umschloss.
Ein anderer Mann stieß ihn zurück und Luca zuckte zusammen, als hätte er Schmerzen. Feuer strömte durch meine Adern.
„Was machst du da?“, keifte der Mann, der mich zurückhielt, ärgerlich.
„Das ist Luca“, sagte ich mit zitternder Stimme. Der Mann runzelte die Stirn.
„Kennst du diesen Jungen?“, fragte Valerie, die auf uns zukam. Ich spürte die irritierten Blicke der Dorfbewohner und mein Herz stolperte, als ich nickte.
„Das ist Luca“, wiederholte ich. „Er ist mein…Freund.“
Valerie zog eine Augenbraue hoch und wandte sich zu Luca. Sie betrachtete ihn eingehend. Die Falten auf ihrer Stirn wurden tiefer.
„Er wird wegen Diebstahl angeklagt“, erklärte sie mir. Luca's Augen zuckten beunruhigt zu mir. Mein Herz hämmerte, als ich in seinem Blick das Schuldbewusstsein erkannte.
Bevor ich den Mund öffnen und etwas zu Luca's Verteidigung vorbringen konnte, fuhr Valerie fort: „Der Rat wird darüber entscheiden.“

Kapitel 17 - Luca - Ein Hoch auf den König

Sicily hielt meine Hand noch immer fest umklammert, als fürchtete sie, dass ich mich jederzeit in Luft auflösen könnte. Beruhigend strich ich ihr mit dem Daumen über den Handrücken und schenkte ihr ein Lächeln. Ich konnte immer noch nicht fassen, dass ich bei ihr war. Dass es sie tatsächlich gab. Sie hatte recht gehabt. Sie war keine Ausgeburt meiner Fantasie, sondern ein lebender und atmender Mensch.

Ihre Haut war warm und weich. Der Wind blies ihr ihre goldenen Haare ins Gesicht und wehte ihren Geruch zu mir rüber. Sie roch nach Feuer.

Ich umfasste ihre Hand fester. Sie schenkte mir ein Lächeln. Obwohl die Umstände nicht die besten waren, war ich dankbar, dass sie hier war. Endlich bei mir.

Jetzt, wo wir zusammen waren, würden wir es auch wieder von der Insel herunterschaffen. Daran würde ich alles setzen. Ich könnte mir nicht verzeihen, wenn ihr was geschehe.

Die Wächter, die uns aufgegriffen hatten, führten uns weiter und blieben schließlich vor einem Haus stehen, das aussah, als wäre es dem Kopf von Medusa als Vorbild nachempfunden - wilde Rosenranken wucherten auf dem Dach und umrahmten die Fassade aus Sandstein.

Wir betraten das Medusahaus und trotzdem ich wusste wozu Erdelementare fähig waren, verschlug es mir den Atem. Die Glaswand, die sich von Boden bis Decke zog, war wahrlich beeindruckend. So etwas hatte ich noch nie zuvor gesehen und ich nahm mir vor, den Erdelementaren im Königreich davon zu erzählen. Meine Mutter war mit einer talentierten Glasbläserin befreundet, die dazu fähig sein sollte.

Ich hatte gar nicht genug Zeit, den Anblick, der sich mir bot, in mich aufzunehmen.

Uns folgten Männer und Frauen, die, wie ich vermutete, zum Rat gehörten. Sie zogen allesamt ein ernstes Gesicht, was jedoch nicht verwunderlich war, wenn man bedachte, dass ich sie am Abend zuvor bestohlen hatte. Ein Mann mit Narbe im Gesicht warf Sicily und mir besonders feindselige Blicke zu.

„Was geschieht nun?“, fragte ich Sicily flüsternd.

Sicily drückte meine Hand und raunte zurück: „Ich weiß es nicht. Mich haben sie Kana vorgeführt. Aber…Kana ist verschwunden.“

Sie hatten sie nur einer Person vorgeführt? „Ist sie die Vorsitzende des Rates?“, fragte ich.

Sicily schüttelte den Kopf, aber bevor sie ihre Antwort ausführen konnte, drehte sich der Mann mit der Narbe zu uns um und blaffte: „Seid still.“ Dann zu niemand bestimmten: „Das Mädchen sollte nicht bei diesem Verbrecher sein, oder“, er fuhr wieder zu uns herum, „steckst du etwa mit dem Jungen unter einer Decke?“

Sicily funkelte zurück und sagte: „Luca ist kein Verbrecher.“

Der Mann mit der Narbe schnaubte.

„Hör nicht auf ihn“, sagte Sicily zu mir. Ich musste Schmunzeln, dass sie dachte, ich würde mir die Worte von diesem fremden Mann zu Herzen nehmen und ein warmes Kribbeln breitete sich in meinem Magen aus.

Dann fuhr sie fort: „Kana ist ein Mädchen. Eine Seelie. Sie ist gestern verschwunden.“
Eine Seelie…das ergab durchaus Sinn. Es war nicht ungewöhnlich, eine Seelie in die Angelegenheiten des Rates einzubeziehen. Sie hatten die Eigenschaft, Dinge zu wissen, die sonst niemand wusste. Bevor ich nach den Fähigkeiten dieser Seelie fragen konnte, kam der blonde Mann auf uns zu, der sich zuvor mit zwei anderen unterhalten hatte.
„Kali“, sagte Sicily. „Was geschieht jetzt mit Luca?“
Kali‘s Augen wanderten über mich, dann wandte er sich wieder Sicily zu. „Das kann ich dir nicht sagen. Kana ist verschwunden, also müssen wir uns etwas neues überlegen. Ein paar der Ratsmitglieder stimmen dafür, Malou zu befragen, aber du weißt, wie mehrdeutig ihre Visionen sind.“
Sicily nickte und biss sich auf die Lippe.
„Kali“, rief einer der Männer und kam zu uns herüber. „Die anderen haben dafür gestimmt, die beiden zu verhören und vorerst wegzusperren. Wir denken, es ist das beste, das Königreich zu benachrichtigen. Sie können sich um sie kümmern.“
Sicily sah besorgt aus, aber mir fiel ein Stein vom Herzen. Das war das Beste, was passieren konnte. Sie wollten mich zurück ins Königreich bringen. Nach Hause. Das erste Mal war ich wirklich froh, dass mein Vater im Rat war und mich deswegen die meisten wichtigen Leute kannten. Nichts würde mir geschehen.

„Dann erzähl uns mal, was geschehen ist“, meinte der Mann, der sich als Kali vorgestellt hatte. Sie hatten mich aus dem Raum geführt und zunächst mit Aldrian gesprochen, während

ich mit Sicily und einigen Wachen in einem anderen Raum gewartet hatte.
Dann waren sie zu mir gekommen und haben mich misstrauisch gemustert. Ich wusste nicht, was Aldrian ihnen erzählt hatte, aber ich mutmaßte, dass er mir die Schuld in die Schuhe schob.
Also erzählte ich ihnen meine Version der Geschichte. Die Wahrheit - auch dass ich es gewesen war, der in das Dorf eingedrungen war und das Buch gestohlen hatte.
„Ich will nur nach Hause. Ich hatte nie etwas Böses im Sinn", endete ich schließlich und stellte zufrieden fest, dass die Ratsmitglieder nicht mehr so misstrauisch wirkten, wie am Anfang.
„Du bist ein Elementar…welches Element?", fragte Kali.
Ich richtete mich auf. „Wasser", sagte ich stolz, so wie jeder Elementar, der über sein Element sprach. Einige der Mitglieder lächelten, ebenfalls Wasserelementare, nahm ich an.
Währenddessen wurde Aldrian zurück in den Raum gebracht. Der Mann mit der Narbe war bei ihm und wies die Wächter grimmig an: „Sperrt ihn weg."
„Das werdet ihr nicht tun", erwiderte Aldrian und seine Augen blitzten vor Wut - eine Warnung.
Eine Sekunde später knallte es. Blaues Licht umhüllte Aldrian und dehnte sich dann explosionsartig aus.
Wärme schoss durch meinen Körper und einem Impuls folgend griff ich auf das vertraute Prickeln in meinen Adern zu. Doch statt Wassermassen schoss eine Wand aus Fels vor uns aus dem Boden, welche uns vor Aldrian abschirmte. Steinbrocken flogen in alle Richtungen, als Aldrians Magie auf die

Wand traf. Schützend stellte ich mich vor Sicily, doch keiner der Steine traf uns, als würde uns eine Schutzwand umgeben. Dann war der Angriff vorbei und jenseits der Mauer ertönten dumpfe Geräusche. Schließlich verschwand die Wand, dieses Mal nicht durch mein Können, und wir erhaschten einen Blick auf Aldrian, der aus dem zertrümmerten Raum geführt wurde.

„Hast du nicht soeben angegeben, du seist ein Wasserelementar?", keuchte Kali und wandte sich zu mir um.

„Bin ich auch", sagte ich und ließ zum Beweis das Wasser, welches durch einen Spalt aus dem Glas sickerte, in Tropfen durch die Luft schweben.

„Du kannst zwei Elemente kontrollieren?", fragte Maliksi unwillkürlich beeindruckt.

Ich kratzte mich hinter dem Ohr. „Eigentlich nicht. Ich weiß auch nicht, wo das Erdelement auf einmal herkommt."

Es war wirklich überaus seltsam. Irgendwie cool. Aber seltsam.

„Du bist ein Elementar?", fragte nun Sicily und sah mich fassungslos an.

Ich zuckte entschuldigend mit den Schultern und umfasste ihre Hand fester. „Es tut mir leid, dass ich nie was gesagt habe. Die Menschen sollen eigentlich nichts von den Legends wissen."

Sicily zog einen Schmollmund und in meinem Bauch flatterte es. Irritiert von meiner Reaktion wandte ich mich ab und runzelte die Stirn.

„Das ist merkwürdig", bedachte Kali. Ich nickte zustimmend.

Dann kam plötzlich ein Mädchen in den Saal hereingestürmt. Das Mädchen mit den violetten Augen, das mich bei dem Diebstahl des Buches beobachtet hatte.

„Malou, was machst du denn hier?“, fragte Kali. Malou ignorierte seine Frage und hüpfte auf mich zu. Bevor ich wusste, wie sie mir geschah, hatte sie die Arme um mich geworfen. Reflexartig fing ich sie auf.
„Du bist wieder da“, juchzte sie an meiner Brust. Überfordert tauschte ich einen Blick mit Sicily. Unsicher klopfte ich ihr mit der freien Hand auf den Rücken.
„Malou“, sagte eine Frau hinter ihr streng.
Malou löste sich von mir und entfernte sich gerade so weit, dass sie sich umdrehen konnte. Sie deutete auf mich, als sie sagte: „Ich habe euch doch von ihm erzählt. Das ist Luca.“
Die Frau sah verwirrt aus, während ich unbehaglich das Gewicht verlagerte. Vermutlich sprach sie von dem Diebstahl, bei dem sie mich erwischt hatte.
„Malou, du hast nie einen Luca erwähnt“, sagte nun die Frau.
Malou seufzte ungeduldig. „Doch, habe ich. Ich habe euch gesagt, die Welle kommt. Er ist der erste Elementar.“
Ich verschluckte mich und hustete.
„Der erste Elementar? Das kann nicht sein“, flüsterte Kali, während ich mich bemühte mich wieder zu fangen.
Sicily warf mir ein stirnrunzelnden Blick zu und fragte: „Was ist der erste Elementar?“
Ich öffnete den Mund, doch heraus kam nur: „Er…er…er ist…“
„Der erste Elementar ist der stärkste aller Elementare. Er kann alle vier Elemente beherrschen. Er ist unser Anführer.“
Kali tastete mich von oben bis unten mit seinem Blick ab und Erstaunen machte sich in seinem Gesicht breit.
„Aber er ist es“, beteuerte Malou.

Mittlerweile waren die Ratsmitglieder, die sich bisher in der Mitte der Kathedrale unterhalten hatten, auf uns aufmerksam geworden und sahen zu uns herüber.
Theodor löste sich aus der Gruppe und kam auf uns zu. „Habe ich das richtig verstanden? Malou behauptet, der Junge sei unser König?“
Sicily sah mit großen Augen zu mir und ich lächelte verlegen. Normalerweise genoss ich die Aufmerksamkeit, die mir zuteil wurde, aber in diesem Fall bezweifelte ich, dass die Erwartungen, die an mich gestellt wurden, berechtigt waren.
„Ich behaupte es nicht, ich weiß es“, sagte Malou und verzog wütend die Augenbrauen.
Theodor schnaubte. „Er ist ein Dieb. Kein König.“
„Das können wir doch ganz einfach feststellen. Der erste Elementar beherrscht alle vier Elemente. Soll er doch uns eine Vorführung seiner Künste geben“, schlug eine der Frauen vor.
Kali stand noch immer neben uns und sah aus, als hätte er keine Ahnung, wie er sich verhalten sollte.
Ich versteifte mich. „Das kann ich nicht. Ich bin ein Wasserelementar. Keine Ahnung, wie das mit dem Erdelement geschehen ist. Ihr irrt euch. Du irrst dich“, den letzten Teil sagte ich zu Malou. Diese zog die Augenbrauen noch enger zusammen, als wären diese Worte eine Herausforderung, der es sich zu stellen galt.
„Tu ich nicht“, sagte Malou trotzig. In dem Moment betrat eine weißblonde Frau die Kathedrale. Ihre bernsteinfarbenen Augen huschten zu uns.

„Was geht hier vor sich?“, fragte sie. „Ich habe von den Wachen erfahren, dass ihr den Hexenmeister verurteilt habt, der das Buch gestohlen hat.“
Sie blieb vor uns stehen und ihr Blick fiel auf mich. „Wer ist das?“
„Das ist Luca. Er ist der erste Elementar“, zwitscherte Malou, bevor irgendjemand anderes dazu Gelegenheit hatte.
Die Frau zog erstaunt die Augenbrauen in die Höhe und neigte den Kopf, als sie hauchte: „Unser König?“
Dann tat sie etwas, womit ich nicht gerechnet hatte: Anmutig ließ sie sich auf die Knie sinken und neigte den Kopf.
Stille senkte sich über die Kathedrale.
Schließlich räusperte sich Kali und fragte leise: „Stimmt es etwa?“
Die Frau sah auf, ihre Augen vor Ehrfurcht geweitet. Dann sagte sie: „Er ist unser König. Ich spüre die Wahrheit in den Worten.“
Dann wurde mir klar, was sie war. Eine Seelie. Mit der Fähigkeit, die Wahrheit zu erkennen.
Trotzdem sagte ich: „Sicher?“
„Ja, Hoheit. Ich bin Jalma und mein ist das Geschenk der Wahrheit.“
Ich sah hilfesuchend zu Sicily, die genauso ratlos und überfordert wirkte, wie ich mich fühlte.
Also sah ich mich in der Runde um. Niemand schien so recht zu wissen, was er tun sollte. Jalma hockte noch immer auf den Boden, deswegen räusperte ich mich und sagte: „Du kannst wieder aufstehen.“

Jalma kam meiner Aufforderung sofort nach. Nun rührten sich die anderen doch. Nacheinander fielen sie ebenfalls auf die Knie und verbeugten sich vor mir. Selbst der grimmige Mann mit der Narbe neigte den Kopf, wenn auch offensichtlich widerwillig und als Letzter.

„Ihr könnte alle damit aufhören", sagte ich laut und hoffte, dass das nicht zur Gewohnheit wurde. Ich genoss oft die Aufmerksamkeit und die bewundernden Blicke meiner Mitschüler in der Schule. Aber ich wusste noch nicht so recht, was ich von dem hier halten sollte.

Die Elementare kamen meiner Aufforderung nach, sahen mich aber immer noch unsicher an, als erwarteten sie weitere Befehle oder etwa eine Ansprache von mir.

Ihre Blicke kribbelten auf meiner Haut wie tausend Ameisen und ich wünschte, sie würden damit aufhören.

Ein lautes Magenknurren durchbrach die Stille und ich wandte mich erleichtert Sicily zu, die das Gesicht verzog.

„Hast du Hunger?", fragte ich neckend.

Sie schnaubte leise und gab zurück: „Deine Ankunft hat so eine Aufregung verursacht, dass wir keine Zeit hatten zu essen."

„Dann sollten wir das wohl nachholen", meinte ich und zwinkerte ihr zu. „Ich weiß gar nicht, wann ich das letzte Mal etwas gegessen habe."

Sicily begann zu strahlen und sagte: „Wir können zu Phillip gehen. Er ist der beste Koch der Welt."

„Das klingt fantastisch", stöhnte ich und ließ mich von ihr aus der Kathedrale ziehen.

Die Ratsmitglieder hatten sich derweilen wieder erhoben und nach einem kurzen Zögern folgten sie uns. Einige mischten sich unter die Leute und sie begannen, aufgeregt miteinander zu tuscheln. Eine kleine Gruppe bildete sich um den Narbengesichtigen, welche Sicily und mir immer wieder skeptische Blicke zuwarfen.

Schon nach dem ersten Bissen war ich davon überzeugt, dass Sicily recht hatte. Phillip hatte lediglich einige Überreste zusammengeworden, als Sicily mich als ihren Freund vorgestellt und ihn dann gebeten hatte, mir etwas zuzubereiten. Erst nachdem der halbe Teller leergegessen war, teilte ihm jemand mit, dass ich nun der König der Elementare wäre.
Phillip dann davon zu überzeugen, dass er mir nicht den Teller wegnehmen und mir ein wahres Königsmahl zubereiten musste, war harte Arbeit gewesen und hatte solange gedauert, dass meine Suppe am Ende kalt war. Schließlich hatte er sich überreden lassen und meine Beteuerungen, es wäre das beste, was ich seit langen gegessen hatte, dankend und errötend angenommen.
Nach dem Essen, führte mich Sicily durch das Dorf, wobei die Legends, denen wir begegneten, immer wieder in Verbeugungen verfielen. Etwas unbehaglich ließ ich mich von Sicily weiter ziehen und bat sie schließlich, einen abgeschiedeneren Ort aufzusuchen.
„Ich kann nicht fassen, dass wir uns endlich begegnet sind“, seufzte Sicily und warf mir einen frechen Blick zu. „Und du dachtest, ich wäre nur eine Fantasie.“

Ich schmunzelte, blieb stehen, verneigte mich albern und sagte: „es tut mir leid, dass ich jemals an dir gezweifelt habe." Dann sanfter und ernster: „ich bin froh, dass du nicht nur eine Fantasie bist."

Sicily lächelte und in meinem Bauch kribbelte es. Sicily ließ ihren Blick an mir heruntergleiten.

„Was sind das eigentlich für Narben? Die sind mir vorher noch nie aufgefallen", bemerkte sie und fuhr mit dem Daumen über eine gezackte Narbe auf meinem Handrücken. Aldrian hatte mich zwar geheilt, aber nur die neueren Wunden waren ohne Narbe zurück geblieben, bei den älteren hatte die Wundheilung und Narbenbildung bereits eingesetzt und so leichte weiße Linien hinterlassen.

„Das ist eine lange Geschichte", seufzte ich und hoffte sie ließ es darauf beruhen - was sie natürlich nicht tat.

Mit gehobenen Augenbrauen sah sie mich abwartend an. Ich seufzte und zog sie zu einem Felsen. Wenn ich ihr wirklich alles erzählen sollte, würde es eine Weile dauern. Ein ruhiges Plätzchen war dann wohl das mindeste. Dann redete ich und sie hörte mir schweigend zu. Ich begann bei dem Wasserfall und endete bei Aldrian. Dabei bemühte ich mich, die Ereignisse bei Charles möglichst kurz zu fassen, aber Sicily wurde trotzdem unruhig. Ihre Augen flatterten immer wieder besorgt über meine Narben und ihre Fingerspitzen verweilten auf der feinen Linie auf meinem Handrücken. Tränen schimmerten in ihren Augen.

Mein Herz krampfte sich zusammen, als ich sah, wie sehr sie es mitnahm, dass mir wehgetan wurde. Sie sorgte sich wirklich um mich. Bei diesem Wissen blieb mir der Atemzug in der Brust stecken.

Aber mir gefiel es nicht, dass sie weinte. Ich wollte sie trösten. Das Lächeln wieder sehen. Ich nahm ihre Hand und drückte sie sanft.

Um sie abzulenken, aber auch, weil ich ernsthaft neugierig war, fragte ich: „Wie bist du hier gelandet?“

Sie wandte ihren Blick ab und sah eine Sekunde auf das Wasser, bevor sie mir von ihren Abenteuern berichtete. Als sie zu der Explosion in Moskau kam, begann sie zu weinen. Beruhigend legte ich meinen Arm um sie und hielt sie fest, während sie mir unter Schluchzern von Kisha, Daria und Fedor erzählte.

Es dauerte eine ganze Weile, bis sie sich beruhigt hatte. Mein T-Shirt war an der Stelle, an der sie ihren Kopf an meiner Brust geborgen hatte, feucht, aber es störte mich nicht. Alles was zählte war, dass sie sich beruhigte.

Sie wollte gerade ansetzen etwas zu sagen, als Kali auftauchte. Mit einem Gesichtsausdruck, aus dem man nicht das geringste lesen konnte, sagte er: „Ich störe wirklich nur ungern, aber der Bote ist soeben eingetroffen. Er bringt Nachrichten aus Nysus.“

Kapitel 18 - Sicily - Ein Ende und ein Anfang

Der Bote war ein junger Mann mit kurzen roten Haaren, die in der Sonne wie flüssiges Feuer loderten. Er sah auf, als Luca und ich uns zu der Menschenmasse gesellten.

„Das ist er?“, fragte er an die Gruppe um ihn gerichtet. Ein Ratsmitglied nickte.

Luca blieb einige Schritte von der Gruppe entfernt stehen und da er meine Hand immer noch in seiner hielt, blieb ich ebenfalls stehen. Seine Hand...die wie auch sein Gesicht und der Rest seines Körpers kleine feine Narben aufwies. Ich war dankbar dafür, dass Aldrian den Großteil der Verletzungen geheilt hatte, bevor sie noch größere Schäden anrichten konnten.

Der Bote löste sich aus der Gruppe und verneigte sich vor Luca. Ich konnte es immer noch nicht fassen. Heute Morgen war er als Gefangener in das Dorf geführt worden und wenige Stunden später verneigten sich die Legends vor ihm. Als er aufgetaucht war, war ein kleiner Teil von mir vor allem deswegen erleichtert gewesen, dass ich nicht mehr die einzige Außenseiterin wäre. Die Einzige in dem Dorf voller besonderer Menschen, die keine Kräfte hatte - egal was Kana sagte. Aber das Gegenteil war der Fall. Luca war nicht nur ebenfalls ein Elementar - eine Tatsache, die er mir all die Jahre verschwiegen hatte - er war auch noch ihr König.

Wut und Enttäuschung wanden sich wie Würmer in meinem Magen.

Der Bote richtete sich wieder auf und sagte ehrfürchtig: „Eure Hoheit, es ist mir eine Ehre."

Luca nickte einfach nur. Ob aus Arroganz oder weil er nicht die richtigen Worte fand, wusste ich nicht.

Der Bote fuhr fort: „Ich bringe Nachrichten aus Nysus."

Die Mitglieder des Rates versammelten sich um uns, hielten jedoch respektvollen Abstand zu Luca.

„Was für Neuigkeiten?", fragte Luca und hob das Kinn noch ein wenig höher.

Der Bote schluckte. „Der hohe Rat des Königreichs der Elementare hat die sofortige Evakuierung angeordnet."

Ein kollektives scharfes Einatmen der Gruppe und sämtlicher Dorfbewohner, die zufällig nah genug standen um seine Worte zu hören, durchschnitt die nachfolgende Stille. Dann begannen sie zu tuscheln.

„Wann?", fragte einer der Mitglieder.

Der Bote warf einen nervösen Blick auf Luca und sagte: „Zur Abenddämmerung wird ein Portal geöffnet werden. Die Vorbereitungen sollten bis dahin abgeschlossen sein."

Das Murmeln wurde lauter. Die nebenstehenden Dorfbewohner gaben die Neuigkeiten an die hinter ihnen stehenden weiter. Protestrufe und Erschütterung breiteten sich aus. Mein Herz wurde schwer.

Luca's Lippe wurde unmerklich schmaler, der einzige Hinweis darauf, dass er es ebenfalls bemerkte.

„Lasst mich durch", ertönte es neben uns. Jalma versuchte sich durch die Masse zu drängen und hielt direkt auf uns zu. Als sie unseren Kreis erreichte, blieb sie schwer atmend stehen und keuchte: „Wir können nicht gehen. Kana ist noch da draußen.“ Sie zeigte auf den Wald. Maliksi und sein Suchtrupp waren noch nicht zurückgekehrt. Kana war immer noch verschwunden.

Kali legte Jalma behutsam eine Hand auf die Schulter.

Der Bote sah Jalma erschrocken an und fragte alarmiert: „Jemand ist verschwunden?“. Jalma nickte, bevor sie schluchzend den Kopf an Kali's Schulter verbarg.

Der Gesichtsausdruck des Boten wandelte sich von alarmiert zu mitleidig, als er Jalma ansah und sagte: „Es tut mir wirklich leid, ihnen das mitteilen zu müssen, aber...die Elementare, die bisher in den letzten Wochen verschwunden sind...sie sind nicht wieder aufgetaucht.“

Jalma schluchzte heftiger und Kali schloss seine Arme noch fester um sie.

„Es wird ein qualifizierter Trupp ausgebildeter Soldaten des Königreichs hierher geschickt, die dem Vorfall nachgehen, aber sie...das Dorf muss trotzdem evakuiert werden. Damit nicht noch mehr Elementare verschwinden“, erklärte der Bote sanft. Jalma weinte, aber Kali nickte und sagte leise: „Wir werden bereit sein. Zu Sonnenuntergang.“

In kürzester Zeit breitete sich das Chaos aus. Überall eilten die Menschen von Haus zu Haus, um ihre Habseligkeiten einzusammeln. Die Kinder wurden aus dem Wasser gescheucht und in trockene Kleidung gesteckt. Die Lagerfeuer wurden gelöscht. Truhen und Säcke häuften sich auf der Lichtung, wo das Portal eröffnet werden sollte.

Da weder Luca noch ich etwas besassen, was wir einpacken hätten können, setzten wir uns abseits und sahen dem Treiben zu.
Ein Mann, der vor Aufregung zitterte und stotterte, brachte Luca eine saubere Leinenhose und ein locker geschnittenes T-Shirt vorbei, die er gegen seine zerschlissene Kleidung tauschte.
Während Luca sich umzog, ließ ich meinen Blick über das Dorf gleiten. Ich würde die Zeit hier vermissen. Noch nie in meinen Leben war ich soviel unter Menschen gewesen. Zuhause war ich oft den ganzen Tag alleine, besonders in den Ferien. Ich hatte kaum Freunde, denn auch in der Schule fühlte ich mich unzugehörig, wie ein Außenseiter. Vater war nicht da und Zeit mit Charlotte zu verbringen war oftmals zu anstrengend. Der Ort, an dem ich mich am wohlsten fühlte, war immer bei Edith und Kisha gewesen. Dort fühlte ich mich akzeptiert, dazugehörig.
Ich blinzelte die Tränen aus den Augen und wandte mich zu Luca, der mittlerweile die für das Dorf typische Kleidung trug. Um mich abzulenken fragte ich: „Wie ist es in Nysus so?“
Luca sah überrascht auf, dann versteinerten sich seine Züge und eine ausdruckslose Miene legte sich auf sein Gesicht.
Ich verdrehte die Augen. „Du brauchst deine Heimat nicht mehr verheimlichen. Ich weiß jetzt von den Elementaren, weißt du noch?“ Ich seufzte. „Ich möchte gerne wissen, was mich erwartet.“
Luca nickte, seine Haltung noch immer steif. Dann seufzte er tief und seine Schultern entspannten sich, als er sagte: „Du hast ja recht.“

Ich rutschte auf dem Felsen, sodass er sich wieder neben mich setzen konnte, dann begann er mir von seiner Heimat zu erzählen und seine Augen begannen zu leuchten.

Pünktlich zu Sonnenuntergang versammelte sich das Dorf auf der Lichtung am Meer. Dumpfes Knirschen ertönte in regelmäßigen Abständen. Es stammte von den Erdelementaren, die von Haus zu Haus gingen und eins nach dem anderen dem Erdboden gleichmachten. Die Häuser aus Stein, Holz und Flechten, die aussahen, als könnten sie der Ewigkeit trotzen, verschwanden innerhalb von Sekunden zu Staub, Sand und Erde, bis schließlich nur eine flache Fläche zurückblieb.
Missmut lag in der Luft. Nicht wegen der Häuser, sondern weil die Menschen ihre Freiheit aufgeben mussten.
Endlich färbte sich der Himmel rot und das Portal erschien in der Luft. Es war anders als jenes, durch das ich auf die Insel gereist war. Dieses flimmerte, als hätte jemand Benzin in die Luft geschüttet.
Der Bote tauchte neben uns auf und verbeugte sich. Als er sich wieder aufrichtete, sagte er: „Eure Hoheit. Ihnen gebührt es voraus zu gehen."
Luca richtete sich auf und klopfte sich den Staub von der frischen Hose. Dann hielt er mir die Hand hin. „Na dann, auf geht's", meinte er und zwinkerte mir zu.
Ich griff nach seiner Hand und er umschloss sie fest, während er mich sanft zum Portal zog.

Mein Mund öffnete sich vor Erstaunen, ohne dass ich es verhindern konnte. Das war nicht, was ich erwartet hatte. Dieser

Ort hatte nichts mit der Siedlung zu tun, in der wir uns gerade noch befunden hatten. Stattdessen umgab uns Glanz, Prunk und Opulenz.
Die Halle, in der wie standen, sah aus wie das Kolosseum. Mehrere Etagen, auf verzierten Säulen gebettet, strebten in die Höhe und wurden durch eine Decke, die komplett aus Glas bestand und das Sonnenlicht hereinfallen ließ, vervollständigt. Der Marmorboden war makellos und so poliert, dass ich unser verzehrtes Spiegelbild in ihm erkennen konnte.
Doch das, was mich am meisten beeindruckte, waren die Portale. In jedem Torbogen flimmerte die Luft.
„Das sind die dauerhaften Portale", erklärte Luca und deutete auf die flimmernden Tore.
Ich ließ meinen Blick über all die Portale gleiten. Es war überwältigend. „Sie sind wunderschön", hauchte ich und Luca zuckte mit den Schultern. Ich machte einen Schritt auf das Portal zu, welches in den buntesten Grüntönen schimmerte. Luca zog mich zurück.
„Lauf auf keinen Fall in irgendwelche Portale. Du weißt niemals, wo du rauskommst", warnte Luca.
Ich hielt inne. „Weißt du denn, wo all die Portale hinführen?"
Luca zuckte mit den Schultern und antwortete: „Bei ein paar von ihnen."
Plötzlich ertönte ein Räuspern hinter uns. Ich war so fasziniert von den Portalen gewesen, dass ich gar nicht bemerkt hatte, dass sich uns eine Person genähert hatte.
„Luca. Was machst du hier?", fragte eine männliche Stimme und Luca und ich drehten uns um. Luca's Hand verkrampfte

sich in meiner, bevor er sie eilig wegzog. Sofort fühlte meine Hand sich leer an.

„Vater“, grüßte Luca den Mann, doch auch so hätte ich erkannt, dass es sich bei dem Mann vor uns um Luca’s Vater handeln musste. Sie hatten das gleiche Gesicht. Die gleichen schwarzen gelockten Haare. Die gleichen blauen Augen. Die gleiche Statur und die gleiche stolze Haltung.

Doch der Mann hatte den Mund missbilligend verzogen. Einen Gesichtsausdruck, den ich bei Luca noch nie gesehen hatte.

Luca richtete sich auf. Seine Wirbelsäule so gerade, als würde ihn eine unsichtbare Schnur nach oben ziehen. Seine Schultern spannten sich an und hinter seinem Rücken verkrampften sich seine Hände.

Luca’s Vater kam einige Schritte auf uns zu und zischte dann: „Wo warst du?“

Luca’s Augen huschten zu der Menschenmenge, die stetig hinter uns zunahm. Die Menschen aus dem Dorf.

Als Luca schwieg, verzog sich das Gesicht seines Vater’s zu einer hässlichen Maske des Zorns. Ich zuckte zurück. Eine Sekunde später hatte er sich wieder im Griff. Nur seine bebenden Nasenflügel verrieten ihn.

„Geh nach Hause. Wir sprechen später darüber“, wies er Luca an. Dann wandte er sich abrupt von uns ab und der Menschenmenge zu. Mir hatte er nicht einen Blick gewidmet.

„Geschätzte Elementare, Mitbürger unseres Königreichs. Ich bin Rami Yara und freue mich, Sie im Namen des Rates herzlich willkommen zu heißen. Wir bedauern die Umstände, die sie zu uns geführt haben, aber trotzdem möchte ich ihnen dafür danken, dass sie unserem Ruf nachgekommen sind. Wie

sie wahrscheinlich bereits wissen, haben wir derzeit vermehrt mit dem Verschwinden unserer Mitmenschen zu kämpfen.
Um unser Volk zu schützen, haben wir deshalb beschlossen, den Notstand auszurufen und alle Kolonien zurückberufen.
Sie dürfen sich natürlich niederlassen, wo auch immer sie wünschen. Es gibt einige wirklich wunderschöne naturbelassene Gegenden, die ohne Problem durch ein Portal zu erreichen sind. Außerdem…"

Luca drehte sich ruckartig zu mir herum. Die Muskeln noch immer angespannt. „Lass uns gehen", sagte er und griff nach meiner Hand.

Ich ließ mich von ihm aus dem Saal ziehen, in dem sein Vater noch immer seine Rede hielt.

Luca führte uns durch den Irrgarten aus Säulen, Portalen und Toren und schließlich ins Freie. Ruckartig blieb ich stehen. Wenn das Kolosseum bereits beeindruckend gewesen war, so war das Panorama vor mir atemberaubend.

Ein See glitzerte in der untergehenden Sonne, die zwischen den Baumwipfeln hervorblickte. Tausend bunte Feen bewegten sich wie bunte Punkte durch die Gegend. Ein Rehkitz graste im saftig grünen Gras.

Der Ausblick hatte etwas magisches und ich spürte wie sich etwas in mir regte und prickelnd durch meine Adern strömte, so berührt war ich von dem Szenario.

Luca lachte leise, als er meinen staunenden Blick sah. Dann flüsterte er dicht bei meinem Ohr: „Willkommen in Nysus."

Kapitel 19 - Luca - Home Sweet Home

„Wo gehen wir hin?“, fragte Sicily, als ich sie durch die Straßen zog.
„Nach Hause“, sagte ich und konnte das Kribbeln in meiner Magengegend nicht unterdrücken. Meinen Vater hatte ich nicht vermisst, dafür aber meine Schwestern und meine Mutter umso mehr.
Ich zog Sicily vorbei an der hohen Mauer, die den Schlossgarten umgab, als ich ruckhaft stehenblieb. Das Schloss. Mein Blut kribbelte, als ich mich zu dem majestätischen Palast umdrehte, welches sich hinter der Mauer erhob. Erst jetzt wurde mir klar, dass dieses Schloss mein war. Ich war der König der Elementare. Das prunkvolle Schloss und der weitläufige Park standen mir zu. Diese Erkenntnis war überwältigend.
„Luca?“ Sicily zog an meiner Hand und holte mich in die Gegenwart zurück. „Was ist los?“
Ich schüttelte den Kopf, wie um lästige Fliegen loszuwerden. Dann erklärte ich: „Das ist mein Schloss.“ Mit einer schwachen Handbewegung deutete ich vor uns.
Sicily verzog beeindruckt das Gesicht und fragte: „Dort wohnt ihr?“
„Nein“, erwiderte ich langsam, während meine Gedanken zu meinen Schwestern flogen. Sie würden ausrasten, wenn sie erfuhren, dass wir in dieses Schloss einziehen könnten. In ein Märchenschloss, wo sie Prinzessin spielen könnten. Wo sie

Prinzessinnen waren. Wärme ummantelte mich und ich musste lächeln. „Noch nicht“, sagte ich zu Sicily und zog sie weiter. Nun wollte ich meine Schwestern sehen.

Wir erreichten unser Haus im Ratsviertel und ich warf einen Blick auf Sicily. „Bereit?“, fragte ich sie spielerisch.

Ihre Augen wurden groß und sie fragte: „Bereit wofür?“

Ich presste die Lippen zusammen, um nicht zu grinsen. Dann antwortete ich: „Meine Schwestern werden sich auf dich stürzen.“ Sicily war neu und aufregend. Ein Mädchen aus einer anderen Welt. Zélie und Dominique würden entzückt sein.

Bevor ich den Schlüssel aus dem Versteck holen und die Tür öffnen konnte, wurde diese aufgerissen.

„Luca“, rief meine Mutter und war mit einem großen Schritt bei mir. Sie schlang ihre Arme um mich. Die Umarmung war zu fest, aber ich erwiderte sie mit der gleichen Intensität, während ich den Duft meiner Mutter einzog, der nach Holz und Veilchen roch.

Sie drückte mich noch ein letztes Mal fest, bevor sie mich losließ und mich eine Armlänge von ihr entfernt hielt. Prüfend ließ sie ihren Blick über mich wandern und ihre Augen verengten sich. Schnell verschränkte ich die Hände hinter dem Rücken, sodass das feine Narbennetz auf meinen Armen aus ihrem Blickfeld verschwand. Doch die Narben an meiner Augenbraue und an meinem Hals konnte ich nicht verstecken.

„Was ist passiert?“, fragte sie und klang dabei so gefährlich, wie eine Löwin, die ihre Jungen verteidigte.

„Nichts“, log ich. Die Lippen meiner Mutter wurden zu dünnen Linien, dann fiel ihr Blick auf Sicily und ihre Augen weiteten sich.

„Wer bist du denn?“, fragte sie neugierig, nicht unfreundlich, wie es mein Vater getan hätte.
Sicily sah zu mir, bevor sie ihre Augen auf meine Mutter richtete, ihr die Hand entgegenstreckte und sagte: „Ich bin Sicily.“
Die Mundwinkel meiner Mutter zuckten, als sie nach der angebotenen Hand griff und sagte: „Ich bin Viola. Luca’s Mutter.“
„Ich freue mich Sie kennenzulernen“, sagte Sicily und das Lächeln meiner Mutter wurde größer, herzlicher.
„Mir ist es eine Freude“, sagte meine Mutter und ihre Augen funkelten schelmisch. „Luca bringt nicht oft seine Freundinnen mit her. Du bist wohl was Besonderes.“
Mein Gesicht fühlte sich heiß an, als ich zischte: „Mama.“
Meine Mutter lachte und zwinkerte Sicily zu. Dann trat sie aus der Tür und sagte: „Kommt herein.“
Ich bedeutete Sicily voran zu gehen. Kaum war die Tür hinter uns zugeschlagen, ertönte eine Stimme: „Mama? Wer war an der Tür?“ Es war Zélie. Ihre Stimme kam aus dem Raum am Ende des Flures.
„Eine Überraschung“, rief meine Mutter zurück.
„War es der Pizzabote?“, fragte Zélie aufgeregt. Polternde Schritte erklangen und näherten sich der Flurtür.
Die Tür wurde aufgestossen. Als Zélie mich sah, blieb sie erstarrt auf der Schwelle stehen, sodass Dominique, die hinter ihr hergelaufen war, in sie hinein rannte.
Von einen Moment auf den anderen löste sich Zélie aus ihrer Starre und rannte auf mich zu. Mit einem Geräusch, das wohl eine Mischung aus einem Schluchzer und einem Lachen war, warf sie sich in meine Arme. Reflexartig fing ich sie auf und

hielt sie fest. Ich spürte wie ihre Tränen mein T-Shirt durchnässten und Schluchzer ihren Körper schüttelten. Ein weiteres Paar Arme schlang sich um mich. Ich befreite meinen einen Arm und drückte Dominique an mich.

„Was ist denn los?“, rief eine Stimme von oben. Chloe erschien am Treppenabsatz und sah überrascht auf die Szene, die sich ihr bot. Sie schlug die Hand vor dem Mund und ich lächelte ihr matt zu. Zitternd kam sie die Treppe herunter und warf ihre Arme um Dominique, Zélie und mich. Obwohl ich das Gefühl hatte erdrückt zu werden, gab es in diesem Moment keinen Ort, an dem ich mich lieber befinden würde.

„Wo warst du?“, fragte Chloe. Ihre Stimme gedämpft vor Gefühl.

„Das ist eine lange Geschichte“, seufzte ich.

„Eine Geschichte?“, fragte Zélie aufgeregt und löste sich, soweit es ihr möglich war, von mir. Ich lächelte schwach und nickte.

„Wir wollen sie hören“, rief Dominique. Dann bemerkten die Zwillinge Sicily, die sich während unserer Gruppenumarmung in die Ecke zurückgezogen hatte.

„Wer bist du denn?“, fragte Dominique und legte den kleinen Kopf schräg. Sicily schien sich etwas unwohl zu fühlen und lächelte unsicher, als sie sagte: „Ich bin Sicily.“

„Ich bin Zélie“, verkündete Zélie lauthals und löste sich nun vollends von mir um auf Sicily zuzuhüpfen. Eine Armlänge vor ihr blieb sie stehen und verkündete: „Du bist aber hübsch.“

Sicily sah komplett überrumpelt aus, als sie einen Dank murmelte.

Wir setzten uns in die Küche. Meine Mutter kramte eine Schüssel Hummus aus dem Kühlschrank und servierte frisches Gemüse dazu. Wie immer die perfekte Gastgeberin.
Zélie kuschelte sich an meine linke Seite, während Amalia es sich auf meinen Schoss gemütlich gemacht hatte.
„Was ist passiert?“, fragte Chloe, als meine Mutter sich neben sie setzte. Ihre klugen Augen waren auf mich gerichtet. Ich nahm einen tiefen Atemzug und begann zu erzählen, was seit dem Morgen, an dem ich verschwunden war, geschehen ist. Die unschönen Passagen fasste ich so kurz wie möglich, was dazu führte, dass die gesamte Erzählung eher knapp ausfiel. Als ich geendet hatte, sahen alle auf den Tisch und nagten schweigend an ihrem Gemüse.
„Und bei euch so?“, fragte ich verlegen.
„Was soll bei uns schon sein?“, keifte Chloe. „Als wir dein Bett leer vorgefunden haben, haben wir die gesamte Gegend abgesucht, aber du warst verschwunden. Dann hat uns Vater von dem Verschwinden der anderen Elementare erzählt...Wir haben uns Sorgen gemacht, du Idiot.“
„Du bist wirklich der König?“, fragte Zélie, während ihre Augen funkelten wie Saphire. Ich nickte ihr zu und wandte mich dann zu Chloe.
„Tut mir leid“, murmelte ich und hoffte, dass sie dennoch verstand, wie aufrichtig ich meine Entschuldigung meinte. Chloe sah mich weiterhin wütend an, bis ihr Blick weicher wurde und sie schließlich nickte. „Hauptsache, dir geht es gut.“
„Und du bist König“, fügte Zélie hinzu und grinste.
Neben ihr fuhr Dominique hoch und fragte aufgeregt: „Wann ziehen wir in das Schloss ein?“

Ich zuckte mit den Schultern, während meine Mutter sich erhob und zu den Zwillingen sagte: „Heute werden wir uns darüber nicht den Kopf zerbrechen, wann und ob wir umziehen. Es ist spät. Il est l'heure de se coucher.“

Wie auf Kommando, sackte Amalia's Kopf auf meine Schulter. Ich schielte auf sie herab. Ihre Augen waren geschlossen und ihr Atem traf gleichmäßig auf mein T-Shirt.

„Ach Mama“, klagte Zélie. „Ich bin noch gar nicht müde.“

Währenddessen gähnte Dominique herzhaft.

„Ihr habt morgen wieder Schule. Ihr müsst ausgeruht sein“, widersprach meine Mutter und begann den Küchentisch abzuräumen. Zélie und Dominique murrten, standen aber auf und gingen nach oben. Victoire folgte ihnen.

Ich nahm Amalia in die Arme und hob sie hoch, dann sah ich zu Sicily, bevor ich mich zu meiner Mutter wandte.

„Mama, kann Sicily hier schlafen?“, fragte ich, während ich Amalia in meinen Armen etwas höher schob, sodass ich sie leichter tragen konnte. Meine Mutter hob eine Augenbraue in meine Richtung, sodass es vor Sicily verborgen blieb. In ihren Augen war eine mütterliche Warnung.

„Im Gästezimmer?“, fragte sie und trocknete ihre Hände an dem Küchenhandtuch ab. Schon wieder wurde mir warm. Ich hoffte, dass mein Gesicht nicht rot wurde.

„Ja, im Gästezimmer“, zischte ich leise, während meine Mutter schelmisch grinste. Und sie fragte sich, warum ich meine Freundinnen nie mit hierher brachte.

„Natürlich, das Zimmer ist hergerichtet“, sagte sie und drehte sich lächelnd zu Sicily um. „Komm, mit ich zeige es dir.“

Sicily verabschiedete sich mit einem kurzen Gute-Nacht-Gruß von mir, bevor sie mit meiner Mutter aus der Küche verschwand. Ich hoffte zutiefst, dass meine Mutter nicht allzu peinlich sein würde.

Nachdem ich Amalia in ihr Zimmer gebracht hatte, machte ich noch einen Abstecher bei Chloe, die mit einem Buch auf ihrem Bett saß. Als ich eintrat, sah sie auf.
„Ich habe noch etwas für dich“, sagte ich und zog die Kette aus meiner Hosentasche, die ich, seitdem ich sie auf Ranos gefunden hatte, bei mir getragen hatte. Chloe schmunzelte und setzte sich aufrechter hin, als sie fragte: „Als Bestechung, dass ich dir nicht mehr böse bin, dass du verschwunden bist?“
„So etwas in der Art“, stimmte ich zu und bedeutete ihr, sich umzudrehen. Sie kam meiner Aufforderung nach und ich legte ihr die Kette um. Der Stein schmiegte sich in die Kuhle zwischen ihren Schlüsselbeinen.
„Danke“, sagte sie lächelnd. Ich zwinkerte ihr zu und meinte: „Sag den anderen nicht, dass du sie von mir hast. Nachher sind sie noch sauer auf mich, dass ich ihnen nichts mitgebracht habe.“
Chloe streckte die Hand aus und schloss ihre Finger um meine. „Ich bin froh, dass du wieder da bist“, murmelte sie und zog mich in eine Umarmung.
„Ich auch“, flüsterte ich an ihrem Haar.

Endlich in meinem Zimmer, ließ ich mich auf mein Bett sinken. Es war so weich, das es fast befremdlich wirkte und meinen Erinnerungen nicht gerecht wurde.

Die Tür öffnete sich und Zelie und Dominique lugten herein. Sie hatten ihre Schlafanzüge an und Dominique zog eine Decke hinter sich her.
„Können wir bei dir schlafen?“, fragte Dominique und sah mich unter ihren langen Wimpern lieb an.
„Wir beschützen dich auch, damit dich niemand mehr klaut“, fügte Zélie hinzu. Mir wurde warm ums Herz und ich musste mir ein Schmunzeln verkneifen. Stattdessen nickte ich ernst und rückte ein Stück auf dem weichen Bett zur Seite. Zélie und Dominique legten sich neben mich und schlossen lächelnd die Augen. Eine tiefe Ruhe überkam mich, als ich sie ansah. Ich war so dankbar, dass ich jetzt neben ihnen lag. Zurück bei meiner Familie.

Sonnenstrahlen kitzelten meine Nase, als ich mich gähnend reckte. Mein Körper fühlte sich merkwürdig steif an nach der Nacht. Ich war es einfach nicht mehr gewohnt, so weich zu schlafen.
Ich drehte mich um und merkte, dass Zelie und Dominique nicht mehr da waren. Wahrscheinlich machten sie sich bereits für die Schule fertig.
Ich setzte mich auf und rieb mir verschlafen die Augen, bevor ich aus dem Bett stieg und zum Fenster wankte.
Hinter den Häusern, am Ufer des Flusses, konnte ich einige Elementare erkennen, die in den flachen Gewässern standen und das Wasser zu bändigen versuchten. Der Himmel war so strahlend blau und alles wirkte so idyllisch, dass es nur schwer vorstellbar war, dass wir alle in Gefahr schwebten.

Mein Magen grummelte und ich riss mich von dem Anblick los. Langsam machte ich mich auf dem Weg nach unten. An dem schweren Holztisch saßen bereits meine Schwestern und Sicily. Die ganze Szene wirkte so normal, dass es fast lächerlich war, als wäre nie irgendwas passiert. Obwohl es mir gefiel, wie selbstverständlich Sicily in das Bild passte.
Das Frühstück verlief genau so lange friedlich, bis mein Vater in der Küche auftauchte. Eine unglückliche Überraschung. Ich war fest davon ausgegangen, dass er bereits im Rat wäre und seiner hochwichtigen Arbeit nachkam. Er blieb wie angewurzelt stehen, als er Sicily sah. Ich spannte meine Muskeln an, in der Erwartung, was kommen würde.
Mein Vater zog die Augenbrauen hoch und richtete seinen stechenden Blick auf mich: „Was macht dieses Mädchen hier?“
Meine Mutter richtete das Wort an ihn, bevor ich es konnte: „Das Mädchen heißt Sicily und sie war unser Gast für letzte Nacht. Ich wollte es dir gestern noch sagen, aber du bist erst so spät gekommen. Und heute morgen wollte ich dich noch schlafen lassen. Wo warst du noch so lange? Beim Rat?“
Mein Vater brummte und musterte Sicily. Sein Blick war so abwertend, dass ich mich zusammenreißen musste, nicht aufzuspringen und...ja und was?
„Das Mädchen ist ein Mensch. Sie hat hier nichts zu suchen“, spie er und meine Hand ballte sich zur Faust.
„Sie heißt Sicily“, sagte ich so ruhig, es mir möglich war. „Und sie hat jeden Grund hier zu sein.“
In meinem Vater flackerte die Macht auf, aber das erste Mal in meinem Leben konnte es mir nicht gleichgültiger sein. Ich war

mächtiger als er. Unzählige Male mächtiger als er. Er hatte mir nichts zu sagen. Nicht mehr.

Mit dieser Erkenntnis überkam mich eine seltsame Ruhe, die ich noch nie zuvor gespürt hatte. Als hätte ich meinen Platz gefunden, nach dem ich so lange gesucht hatte.

„Wir gehen“, verkündete ich und drehte mich zu Sicily, die überrascht die Augenbrauen hob, dann aber meiner Mutter einen entschuldigenden Blick zuwarf und meine ausgestreckte Hand ergriff.

Vor der Haustür ließ das Adrenalin nach, dass in meinen Adern gekocht hatte.

Sicily grinste. „Fühlst du dich jetzt besser?“

„Definitiv“, sagte ich und erwiderte ihr breites Lächeln. Ich verschränkte meine Finger mit ihren und zog sie hinter mir her. „Komm ich zeig dir die Stadt.“

Ich zeigte Sicily all die schönen Ecken, die unsere Stadt zu bieten hatte. Dabei fiel mir auf, dass immer wieder die Blicke der Menschen, denen wir begegneten, mir folgten. Ich konnte es ihnen nicht verübeln - wenn ich gehört hätte, dass es nach so vielen Jahren, wieder einen König gab, hätte ich auch gestarrt. Sicily ließ sich davon nicht stören, also tat ich es ihr gleich und blendete die Menschen einfach aus.

Unsere Tour endete vor dem Schlossgarten. Still standen wir vor dem eisernen Zaun, der der hohen Mauer gewichen war. „Gehen wir herein?“, fragte Sicily schließlich und legte ihre Hände auf das Gitter. Nervös sah ich mich um. Ein Passant, der mich beobachtet hatte, wich eilig meinem Blick aus. Ich

hatte das Gefühl, etwas Verbotenes zu tun, obwohl es doch genau genommen mein Palast war. Ich gab mir einen Ruck.
„Ja, lass uns reingehen“, sagte ich und musste mich räuspern, weil meine Stimme piepsiger herauskam, als ich es gewollt hatte.
Sicily schmunzelte und drückte meine Hand, bevor sie mich losließ, um nach den oberen Streben zu greifen.
„Es gibt hier bestimmt auch einen richtigen Eingang“, bemerkte ich, aber da war sie schon über den Zaun geklettert. Ich schnaubte und folgte ihr.

Wir erkundeten den Schlossgarten, welcher überraschenderweise sehr gepflegt war, als hätte er sich extra für meinen Besuch herausgeputzt. Bunte Blumen waren in kunstvollen Beeten angelegt, die die Wege begrenzten. Saftig grüne Wiesen waren zurechtgestutzt und die Bäume so angelegt, dass sie Alleen bildeten.
Zögerlich folgte ich Sicily, die voranging, alles anfasste und sich pudelwohl zu fühlen schien, während ich immer noch das Gefühl verdrängen musste, ein Einbrecher zu sein, der hier nichts zu suchen hatte.
„Gehen wir ins Schloss?“, fragte Sicily aufgeregt, als die breite Treppe in Sicht kam, die zu dem Schloss hinauf führte. Sie war aus Marmor und kunstvoll verschnörkelt. Ohne auf eine Antwort zu warten, lief Sicily die Treppe hinauf und ich folgte ihr seufzend.
Als wir schließlich vor den schweren Flügeltüren standen, hielt Sicily inne. „Glaubst du, sie sind abgeschlossen?“, fragte

sie und legte eine Hand auf den Türknauf. Sie rüttelte daran, doch nichts passierte.
Statt es dabei zu belassen, drehte sie sich zu mir um und verlangte: „Versuch du es mal.“
„Die Tür ist geschlossen. Warum sollte sie sich bei mir auf magische Weise öffnen?“, fragte ich und verschränkte die Arme vor der Brust.
Sicily verdrehte die Augen. „Weil du der König bist.“
Abwartend sah sie mich an und ich gab mich geschlagen. Ich streckte die Hand nach dem Türknauf aus, aber noch bevor ich ihn berühren konnte, öffnete sich die Tür von allein. Ich vermied es Sicily anzusehen, deren Gesicht nun mit Sicherheit einen selbstzufriedenen Ausdruck trug. Stattdessen trat ich über die Schwelle.

In dem Schloss war es kühl. Ein leichter Luftzug wehte durch den riesigen Saal. Wenigstens roch es nicht staubig.
Alles war auf Hochglanz poliert. Die goldenen Kronleuchter hingen schwer und imposant von den Decken. Nicht ein Spinnennetz verunstaltete sie.
Der Flur war aus polierten Marmor, wie auch im Kolosseum und spiegelte die hohe Decke, die sich weit über uns erhob.
Ich folgte Sicily durch die Räume und konnte mich nicht an den Gedanken gewöhnen, dass alles, was ich sah, nun mir gehören sollte.
Nachdem wir das siebte Schlafzimmer angesehen hatten (genau wie die vorherigen mit anschließendem Ankleidezimmer und großem Bad), lief mir plötzlich ein Schauer über den Rücken.

Sicily bemerkte meine Anspannung und fragte: „Was ist los?"
„Da ist jemand", flüsterte ich und zog sie in den Kleiderschrank, welcher größer war, als das Zimmer, in dem ich aufgewachsen war. Ich spürte deutlich wie sich jemand durch den Flur bewegte, dann durch das Schlafzimmer - ein Haufen Flüssigkeit, welches ich als Blut erkannte, welche durch einen Kreislauf gepumpt wurde, ein menschlicher Körper.
Die Tür zum Kleiderschrank wurde aufgerissen und gab den Blick auf einen Mann frei. Er war groß und hager und hatte trotz seines jugendlichen Gesichts mausgraue Haare, die sich um seine Ohren lockten. Seine Augen waren tiefschwarz, wie zwei endlose Löcher.
„Da sind Sie ja", rief der Mann erfreut. Seine Stimme war samtig, angenehm und sorgte dafür, dass ich mich etwas entspannte. „Ich habe Sie gesucht."
Ich runzelte die Stirn und brummte: „Hat mein Vater Sie geschickt?"
Der Mann winkte ab. „Nein, keine Sorge. Ich kenne Ihren Vater nicht. Ich bin aus eigenem Antrieb hier." Er machte eine kleine Pause, bevor er in eine tiefe Verneigung verfiel. „Ich möchte ihnen gerne meine Loyalität anbieten."
„Wie bitte?", fragte ich perplex.
Der Mann richtete sich aus seiner Verbeugung auf, hielt das Kinn aber immer noch gesenkt. „Meine Loyalität. Ich möchte Ihnen dienen." Nun sah er auf und die schwarzen Augen bohrten sich in meine. Meine Nackenhaare stellten sich auf und ich fragte: „Warum?"

„Nun. Sie sind ein Myth. Es gibt keine höhere Macht, als die Myth. Ich diene Nysus schon seit vielen Jahren und es wäre mir eine Ehre in ihre Dienste zu treten."
Ich nickte langsam.
„Wer sind Sie?"
Der Mann lächelte. „Ich bin Oliver."

Oliver kannte sich erstaunlicherweise sehr gut in dem Palast aus und führte uns zu einem der Teezimmer, in dem eine Sitzgruppe aufgebaut war, direkt vor den bodenlangen Fenstern, welche einen atemberaubenden Blick auf den Garten boten.
Oliver verschwand im Nebenraum und kam mit einem Tablett wieder, auf dem drei Tassen und eine Kanne thronten. Er stellte es vor uns auf den Tisch und schenkte uns nacheinander den goldenen Tee ein, der stark nach Kamille roch.
„Es freut mich, Sie endlich kennenzulernen", sagte Oliver, als er sich auf den freien Sessel neben uns setzte.
„Ich freue mich auch", sagte ich langsam und warf Sicily einen unsicheren Blick zu. Diese war jedoch so mit ihrem Tee beschäftigt, dass sie das gar nicht mitbekam.
„Wer genau sind sie?", fragte ich und rutschte in dem Sessel hin und her, dessen Polster so weich war, dass ich das Gefühl hatte, in ihm zu versinken.
Oliver neigte den Kopf. „Wenn Sie es erlauben, möchte ich gerne Ihre rechte Hand sein. Sie unterstützen. Ich verfüge über weitreichende Kontakte in die anderen Königreiche und über eine beachtliche Erfahrung in der Verwaltung und Führung eines Volkes. Ich habe auch schon mit ihrem Rat zusammen gearbeitet. Sie können sich dort freilich nach mir erkundigen."

„Das ist nicht mein Rat“, brummte ich und beugte mich vor, um die Finger um die Tasse zu schlingen. Sofort drang die Wärme in meine Muskeln.

„Da Sie nun der König dieses Reiches sind, ist der Rat der Ihre“, widersprach Oliver und lächelte leise. Das stimmte. Langsam stieß ich die Luft aus und nippte an meinem Tee. Die Kamille besänftigte meine Nerven.

„Dürfte ich fragen, wie weit Sie in Ihrem Training sind?“, fragte Oliver.

Ich hob die Augenbrauen. „Ich werde schon seit meiner Kindheit ausgebildet. Ich bin einer der besten Wasserelementare der Schule.“ Und dann, weil ich es mir nicht verkneifen konnte: „Sie können sich freilich nach mir erkundigen.“

An Oliver’s Mundwinkel zuckte es, als müsste er ein Schmunzeln unterdrücken. Dann sagte er: „Ihre Leistungen in der Schule sind mir bereits bekannt. Ich spreche auch nicht von der Kunst des Wasserelements, sondern von den anderen drei Elementen.“

Ich öffnete den Mund und schloss ihn wieder. Es war mir kurzzeitig tatsächlich entfallen, dass ich die anderen drei Elemente ebenfalls beherrschen konnte.

„Wenn Sie es mir erlauben: ich könnte Ihnen Unterricht bei den talentiertesten Elementaren beschaffen. Mit welchem Element würden Sie beginnen wollen?“

Erst wollte ich widersprechen und darauf aufmerksam machen, dass mein Vater im Rat war und ebenfalls sehr gut in der Lage war, mir Unterricht bei den Besten zu verschaffen. Aber wollte ich wirklich meinen Vater um Hilfe bitten? Definitiv nicht.

Ich räusperte mich und sagte: „Das wäre sehr freundlich. Vielen Dank, dass sie sich darum kümmern würden.“ Ich überlegte einen Augenblick und sagte dann schließlich: „Ich würde gerne mit dem Erdelement beginnen.“
Oliver nickte beflissen und sagte: „Das wird kein Problem sein. Ich werde mich sogleich darum kümmern. Bis dahin… brauchen Sie Hilfe beim Einzug?“

Kapitel 20 - Sicily - Begegnung am Strand

Einige Stunden später zog mich Dominique an der Hand durch das Schloss. Sie waren vor einer halben Stunde noch in ihren Schuluniformen auf der Türschwelle aufgetaucht und erkundeten seitdem aufgeregt ihr neues Zuhause. Meine Funktion war dabei, ihnen Geschichten aus der Menschenwelt zu erzählen. Sie wollten alles wissen, wie es war, auf eine Schule zu gehen, auf der keine Elemente unterrichtet wurden, was ich in meiner Freizeit tat, ob meine Schwester Charlotte plante, ihre eigene Marke aufzubauen und wenn ja ob sie helfen konnten. Ich gab mein Bestes, ihre Fragen zu beantworten und sie dabei nicht aus den Augen zu verlieren, denn sollten die Zwillinge mich alleine lassen, war ich mir ziemlich sicher, dass ich nicht mehr aus diesem Labyrinth herausfinden würde.

Oliver hatte wie versprochen bei den Umzug geholfen. Das hieß, er hatte andere Menschen damit beauftragt, die Habseligkeiten aus Luca's Haus in den Palast zu schaffen. Er hatte erwähnt, es hätte eine kurze Meinungsverschiedenheit mit dem Rat - vermutlich Luca's Vater - gegeben, aber diese sei geklärt, wobei Luca's Vater selbst noch nicht wieder aufgetaucht war. Ich war mir aber, soweit ich ihn einschätzen konnte, ziemlich sicher, dass er nicht allzu erfreut über den Umzug sein würde.

Luca hatte mir gesagt, ich könne mir ein Zimmer aussuchen. Das war lieb von ihm, aber ich wusste nicht, wie lange ich noch hier bleiben würde. Die Osterferien waren schon seit Wochen vorbei. Mein Vater musste sich Sorgen machen. Und was mit Edith geschehen war, wusste ich auch noch nicht.

Es dämmerte bereits, als die Zwillinge den Streifzug durch den Palast vorerst beendeten. Erschöpft ließ ich mich auf das plüschige Sofa fallen, welches in dem überdimensionalen Wohnzimmer im Erdgeschoss aufgebaut war. Einer der Diener, die in den vergangenen Stunden aufgetaucht waren, verkündete, dass es bald Abendessen geben würde. Ich streckte mich und seufzte, als mein Magen grummelte. Langsam richtete ich mich auf und erschrak, als Oliver plötzlich wie aus dem Nichts neben meinem Sofa auftauchte.

„Entschuldigen Sie bitte“, sagte er und neigte respektvoll den Kopf. „Würde es Ihnen was ausmachen, wenn ich mich kurz zu Ihnen setzen würde? Es geht um Edith?“

Erstaunt wippte ich zurück auf das Polster. Meine Lunge war plötzlich wie zugeschnürt, als ich fragte: „Sie kennen Edith?“

Oliver nickte und deutete auf das Sofa. Ich rutschte zur Seite, sodass er sich neben mir niederlassen konnte.

„Edith und ich sind alte Freunde. Ich kenne ihre Familie schon seit Ewigkeiten. Ich…“, er räusperte sich. „Ich war derjenige, der sie aus dem Krankenhaus abholen sollte.“

Mein Mund öffnete sich erstaunt. Das Aleksei nicht derjenige gewesen war, hatte ich mir derweilen schon zusammenreimen können, aber ich hätte nicht gedacht, dass ich demjenigen noch begegnen würde, dem die Aufgabe tatsächlich zugedacht gewesen war.

„Wo ist Edith jetzt?“, brachte ich hervor.

„Das letzte Mal, als ich mit ihr gesprochen habe, hat sie sich in der Menschenwelt aufgehalten. Nachdem ich das Krankenzimmer leer vorgefunden hatte, habe ich sie sofort in Kenntnis gesetzt. Seitdem sucht sie nach Ihnen. Aber nun, da Sie hier sind, werde ich versuchen, mich mit ihr in Verbindung zu setzen.“ Er seufzte. „Dies ist leider in jenem Moment kein leichtes Unterfangen, da sie untergetaucht ist.“
„Aber ihr geht es gut?“, fragte ich atemlos.
„Der Verlust ihrer Familie setzt ihr sehr zu. Aber den Umständen entsprechend ist sie wohlauf“, berichtete Oliver.
Ich nickte. Auch ich spürte noch immer den scharfen Schmerz, der sich seit dem Verlust von Kisha in meine Brust eingenistet hatte. Ich bezweifelte, dass er jemals verschwinden würde.
„Danke Oliver“, sagte ich, als er sich aufrichtete.
Ein Lächeln huschte über seine Züge und er neigte den Kopf.
„Immer zu Diensten.“

Als ich am nächsten Morgen aufwachte, war es totenstill im Haus. Jedenfalls im Vergleich zum vorherigen Abend, an dem Zélie, Dominique und Amalia nicht schlafen wollten, sondern aus den glatten Marmorböden eine Schlitterbahn gezaubert hatten, auf der sie sich unter verzücktem Geschrei ausgetobt hatten.
Doch nun waren die Geschwister in der Schule und lernten eifrig, obwohl ich mir sicher war, dass sie sich dort nur noch mehr Unfug ausdachten, den sie im Palast umsetzen konnten.
Luca war ebenfalls beim Training. Er hatte sich vorerst dazu entschlossen, die Schule nicht mehr zu besuchen um sich dar-

auf zu konzentrieren, die restlichen drei Elemente zu meistern. Nach den Sommerferien wolle er aber zurückkehren.
Heute war sein erster Tag, als Erdelementar. Gestern Abend hatte ich ihm noch viel Glück gewünscht. Woraufhin er grinsend meinte, er brauche es nicht. Bescheiden wie immer.
Er würde erst später wiederkommen. Also hatte ich genug Zeit, um das zu machen, was ich wollte. Immer wieder wanderten meine Gedanken zu dem Kolosseum, zu den bunten Farbwirbeln, die sich hinter den Toren verbargen. Ich hatte nicht das Bedürfnis, in Luca's Königreich zu bleiben. Die Menschen hatten uns am Vortag unentwegt angestarrt und ich hatte wenig Lust, die Erfahrung zu wiederholen. Es war wie im Dorf, sie spürten, dass ich anders war, dass ich nicht zu ihnen gehörte. Ein unangenehmes Gefühl.
Wieder dachte ich an das Kolosseum. Dort hatte ich die Möglichkeit, an fremde Orte zu reisen. Ein wenig Abwechslung. Nur kurz.
Ich schwang die Beine aus dem Bett und nahm mir vor, wieder da zu sein, bevor Luca von seinem Training wiederkam.

Auf dem halben Weg zum Kolosseum begegnete ich Phillip. Er saß auf einer Bank und starrte trübselig in die Luft.
„Was ist los?“, fragte ich und setzte mich neben ihn.
Er seufzte tief und gestand mir: „Ich weiß nicht, was ich mit mir anfangen soll.“ Er streckte seine langen Beine von sich. „Im Dorf hab ich den ganzen Tag gekocht. Hier kochen die Menschen für sich selbst oder sie kaufen sich irgendwas bei einem Imbiss.“ Er schnaubte verächtlich.

Ich sah ihn nachdenklich an und fragte: „Warum eröffnest du nicht einfach ein Restaurant?“
Phillip hob erstaunt die Augenbrauen. „Ein Restaurant? Ich weiß wie man kocht, aber von dem ganzen organisatorischen Kram habe ich keine Ahnung. Man braucht eine Gesundheitslizenz und den ganzen anderen Kram. Ich wüsste gar nicht, wo ich anfangen sollte.“
„Das kannst du doch rausfinden.“
Er winkte ab und öffnete den Mund, um etwas zu erwidern, brach dann aber ab, als etwas anderes seine Aufmerksamkeit auf sich zog. Ich folgte seinem Blick. Ein junger Mann, ein Junge, kam auf uns zu geschlendert. Blitze liefen durch meine Adern. Es war das gleiche Gefühl, welches ich auch bei Aleksei gehabt hatte.
Der Junge war vollkommen in schwarz gekleidet und seine blonden Haare standen ihm vom Kopf ab. Er blieb vor uns stehen und grinste lässig.
„Was machst du hier?“, fragte Phillip grimmig. Seine ganze Körperhaltung veränderte sich, von entspannt zu angriffslustig. Ich runzelte die Stirn und wartete ab.
Als dann aber Phillip Anstalten machte aufzustehen, packte ich ihm am Ärmel. Ich sah zwischen dem Jungen und Phillip hin und her und fragte schließlich: „Wer bist du?“
Der Junge wirkte unbeeindruckt, als er zu einer Antwort ansetzte, aber Phillip fiel ihm ins Wort. „Er ist ein Vynami“, sagte er und es klang wie eine Beleidigung. Daher wehte der Wind also. Elementare konnten Vynami nicht ausstehen.
Der Junge schmunzelte und sagte in einer gemächlichen Stimme: „Ganz recht.“

Er musterte Phillip herablassend, bevor er sich mir zuwandte und sich verbeugte. „Ich bin Seth Rios. Steht's zu Diensten."

Ich riss die Augen auf, während Phillip laut schnaubte und ein „Verschwinde" zischte.

Der Junge löste seine Augen nicht von mir. „Wie heißt du?", fragte er schließlich, als niemand etwas sagte.

Die Falten auf meiner Stirn vertieften sich, aber ich antwortete: „Ich bin Sicily"

Er lächelte so breit, dass seine weißen Zähne hervorblitzten. „Schön dich kennenzulernen, Sicily."

Phillip schnaubte erneut und dieses Mal konnte ich ihn nicht zurückhalten, als er sich aufrichtete. „Verschwinde hier", sagte er und tat einen drohenden Schritt auf Seth zu.

Dieser sah wenig beeindruckt aus, trat aber mit einem Blick auf mich zur Seite. „Wir sehen uns bestimmt bald wieder. Bis dahin, lass dich nicht von dem Bären überwälzen", sagte er und zwinkerte mir zu. Dann verschwand er flink und gewandt durch die Menschenmenge hindurch, sodass ich ihn aus den Augen verlor.

Phillip benötigte noch eine Weile, bis er sich nicht mehr unentwegt über diesen „unverschämten Vynami" aufregte. Schließlich entschuldigte er sich brummig, erklärte, er habe noch etwas zu erledigen, und stampfte mit schweren Schritten davon.

Ich blieb auf der Bank sitzen und beobachtete das Treiben. Elementare und Seelies liefen geschäftig durch die Straßen, während die Feen um sie herum flatterten. Ab und an blieb jemand stehen und hielt ein Pläuschen mit einem Ladenbesitzer oder einem Bekannten, den sie auf der Straße getroffen

hatten. Doch egal, wie beschäftigt sie wirkten, sie hatten immer Zeit, mich mehr oder weniger unverhohlen anzustarren.
Schließlich erhaschte eine schnelle Bewegung hinter den Büschen meine Aufmerksamkeit. Ich stand auf und ließ mich vor dem dichten Dickicht in die Hocke sinken, sodass ich einen Blick auf den rot-weiß getigerten Katzenkopf werfen konnte, dessen Knopfaugen mich aufmerksam musterten. Langsam, um die Katze nicht zu verschrecken, streckte ich die Hand aus. Sie schnupperte an meiner Hand und verließ dann tapsend ihr Versteck. Mit eleganten Schritten überquerte sie die Distanz und schmiegte sich dann an meine ausgestreckte Hand. Sie schnurrte.
Fasziniert fuhr ich durch ihr seidenweiches Fell. Bisher hatte ich hier nur selten Katzen gesehen. Die Legends hielten sich keine Haustiere, aus Respekt zu ihren Nachbarn, den Gestaltswandlern.
Nach einer halben Minute hatte der kleine Tiger genug. Sie strich um meine Beine, drehte sich dann um und schlich die Straße herunter. Nach wenigen Schritten hielt sie inne, drehte ihren kleinen Kopf und sah mich auffordernd an.
Verdutzt raffte ich mich auf. Sie wartete, bis ich bei ihr war, dann drehte sie sich um und führte mich quer durch die Stadt. Als ich schließlich kurz davor war, diese merkwürdige Verfolgungsjagd zu beenden, bogen wir in eine Gasse, die so schmal war, dass mein Auge einfach über sie hinweg gehuscht wäre, wenn die Katze nicht hineingelaufen wäre.
Zögerlich ließ ich meinen Blick über die Straße gleiten. Dann gab ich mir einen Ruck und zwängte mich zwischen den beiden Hauswänden hindurch. Der Weg war gerade breit genug,

dass ich laufen konnte, ohne mir die Schulter anzustossen. Es war dämmrig und roch modrig. Dies war ein Ort, wo die Sonne nicht oft hinkam und auch sonst niemand.

Die Katze stolzierte weiterhin voraus und ich setzte mich wieder in Bewegung, um ihr zu folgen. Vielleicht hatte die Katze überhaupt nicht vor, mich irgendwo hinzuführen. Vielleicht trieb sie sich nur in der Gegend herum und ich lief ihr wie ein Idiot hinterher. Aber statt umzukehren, folgte ich ihr immer weiter in die Schatten.

Nach einer gefühlten Ewigkeit brach ein Sonnenstrahl durch die staubige Luft. Ein kleiner Lichtfleck markierte das Ende des Tunnels.

Geblendet kniff ich die Augen zusammen und riss sie erst wieder auf, als die Katze laut fauchte. Strauchelnd blieb ich stehen. Wenige Schritte von mir entfernt endete der Boden abrupt in ein einem schwindelerregenden Nichts.

Es war die Schlucht, neben welcher die Stadt erbaut war. Sonnendurchflutet bot sie einen weitreichenden Blick auf die spitzen Felsen, die dort lauerten.

Die Katze saß am Abgrund und betrachtete mich ruhig, bevor sie sich umwandte und um die Ecke verschwand.

Nach einigen Minuten ertönte ein forderndes Miauen und ich schloss für einen Moment die Augen. Dann näherte ich mich vorsichtig dem Abgrund um einen Blick um die Ecke zu werfen, hinter der die Katze verschwunden war. Dabei versuchte ich es zu vermeiden nach unten zu sehen, denn mein Herz galoppierte schon genug vor Aufregung.

Der Vorsprung, auf dem die Katze balancierte war vielleicht einen Fuß breit und führte zu einer Höhle. Ich nahm einem tiefen Atemzug und folgte der Katze. So dicht wie möglich drückte ich mich am Felsen entlang und versuchte mir einzureden, dass der Vorsprung unter meinem Gewicht bestimmt nicht nachgeben würde. Als ich dann endlich auf der anderen Seite ankam, zitterte ich und bei dem Gedanken, den gleichen Weg zurückgehen zu müssen, wurde mir schlecht.

Nachdem ich mich beruhigt hatte, näherte ich mich dem Höhleneingang und spähte hinein. Ich konnte nur wenige Schritte weit sehen, bevor die Dunkelheit mir die Sicht raubte.

Ich zog mein Handy hervor und leuchtete in die Dunkelheit. Kahler Stein und noch mehr Schwärze. Nichts rührte sich.

Die Katze lief voraus und wieder folgte ich ihr. Es wurde steiler und meine Waden und Oberschenkel begannen zu brennen. Dann endete die Höhle plötzlich.

„Wo hast du mich denn hingeführt?“, fragte ich die Katze seufzend. Diese antwortete natürlich nicht, sondern sah mich nur abwartend an. Worauf sie wartete, verriet sie mir leider nicht.

Auf der Suche nach irgendwas Verborgenem leuchtete ich sämtliche Ecken ab und richtete schließlich die Taschenlampe an die Decke. Ich hielt inne und kniff die Augen zusammen, um besser sehen zu können. Dort verliefen feine Linien. Sie formten Quadrate.

Probeweise drückt ich gegen eines der Quadrate und Staub rieselte auf mich herab. Dieses Mal drückte ich etwas fester und tatsächlich - das Quadrat ließ sich bewegen. Aufgeregt steckte ich das Handy in die Tasche und hob beide Hände, um die Steinplatte anzuheben.

Es dauerte einige Sekunden, bis sich meine Augen an das helle Licht gewöhnten, dann sah ich staunend, wo ich mich befand. Ich war mitten im Kolosseum gelandet. Ich hielt die Luft an, doch nur mein Herz hämmerte gleichmäßig in der Stille.
Ich hievte die Platte höher und schob sie so leise ich konnte zurück. Sobald der Spalt groß genug war, kletterte ich durch die Öffnung. Dann wandte ich mich um, doch als ich in den Gang leuchtete, war die Katze fort.
Vorsichtig schob ich die Platte wieder an ihre Stelle und sah mir dann das Werk an. Diese Ecke war so unscheinbar, dass es niemanden auffallen würde, der nicht von dem Geheimgang wusste. Ich klopfte mir den Staub von den Schultern und wandte mich um. Ein Grinsen schlich sich auf mein Gesicht, als ich die bunten Portale betrachtete, die in fremde Welten führten.

Die Portale gab es in allen Farben des Regenbogens. Eines von einem glühenden Rot, wie das lodernde Magma eines Vulkans. Eines Violett und voller Geheimnisse. Eines senfgelb und öde.
Schließlich blieb ich vor einem Tor stehen, hinter dem sich ein Portal befand, welches sich aus den schönsten strahlenden Blautönen zusammensetzte, die ich je gesehen hatte.
Ich sah mich zu beiden Seiten um, als ich langsam auf das Portal zuging. Doch die Gänge waren noch immer verlassen. Keine Wachen oder sonstigen Überraschungen. Man sollte meinen, sie würden den Zugang zu ihrem Königreich besser bewachen. Wer wusste, wie viele Leute sich durch eventuelle Geheimgänge hinein und heraus schlichen?

Ich wandte mich zu dem Portal und streckte meine Hand aus. Fasziniert beobachtete ich, wie der Strudel aus Farben über meine Haut leckte. Es fühlte sich an, wie der Kuss der Sonne an einem eisigen Tag.
Dann überkam mich ein Kribbeln und aus der sanften Berührung wurde ein Sog, der mich vorwärts zog. Ich stolperte durch das Portal und einen Augenblick glaubte ich zu fallen. Dann war der Moment vorbei und ich taumelte einige Schritte. Mein Fuß stieß gegen einen Felsen und Schmerz schoss durch meinen kleinen Zeh. Fluchend stolperte ich gegen eine Wand. Der Fels schabte über meine Haut. Als ich sicher war, dass meine Knie mein Gewicht wieder trugen, stieß ich mich von der Wand ab und sah mich um.
Das Erste, was ich zu meiner Zufriedenheit feststellte, war, dass das Portal noch immer da war. Auf dem Felsen schimmerte es geheimnisvoll in dem einfallenden Dämmerlicht. Nicht auszudenken, was geschehen wäre, wenn ich schon wieder ohne Aussicht auf Rückkehr gestrandet wäre.
Das Zweite, was mir auffiel, war, dass ich mich an einem Strand befand. Die Luft schmeckte nach Salz und Algen und der Sand knirschte unter meinen Füßen, als ich die Höhle verließ.
Der Himmel war mit Wolken bedeckt, die so tief hingen, dass man das Gefühl hatte, man müsse nur die Hand ausstrecken, um sie zu berühren. Das dunkle Meer verschmolz mit dem Horizont. Das tiefgraue Blau wurde nur von der weißen Gischt durchbrochen.

Der kalte Wind streifte mein Gesicht und blies mir die Haare ins Gesicht. Ich zog eine Grimasse und vergrub meine Hände in den Taschen meiner Strickjacke.
Kein Mensch war zu sehen. Nur die wilde See, der grobe Sand und das hohe Gras, das wild wucherte. Dies war der perfekte Ort, um seinen Gedanken nachzuhängen und einfach alleine zu sein. Dafür hatte ich schon lange keine Zeit mehr gehabt.
Ich lief eine ganze Weile und langsam spürte ich, wie die Anspannung, die Angst und die Sorge von mir abfielen. Anstatt weiter unablässig in meinem Kopf umher zu wirbeln, rückten sie in den Hintergrund und eine Ruhe erfüllte mich. Das gleichmäßige Rauschen des Meeres wirkte wie Balsam für meine Seele, nachdem ich so viel Zeit mit den Elementaren verbracht hatte.
Nach einer ganzen Weile stieß ich auf eine Ansammlung Felsbrocken, die auf dem Sand verstreut lagen. Ich setzte mich auf einen der Felsen und ließ die Beine baumeln, während ich den Wellen zusah.
Bedächtig ließ ich meine Finger über den Stein wandern und spürte die vielen Unebenheiten. In Nysus war jeder Fels und jeder Kiesel kunstvoll geformt. Sie lebten zwar in der Natur, aber irgendwie war doch alles künstlich. Alles so perfekt. Ich seufzte und ließ meine Hand neben mir auf dem Stein liegen.

Ich war so in Gedanken versunken, dass ich gar nicht bemerkte, dass es hinter mir knirschte. Erst als ich eine Bewegung aus den Augenwinkeln wahr nahm, zuckte ich zusammen und fuhr herum. Vor mir stand ein Junge, der mindestens genauso bestürzt wirkte, wie ich.

„Entschuldigung. Ich wollte dich nicht erschrecken“, stotterte er in einem starken britischen Akzent und strauchelte einen Schritt zurück.
„Kein Problem. Ich hatte nur nicht erwartet, jemandem zu begegnen“, beruhigte ich ihn und betrachtete ihn näher. Seine schokoladenbraunen schulterlangen Haare waren in einem Knoten zusammengefasst, aber einige Strähnen hatten sich herausgelöst und umrahmten sanft sein Gesicht. Seine Arme und Beine wirkten, als wären sie eine Spur zu lang für seinen schlaksigen Körper. Seine Augen waren von einem ungewöhnlichem Violett, so leuchtend wie Edelsteine.
Verlegen verlagerte er das Gewicht unter meinem Blick und lächelte schüchtern. Wie von selbst erwiderte ich sein Lächeln und rutschte ein Stück auf dem Felsen zur Seite, sodass er sich neben mich setzten konnte. Er zögerte, kam dann aber auf mich zu, so langsam, als befürchtete er, er könnte jeden Moment eine falsche Bewegung zu machen.
Schließlich ließ er sich neben mir nieder, unter Anspannung und am äußersten Rand. Den Blick hielt er auf seine Hände gerichtet, die sich in seinem Schoss verkrampften.
Ich runzelte die Stirn und fragte: „Alles in Ordnung?“
Sein Kopf zuckte hoch und nickte eilig. Seine Augen flatterten dabei von links nach rechts, von oben nach unten, als könnte er sich nicht entscheiden, worauf er seine Aufmerksamkeit richten sollte.
„Ich bin Sicily“, stellte ich mich vor, in der Hoffnung es möge ihn etwas beruhigen. Tatsächlich löste sich die Spannung etwas aus seinen Schultern und sein Blick landete schließlich auf mir.

Er blinzelte und erwiderte dann: „Ich bin Nathaniel."

„Bist du von hier?", fragte ich und überlegte, ob es zu merkwürdig war, zu fragen, wo genau wir uns befanden. Seine Augen wanderten zu dem Hügel in der Ferne, hinter dem ich Rauchsäulen ausmachen konnte. Vielleicht ein Dorf.

In seinen Augen lag ein Schatten, als er wieder zu mir sah und dann zögerlich nickte.

Ich legte den Kopf schräg und versuchte mir einen Reim auf sein merkwürdiges Verhalten zu machen. Er machte keinerlei Anstalten mehr zu erzählen. So einen schüchternen Menschen hatte ich noch nie in meinem Leben getroffen.

Neugierig musterte ich ihn genauer. Seine schwarze Kleidung war sauber, aber schlicht. Seine Schultern gebeugt. Seine Haut blass, als würde er nicht viel Sonne sehen.

„Wie lange lebst du schon hier?", fragte ich schließlich, um die Stille zu durchbrechen.

Er zuckte mit den Schultern und murmelte: „Schon immer."

Wieder legte sich eine Stille über uns. Ich zog ein Knie an meine Brust, um mein Kinn darauf zu betten und in die Wellen zu starren.

„Du bist nicht von hier", bemerkte er. Überrascht hob ich die Augenbraue. Ich hatte nicht damit gerechnet, dass er noch einmal das Wort erheben würde.

„Nein", bestätigt ich. „Bin ich nicht."

„Da hast du Glück", murmelte er, fast so leise, dass ich ihn kaum verstand.

Ich richtete meinen Blick auf ihn und fragte leise: „Was meinst du damit?"

Nathaniel schwieg und ich glaubte nicht, noch eine Antwort zu erhalten, als er sagte: „Hier ist es einsam."
Ich lächelte traurig und flüsterte: „Im Moment bin ich auch sehr einsam."
Nathaniel lächelte und dieses Lächeln erleuchtete sein gesamtes Gesicht.
„Dann können wir ja zu zweit einsam sein", sagte er und sah auf die Wellen. Meine Mundwinkel zuckten. Der Gedanke hatte etwas Tröstliches.
„Warum bist du einsam?", fragte ich und zeichnete mit der Spitze meines Schuhs ein Muster in den Sand.
Nathaniel zuckte mit den Schultern. Zufrieden bemerkte ich, dass sie nicht mehr so steif waren, wie zu Beginn. Er entspannte sich langsam.
Nathaniel seufzte und sagte: „Ich lebe bei meiner Großmutter. Es waren schon immer nur wir zwei. Das Dorf ist...sehr klein und die meisten Bewohner sind Jahrzehnte älter als ich." Seine Augen wurden traurig und instinktiv streckte ich die Hand aus, um sie ihm auf den Arm zu legen. Seine Unterlippe zitterte und er schluckte, als er fortfuhr: „Manchmal bekommen wir Besuch. Ein Mann. Er ist...", Nathaniel brach ab und sah auf seine Hände, bevor er flüsterte: „Er macht mir Angst."
„Brauchst du Hilfe?", fragte ich besorgt. Nathaniel's Augen wurden groß und er schüttelte eilig den Kopf.
„Ich komme schon zurecht", sagte er und dann mit einem veränderten Tonfall: „Er tut mir nichts. Er ist nur einfach merkwürdig."
Nathaniel lächelte mich an. „Du musst dir keine Sorgen machen, aber ich danke dir."

Ich biss auf meine Lippe und nickte langsam. „Wenn du das sagst."
Nathaniel legte seine Hand auf meine Hand, die noch auf seinem Arm lag.
„Ich muss jetzt los. Aber ich würde mich freuen, dich wiederzusehen", sagte er. Seinen Kopf hielt er noch immer gesenkt, aber sein Blick suchte meinen. Ich lächelte. „Ich würde mich auch freuen, dich wiederzusehen."

Kapitel 21 - Luca - Von Anfang an

Ich flog durch die Luft. Dann landete ich im Matsch. Zum wiederholten Male in der vergangen Stunde. Was sage ich? Zum wiederholten Male in den vergangenen fünf Minuten.
Jeder Muskel in meinem Körper schmerzte. Erschöpft ließ ich meinen Kopf zurücksinken und spürte, wie der Matsch sich in meine Haare zog. Wer hätte gedacht, dass das Leben des König der Elementare so dreckig war?
Ein Gesicht schob sich in mein Blickfeld. Braune Augen, die von dichten Wimpern umrandet wurden und so unschuldig aussahen, wie die eines Rehes. Dieser Anblick täuschte.
Sophie warf sich den schwarzen Pferdeschwanz über die Schulter und hob die Augenbrauen. „Noch mal."
Ich ächzte, als ich mich aufsetzte. Der Schlamm klebte an meiner Hose, an meinen Händen, überall. Immerhin trainierten wir in der Nähe eines Sees, sodass ich das Wasser zu mir rufen konnte, um den Dreck abzuspülen, obwohl es nicht viel nützte. Nach der nächsten Runde würde es nicht besser aussehen.
Ich hatte einen Fehler gemacht. Als ich beim vereinbarten Trainingsplatz angekommen war und Sophie gesehen hatte, hatte ich verkündet, dass das Erdelement auch nicht schwerer zu beherrschen sein konnte, als das Wasser. Das hatte sie mir übel genommen.
Statt Aufwärmübungen zog sie mich nun seit Sonnenaufgang durch den Dreck. Meine Aufgabe war es, sie von genau dem

abzuhalten, ohne das Wasserelement zu benutzen. Das war mir bisher nicht gelungen, aber immerhin hatte ich ein Erdloch erschaffen, welches beinahe so groß war, dass ein Mensch hinein passte. Ein kleiner Mensch. Ich war unglaublich stolz gewesen, aber Sophie hatte nur geschnaubt. Außerdem war da noch die Wurzel gewesen, die ich aus dem Boden gezaubert hatte. Jedoch war ich einen Augenblick später über jene Wurzel gestolpert, also strich ich es von meiner Liste von Triumphen für diesen Tag.

„Eure Hoheit, sind sie bereit weiter zu machen?“, ertönte Sophie's Stimme. Ich rappelte mich auf und konzentrierte mich, nicht auf der glitschigen Oberfläche auszurutschen. Die ganze Situation war auch so schon peinlich genug.

Sophie baute sich erneut vor mir auf, aber als ich die Hand hob hielt sie inne. Dankenswerterweise.

„Es tut mir leid, was ich gesagt habe“, keuchte ich.

„Ich höre?“, fragte Sophie und zog die Augenbrauen hoch.

„Das Erdelement ist nicht kinderleicht“, sagte ich zähneknirschend.

Sophie's Mundwinkel verzogen sich zu einem leisen Lächeln.

„Es freut mich, dass sie zu dieser Einsicht gekommen sind. Dann beenden wir die Aufwärmübungen und gehen über zum Unterricht.“

„Das waren Aufwärmübungen?“, schnaubte ich. Sophie ignorierte es und wies mir an, ihr zu folgen.

Wir setzten uns auf ein Stück Rasen inmitten des Schlachtfelds.

„Schließ deine Augen“, wies sie mich an. Ich war so müde von dem Vormittag, dass ich ihrer Aufforderung nur allzu gerne nachkam.
„Konzentrier dich auf deine Sinne und versuche ganz ruhig zu werden“, sprach sie weiter.
Das kam mir vertraut vor. Auch in der Schule hatten sie uns damals gelehrt zu meditieren, unsere Gefühle und Gedanken zu beherrschen, in die Kraft, die uns inne wohnte, hineinzufühlen und sie willkommen zu heißen, eins mit ihr zu werden.
Ich konzentrierte mich auf die Geräusche, die mich umgaben: das gleichmäßige Summen der umherschwirrenden Feen, das leichte Rauschen des Windes, der durch die Blätter fuhr und der Gesang der Vögel.
Ich spürte das weiche Gras an meinem Knöchel kitzeln und die warme Sonne, die meine Haut wärmte.
Wie von selbst richtete ich meine Aufmerksamkeit auf den See, der nur wenige Schritte von uns entfernt war. Ein Lächeln zog sich auf meine Züge, als ich das vertraute Prickeln spürte.
Als hätte Sophie gemerkt, in welche Richtung meine Gedanken gewandert waren, sagte sie: „Ich möchte mir nicht anmaßen, zu verstehen, wie es ist, den Ruf mehr als eines Elements zu hören, aber Sie müssen lernen, sie individuell einzusetzen. Konzentrieren Sie sich nur auf das Erdelement.“
Bedauernd zog ich meine Aufmerksamkeit von dem See zurück und richtete sie stattdessen auf den Matsch um mich herum. Sofort spürte ich die Feuchtigkeit in der Erde. Ich wusste nicht so recht, ob das als Fortschritt zählte.

„Öffnen Sie die Augen“, forderte Sophie mich auf. Ich öffnete die Augen und eine weiße Rose strahlte mir entgegen. „Nehmen Sie sie.“

Ich nahm die Rose in die Hand und achtete dabei darauf mich nicht an den spitzen Dornen zu picksen.

„Spüren Sie in die Rose hinein“, wies Sophie mich an.

Ich schloss erneut die Augen und konzentrierte mich auf die Rose in meinen Händen. Doch da war nichts. Vor mir war eine Leere, die fast spöttisch wirkte. Ich seufzte frustriert.

Es dauerte eine ganze Weile, bis ich schließlich den kleinen Lebensfunken in der Rose wahrnahm. Doch als ich ihn endlich gefunden hatte, fragte ich, wie ich ihn hätte übersehen können. Er pulsierte bis tief in mein Inneres.

Ich öffnete die Augen und verkündete: „Ich spüre sie.“

„Fantastisch“, sagte Sophie, holte dann einen Dolch aus ihrer Jackentasche und schnitt der Rose die Blühte ab.

Erschüttert beobachtete ich, wie die Rosenblätter auf den Boden fielen und ich nur noch den mit Dornen besetzten Stiel in der Hand hielt.

„Warum haben Sie das getan?“, fragte ich und kam mir gleichzeitig ein wenig lächerlich vor. Es war doch nur eine Blume. Kein Grund ein solches Entsetzen an den Tag zu legen. Aber ich hatte doch gerade noch ihren Lebensfunken gespürt, welcher nun erloschen war.

„Lassen Sie sie nachwachsen“, wies mich Sophie an und ich sah sie sprachlos an. „Wie?“, brachte ich schließlich heraus.

„Konzentrieren Sie sich auf den Stiel und bringen Sie ihn dazu, erneut auszutreiben“, erklärte sie und lehnte sich an ei-

nen Baumstumpf, den sie aus dem Boden hervorgezaubert hatte.
Ich grunzte missmutig und sah die zerstörte Blume an. Dann schloss ich erneut die Augen. Das Beherrschen der Elemente erforderte Vorstellungskraft. Um ein bestimmtes Ergebnis zu erreichen, musste man es zunächst in seinem Kopf sehen.
Das Gleiche tat ich auch hier. Ich konzentrierte mich auf den Stiel und stellte mir vor, wie der Stängel erneut einen Blumenkopf bildete, der erblühte.
Mein Blut prickelte in meinen Adern und in meiner Brust summte es. Ein Geräusch wie der Schuss einer Kanone ertönte. Instinktiv schrak ich zurück und riss meine Augen auf.
Hatte die Lichtung schon vorher ausgesehen wie ein Schlachtfeld, wirkte es nun tatsächlich, als hätte eine Bombe eingeschlagen. Um uns herum waren die Bäume explodiert. Die Rinde war weggeplatzt und Blätter regneten auf uns herab.
Sophie strich sich ungerührt das Laub von der Schulter und deutete auf den Rosenstängel, den ich noch immer in der Hand hielt. „Versuchen Sie es noch einmal. Dieses Mal weniger impulsiv und mit mehr Feingefühl.“

Nach dem Training brannten meine Muskeln - ich hatte es schließlich geschafft, die Rosenblätter nachwachsen zu lassen - und ich sehnte mich nach einer deftigen Mahlzeit und meinem Bett. Doch mein Wunsch sollte nicht erfüllte werden.
Kaum war der Bedienstete fortgeeilt, um mir etwas zu Essen zu bringen, kam Oliver in die Küche geschneit.
Er verfiel in eine Verbeugung und sagte dann: „Der Rat des Königreichs erwartet Sie.“

Sofort kribbelte es in meinem Bauch. Mein Vater war gestern Abend nicht mehr aufgetaucht und bei dem Gedanken an unser Wiedersehen wurde mir kalt und heiß zugleich.
Der Bedienteste tauchte hinter Oliver auf, in seinen Händen ein Tablett mit mehreren Schüsseln und Tellern, aus denen Dampf aufstieg. Plötzlich hatte ich keinen Hunger mehr und der Geruch der Speisen lies Übelkeit in mir aufsteigen.
Ich wies den Mann an, das Essen zurück in die Küche zu bringen und folgte dann Oliver, der mich zum Ratszimmer brachte, von dem ich nicht einmal gewusst hatte, dass es so etwas gab.
Als wir in den Flur einbogen, hörte ich bereits das tiefe Stimmengewirr, welches aus dem Raum am Ende des Korridors drang. Ich erkannte einige Stimmen. Schon seit meiner Kindheit hatte ich dank meines Vaters Kontakt zu dem Rat. Die meisten Ratsmitglieder kannte ich beim Vornamen und wusste, wo sie lebten, was sie in ihrer Freizeit trieben und wer zu ihrer Familie gehörte. Das besänftigte mich ein kleines bisschen.
Oliver stieß die Tür auf und der Raum verstummte. Mein Herz stolperte, als ich über die Türschwelle schritt. Die vertrauten Gesichter wandten sich mir zu. Alle Augen waren auf mich gerichtet. Einen Herzschlag später standen sie auf und verneigten sich, so synchron, als hätten sie es geübt. Selbst mein Vater schloss sich an, obwohl ich den Widerwille in seinen Augen ablesen konnte.
Oliver geleitete mich zu dem Stuhl am Ende des Tisches und zog ihn hervor. Ich setzte mich und die Ratsmitglieder richteten sich wieder auf. Dann nahmen sie ebenfalls Platz.

Ich wich dem Blick meines Vaters aus, als ich meine Augen über die Runde schweifen ließ. Niemand sagte etwas. Sie warteten auf mich.
Ich hatte keine Ahnung, wie man so eine Ratsversammlung anfing. Ich räusperte mich. „Also…was gibt's?"
Falls meine informelle Ansprache sie stören sollte, so ließ sich niemand etwas anmerken.
Fiona, eine der jüngeren Mitglieder des Rates, ergriff das Wort: „Es geht um die verschwundenen Elementare. Wir müssen uns überlegen, wie wir gedenken vorzugehen."
„Ich dachte, es wurden Suchtrupps losgeschickt", bemerkte ich und lehnte mich in meinem Stuhl zurück. Wenn ich eins bisher gelernt hatte, dann war es, Selbstbewusstsein vorzutäuschen in Situationen, in denen man sich alles andere als so fühlte.
„Es wurden Suchtrupps losgeschickt", bestätigte Fiona. „Sie waren bisher jedoch nicht erfolgreich. Es gibt keine Spur der vermissten Elementare."
Ich nickte langsam und ein Stille legte sich über den Rat. Felix, der Sprecher der Feuerelementare, räusperte sich. „Es ist zu überlegen, die Soldaten, die auf der Suche nach den verschwundenen Elementaren sind, abzuziehen und sie für den Schutz des Königreiches einzusetzen. Damit die Elementare hier in Sicherheit sind."
„Sie meinen also, wir sollten die verschwundenen Elementare im Stich lassen?", fragte ich mit erhobener Augenbraue. Felix zuckte nicht mit der Wimper, als er erwiderte: „Bisher gibt es keine Spuren. Besonders jetzt, da die Kolonien zurückgekehrt sind, ist der Schutz des Königreichs von höchster Priorität."

Ein schaler Geschmack machte sich in meinem Mund breit. Ich dachte an Jalma, die verrückt vor Sorge um ihre Schwester war. Es gab noch andere Familien, die ihre Kinder, Geschwister, Eltern und Großeltern vermissten.
„Nein“, entschied ich. „Wir ziehen die Suchtrupps nicht ab. Jedenfalls noch nicht.“
Ich wandte mich an Justus, der Mann, der im Königreich für die Sicherheit und die Armeen zuständig war. „Befehlen Sie den Soldaten, dass sie Ausschau halten sollen nach allem, was ihnen merkwürdig vorkommt. Wir werden unsere Elementare finden und wir werden diejenigen bezahlen lassen, die für das Verschwinden zuständig waren.“

Ich zitterte noch immer vor Aufregung, als ich mich schließlich in meinem Wohnzimmer auf die Couch fallen ließ. Ich hoffte, dass ich nicht zu oft an den Ratssitzungen teilnehmen musste. Das würden meine Nerven nicht aushalten. Immerhin war ich meinem Vater erfolgreich aus dem Weg gegangen. Oder er mir. Je nach dem, wie man es sah.
Ein Diener erschien im Türrahmen und verkündete: „Sie haben Besuch.“
Bevor ich die Gelegenheit hatte zu fragen, von wem, drückte sich Emil an dem Mann vorbei.
Er kam mir noch breiter vor als sonst, als hätte er es mit dem Krafttraining während meiner Abwesenheit etwas übertrieben. Ein dickes Grinsen lag auf seinem Gesicht, als er sagte: „Hey Alter. Ich habe gehört, du wärst jetzt der King.“
Er kam mit ausgebreiteten Armen auf mich zu und zog mich in eine Bärenumarmung, bei der ich das Gefühl hatte, er würde

meine Rippen brechen. Ich japste nach Luft und drückte ihn von mir.

Emil ließ mich los und sah sich um. „Boah, coole Bude."

Ich grinste. Schon alleine Emil's Gegenwart sorgte dafür, dass die Anspannung des Tages langsam von mir abfiel. Emil machte sich nie um irgendetwas Sorgen (auch in Situationen, in denen es ernsthaft vorteilhaft wäre). Er brütete nie über die Vergangenheit oder machte sich quälende Gedanken über die Zukunft. Er lebte einfach für das hier und jetzt und das war etwas, was ich an ihm schätzte.

„Hier könnte man die besten Partys schmeißen", bemerkte Emil, während er fachmännisch das weitläufige Wohnzimmer in Augenschein nahm. „Dort bauen wir die Tanzfläche auf und da drüben die Bar."

Ich bezweifelte, dass das mit der Party etwas werden würde. Oliver hatte mir erst Stunden zuvor die Schutzvorschriften heruntergerattert, die für die königliche Familie vorgesehen waren. Und ich hatte gedacht, ich könne nun tun und lassen, was ich wollte. Weit gefehlt.

Das Schloss glich einem Hochsicherheitstrakt.

Nachdem Emil mit der Inspektion meines Wohnzimmers fertig war, ließ er sich neben mich auf die weiche Ledercouch fallen.

„Ich habe gehört, du hast dir ein Mädchen angelacht, das bei dir wohnt", meinte Emil und wackelte mit den Augenbrauen.

Mit Emil über Mädchen zu reden war nichts neues, aber bei Sicily war es etwas anderes. Ich hatte keine Ahnung, wie ich über sie sprechen sollte, ohne rot zu werden.

Als ich schwieg, legte Emil den Kopf schräg und fragte: „Was ist denn los? Willst du sie mir nicht vorstellen?"

Eigentlich nicht. „Ich glaube, sie ist gar nicht zuhause", sagte ich ausweichend, während mir gleichzeitig bewusst wurde, dass das sogar stimmte. Seit gestern Abend hatte ich Sicily nicht mehr gesehen.
Emil musterte mich, bevor er mit den Schultern zuckte und sich dem übergroßen Fernseher zuwandte. Er schnappte sich die Fernbedienung und schaltete sich durch die Kanäle, während er mir den neusten Tratsch der Schule erzählte.

Meine Schwestern kamen bald darauf nach Hause und verdrängten uns von dem Sofa. Wir verzogen uns in die Küche, wo meine Mutter den Köchen bei der Zubereitung des Abendessens zusah. Ihre Hände zuckten unruhig, als hätte sie das Bedürfnis, dem Küchenjunge, der die Karotten klein schnitt, das Messer aus der Hand zu reißen und selbst ans Werk zu gehen.
Doch meine Mutter war nicht die Einzige, die die Küche belagerte. Neben ihr standen Oliver und Valerie, die sich unterhielten, als wir eintraten. Als Oliver mich jedoch sah, wandte er sich strahlend um und gestikulierte zu Valerie, während er sagte: „Valerie ist da." Offensichtlich.
Valerie drehte sich ebenfalls zu mir und verbeugte sich tief. „Mein König. Es ist mir eine Ehre."
Emil schnaubte erheitert, was ihm einen scharfen Blick von Oliver einbrachte, aber mich störte es nicht. Ich war erleichtert, dass Emil mich nicht anders behandelte, als sonst.
Valerie erhob sich aus ihrer Verbeugung. Nun, da sie sich wieder aufgerichtet hatte, wurde der Blick frei, auf den Dolch, der an ihrer Hüfte baumelte. An dem Küchentresen lehnte ein

Speer - ihre bevorzugte Waffe. Jedoch war ich mir sicher, dass sie noch mehr Waffen trug, jene, auf die mir der Blick verwehrt war.
Während Oliver mir die Sicherheitsregulierungen für meine Familie verkündet hatte, hatte er mir auch erklärt, dass ich einen Leibwächter benötigen würde. Zumindest solange ich meine Fähigkeiten noch nicht hundertprozentig unter Kontrolle hatte und meine Verteidigung somit noch eingeschränkt war. Ich hatte Valerie ausgewählt. Sie war diejenige gewesen, die Aldrian und mich nach dem Diebstahl des Buches gefunden hatte. Schon vom ersten Moment war ich von ihr beeindruckt gewesen und auch Oliver hatte mir bestätigt, dass sie eine äußerst talentierte Kämpferin war, die selbst viele der muskelbepackten und erprobten Männer in die Knie zwang. Valerie würde also mein Schatten sein und mir überall hin folgen. Deswegen warf ich Emil einen warnenden Blick zu, als er Valerie langsam von oben bis unten musterte.
Bevor er jedoch etwas sagen konnte, kam Chloe in die Küche geschneit und Valerie war mit einem Schlag vergessen. Emil's ganzes Gesicht hellte sich auf, als er Chloe in Augenschein nahm. Sie trug eine Jogginghose und ein loses T-Shirt, welches ihr locker über die Schulter fiel. Ihre Haare waren in einem unordentlichen Dutt zusammengefasst und sie widmete Emil nicht einen Blick.
„Wie lange noch, bis es Abendessen gibt?“, fragte Chloe und sah einem der Köchinnen neugierig über die Schulter.
„In einer halben Stunde sollte das Essen soweit sein“, antwortete diese.

Chloe dankte ihr murmelnd und setzte sich dann neben meine Mutter an den Tisch. Neben mir war Emil zu Salzsäule erstarrt und ich wandte mich seufzend von ihm ab.

Mein Blick landete auf Valerie, die ebenfalls den Blick nicht von meiner Schwester wenden konnte. Doch anders als Emil, der Chloe mit einem fast verträumten Ausdruck musterte, sah sie alarmiert aus.

„Ist etwas?“, fragte ich Valerie.

Valerie hob die Hand und zeigte auf Chloe’s Hals. „Woher hast du die Kette?“

Chloe sah an sich herab, dann zu mir. „Luca hat sie mir geschenkt“, erwiderte sie verwundert.

Valerie’s Blick schoss zu mir. Ihr Gesicht war erstarrt. „Woher haben Sie die Kette?“, fragte sie bemüht respektvoll.

Ich spürte die Augen von Emil und meiner Mutter auf mir.

„Ich habe sie gefunden“, antwortete ich zögerlich, während ich versuchte herauszufinden, was vor sich ging.

Valerie klärte uns auf: „Die Kette hat Kana gehört.“

Der Rat wurde informiert. Jalma wurde informiert. Maliksi war bei ihr, als sie bei mir eintrafen. Ich hatte nicht gewusst, dass sein Suchtrupp mittlerweile wieder von der Insel zurückgekehrt war.

Alle stellten Fragen; wollten wissen, wo ich die Kette gefunden hatte, ob es Spuren einer Entführung gab oder etwas, dass auf einen Kampf hingedeutet hatte, aber ich konnte ihnen keine befriedigenden Antworten geben. Ich hatte die Kette gefunden. Es gab keine Spuren, die auf eine gewaltsame Entführung hingedeutet hatten.

Am Ende der Besprechung waren wir genauso schlau wie vorher.
Die letzten Ratsmitglieder verschwanden, als Sicily im Türrahmen auftauchte. Ohne uns einen Blick zuzuwerfen lief sie in die angrenzende Küche und kam dann mit einem vollen Teller wieder heraus.
Ich setzte mich neben sie an den Esstisch. „Wo warst du denn den ganzen Tag?“, fragte ich und stützte meine Ellbogen auf dem Tisch auf. Sie zuckte mit den Schultern und antwortete mir nicht.

Kapitel 22 - Sicily - Eine schlechte Idee

In den folgenden Tagen schlich ich mich fast täglich an den Strand um mich mit Nathaniel zu treffen. Im Königreich der Elementare hatte ich immer mehr Gefühl, keine Luft mehr zubekommen, als würde es mir den Brustkorb abschnüren. Ich gehörte hier nicht her. Das spürte ich bis tief in die Knochen.
Bei den Ausflügen nach England hingegen konnte ich wieder frei atmen. Es war zwar immer noch nicht das Dazugehörigkeitsgefühl, nachdem ich mich sehnte, aber immerhin etwas wie Freiheit.
Derweilen versuchte Luca sein Königreich zu führen. Valerie folgte ihm überall hin und wenn er nicht trainierte, dann war er mit Regierungsaufgaben beschäftigt. Mir quoll es schon zu den Ohren heraus, soviel redete er über sein Königreich. Ich wünschte mir sehnlichst die Zeit zurück, in denen alles noch normal war, in denen ich mit Luca über alles reden konnte und er zuhörte.

Als ich an unserem Treffpunkt ankam, war Nathaniel noch nicht da. Seufzend ließ ich mich auf einen der Steine sinken und schaute auf die Wellen.
Es war hier so friedlich und unperfekt, dass ich beinahe die Welt, die ich zurückgelassen hatte, vergessen konnte. Der grobkörnige Sand ergoss sich unregelmäßig über den Boden und dazwischen spross Unkraut hervor. Das Gras war zu lang

und zu trocken, um kunstvoll verwildert zu wirken. Der Himmel wurde von grauen Wolken verdunkelt, nicht wie im Königreich der Elementare, wo die Wolken so flauschig waren wie Zuckerwatte.
Ich wünschte mir noch immer, dass ich einfach in diese unperfekte Welt zurückkehren könnte. Dass sich das hier alles nur als ein wilder Traum herausstellte, obwohl ich wusste, dass das mehr als nur unwahrscheinlich war. So kreativ war mein Unterbewusstsein selbst im Traum nicht.
Und dazu kam, dass ich Luca schrecklich vermisste. Ich sah ihn jeden Tag und doch war er so fern, als befände er sich auf der anderen Seite der Erde.
Ich vermisste unsere Gespräche, die von belanglosen Kleinigkeiten bis hin zu philosophischen Streitfrage reichten. Ich vermisste das Gefühl, nicht alleine zu sein. Ich vermisste tatsächlich die Zeit, als er mich noch für ein Hirngespenst seiner Fantasie gehalten hatte.
Missmutig presste ich meinen Kiefer zusammen und versuchte die Tränen zu unterdrücken. Sie würden ja auch nichts daran ändern.
Wenn ich doch wenigsten auch Kräfte hätte, dann sähe die Welt anders aus. Ich würde mir nicht so fehl am Platz vorkommen.
Seitdem mir Kana vorhergesagt hatte, dass ich etwas Besonderes sei, hatte ich darauf gewartet, dass etwas geschah. Doch das tat es nicht. Mir kam es vor, als wäre es eine Ewigkeit her und mittlerweile war meine Hoffnung fast erloschen.
Diese ganze Geschichte hat mir nicht nur Luca genommen. Kisha, Fedor und Daria wären noch am Leben, wenn sie keine

Legends gewesen wären. Edith wäre nicht in der Welt verschwunden, falls sie denn überhaupt noch lebte, sondern wäre an meiner Seite.

Der Sand neben mir knirschte und ohne hinzusehen wusste ich, dass sich Nathaniel neben mich setzte. Seine Bewegungen waren mir mittlerweile so vertraut, als würde ich ihn schon seit Ewigkeiten kennen.

„Was ist los? Du schaust so missmutig“, bemerkte er und zog seine Knie an die Brust, sodass der Sand von seinen Füßen rieselte. Ich sah den kleinen Körnchen zu, wie sie im Sandmeer verschwanden.

Wie gerne wollte ich ihm alles erzählen. All meine Gedanken und Gefühle. Alles, was mich bedrückte. Doch ich war mir sicher, er würde mich für verrückt halten. Ich hätte es jedenfalls getan, wenn mir jemand von Elementaren, Feen, anderen magischen Wesen und einer Parallelwelt, in der sie alle lebten, erzählt hätte. Ich zögerte.

„Es ist nur…“, begann ich und brach ab. Ich würde ihm eine Sache verraten. Eine Sache, die im Verhältnis zum Rest nicht allzu verrückt war. „Meine Tante ist verschwunden.“

Nathaniel sah mich bestürzt an. Er blinzelte einige Male, bevor er sich schließlich räusperte und sagte: „Das tut mir leid.“

Ich spürte, wie Nathaniel sich neben mir bewegte und eine Sekunde später schlang er mir einen Arm um die Schulter und umarmte mich unbeholfen. Dankbar ließ ich mich in seine Umarmung sinken und nahm den Trost in mich auf, den er mir spendete.

„Wie…wie ist sie denn verschwunden?“, fragte Nathaniel und strich mit der Hand über meinen Rücken. Ich erzählte ihm von dem Anschlag in Moskau. Davon, dass ihre Familie - meine Familie - im Feuer ums Leben gekommen war und ich dem ganzen nur knapp entkommen war. Davon, dass ich seitdem meine Familie nicht wieder gesehen hatte. Davon, dass Edith seitdem auf der Suche war nach denjenigen, die für den Anschlag verantwortlich waren. Davon, wie sehr ich sie vermisste.

An einigen Stellen änderte ich die Geschichte ein wenig ab, sodass ich die Legends nicht mit einem Wort erwähnte.

„Wir können sie suchen gehen“, meinte Nathaniel schließlich, seine Stimme gedämpft an meiner Schulter.

Ich machte ein Geräusch zwischen einem Schluchzer und einem Lachen und meinte: „Ich weiß gar nicht, wo ich beginnen sollte.“

Nathaniel überlegte kurz und sagte: „Wir können in Moskau anfangen. Selbst, wenn sie ihr Telefon nicht mitgenommen hat, wird sich doch irgendwo eine Spur finden, die darauf hinweist, wo sie hin sein könnte.“

Ich hob den Kopf von Nathaniel's Schulter und sah ihn mit verquollenen Augen an, als ich fragte: „Würdest du das wirklich tun?“

Nathaniel lächelte sanft und hob die Hand, um mir eine Strähne hinter mein Ohr zu streichen. „Es wäre die perfekte Ausrede, endlich aus diesem Kaff herauszukommen“, sagte er leise und zwinkerte mir zu. In meinem Bauch wurde es warm und, ohne das ich es wollte, verzogen sich meine Mundwinkel zu einem kurzen Lächeln.

Als Antwort darauf strahlten seine violetten Augen noch ein bisschen mehr, bevor sie schließlich langsam zu meinem Mund wanderten.
Mein Herz setzte für einen Augenblick aus, bevor es in einen Galopp verfiel, der mir das Gefühl versetzte, es wolle aus meiner Brust springen.
Nathaniel beugte sich vor und seine Lippen streiften meine. Eine flüchtige Berührung, die Schmetterlinge in meinem Bauch hinterließ.
Nun brach das Grinsen vollständig aus mir heraus. Nathaniel erwiderte es mit glänzenden Augen und dieser Anblick verzückte mich sosehr, dass ich mich erneut zu ihm nach vorne lehnte und seine Lippen mit meinen berührte. Dieser Kuss war fester und Nathaniel zog mich näher an sich.
„Also laufen wir zusammen weg?“, fragte er schelmisch, als er sich von mir löste.
„Das ist eine schlechte Idee“, erwiderte ich schmunzelnd und schlang die Arme um seine Mitte, um mein Gesicht an seiner Brust zu vergraben. „Aber die Beste, die ich seit langem gehört habe.“

Ein Hochgefühl hatte sich in meinem ganzen Körper ausgebreitet. Die Entscheidung, endlich etwas zu tun und nicht länger herumzusitzen, berauschte mich förmlich. Und dann war da natürlich noch der Kuss gewesen.
Der Sand knirschte unter meinen Füßen und ich stolperte über den gleichen Stein, an dem ich auch schon meinen Zeh gestossen hatte. Meinen Kopf hatte ich irgendwo zwischen den Wol-

ken verloren. Dabei brauchte ich doch gerade jetzt meine gesamte Konzentration.
Gleich morgen würden wir aufbrechen. Ich hatte nicht viele Dinge und sie zusammen zu packen würde nicht lange dauern. Wenn ich noch länger bleiben würde, würde mich nur die Aufregung lebendig auffressen und im schlimmsten Fall würde noch jemand was davon mitbekommen. Mich hielt nichts in Nysus. Das Beste war so bald wie möglich aufzubrechen.

Ich war so in Gedanken versunken, dass ich die Schritte, die von den dicken Wänden des Kolosseums widerhallten, erst gar nicht bemerkte, bis sich dann eine dröhnende Männerstimme unter sie mischte: „Es hat Stunden gedauert, ihn aus der Erde zu graben. Ein Wunder, dass er überhaupt noch lebt." Der Mann schnaubte und fügte hinzu: „Obwohl die Tatsache, lebendig begraben worden zu sein, ihn nicht so sehr beschäftigt, wie der Verlust seiner Forschung. Er hat geschimpft wie ein Spatz."
Ich kauerte mich hinter eine Säule und wagte es kaum zu atmen. Die Schritte waren nun nur noch wenige Meter von mir entfernt.
„Das war zu erwarten", sagte eine weibliche Stimme. „Er hat so viel Arbeit in das Unterfangen hereingesteckt."
Ich stutzte. Die Stimme kannte ich. Sie gehörte Valerie.
„Verrückter Forscher, aber beeindruckend", stimmte der Mann Valerie zu. Meine Lunge verkrampfte sich in einem stummen Schrei nach einem neuen Atemzug. Aber ich traute mich erst wieder Luft zu holen, als die Schritte in dem Gemäuer verschwanden. Kaum war ich sicher, dass sie sich weit genug

entfernt hatten, schlich ich vorsichtig um die Ecke, hob die Steinplatte an und verschwand im Gang.

Kapitel 23 - Luca - Der Traum von der Wirklichkeit

Verwirrt blinzelte ich in die aufgehende Sonne. Ich lag in meinem Bett. Das weiße Lacken hatte sich in meinen Beinen verwickelt.

Ich rieb mir müde die Augen, als ich an den komischen Traum zurückdachte. Er war mir so real vorgekommen, dass ich schwören könnte, dass ich soeben noch durch die Stadt gelaufen war und die Sonne auf meiner Haut gespürt hatte. Der Geruch vom Meer hing mir immer noch in der Nase, als ich versuchte, mich an die Einzelheiten meines Traumes zu erinnern.

Ich war durch eine schmale Gasse gegangen, die zu der Schlucht führte und dann hatte ich einen weiteren Gang gefunden. Einen geheimen Gang, der zum Kolosseum führte. Ich war so aufgeregt gewesen.

Ich warf einen prüfenden Blick auf die Uhr, die über der Tür hing. Wenn ich mich beeilte, könnte ich es bis zu der Stelle schaffen, bevor Sophie mich zum Training erwartete.

Aufgeregt sprang ich aus dem Bett, warf mir ein paar Klamotten über und öffnete die Tür, wo ich fast in Valerie reingelaufen wäre. Ihre Augenbrauen schossen nach oben und sie stieß sich von der Wand neben meiner Tür ab, an der sie gelehnt hatte. Nach der Versammlung am gestrigen Abend hatte ich sie nicht mehr gesehen. Die Sache um Kana hatte sie mitgenommen. Natürlich war sie mitgenommen. Sie kannte Kana seit ihrer Geburt, hatte sie aufwachsen sehen. Es konnte nicht

leicht sein, so jemanden verschwunden zu wissen und keine Ahnung zu haben, ob man ihn jemals wieder sehen würde.
Valerie trug frische Kleidung und sah wach aus, obwohl ich mir sicher war, dass sie heute Nacht nicht sonderlich gut geschlafen haben konnte.
„Guten Morgen, Eure Hoheit“, grüßte sie und verbeugte sich kurz.
„Guten Morgen“, erwiderte ich und drängt mich an ihr vorbei zur Treppe. Valerie folgte mir lautlos, wie ein Schatten, als ich die Stufen hinunter tapste.
Ich machte mich ohne Umschweife auf den Weg in die Innenstadt. Die Sonne tauchte alles in ein rötliches Gold und zeichnete den ruhenden Bäumen und noch schlafenden Häusern lange Schatten. Es war nicht weit, bis zu der Stelle, die ich in meinem Traum gesehen hatte. Valerie schwieg während des ganzen Weges. Sie fragte weder nach weiteren Informationen bezüglich der Kette, noch fragte sie, wo wir hingingen. Ihre Augen huschten hin und her auf der Suche nach versteckten Gefahren.
Diese ließen jedoch auf sich warten und wir erreichten die Gasse ohne irgendwelche Zwischenfälle. Der schmale Gang war mir noch nie zuvor aufgefallen, obwohl ich schon viele Male an ihm vorbei gelaufen war. Dunkel, noch unberührt von der Morgensonne, lag er vor uns.
Ich straffte die Schultern und lief hinein. Der Geruch von Morast und feuchtem Stein umschloss uns wie eine Wolke. Meine Haut prickelte bei dem Gedanken, dass es tatsächlich wie in meinem Traum war. Wie konnte das sein? War das eine Fähig-

keit, die mit dem royalen Blut einherging? Orte meines Königreichs sehen, ohne dass ich sie je bereist hatte?

Endlich kam die Sonne in Sicht. Vorsichtig, da ich wusste, was mich erwartete, bewegte ich mich auf die Öffnung zu und blieb ehrfurchtsvoll stehen, als sich die Landschaft vor mir ergoss.

Die Sonne war höher gestiegen und tauchte alles in ein goldenes Licht. Es wirkte wie gemalt. Valerie zog überrascht die Luft ein. Direkt vor uns ging es steil nach unten.

Mein Blick wanderte weiter zu dem Vorsprung, hinter dessen Ecke sich der Geheimgang verbarg. Als ich mich auf den Rand zubewegte, umfasste Valerie meinen Arm.

Ihr aufmerksamer Blick bohrte sich in meinen, als sie fragte: „Was machen Sie da?"

„Hinter der Ecke ist ein Geheimgang", erläuterte ich und wand mich aus ihrem Griff. Das war jedoch nicht so leicht, wie gedacht. Sie war stark.

„Würden Sie mich bitte loslassen?", fragte ich und drückte die Schultern zurück. Valerie blinzelte und ließ dann langsam meinen Arm los.

Bevor sie mich wieder zurückhalten konnte, trat ich auf den Vorsprung. Ich hatte keine Höhenangst, aber trotzdem machte sich ein flaues Gefühl in meinem Magen breit, als ich in den Abgrund sah, der unter mir klaffte. Valerie atmete zischend ein und folgte mir dann, geschmeidig wie eine Katze.

Wir kamen beide sicher auf der anderen Seite an. Valerie sah etwas verstimmt aus, sagte aber nichts, als ich mich weiter in die Höhle vorwagte. Ich wünschte mir, ich könnte bereits das

Feuerelement beherrschen. Eine Flamme wäre hilfreich gewesen in dieser stockfinsteren Dunkelheit.
Valerie zog ihr Smartphone hervor und schaltete die Taschenlampe ein. So ging es natürlich auch. Der Abenteuercharakter wurde dadurch aber erheblich geschmälert. Ich machte mir eine mentale Notiz, Emil die Höhle zu zeigen. Er würde begeistert sein.
Der Gang endete genauso abrupt wie in meinem Traum. Meine Hände wanderten wie von alleine zu der Decke und drückten. Valerie neben mir bewegte sich und zusammen schoben wir die Steinplatte zur Seite.
„Warte hier“, sagte Valerie und drängt sich durch die Öffnung, noch bevor ich etwas erwidern konnte.
Ich kletterte ihr hinterher. „Das ist unglaublich“, sagte sie, als ich den Kopf durch die Öffnung steckte. Obwohl ich schon gewusst hatte, was mich erwartete, erstaunte es mich. Nie hätte ich gedacht, dass es einen Geheimgang zum Kolosseum geben würde.
Es war noch kühl von der Nacht, aber die Sonnenstrahlen funkelten bereits auf dem verzierten Marmor.
„Woher wusstest du…?“, fragte Valerie völlig fassungslos.
„Ich habe davon geträumt“, erwiderte ich, während ich mich umsah. Ich folgte meinem Bauchgefühl, als ich um die Ecke bog und mich vor einem blauen Portal wieder fand, welches einen Geruch von Algen und Meeresmineralien verströmte.
„Wir müssen dem Rat Bescheid sagen. Der Geheimgang muss verschlossen werden“, sagte Valerie beunruhigt und zog ihr Smartphone bereits hervor. Während sie telefonierte, schaute ich mich weiter um. In dieser Ecke war ich noch nicht gewe-

sen. Das Portal der Schule befand sich in der Nähe des Eingangs und es war Schülern nicht gestattet, ohne Grund weiter in das Kolosseum vorzudringen.
„Eure Hoheit“, rief Valerie und riss mich so aus meinen Erkundungen. Sie trat an meine Seite. „Der Rat ist unterwegs. Wir treffen uns vor dem Kolosseum mit ihnen.“
Ich nickte und folgte Valerie aus dem Kolosseum heraus. Die Wachen, die an dem Eingang positioniert waren, sahen verwirrt auf, als wir ins Freie traten.
Einige Ratsmitglieder hatten sich bereits auf dem Platz vor dem Kolosseum eingefunden und unterhielten sich angeregt. Als sie mich sahen, brachen sie abrupt ab und verfielen in ihre Verbeugungen.
Sie erhoben sich wieder und Valerie verkündete: „Der Geheimgang mündet im Ostflügel.“
Stimmengewirr erhob sich. Alle wollten jenen Gang mit eigenen Augen sehen und so machten wir uns wieder auf in das kalte Gemäuer und zeigten den Ratsmitgliedern die lose Fliese, unter der sich das schwarze Loch verbarg.
Sofort wurde es laut und ich stellte mich etwas abseits. Der Rat war so in seine Diskussion vertieft, dass er komplett vergass, dass ich - ihr König - anwesend war. Aber das war mir recht. Ich wollte gar nicht einbezogen werden in die Entscheidung, was nun geschehen sollte. Meine Gedanken kreisten immer noch um die Frage, woher ich überhaupt von dem Geheimgang wissen konnte. Woher war der Traum gekommen? Vielleicht würde ich Oliver später danach fragen. Er schien für alles eine Antwort zu haben.

Nach einer Viertelstunde einigte sich der Rat auf einen Tenor. Sie wollten den Tunnel verschließen. Die Sicherheitsbedenken waren zu weitreichend, als das er weiter bestehen konnte. Des Weiteren sprach sich Justus dafür aus, dass mehr Wachen im Kolosseum abgestellt werden sollten. Niemand widersprach ihm.

Als mein Telefon klingelte, richteten sich alle Augen auf mich, als wäre ihnen soeben erst wieder aufgefallen, dass ich auch da war. Sophie stand auf dem kleinen Bildschirm. Ich nahm ab.

„Wo sind Sie?“, erklang die Stimme an meinem Ohr. Ich sah hinauf zur Sonne und stöhnte. Das Training hatte bereits angefangen. Das ganze hatte doch länger gedauert, als ich gedacht hatte.

„Ich bin sofort da“, erwiderte ich und hörte nur ein Grummeln, bevor Sophie auflegte. Als ich mich umwandte, sah ich mich den erwartungsvollen Blicken des Rates entgegen.

„Verschüttet das Ding“, sagte ich eilig und verließ das Kolosseum im Laufschritt.

„Sie sind zu spät“, meinte Sophie und erhob sich von der dicken Wurzel, auf der sie gesessen hatte. Kaum stand Sophie, verschwand die Wurzel in der Erde, als hätte sie nie existiert. Irgendwann würde ich das auch können.

Nach dem Training machte ich mich auf den Weg nach Hause. Seit meinem Traum hatte ich das dringende Bedürfnis mit Sicily zu sprechen.

Valerie folgte mir wie ein Schatten, als ich das Wohnzimmer betrat.
Chloe lümmelte auf der Couch. „Weißt du wo Sicily ist?", fragte ich ohne Begrüßung.
„In ihrem Zimmer", sagte diese, während sie sich noch eine Handvoll Chips in den Mund stopfte. Ich dankte ihr und polterte kurz darauf die Treppe hinauf. Dann fand ich mich vor Sicily's Tür wieder. Mein Herz pochte aufgeregt, als ich die Hand hob und klopfte. Ich wusste gar nicht, warum ich so nervös war. Es gab keinen Grund dafür.
Die Tür öffnete und Sicily's blonde Mähne kam zum Vorschein. Überrascht hob sie die Augenbrauen. „Luca."
Sie klang so erstaunt, dass ich ein schlechtes Gewissen bekam. Ich sollte wirklich öfter bei ihr vorbeischauen. In den letzten Tagen hatten wir uns kaum gesehen. Ein Teil von mir war sogar dankbar dafür gewesen. In ihrer Nähe fühlte ich mich unsicher und das irritierte mich. Trotzdem setzte ich mein strahlendstes Lächeln auf, als ich mich an ihr vorbeidrängte und mich auf ihr Bett warf.
„Na wie war dein Tag, Sonnenschein?", fragte ich sie und zog die Knie an. Sie zuckte mit den Schultern, während sie eine Sporttasche, aus der eine Wasserflasche und frische Kleidung hervorblitzte, aufhob und in ihrem Schrank verstaute.
„Ich war ein bisschen auf den Feldern spazieren", sagte sie wage. Sie verlagerte ihr Gewicht und zog die Beine in einen Schneidersitz. Ich wollte nachfragen, aber sie fiel mir ins Wort: „Wie läuft dein Training?"
Ich blinzelte und sagte: „Gut. Sieh mal." Ich umschloss den Samen in meiner Jackentasche, den ich allein für diesen

Zweck mit mir herumtrug, und ließ ihn wachsen. Innerhalb eines Wimpernschlages hatte ich eine Rose in der Hand, die ich Sicily hinhielt.
Sicily lächelte und bedankte sich murmelnd, als sie die Rose entgegennahm. In meinem Magen flatterte etwas, was ich gewaltsam unterdrückte.
Stattdessen kam ich zu dem Grund, warum ich überhaupt hergekommen war. „Erinnerst du dich an den Traum?“, fragte ich und wusste, dass sie wusste, welchen ich meinte. Den Traum von der Insel. Von Ranos.
Sie nickte. Ich nahm einen tiefen Atemzug und lehnte mich zurück, sodass mein Rücken gegen das Bettgestell lehnte.
„Ich hatte heute Nacht einen Traum, der sich ähnlich angefühlt hatte“, begann ich. Sicily legte neugierig den Kopf schräg und sah mich aufmerksam an.
„Ich bin durch eine dunkle Gasse gelaufen, die an einer Schlucht endete.“ Ich strich mir das Haar aus der Stirn. „Aber es ging noch weiter: Wenn man um die Ecke ging, dann war da ein Geheimgang, der ins Kolosseum führte“, fuhr ich fort. Sicily war ganz weiß im Gesicht geworden.
„Und dann?“, fragte sie. Ihre Stimme bebte.
Ich runzelte die Stirn. Ich hätte nicht gedacht, dass es sie so stark beunruhigte. „Der Traum hat sich so real angefühlt. Ich hatte noch immer den Geruch von Morast in der Nase, als ich aufgewacht bin. Deswegen habe ich beschlossen nachzusehen, ob das, was ich geträumt hatte, real war“, erklärte ich.
„Und war er real?“, flüsterte sie. Als ich nickte, weiteten sich ihre Augen ungläubig.

„Valerie und ich sind zu dem Gang gelaufen und er hat uns tatsächlich zum Kolosseum geführt“, berichtete ich und sah zur Tür, hinter welcher Valerie wartete.
„Valerie hat dem Rat Bescheid gesagt. Sie wollen den Geheimgang verschließen“, sagte ich und sah wieder zu ihr. Ihre Augen waren immer noch vor Schreck geweitet.
„Alles in Ordnung?“, fragte ich und dann, weil mir der Gedanke kam: „Hast du das Gleiche geträumt?“
Sicily blinzelte und wandte sich von mir ab. Ihre langen blonden Haaren fielen wie ein Schleier über ihr Gesicht. Verwirrt beugte ich mich ihr entgegen. Bevor ich wusste, was ich tat, hob ich meine Hand und strich ihr die Haare aus dem Gesicht. Schnell, als hätte ich mich verbrannt, ließ ich die Hand wieder sinken, aber ein Kribbeln blieb zurück.
Sie lächelte, aber es erreichte nicht ihre Augen.
„Alles in Ordnung?“, fragte ich noch einmal. Sie nickte eilig und erhob sich. „Ich dachte nur, es wäre cool gewesen, wenn du ihn mir gezeigt hättest.“
Ich biss auf meine Lippe. Ein unruhiges Gefühl machte sich in mir breit, von dem ich nicht wusste, woher es kam.
„Das nächste Mal“, versprach ich ihr, aber da fiel schon die Zimmertür hinter ihr ins Schloss.

Kapitel 24 - Sicily - Die Schlucht

Ich schnappte nach Luft. Meine Hände waren schwitzig und meine Haare fielen mir ins Gesicht. Ungeduldig strich ich sie nach hinten.

Valerie würdigte ich keines Blickes, als ich den Flur hinunterlief, obwohl ich spürte, wie sich ihre Augen in meinen Rücken bohrten.

So schnell ich konnte flitzte ich die Treppe herunter, als wäre ich auf der Flucht. Auf der Flucht vor Luca, dessen fragendes Gesicht ich immer noch vor mir sah.

In der letzten Zeit hatte ich mich danach gesehnt, dass Luca mal wieder Zeit für mich fand, doch ausgerechnet jetzt, wenn ich es nicht gebrauchen konnte, erinnerte er sich wieder an mich. Ich schlich am Wohnzimmer und an der Küche vorbei und schlüpfte durch den Botengang aus dem Haus.

Ich hatte noch immer die lächerliche Hoffnung, dass sich Luca geirrt hatte, obwohl ich wusste, dass es unwahrscheinlich war, dass es sich um einen anderen Geheimgang handelte.

Als ich auf den Platz kam, verlangsamten sich meine Schritte. Schon von weitem aus konnte ich sehen, dass der dünne Spalt, durch den ich mich immer gedrängt hatte, verschwunden war. Dort, wo die schmale Gasse gewesen war, befand sich nun grober, massiver Stein.

Panik stieg in mir auf, als die Gewissheit einsickerte, dass mein Weg in die Freiheit - mein Weg zu Nathaniel und Edith - abgeschnitten war.
Mein Gehirn fühlte sich wie leergefegt, als ich auf den blanken Stein vor mir starrte. Langsam drehte ich mich um und wäre fast über die Katze gefallen. Sie thronte vor mir und sah mich mit schief gelegtem Kopf an. Ich hockte mich hin und streckte die Hand nach ihr aus. Sie schmiegte den Kopf in meine Handfläche.
Ein tröstliches Gefühl stieg in mir auf, bis sie sich abrupt umdrehte und mit erhobenen Schwanz um die Ecke verschwand. Dieses Mal folgte ich ihr ohne zu zögern.
Die Katze schlängelte durch die verwinkelte Innenstadt, auf direktem Weg nach Westen, wo sich nur noch das weite Feld befand.
Hier hatten sich die Feuerelementare niedergelassen. Rauchsäulen rangen in den Himmel und die Luft roch nach Rauch und Feuer. Ich war hier vorher noch nie gewesen, aber die Katze schien sich sehr gut auszukennen. Stolz schritt sie an den offenen Feuerstellen vorbei und hielt auf ein Steinhaus zu, welches etwas abseits stand.
Sie setzte sich vor die Haustür und sah mich erwartungsvoll an, als erwartete sie, dass ich klopfe. Zögernd trat ich neben sie. Mein Herz pochte laut, als ich die Hand hob. Was machte ich überhaupt hier? Sollte ich einfach bei einem Fremden klopfen, nur weil mich eine Katze vor seine Haustür geführt hatte?
Ich ließ die Hand wieder sinken und sah zu der Katze herunter. Genau in dem Moment öffnete sich die Tür und ein großer,

breiter Mann erschien im Türrahmen, den er fast vollständig ausfüllte.

Ich setzte schon zu einer Entschuldigung an, dass ich einfach vor seiner Haustür herumlungerte, als diese mir im Hals stecken blieb.

„Sicily?“, fragte Phillip verblüfft. Er trat zur Seite, um mich eintreten zu lassen. Als ich mich umdrehte, war die Katze wieder verschwunden.

Phillip führte mich in seine Küche und setzte ohne zu fragen einen Kochtopf auf das offene Feuer, das gemächlich vor sich hin brodelte. Er goss eine ganze Flasche Mandelmilch in den Topf und verrührte es mit Kakao und Gewürzen. Der süße Geruch erfüllte die Küche und wenig später stand ein großer Tonbecher heißer Schokolade vor mir.

„Was machst du hier?“, fragte Phillip, als er sich gegenüber von mir auf die andere Seite des Tisches plumpsen ließ.

Ich nestelte an meiner Tasse herum und fragte dann: „Hast du davon gehört, dass sie einen Geheimgang zum Kolosseum gefunden haben?“

Phillip nickte, sah jedoch wenig beeindruckt aus.

„Ja. Dein kleiner Kumpel hat ihn wohl gefunden“, sagte er und rührte gedankenverloren in seinem Becher.

Ich biss auf meine Lippe. „Warum wird das Kolosseum überhaupt bewacht. Was wäre so schlimm, wenn Menschen vereisen wollen?“, fragte ich.

Er verzog nachdenklich das Gesicht und gab zu bedenken: „Es geht vielmehr darum, die Menschen zu bewachen, die reinkommen, als die, die rausgehen.“ Das meinte er vielleicht, doch ich war mir ziemlich sicher, dass die Wächter mich nicht

gehen lassen würden, würde ich durch die Vordertür marschieren.
Ich grübelte. Es musste doch noch einen Weg geben, aus diesem Königreich entfliehen zu können. Darius hatte mich mit einem Portal zur Insel gebracht. Nachdenklich, auf Beiläufigkeit bedacht, meinte ich: „Aber Hexenwesen können doch auch Portale eröffnen.“
„Nur sehr Mächtige und auch sie können nicht Portale eröffnen, die in unser Königreich führen. Es gibt starke Schutzzauber, um genau das zu vermeiden“, sagte er und stand auf, um sich nachzuschenken. Ich seufzte und fuhr mir durch die Haaren.
„Gibt es denn irgendwelche Möglichkeiten, wie man sonst noch hier rauskommen kann?“, fragte ich betrübt.
„Willst du etwa abhauen?“, fragte Phillip neckend. Meine Gesichtszüge entglitten mir, was er zum Glück nicht mitbekam, da seine Aufmerksamkeit auf das Schöpfen des Kakaos gerichtet war.
„Natürlich nicht“, erwiderte ich und spürte, wie ein schlechtes Gewissen wegen der Lüge in mir aufstieg.
Phillip kehrte an den Tisch zurück. „Es gibt natürlich noch die Urportale, obwohl die Meisten das eher für ein Märchen halten. Sie sind alt und mächtig und überall im Reich verstreut. Man hat versucht sie aufzuspüren und zu zerstören, aber das hat nicht funktioniert“, sagte er und nippte an seiner Schokolade. Milchschaum blieb in seinem Bart kleben.
„Wo finde ich sie?“, fragte ich begierig und lehnte mich vor, sodass das Holz unter meinen Unterarmen knirschte. Die Hoffnung in meiner Brust flammte wieder auf.

„Das ist ja gerade das Besondere an ihnen. Sie sind immer da, doch oft sind sie nicht auffindbar. Sie tauchen nur auf, wenn man sie braucht und führen dann dahin, wohin man muss", sagte er ruhig und ich versuchte meine Aufregung zu verstecken. „Sie sind zusammen mit Nysus erschaffen worden, lange bevor das Kolosseum errichtet wurde."
„Wo kann ich sie finden?", fragte ich begierig.
„Sie sind überall auf der Welt verteilt, sowohl in unserer, als auch in der menschlichen. Es gibt ein Gerücht, dass sich eines von ihnen in der Schlucht befindet", sagte er und verzog nachdenklich das Gesicht.
„Weißt du wo genau?", fragte ich, doch er schüttelte bereits den Kopf.
„Die meisten Menschen glauben nicht einmal dran und die, die es tun, wissen nicht einmal ansatzweise, wo es sich befindet", sagte er.
Enttäuscht ließ ich die Schultern hängen und nahm einen Schluck von der lauwarmen Schokolade.

Als ich Phillip's Haus verließ, stand die Sonne bereits tief. Meine Zeit lief ab. Ich hatte nur noch wenige Stunden bis Sonnenuntergang und dann würde mich Nathaniel am Strand erwarten.
Ich lief auf direktem Weg nach Hause, in der Hoffnung, dass ich niemandem begegnen würde. Ausnahmsweise war das Glück einmal auf meiner Seite und ich traf auf keine Menschenseele - abgesehen von den Wachen, die mich aber keines Blickes würdigten. Ich griff meine gepackte Tasche aus meinem Zimmer und verließ das Haus genauso eilig, wie ich es

betreten hatte. Es gab einen Abstieg in die Schlucht, der etwas außerhalb der Stadt lag. Er war meine letzte Chance.
Sich aus der Stadt herauszuschleichen war ein Kinderspiel. Elementare liefen aus der Stadt ein und aus und ich ging in der Menschenmasse verloren. Außerhalb der Stadt folgte ich dem ausgetrampelten Pfad und versuchte so schnell wie möglich den Hang hinunter zu stürzen, ohne mich dabei der Länge nach hinzulegen.
Der Boden wurde immer staubiger und steiniger. Meine Waden begannen von dem Abstieg zu schmerzen. Doch ich zwang mich weiter zu laufen und dachte dabei fest an Nathaniel - was mein Herz noch heftiger schlagen ließ, als es von der Anstrengung sowieso schon tat.
Nach einer Weile ließ der Abstieg nach und mündete in einer Ebene. Staunend sah ich an den Felswänden hinauf. Glatter Stein, der zu beiden Seiten wie ein Hochhaus aufragte und mit grünen Bäumen geschmückt war. Ich war in der Schlucht angekommen.
Es war kühl und die Luft roch nach Salbei. Ich drehte mich um meine eigene Achse. Ein paar Büsche flankierten den breiten Weg, der sich durch die beiden Felswände schlängelte. Der Boden war bedeckt von kleinen Steinchen und großen Brocken. In beide Richtungen verlor sich der Pfad in der Ferne.
Die Katze leckte genüßlich ihre Pfoten, als hätte sie mich bereits erwartet.
„Was machst du denn hier?“, fragte ich sie sanft, während ich mich in dem Dämmerlicht auf sie zubewegte. Sie schlich um meine Füße, als wollte sie mich grüßen, bevor sie mit erhobe-

nen Schwanz den Weg, der von der Stadt wegführte einschlug. Ohne zu zögern folgte ich ihr.

Die Dunkelheit brach über uns herein und die angenehme Kühle verwandelte sich in eine ungemütliche Kälte, die mir schon bald bis auf die Knochen dring.

Der Mond stieg auf. Doch das Licht reichte nicht bis auf den Boden der Schlucht, sondern zeichnete lediglich dunkle Schemen an die Steinwände, die mir einen Schauer über den Rücken laufen ließen.

Ich zog mein Telefon aus der Tasche und schaltete die Taschenlampe an. Ab und an reflektierte das Licht ein schimmerndes Paar Augen, welches jedoch kurz darauf sofort wieder verschwunden war. Verzweifelt erinnerte ich mich an die Stimme meines spanisches Kindermädchens. Die Tiere haben mehr Angst vor dir als du vor ihnen. Ich betete, dass sie Recht hatte.

Wir liefen eine gefühlte Ewigkeit. Immer wieder blickte ich auf die Zeitanzeige auf meinem Telefon. Es war kurz vor Mitternacht.

Ich wünschte, ich würde das Portal endlich finden, doch ehrlich gesagt wusste ich ja noch nicht einmal, wonach ich suchen sollte, geschweige denn, ob das Portal auch tatsächlich auftauchen würde.

Ich spürte es, bevor die Katze stehen blieb. Eine summende Energie erfüllte die Luft und meine Haut prickelte. Instinktiv wusste ich, dass ich es gefunden hatte. Mein ganzer Körper reagierte auf die Energie, doch sehen konnte ich nichts. Die Katze miaute und strich um meine Beine.

Versuchsweise löschte ich das Licht und tatsächlich schien an der kantigen Felswand ein Licht zu schimmern. So schwach, dass man es nur in absoluter Schwärze erkennen konnte.
Ich streckte die Hand danach aus und das Schimmern wurde stärker. Ich sah zu der Katze, die mich erwartungsvoll anschaute.
„Danke, meine Kleine", sagte ich und kraulte sie zwischen den Ohren, bevor ich auf das Schimmern zuging. Es war anders, als die Portale im Kolosseum und die der Hexenwesen. Es fühlte sich älter an. Mächtiger. Unwillkürlich fragte ich mich, wie es jemanden nicht gelingen konnte, dieses Portal zu finden. Die Energie puckerte so laut, dass es mir in den Ohren wehtat.
Ich hielt den Atem an, als ich die Hand ausstreckte. Das Portal strich wie ein warmer Sonnenwind über meine Haut. Ich schluckte. Dann trat ich vor und betete, dass das Portal mich tatsächlich nach England bringen würde. Das letzte was ich sah war, wie die Katze mir aufmunternd zuzwinkerte.

Im ersten Moment dachte ich, es hätte nicht funktioniert. Es war dunkel und kalt und als ich mich an der Wand abstützte, spürte ich groben Stein unter meiner Haut. Langsam gewöhnten sich meine Augen an das dämmrige Licht. Ich befand mich in einem Kellergewölbe.
Verwirrt sah ich mich um, auf der Suche nach einem Indiz, wo ich mich befand. Meine Augen blieben an einem schwarzen Schemen hängen. Ein zusammengesackter Haufen, der in der Ecke lag. Stöhnend bewegte sich der Haufen und ich wich zurück.

„Sicily?“, stöhnte der Haufen. Seine Stimme klang kratzig und rau.
„Nathaniel?“, fragte ich ungläubig und trat unsicher ein paar Schritte auf ihn zu.
Mein Herz pochte viel zu schnell, als ich mich neben ihm zu Boden gleiten ließ. Er hob den Kopf und versuchte sich aufzurichten. Sein linkes Auge war zugeschwollen und schimmerte in verschiedenen Blau- und Violetttönen. Seine Wange war blutverschmiert.
„Was ist passiert?“, fragte ich. Meine Hände zuckten. Gerne hätte ich ihm das verschwitzte Haar aus dem Gesicht gestrichen, aber ich hatte Angst, ihm wehzutun. Zitternd ließ ich meine Hände wieder sinken.
„Sicily“, keuchte er und versuchte sich aufzurichten, was jedoch kläglich misslang. Stattdessen ließ er sich erschöpft gegen die Wand sinken.
„Du musst hier weg“, krächzte er. Ein dünnes Rinnsal Blut floss an seinem Mund und tropfte von seinem Kinn auf den dreckigen Boden.
Ich ignorierte seine Bitte und fragte: „Was ist mit dir passiert? Wer hat dir das angetan?“ Schmerzvoll verzog er das Gesicht.
Er versuchte noch einmal, sich aufzurichten und keuchte: „Es ist eine Falle. Sie haben mich benutzt, um dich her zu locken. Du musst von hier verschwinden.“
Ich runzelte die Stirn. „Was? Wer sollte mir denn eine Falle stellen?“, fragte ich.
Er stöhnte und sah mich verzweifelt an. „Die Dionen.“

Kapitel 25 - Luca - Ein Alptraum wird wahr

Ich schreckte aus dem Schlaf. Dunkelheit erfüllte den Raum. Das Mondlicht ließ nur silbrige Schemen erkennen. Die Nacht war ruhig.
Allein mein Herzschlag pochte wild und laut in meiner Brust, als wäre ich einen Marathon gelaufen. Ich nahm einen tiefen Atemzug und versuchte mich zu beruhigen. Das Gefühl, das mich aufgeweckt hatte, war bereits schon wieder verklungen, als wäre es nie da gewesen. Ich war durch Wolken gefallen. Durch jene, die sich nun gemächlich über den Mond schoben. Ein Gefühl, welches ich mittlerweile mit dem Reisen durch Portale verband.
Doch ich lag in meinem Bett. Kein Portal weit und breit. Nichts wirkte anders als es sonst war.
Ich ließ mich zurück in die Kissen fallen und sah zu dem Mond herauf. Es war kurz nach Mitternacht, wie mir ein kurzer Blick auf die Uhr, die auf meinem Nachtisch rot leuchtete, verriet.
Wie ferngesteuert schlug ich die Bettdecke zur Seite und schlich auf Zehenspitzen aus meinem Zimmer. Der Flur lag genauso ruhig vor mir, wie er es um diese Zeit auch sein sollte. Valerie war nicht zu sehen. Ihr Zimmer war am anderen Ende des Flures, sodass sie schnell zur Stelle war, wenn ich sie brauchte. Sie war natürlich nicht die einzige Wache, die im

Falle eines Angriff bereit stand. Überall im Haus, auf jedem Flur, hinter jeder Ecke, gab es Wachen.
Sie blickten mir hinterher, als ich den Flur herunter lief auf dem Weg zu Sicily's Zimmer.
Ich hielt vor ihrer Tür inne. Das nagende Gefühl, dass mich auch schon zuvor bei unseren geteilten Träumen überkommen hatte und nun hierher geführt hatte, hallte stumpf in meinem Körper wieder.
Unentschlossen stand ich vor der Tür. Die Hand schon erhoben, um zu klopfen. Es war kein Geräusch zu hören. Nichts deutete darauf hin, dass etwas passiert sein könnte. Bestimmt lag sie in ihrem Bett und schlief tief und fest. Sie jetzt aufzuwecken, nur weil ich ein schlechtes Gefühl hatte, war lächerlich. Andernfalls hatte es bei dem Geheimgang recht behalten. Unschlüssig starrte ich weiter auf die Tür.
Dann drehte ich auf dem Absatz um und marschierte zurück in mein Zimmer, wo ich mich bis zum Morgengrauen unruhig in meinem Bett umher wälzte.

Am nächsten Morgen klopfte ich an Sicilys Tür. Keine Antwort. Das komische Gefühl in meinen Bauch drückte auf meinen Magen. Ich versuchte es zu ignorieren und klopfte nochmal. Wieder keine Antwort. Ich drehte den Knauf und drückte gegen die Tür, die sich keinen Millimeter bewegte. Verschlossen. Ich stieß genervt die Luft aus, bevor ich die Augen schloss und mich auf das Schloss konzentrierte. Ich ließ Wasser die Hohlräume zwischen den Zanken ausfüllen und schob sie in die richtige Konstellation. Dann klickte es. Wie von Zauberhand öffnete sich die Tür.

Ich betrat das Zimmer und fand es leer vor. Verwirrt runzelte ich die Stirn. Um diese Uhrzeit war Sicily normalerweise noch im Bett. Doch die Decke lag zerknüllt am Fußende des Bettes und offenbarte Leere. Als ich die Hand auf das Bettlacken legte, war es kalt. Sicily war schon lange fort.

Trotzdem rief ich „Sicily?“, in den Raum und versuchte die Panik zu unterdrücken. Keine Antwort.

Ich sah mich um, in der Hoffnung sie doch noch in einer Ecke zu finden, was natürlich Quatsch war. In dem Zimmer gab es nicht gerade viele Möglichkeiten sich zu verstecken. Ein Schreibtisch, auf dem ein paar Bücher lagen - eine kurze Geschichte von Nysus und Hager's Märchen - stand am Fenster. Der Schrank stand offen und legte den Blick frei auf die wenigen Kleidungsstücke, die die Legends aus ihrem Haus geholt hatten. Die Tasche, die sie am Vortag in den Schrank geworfen hatte, war verschwunden. Ich dachte an die Wasserflaschen und die Kleidung. Mein Magen fiel einige Stockwerke tiefer.

Ich verließ das Zimmer wieder und lief die Treppe herunter. Bestimmt war sie im Wohnzimmer und las. Doch auch dort war es ruhig. Lediglich das Vogelzwitschern war zu hören, welches durch das geöffnete Fenster drang. Ich durchsuchte auch die Küche und den Flur.

Die Treppe knarzte und ich fuhr um. Hoffnung flammte in mir auf, doch es war nur Chloe, die in einem losen Shirt und einer weiten Shorts die Treppe herunter kam. Sie nickte mir kurz zu, bevor sie weiter in die Küche schlürfte und sich eine Tasse aus dem Schrank nahm.

„Guten Morgen. Möchtest du auch einen Kaffee?“, fragte sie und strich sie eine Strähne aus dem Gesicht, die sich aus ihrem unordentlichen Pferdeschwanz gelöst hatte.
Ich ignorierte ihr Angebot - ich fühlte mich bereits wach genug - und fragte: „Hast du Sicily gesehen?“ Die aufkommende Panik pumpte das Adrenalin durch meine Adern. Still schallte ich mich. Vielleicht war sie einfach nur spazieren gegangen. Es gab keinen Grund, voreilig zu reagieren und in Panik zu verfallen, doch meine Nerven waren hoch angespannt.
„Nicht seit gestern“, sagte Chloe und stellte ihre Tasse unter die Kaffeemaschine, drückte ein paar Knöpfe und der Geruch von Kaffee erfühlte die Luft. Zufrieden ließ sie sich mit ihrer Tasse, aus der ein kleiner Dampfschwaden emporstieg, auf den Stuhl fallen. Als sie bemerkte, dass ich immer noch in der Tür stand zog sie eine Augenbraue hoch.
„Schläft sie noch?“, fragte sie und nahm einen Schluck.
„Nein“, brummte ich genervt.
„Vielleicht hat sie sich ja einen Freund angelacht und ist bei ihm“, sagte sie und zwinkert mir zu, was mich gereizt aufschnauben ließ.
Wütend schnappte ich mir meine Schuhe und stampfte aus der Tür, während Chloe hinter mir rief: „Chill doch mal. Sie taucht bestimmt bald wieder auf.“

Kaum hatte ich das Haus verlassen, stand Valerie auch schon an meiner Seite. Gemächlich folgte sie mir, während ich den Garten absuchte. Auch sie hatte Sicily nicht gesehen, schien aber auch nicht beunruhigt zu sein. Niemand nahm meine Sorge ernst.

„Es ist Zeit für Euer Training, Hoheit“, sagte sie schließlich und legte eine Hand auf den Griff ihres Schwertes, das an ihrer Hüfte baumelte. Dann beruhigender: „Sie braucht wahrscheinlich nur ein bisschen Ruhe und wird bald wieder auftauchen.“
Darauf erwiderte ich nicht, sondern machte mich widerwillig auf den Weg zu Sophie, die mich bereits erwartete. Als ich in Sichtweite kam, erhob sie sich von dem dicken Ast, auf dem sie gesessen hatte. Sie hatte sich noch nicht einmal vollständig erhoben, da war dieser wieder in der Erde verschwunden, als hätte er nie existiert.
Sie verbeugte sich kurz und fragte dann: „Bereit für's Training?“ Ich brummte.

„Was machen Sie denn da?“, fragte Sophie und trat an mich heran. Ihr Gesicht schwebte weit über meinem. Ich schloss gequält die Augen. Sophie schnaubte und sagte: „So schlecht waren Sie seit den erstem Training nicht mehr.“
Ich machte ein grunzendes Geräusch. Heute war kein guter Tag. Die Sache mit Sicily lenkte mich so sehr ab, dass ich mich kaum auf die Aufgaben, die Sophie mir gab, konzentrieren konnte.
„Sie sind nicht bei der Sache“, bemerkte Sophie und ich seufzte. Ich wünschte mir nur, dass das Training endlich vorbei war. Träge rollte ich mich auf die Seite und stützte mich in eine Sitzposition.
Sophie hockte sich neben mich und fragte: „Was ist passiert?“
Kurz überlegte ich, ob es unangemessen war, mit meiner Trainerin über meine Sorge zu sprechen, aber ich schätzte Sophie. Vielleicht hatte sie Sicily gesehen oder wusste zumindest, wo

ich suchen könnte. „Es geht um Sicily“, sagte ich schließlich und Sophie zog ihre Augenbrauen nach oben. Ihr Blick wurde weicher, fast verständnisvoll.
„Von Ihrem Privatleben dürfen Sie sich nicht beeinflussen lassen. Das könnte in einem Kampf zu fatalen Fehlern führen. Wenn Sie sich mit Ihrer Freundin gestritten haben, kann ich Ihnen versichern, dass das zu einer Beziehung dazugehört. Das renkt sich schon wieder ein.“
Überrascht zog ich die Augenbrauen zusammen, während mein Magen Salti schlug. „Wir haben keine Beziehung“, murmelte ich und Wärme schoss in meine Wangen. „Sie ist verschwunden. Ich mache mir Sorgen“, stellte ich klar, während ich mir mit dem Ärmel über das Gesicht fuhr und dort eine Schlammspur hinterließ. Ich hoffte, der Dreck verdeckte wenigstens meine Röte.
Sophie sah mich lange an und sagte dann, als sie sich erhob: „Das Training ist für heute beendet. Geh deine Freundin suchen. In diesem Zustand ist mit dir nichts anzufangen.“
Ein erleichterter Laut kam mir über die Lippen, als ich aufsprang.

Ich hatte gehofft Sicily im Haus zu finden, als ich zurückkehrte, aber das war nicht der Fall. Dafür fand ich meine Mutter in der Küche. „Hast du Sicily gesehen?“, fragte ich, bevor sie überhaupt die Gelegenheit hatte aufzusehen.
„Nein“, sagte meine Mutter. Der Tonfall stellte die Frage, die sie nicht aussprach.
Ich fuhr mir durch die Haare, welches mir bereits zerzaust vom Kopf abstand, als ich sagte: „Ich suche sie schon den

ganzen Tag und kann sie nicht finden." Ich nahm einen tiefen Atemzug, bevor ich meine schlimmsten Befürchtungen aussprach: „Ich glaube, sie ist durch ein Portal gereist."
Es gab keine andere logische Erklärung. Ich hatte das fallende Gefühl, welches mit einer solchen Reise verbunden war, selbst gespürt. Sie war spurlos verschwunden und mein Instinkt wand sich in mir, als ich ihn krampfhaft unterdrücken zu versuchte. Suche sie, schrie es in mir. Finde sie.
Meine Mutter sah nachdenklich aus und murmelte: „Das Kolosseum wird seit gestern noch strenger bewacht, als es sonst bereits der Fall war. Sicily scheint mir ein kluges und fähiges Mädchen zu sein, aber ich denke nicht, dass es ihr gelingen würde, sich an den Wachen vorbeizudrängen."
Gestern...als ich gestern Nachmittag Sicily von dem Geheimgang erzählt hatte und dass er geschlossen wurde, war sie entsetzt gewesen.
Chloe schnaubte und ich zuckte zusammen. Ich hatte nicht bemerkt, dass sie hinter mich getreten war. „Es gibt noch andere Portale, als die im Kolosseum", meinte sie und drängte sich an mir vorbei in die Küche.
„Du glaubst doch nicht, dass sie einen Hexenmeister gefunden hat, der ihr ein Portal öffnet?", fragte ich sie ungläubig.
Sie wiegte ihren Kopf und meinte: „Eher unwahrscheinlich."
„Was dann?", fragte ich.
„Die Urportale", sagte sie, als läge es auf der Hand. Ich zog eine Grimasse und erwiderte: „Die Urportale sind ein Märchen."
Chloe zog die Augenbrauen hoch und konterte: „so wie auch die Königsfamilie und der erste Elementar?"

Darauf wusste ich keine Antwort und Chloe grinste zufrieden. Ich warf ihr einen ärgerlichen Blick zu und fragte: „weißt du auch, wo ich ein solches Portal finden kann?“
Chloe grinste noch breiter und sagte: „Die Feen haben mir einmal erzählt, dass es ein Urportal in der Schlucht gäbe. Aber niemand weiß genau, wo es sich befindet.“

Ich war mir Valerie‘s Gegenwart nur allzu sehr bewusst, als ich aus dem Haus stürmte. Als Leibwächter war es ihre Aufgabe, für meine Sicherheit zu sorgen. Sie würde nicht zulassen, dass ich mich auf die Suche nach jenem Urportal begab, um Sicily zu folgen. Wo auch immer sie war.
Als erstes musste ich also Valerie loswerden.
Valerie sah mich überrascht an, als ich ihr eröffnete, am See trainieren zu wollen. Doch als ich ihr mit leiser Stimme erzählte, wie sehr ich es vermisste, mich ganz dem Wasserelement zu widmen, zuckte sie nur mit den Schultern und fragte nicht weiter nach. Wir gingen zum See, wo sich Valerie auf einen Stein niederließ und die Beine ausstreckte.
Sie warf immer wieder Blicke in meine Richtung, schien sich jedoch nicht groß dafür zu interessieren, was ich tat. Ich stand bis zu den Knien im Wasser und watete langsam tiefer. Ein paar Mal tauchte ich unter, um den Anschein zu erwecken, als würde ich das Atmen unter Wasser üben. Das konnte ich natürlich schon längst, aber das wusste Valerie nicht.
Um mich herum plantschten ein paar Kinder. In dem Gewusel würde es Valerie nicht sofort auffallen, wenn ich verschwinden würde.

Ich nahm einen tiefen Atemzug, der eigentlich sinnlos war und tauchte unter. Das Sonnenlicht brach am Wasserspiegel und ließ die Unterwasserwelt bunt schimmern.
Ich nahm den ersten Armzug und spürte, wie das Wasser sich an mich schmiegte. Meine Kraft erwachte und das vertraute Prickeln ging durch meinen Körper. Wie von allein leerte sich mein Kopf und es gab nur noch das Wasser. Innerhalb von Sekunden hatte ich die mehreren Kilometer durchquert, die die beiden Ufer trennten. Valerie war auf der anderen Seite nicht mehr zu erkennen, lediglich ein ferner grüner Streifen zog eine Linie zwischen Meer und Horizont.
Ich drehte mich zufrieden um und wäre um ein Haar mit einem Jungen zusammen gestoßen, der vor mir aufgetaucht war. Erschrocken taumelte ich ein paar Schritte zurück. Das Wasser spritzte um mich herum. Der Junge hatte hellblonde Haare, die in der Sonne fast weiß wirkten. Sein Gesicht verzog sich zu einem Grinsen, als ich mich wieder fing.
„Wer bist du?“, fragte ich und hoffte, er würde nicht versuchen mich aufzuhalten. Aber noch im gleichen Moment nahm ich die Macht wahr, die durch seine Adern floss. Er war kein Elementar, sondern ein Vynami. Hervorragend.
„Ich bin Seth“, stellte er sich vor und reckte stolz das Kinn nach vorne.
„Schön für dich“, sagte ich und wandte mich ab. Normalerweise hätte ich gefragt, was er in meinem Königreich verloren hatte, aber ich hatte keine Zeit. Vermutlich hatte Valerie meine Flucht schon bemerkt und war auf der Suche nach mir. Ohne mich umzusehen stampfte ich los.

„Warte auf mich. Ich komme mit dir“, rief Seth, als ich an ihm vorbei ging und griff nach meinem Arm. Ein Vynami fasste mich an. Ich fasste es nicht. Meine Muskeln spannten sich unter seiner Berührung an.
Erst überlegte ich ihn unter Wassermassen zu begraben, aber ich musste mich wirklich beeilen. Deswegen blaffte ich nur: „Ich hab jetzt keine Zeit“, und riss mich los.
Seth lief neben mir her und sagte: „Ich kann dir helfen sie zu finden.“
Ich blieb ruckartig stehen und drehte mich zu Seth. „Wovon redest du?“, zischte ich.
Seth zuckte nicht zurück von meinem wütenden Blick. „Von Sicily“, sagte er, als wäre es selbstverständlich.
„Woher kennst du Sicily?“, fragte ich und musterte ihn von Kopf bis Fuß.
Seth‘s Mundwinkel zuckten. Statt auf meine Frage zu antworten, deutete er mit einem Nicken hinter mich und sagte: „Deine Babysitterin hat übrigens dein Verschwinden bemerkt.“
Ich drehte mich um, aber Valerie war noch immer nirgends zu sehen. Trotzdem zweifelte ich nicht an seinen Worten.
„Ich glaube, ich verzichte“, meinte ich abweisend und hoffte er würde verschwinden. Er tat nichts dergleichen. Stattdessen drückte er seinen Rücken durch und straffte die Schultern. „Glaub mir, wir finden sie wesentlich schneller, wenn ich dabei bin“, sagte er und seine Stimme erweckte in mir das Bedürfnis, ihn zu schlagen.
Ich hatte keine Zeit für so eine Diskussion und vielleicht würde er sich tatsächlich als nützlich erweisen. „Na gut. Komm mit“, brummte ich und zusammen liefen wir los.

Am Abgrund hielten wir inne. Meine Augen wanderten über die tiefe Schlucht. Es war so hoch, dass der Boden aussah wie eine dünne Schnur, die sie durch den Felsen zog.

Wenn Sicily tatsächlich das Portal gefunden hätte, wo wäre sie dann hingegangen? Als hätte mein Unterbewusstsein genau auf diese Frage gewartet, schleuderte es mir ein Bild von einem Strand entgegen, mit dem ich leider nicht viel anfangen konnte. Meine Gedanken wanderten weiter. Das Portal, von dem ich geträumt hatte. Ich war durch den Geheimgang gegangen und dann vor dem Portal stehen geblieben. Es war gar kein Traum gewesen, wurde mir jetzt klar. Es war eine Erinnerung. Sicily's Erinnerung.

Als wir in die Schlucht abstiegen, hatte ich Seth widerstrebend von meinen Vermutungen erzählt und er hatte mir schweigend zugehört. Kaum waren wir in der Tiefe angekommen, lief Seth zielstrebig los. Ich beeilte mich ihn einzuholen. „Du weißt schon, dass das Portal ebenso gut in der anderen Richtung sein könnte?“, keifte ich, als ich seine Seite erreicht hatte.

„Ist es nicht“, meinte er kurzangebunden.

Ich runzelte meine Stirn und fragte: „Woher willst du das wissen?“

Er sah zu mir und grinste überheblich, ohne seinen Laufschritt zu verlangsamen. „Weil ich weiß, wo es sich befindet. Was glaubst du, wie ich hierher gekommen bin?“

Mein Mund öffnete sich erstaunt. Das hatte ich nicht erwartet. Er war gerissen.

„Na schön“, sagte ich schließlich. „Dann bringe uns mal zu Sicily.“

Kapitel 26 - Sicily - Ein Rendezvous im Keller

Es war so still, dass man eine Stecknadel fallen hören würde. Ich öffnete mehrfach den Mund, um etwas zu sagen, brachte aber nichts hervor. Nathaniel sah mich einfach nur an. Seine violetten Augen waren vor Schmerz und Angst fast schwarz. Er wartete auf meine Reaktion, doch mein Gehirn schien seine Worte nicht verarbeiten zu können.

Die Dionen. Die Dionen hatten mir ein Falle gestellt. Das konnte nicht sein. Nie zuvor hatte ich zu ihnen Kontakt gehabt. Ich konnte mir nicht vorstellen, was sie von mir wollten. Es musste ein Irrtum vorliegen. Ein gewaltiger Irrtum.

Als ich nichts sagte, ließ Nathaniel seinen Kopf langsam wieder auf den Boden sinken und schloss die Augen.

Woher wusste er überhaupt von den Dionen. Davon konnte er nur wissen, wenn…

„Gehörst du zu den Legends?“, fragte ich. Meine Stimme zitterte. Nathaniel öffnete die Augen, aber er sah nicht zu mir. Seine Augen zuckten durch den Raum, als wollten sie meinem Blick ausweichen. In meinem Magen wurde es flau.

„Ich bin ein Hexenmeister“, gestand er mir leise. Ich zuckte zurück, als hätte er mich geschlagen. In mir wirbelten die verschiedensten Gefühle durcheinander. Hässliche Gefühle. Ich fühlte mich verraten.

Meine Augen brannten. Ich schloss sie und fragte: „Warum hast du mir das nicht schon früher gesagt?“

Es raschelte, als Nathaniel sich bewegte. Er stöhnte leise und dann legte sich seine Hand auf mein Knie.
„Ich...ich konnte nicht“, flüsterte er gebrochen.
Ich schlug die Augen wieder auf. „Was soll das heißen, du konntest nicht?“
Er sah durch sein geschwollenes Auge zu mir herauf und erwiderte: „Wir dürfen Menschen nicht von uns erzählen.“
Ich spürte, wie mein Ärger abflaute. Wenn er sich in diesem Zustand befand, konnte ich nicht auf ihn sauer sein. Dafür würde ich später noch genug Zeit haben. Hoffentlich.
Vorsichtig hob ich die Hand und strich ihm das Haar aus den Augen. Er war in keiner guten Verfassung und ich wusste nicht, wie ich ihn hier herausbekommen sollte. Seine Haut war von blauen Flecken übersät und blutete aus lauter kleinen Schnitten. Schon das Atmen musste ihn unglaublich anstrengen.
Nathaniel sprach sehr langsam, als er sagte: „Sie haben mich gezwungen ihnen zu sagen, wann und wo wir uns das nächste Mal treffen. Genau jetzt warten sie bei den Steinen auf dich. Dort wollen sie dich gefangen nehmen und dich dann benutzen, um deinen Freund in eine Falle zu locken. Sie wollen nur den Myth.“
Schließlich legten sich seine Augen auf mich. Sie glänzten schuldbewusst.
„Aber warum sollten sie das tun? Woher wissen sie von mir? Woher wissen sie von Luca?“, fragte ich verwirrt.
Nathaniel senkte den Blick und seufzte gequält. „Ich weiß es nicht. Ich weiß nicht, warum sie so etwas tun. Ich weiß nicht, woher sie von dir oder von deinem Freund wissen. Aber sie

wissen von dir. Und sie wissen, dass wir uns regelmäßig getroffen haben."
Zitternd zog ich den Atem ein. „Das tut mir alles so leid", flüsterte ich.
Nathaniel sah auf. Sein Blick leidend, als er flüsterte: „Ich habe ihnen von dir erzählt. Wann wir uns treffen würden. Ich wollte das nicht. Sie haben mich gezwungen."
Seine Atemzüge rasselten. Ich schluckte meine Gefühle herunter und zwang mich ruhig zu bleiben. Nathaniel versuchte sich aufzustützen, aber unter seinem Gewicht sackte sein Arm weg.
„Bleib liegen", sagte ich sanft und berührte ihn leicht am Arm, an einer Stelle, die nicht vollkommen verunstaltet aussah. „Du musst deine Kräfte schonen."
Meine Stimme war ruhig, obwohl in meinem Inneren das Chaos tobte. Ich hatte furchtbare Angst. Vor allem um Nathaniel, der in seiner eigenen Blutlache auf dem Boden lag. Ich musste uns hier herausbekommen.
Meine Hände zitterten, als ich mich in dem Keller umsah.
„Ich wünschte du wärst nicht hier", flüsterte Nathaniel und drückte mein Knie. Vorsichtig nahm ich seine Finger in meine Hände und versuchte das Blut, das daran klebte, zu ignorieren.
„Wie kommen wir hier raus?", flüsterte ich.
Nathaniel stieß langsam den Atem aus und sagte dann erstickt: „Wir kommen hier nicht raus."
„Jetzt sei doch mal nicht so pessimistisch", meinte ich und versuchte einen neckenden Tonfall anzuschlagen, was mir jedoch misslang. Selbst ich hörte das Zittern in meiner Stimme.

Ich fischte mein Telefon hervor, aber noch bevor ich den Bildschirm entsperrt hatte, meinte Nathaniel: „Mach dir keine Mühe. Der Keller ist mit den stärksten Schutzschilden versehen, die es gibt. Dein Telefon wird nicht reagieren."

Ich entsperrte mein Telefon trotzdem und stellte fest, dass er recht hatte. Ich fluchte und stopfte es zurück in meine Jackentasche.

Nathaniel seufzte und schloss die Augen. Als er sie wieder öffnete, sagte er zögernd: „Ich kann hier drin nicht den leisesten Funken Magie beschwören. Der Raum ist dafür gemacht, alles und jeden abzuschirmen." Er hielt inne und zog die Stirn kraus. „Wie bist du eigentlich hier rein gekommen?"

„Ich habe ein Urportal benutzt", flüsterte ich und zog mein Knie an den Körper. Bei seinen Worten war mir klar geworden, wie aussichtslos die Sache war und wie sehr wir in der Patsche saßen.

„Wirklich?", fragte Nathaniel. Er klang beeindruckt. Seine Finger zuckten in meinen.

Weil ich nicht wusste, was ich sonst tun sollte, sprach ich weiter: „Vorher bin ich immer durch das Kolosseum gereist. Das ist der Hauptknotenpunkt der Portale im Königreich der Elementare. Ich bin durch einen Geheimgang dorthin gekommen." Ich hob die andere Hand, die nicht mit seinen Fingern verschlungen war, und strich mir über das Gesicht. „Ich weiß nicht wie, aber sie haben den Geheimgang entdeckt und ihn geschlossen. Also musste ich einen anderen Weg finden, zu dir zu kommen."

Wir schwiegen eine Zeit lang. Irgendwann räusperte sich Nathaniel und sagte: „Könntest du mir helfen, mich aufzusetzen? Der Boden ist nicht sehr bequem.“
„Natürlich“, murmelte ich, obwohl ich Zweifel daran hatte, dass es die beste Idee war, wenn sein Körper in einer solchen miserablen Verfassung war.
Ich löste meine Finger von seinen und schob den Arm unter seinen unteren Rücken. Er biss die Zähne zusammen und begann erst wieder zu atmen, als er an der Wand lehnte.
Ich lehnte mich dicht neben ihn an die Wand und zog die Knie an. Die Kälte, die von den Steinen ausging, drang durch meine Kleidung und ich erzitterte.
Ich versuchte nicht daran zu denken, was mit uns passieren würde, wenn sie mich hier fanden. Würden sie mir auch wehtun? Was würde mit Luca passieren, wenn ihr Plan aufging? Was würde mit Nathaniel und mir passieren, wenn sie es schaffen sollten? Ich betete, dass Luca in Sicherheit war.
Nathaniel's Kopf rollte zur Seite und landete auf meiner Schulter. Seine Haare waren von Blut und Schweißt durchnässt, aber trotzdem war das sanfte Gewicht beruhigend. Ich strich ihm sanft mit dem Daumen über den Handrücken und lauschte seinem rasselndem Atem. Er war eingeschlafen.
Auch ich spürte, wie die Müdigkeit mich langsam überkam. Es musste schon früh am Morgen sein. Die Nacht war vorbei. Langsam schloss ich die Augen. Hoffentlich würde sich das alles als ein grauenvoller Alptraum herausstellen, wenn ich sie wieder öffnete.

Stöhnend streckte ich die Glieder. Mein Kopf brummte und ließ mich keine klaren Gedanken fassen. Galle brannte mir in der Kehle. Der Untergrund unter mir war weich, roch aber etwas muffig. Verwirrt öffnete ich die Augen. Gedämpftes Licht erfüllte den Raum.
Ich stützte mich auf. Diese Bewegung ließ meinen Körper aufstöhnen. Als ich mich in eine sitzende Position zurechtgerückt hatte, sah ich mich um. Ich lag auf einem Himmelbett. Mottenzerfressene Vorhänge hingen von dem Gerüst herab und rahmten das Bett, auf dem ich lag.
Das Zimmer war klein, aber sehr vornehm eingerichtet. Auch wenn alles mindestens so aussah, als wäre es einige hundert Jahre alt. Ein prunkvoll verzierter Schminktisch stand nicht weit von mir entfernt. Der Spiegel war in glänzendem Gold eingefasst, was mein Spiegelbild aber leider nicht schöner aussehen ließ. Ein Mädchen mit bleicher Haut und tiefen Augenringen sah mir entgegen. Die Haare hatten sich auf der Seite zu einem Knoten zusammen gewuschelt. Meine Kleidung war zerknittert und war mit Blutflecken übersäht, die von Nathaniel stammen mussten.
Ich stand auf, wartete kurz, bis die Welt aufgehört hatte zu schwanken und lief zur Tür. Als ich sie aufriss, starrte ich auf einen breiten Rücken. Der Mann drehte sich um.
„Ah gut, du bist wach“, sagte er und knallte dann wieder die Tür vor mir zu.
Fassungslos starrte ich auf das dunkle Holz und meine Hand schnellte schon zur Klinke, um die Tür erneut aufzureißen. Doch meine Hand griff ins Leere. Verwirrt starrte ich auf die Stelle, an der sich normalerweise die Klinke befinden sollte

und eben noch befunden hatte. Sie war verschwunden. Nur ein goldenes Schloss funkelte dadrunter, als würde es mich auslachen.
Ich riss mich von der Tür los und sah mich in dem Zimmer um. Außer dem riesigen Himmelbett und dem prunkvollen Schminktisch befand sich noch eine große Holztruhe in der Ecke, aus der einige Stofffetzen herausguckten, die über und über mit Rüschen besetzt waren. Es sah aus wie ein Ballkleid, was wohl zu Zeiten des viktorianischen Zeitalters der letzte Schrei gewesen wäre. Charlotte wäre bestimmt begeistert über so einen alten Fummel gewesen. Kunst aus längst vergangener Zeit hätte sie es genannt und Stunden damit verbracht, das Schnittmuster und das Material zu studieren. Bei dem Gedanken an Charlotte durchfuhr ein Stich mein Herz und ich wandte mich ab. Ich hoffte wirklich, dass sie in Sicherheit war und von dem ganzen Irrsinn nichts mitbekam.
Mit großen Schritten durchschritt ich den Raum und zog die Gardinen zurück. Bei dem Anblick, der sich mir bot, wäre ich beinahe ein paar Schritte zurückgetaumelt. Das weite Feld erkannte ich sofort. Obwohl ich es bisher noch nicht in einem unversehrten Zustand gesehen hatte.
Noch bevor ich es besser ins Auge fassen konnte, öffnete sich die Tür hinter mir. Der breite Wächter, in den ich hinein gelaufen war, trat herein und positionierte sich neben der Tür, durch welche ein großer, dünner Mann herein trat. Er trug einen dunklen Anzug, dessen Stoff teuer glänzte. Einen Moment fühlte ich mich an Aleksei erinnert, der dem Mann in Eleganz in nichts nachstand. Doch bei Aleksei hatte ich mich immer wohlgefühlt. Irgendwie umsorgt. Der Mann vor mir hingegen

strahlte eine emotionslose Kälte aus, bei der sich meine Haare im Nacken aufstellten. Seine grauen Haare waren ordentlich nach hinten gestriegelt und gaben den Blick auf ein hageres Gesicht frei. Seine Augen waren silbrig, wie der Mond in einer kalten Nacht und zeigten nicht die leiseste Gefühlsregung.
Er kam mir dunkel bekannt vor, doch gleichzeitig war ich mir sicher, ihn noch nie gesehen zu haben. Es war viel mehr wie ein Foto, welches mir mal vor langer Zeit gezeigt wurde.
„Wo ist Nathaniel?“, fragte ich und wich vor dem Mann zurück, sodass ich mit dem Rücken gegen den Bettpfosten stieß.
„Du musst dir keine Sorgen machen. Deinem Freund geht es fantastisch“, behauptete er. Seine Stimme war so kalt wie Eis. Er zog sich den Stuhl vom Schminktisch heran und setzte sich, als würde er sich auf einen gemütlichen Teeklatsch einrichten.
„Ich möchte ihn sehen“, erklärte ich mit fester Stimme, soweit mir das möglich war und starrte in seine leblosen Augen. Mir rann ein Schauer über den Rücken, aber ich versucht mir nichts anmerken zu lassen.
Der Wachmann schnaubte. „Du bist in keiner Position, Anforderungen zu stellen“, ließ er mich wissen. Unbeirrt starrte ich weiter den Mann mit den gruseligen Augen an. Vielleicht ließ er sich davon beeindrucken, dass ich standhaft blieb, und würde mir meinen Wunsch gewähren. Die Falten an seinen Augen vertieften sich, als sich sein Grinsen breitete. Es wirkte freudlos, wie bei einer Marionette. Mein Atem war flacher geworden, wie bei einem Kaninchen, dass der Schlange ins Gesicht blickte und die letzte Hoffnung hegte, dass sie doch noch von der Beute ablassen würde.

„Vielleicht später. Aber noch nicht jetzt“, sagte er und lehnte sich zurück. „Zunächst werden wir uns etwas unterhalten. Wenn du dich als hilfreich erweist, wirst du ihn wieder sehen.“
Ich biss mir auf die Lippe und versuchte, meine Panik zu unterdrücken, was gar nicht so leicht war. Die Situation, in der ich mich befand, war wirklich alles andere als optimal.
„Ich habe gehört, dein anderer Freund ist ein Myth“, meinte der Mann, unbeeindruckt von meinem Mangel an Kommunikationsfreudigkeit. Ich biss die Zähne zusammen. Es war schon schlimm genug, dass ich in dieser aussichtslosen Lage war. Nie im Leben würde ich Luca in so etwas mit reinziehen.
„Nathaniel hat mir bereits erzählt, dass ihr euch sehr nah steht. Wenn dem wirklich so sein sollte, wird er dir bestimmt zur Rettung eilen“, meinte er kalt und warf mir einen berechnenden Blick zu, bevor er abfallend hinzufügte: „Oder es wenigstens versuchen.“ Seine Augen funkelten dunkel. Ich wandte meinen Blick von der grausigen Gestalt vor mir ab und starrte stattdessen eine der blumenartigen Verzierungen von dem Schminktisch an. Den Triumph, die Angst, die seine Worte in mir auslösten, in meinem Blick zu sehen, wollte ich ihm nicht geben.
„Was wollt ihr von ihm?“, fragte ich ihn mit bebender Stimme.
Die Mundwinkel des Mannes kräuselten sich zu einem Lächeln und er sagte: „Unser Herr will ihm ein überaus großzügiges Angebot zukommen lassen.“
„Was für ein Angebot?“, fragte ich misstrauisch.
Der Mann lehnte sich zurück und erklärte: „Der Herr möchte, dass sich Luca ihm anschließt.“

Ich schnaubte und sagte heftig: „Das würde Luca niemals tun.“

„Der Herr kann sehr überzeugend sein“, meinte der Mann und mich überkam ein dunkles Gefühl. So wie er überzeugen sagte, meinte er vermutlich nicht mit Worten. Meine Hände zitterten. Inständig betete ich, dass sie Luca niemals in die Finger bekommen würden.

„Wie wäre es, wenn wir uns jetzt über deinen Freund unterhalten?“, fragte er.

Ich biss die Zähne zusammen und zischte: „Ich werde euch niemals helfen, Luca in eine Falle zu locken.“

Der Mann setzte gerade zu einer Antwort an, als ein kurzes oranges Licht aufflackerte. Mitten in der Luft, genau vor seiner Nase.

Falls er das beunruhigend finden sollte, ließ er es sich nicht anmerken. Stattdessen lächelte er zufrieden. Die erste Gefühlsregung, die ich bei ihm beobachten konnte.

„Das wird auch gar nicht mehr nötig sein. Er ist soeben eingetroffen.“

Kapitel 27 - Luca - Ein Wiedersehen der Verdammnis

Der Sand gab unter meinen Füßen nach, als ich neben Seth landete. Die Luft roch salzig und die Möwen hießen uns kreischend willkommen.

Noch bevor das Portal wieder verblasst war, war ich schon halb aus der Höhle raus.

Seth folgte mir und sah sich staunend um.

„Echt schön hier. Ist das England?", fragte er und drehte sich einmal um sich. Die Sonne ging gerade auf und ließ alles in einem warmen Goldton erstrahlen. Irgendwie kam es mir falsch vor, dass das Wetter so perfekt war, während in mir ein Orkan tobte. Vor Sorge. Alles wies darauf hin, dass Sicily freiwillig gegangen war - der gepackte Rucksack, ihre Fragen nach dem Portal - aber ich wurde dieses nagende Gefühl nicht los. Ich musste einfach sehen, dass es ihr gut ging. Davor würde ich mich nicht beruhigen können. Und wenn es ihr gut ging und sie tatsächlich freiwillig gegangen war…dann würde ich alles dafür geben, dass sie wieder mit mir nach Hause kam.

„Für Sightseeing ist keine Zeit. Komm jetzt", sagte ich und lief voraus. Ohne darüber nachzudenken hatte ich eine Richtung eingeschlagen. Es war wie bei dem Geheimgang. Ich wusste den Weg. Es kam mir vor, als wäre ich ihn schon etliche Male gelaufen.

Nach ein paar Minuten, die mir vorkamen wie eine Ewigkeit, standen wir vor der Steinformation. Doch außer ein paar bun-

ten Vögeln war der Platz leer. Mit einem unangenehmen Schlag wurde mir bewusst, dass ich ja gar nicht wusste, wie es von hier aus weiter ging. Mehr, als dass Sicily hier gewesen war, wusste ich nicht.
Ich drehte mich um meine eigene Achse und ließ meinen Blick über die Sanddünen gleiten. Seth ignorierte meine Unruhe und betrachtete stattdessen interessiert die Vögel.
„Es ist ein bisschen komisch, in dieser Gegend Paradieselstern zu finden“, murmelte er und ich warf ihm einen ungläubigen Blick zu. Wut stieg in mir auf. Wie konnte er sich jetzt mit Vögeln beschäftigen?
„Wenn du willst, kannst du auch hier bleiben und dir die Elstern anschauen“, meinte ich giftig. Er hob entschuldigend die Hände.
„Wir müssen da lang“, sagte er und zeigte Richtung Festland.
Ich runzelte die Stirn. „Woher willst du das wissen?“, fragte ich misstrauisch.
„Ich habe dir doch gesagt, dass ich einer der Begabtesten aus meinem Volk bin und als ein solcher kann ich die Energiesignaturen von mir bekannten Personen wiederkennen und aufspüren“, leierte er und klang schon fast gelangweilt. Am liebsten hätte ich ihm eine gescheuert, aber so wie es aussah, brauchte ich ihn noch.
Seth ging vor und führte uns vom Meer fort. Hinter den Dünen und den hohen Gräsern versteckte sich ein holpriger Pfad, der in ein kleines, gemütliches Dorf führte. Romantische, mit Efeu bewachsene Häuser aus Stein reihten sich nebeneinander. Aus den Schornsteinen stiegen dicke Rauchschwaden in den Himmel. Ein kleiner Bach plätscherte vor sich hin. Die Bäume

waren von einer dicken Moosschicht überzogen, so wie es nur in sehr feuchten Gegenden der Fall war. Kleine Insekten summten herum und die Vögel zwitscherten.
Als wir die moosbedeckte Brücke passierten, wurde das Summen der Insekten lauter. Ein kleiner Schwarm flog um uns herum - offenbar begeistert über das frische Blut - den ich jedoch erst bemerkte, als mich eines von dem Biestern stach. Seth, der wie ein Spürhund voran preschte, sah sich irritiert um, als ich hinter ihm zurückfiel.
„Alles in Ordnung?", fragte er, als ich mir den Hals rieb. Ich nickte und winkte ab. So schlimm war so ein Stich jetzt auch nicht. Als wir durch das Tor gingen hatte ich ihn schon wieder vergessen.

„Das ist es", meinte Seth und zeigte auf ein unauffälliges Haus, dass am Rande des Dorfes stand. Wir hatten uns hinter einer Mauer versteckt und beobachteten, wie ein Fuchs auf der Pforte seine Pfote leckte. Ich hatte es für ein normales Tier gehalten, doch Seth hatte mir versichert, dass es sich stattdessen um einen Gestaltswandler handelte.
„Er bewacht das Haus", flüsterte Seth. Ich verdrehte die Augen. Das war mir auch klar. „Warum sollte er das Haus bewachen?", fragte ich. Das nagende Gefühl in meinem Inneren nahm weiter zu. Irgendwas stimmte nicht. Wenn Sicily freiwillig gegangen wäre, warum sollte sie dann in einem Haus sein, in dem ein Gestaltswandler die Eingangstür bewachte?
„Wir sind nahe genug am Meer. Ich könnte ihn…", ich brach ab, als der Fuchs vor unseren Augen mitten in der Bewegung

inne hielt und mit einem dumpfen Poltern in sich zusammen sackte.

Staunend beobachtete ich, wie sich seine Konturen änderten. Seine Glieder streckten sich langsam. Das rote Fell zog sich in den Körper zurück. Die Schnauze wurde schmaler und kleiner und verwandelte sich in eine menschliche Nase. Statt eines Fuchses lag nun ein Mann quer über den Eingangsbereich.

Ich hatte noch nie gesehen, wie sich ein Gestaltswandler wandelte. Sie lebten sehr zurückgezogen und die Male, an denen ich überhaupt einem von ihnen begegnet bin, konnte ich an einer Hand abzählen.

„Das war einfach“, meinte Seth und löste sich aus dem Schatten unseres Verstecks. Ich wollte ihn zurückhalten, griff aber ins Leere.

„Seth“, zischte ich. Dieser drehte sich um, verdrehte die Augenbrauen und meinte: „Hier ist sonst niemand. Beruhige dich.“

„Willst du einfach durch die Tür rein marschieren?“, fragte ich mit gedämpfter Stimme. Seth zuckte mit den Schultern und wandte sich wieder von mir ab. Er stampfte voraus. Nervös folgte ich ihm.

Seth drehte den Knauf der Eingangstür und die Tür öffnete sich quietschend. Wir traten ein.

In dem Flur roch es muffig. Die Dielen knarzten unter unseren Schritten, als wir uns vorwagten. Eine schwere Kommode aus abgenutzten Eichenholz stand unter einem Landschaftsgemälde, welches den dichten Fichtenwald eines Gebirges zeigte. An der Decke hing ein staubiger Kronleuchter, dessen Licht flackerte.

„Ich habe ein ganz schlechtes Gefühl“, flüsterte Seth, als wir stehen blieben, um auf Geräusche zu lauschen. Das konnte ich gut nachvollziehen. Auch mir war schummrig zu Mute.
„Wo ist Sicily?“, flüsterte ich. Seth zeigte widerstrebend auf die Treppe, die in den ersten Stock führte. So leise wie möglich schlichen wir die knarzenden Treppen hinauf. Von dem Flur im Obergeschoss gingen einige Türen ab.
„Da ist sie. Ich kann sie deutlich spüren“, meinte er aufgeregt und zeigte auf eine der letzten Türen, die leicht offen stand.
„Ist noch jemand da?“, fragte ich zögernd, obwohl ich am liebsten zu dem Raum gesprintet wäre. Seth starrte einen Moment konzentriert in die Leere und schüttelte dann den Kopf.
Das war genug für mich. Ich preschte nach vorne und stieß die Tür auf. Mit ein paar Schritten war ich in dem riesigen Saal. Seth folgte mir und zog zischend die Luft ein.
Noch bevor er irgendetwas sagen konnte, wusste ich, dass hier irgendwas nicht stimmte. Von Sicily war weit und breit keine Spur. Dafür saß ein Mann auf einem Diwan, der mich regelmäßig in meinen Alpträumen besuchte. Seine kalten Augen weiteten sich überrascht, als er mich wiedererkannte.
Mit einem lauten Knall flog die Tür hinter uns ins Schloss. Zwei breite Männer stellten sich davor.
Seth versteifte sich neben mir und meinte: „Luca, das ist eine Falle. Ich kann den Hexenzauber jetzt spüren. Sie waren die ganze Zeit hier. Sie haben sich nur vor mir verborgen.“
Meine Hände ballten sich zu Fäusten, als ich mich zu Douglas wandte und fragte: „Wo ist Sicily?“

Douglas hatte sich wieder gefangen und den gleichen kalten Gesichtsausdruck aufgesetzt, wie er ihn auch stets im Camp getragen hatte.
„Ich versichere dir, dass es ihr gut geht“, sagte er. Seine Stimme klang fast sanft, wäre nicht eine gewisse Kälte mit ihr geschwungen.
Mein Herz schlug mir bis zum Hals und mir wurde schlecht.
„Wo ist sie?“, zischte ich und spürte, wie meine Macht in meinen Adern prickelte.
Douglas’ Lippen verzogen sich zu einem schmalen Lächeln, als amüsierte ihn meine Wut. „Du kannst sie sehen, sobald wir mit unserer Unterhaltung fertig sind“, meinte er galant.
„Es wird keine Unterhaltung geben“, stellte ich klar und spürte, wie sich Seth neben mir unruhig bewegte.
Douglas seufzte. „Ist es wegen dem, was auf Ranos passiert ist? Dafür möchte ich mich entschuldigen. Hätte ich gewusst, wer du bist, hätten wir dich natürlich gebührlich behandelt.“
Wut stieg in mir auf und ich schluckte. Ein säuerlicher Geschmack blieb in meinem Mund zurück.
„Du kennst den Typen?“, fragte Seth stirnrunzelnd und sah Douglas abschätzig an. Ich nickte kurz und erklärte: „Er hat mich in seinem Dorf als Sklave gehalten und mich dann an einen Mann weitergegeben, der mich gefoltert hat.“
Seth starrte mich an, während Douglas unbeteiligt mit den Schultern zuckte und sagte: „Wie gesagt bereue ich zutiefst, wie unsere erste Begegnung verlaufen ist. Aber wir haben die Möglichkeit in naher Zukunft zusammenzuarbeiten und dann wirst du meine Beweggründe bestimmt nachvollziehen können.“

„Wie bitte?“, fragte ich ungläubig.
„Wir wollen dir ein Angebot zukommen lassen“, erklärte Douglas. „Wir würden dich gerne in unsere Reihen aufnehmen.“
Ich schnaubte laut. Er konnte doch nicht wahrhaft denken, dass ich mich ihnen anschließen würde, nach all dem, was er mir angetan hatte.
Douglas verzog über meine Reaktion missbilligend die Augenbrauen hoch und meinte: „Wenn du dich uns anschließt, wird dir Ruhm zuteil werden. Du könntest über die Menschheit herrschen.“
Ich unterdrückte ein Beben vor Wut und fragte: „So wie du über die Menschen auf Ranos?“
Douglas machte eine wegwerfende Handbewegung. „Es sind doch nur Menschen. Schau sie dir an. Sie zerstören sich selber. Sie richten ihre Umwelt zugrunde. Sie sind egoistisch und scheren sich einen Dreck um das Leben. Könnten sie es, würden sie sich auch gegen uns richten.“
Douglas verzog angewidert den Mund und fuhr fort: „Unsere Ressourcen sind fast am Ende und trotzdem wollen sie alles immer besser, schneller und höher. Überall gibt es Krieg und Hunger. Das geht so nicht weiter. Sie brauchen Führung. Und wer ist dafür besser geeignet als die Legends? Wir sind ihnen von Natur aus überlegen.“ Seine Augen begannen zu leuchten. „Stell dir das mal vor: eine Welt, in der wir uns nicht verstecken müssen. Eine Welt, in der wir leben können, ohne uns zu verstellen. Eine Welt, in der wir sicher sind, in der wir keine Angst haben müssen, vor irgendwelchen Menschen, die sich bedroht fühlen.“

Ich wusste, dass die Dionen hasserfüllt und menschenverachtend waren, aber zu hören, wie Douglas über ein unschuldiges Volk redete, raubte mir den Atem. Mir war es nicht begreiflich, wie man so etwas von sich geben konnte, geschweige denn es tatsächlich glauben konnte.
„Nie im Leben schließe ich mich euch Psychopaten an“, presste ich angewidert hervor.
Douglas verzog den Mund und fragte erstaunlich sanft: „Möchtest du es dir nicht noch einmal überlegen?“ Plötzlich flimmerte die Luft und Sicily erschien. Ein Mann hatte sie fest in seinem Griff und hielte ihr eine Klinge an den Hals. Ein Kreis um sie schimmerte in einem intensiven Gelbton. Der Mann musste ein Hexenmeister sein.
Sie sah uns erschrocken an, als ihr Blick von mir zu Seth wanderte. Ihre Lippen bewegten sich, aber es kam kein Ton heraus.
Seth und ich bewegten uns auf einmal. Der Mann drückte die Klinge noch näher an ihren Hals. So nah, dass ein kleiner Tropfen Blut darunter hervorquoll. Die Botschaft war klar. Kommt noch näher und ich schlitze ihr die Kehle auf. Bebend kamen wir zum stehen.
„Ich erwarte eine Antwort“, sagte Douglas leise. Er klang so zufrieden, dass ich mich am liebsten auf seine teuren Schuhe übergeben hätte.
Blinde Wut durchströmte mich und dieses Mal hieß ich sie willkommen. Wie von alleine griff ich nach der Kraft, die in meinem Inneren erwartend umher wirbelte. Meine Haut prickelte und mein ganzer Körper fühlte sich wie elektrisiert. Ich

richtete meine gesamten Fokus auf den Hexenmeister, der dreckig grinste und ließ los.
Nichts passierte. Die Energie knisterte immer noch in meinen Adern, aber sie wollte mir nicht gehorchen. Panik stieg in mir auf.
Douglas' kaltes Lachen durchbrach die Stille.
„Netter Versuch, aber wir haben dir einen kleinen Blocker-Cocktail verabreicht. Wir wollen uns ja schließlich nur ein bisschen unterhalten", meinte er und seine Augen funkelte boshaft.
Mit Entsetzen dachte ich an das Insekt, das mich gestochen hatte. Ich sah zu Seth, der mindestens genauso entsetzt aussah. Es gab nur eine Möglichkeit, hier wieder sicher rauszukommen…
„Wenn ich mich euch anschließe, dann lasst ihr Sicily und Seth gehen?", fragte ich Douglas, ohne den Blick von der Klinge an Sicilys Hals abzuwenden.
„Natürlich. Ihnen wird nichts passieren", sicherte er mir zu. Er klang zufrieden. Sicily schüttelte still den Kopf und sah mich flehentlich an. Eine stille Bitte, ihm nicht zu vertrauen. Doch ich wusste nicht, was ich sonst tun sollte.
Ich sah zu Seth. „Du musst sie hier raus bringen. Versprich mir, dass du sie in Sicherheit bringst", bat ich ihn. Er öffnete den Mund um zu protestieren, aber als ich ihn flehentlich ansah, nickte er schließlich stumm. Ich wandte mich Douglas zu, dessen Mundwinkel sich zu einem zufriedenen Lächeln gekräuselt hatten. Ein dunkles, grausames Lächeln.
„Lass sie gehen und ich mache was du willst", sagte ich mit fester Stimme. Douglas nickte seinem Wachmann zu, welcher

sich in Bewegung setzte und sich neben den Hexenmeister stellte, der Sicily an ihn weiter reichte, als wäre sie ein Puppe. Dann schüttelte er die Ärmel nach hinten und wedelte mit den Händen in der Luft, welche sogleich anfing zu flimmern. Ein Portal erschien. Galle stieg in mir auf.
Douglas ging auf das Portal zu und blieb kurz davor stehen.
„Komm zu mir, mein Junge“, sagte er und streckte die Hand nach mir aus. Ich versuchte, meine Abscheu zu verdecken, während ich langsam auf ihn zuging. Sicily wand sich in dem Griff des Mannes und stumm betete ich sie an, sie möge aufhören, bevor er sie noch verletzte. Ich warf ihr einen letzten langen Blick zu und ich hoffte, dass sie die stumme Entschuldigung in meinen Augen lesen konnte. In meinem Herzen bildete sich ein bodenloses Loch, als ich mich wieder umdrehte.
Kurz bevor ich Douglas erreichte, ertönte ein lautes Knallen. Sämtliche Köpfe zuckten zum Eingang, wo in einer dunklen Wolke Rauch aufstieg.
Dann passierten mehrere Dinge auf einmal. Zunächst ging die Tür mit einem lautem Zischen in Flammen auf. Eine sengende Hitze schlug uns entgegen. Sicily war die einzige, die gegenwärtig genug war, um die Lage zu ihrem Vorteil zu nutzen, während der Rest von uns den Blick nicht von dem nahenden Inferno wenden konnten.
Sicily wand sich aus dem Griff des Wachmanns und tauchte unter der Klinge hindurch. Sie rannte auf mich zu und ich erwachte aus meiner Starre.
So aber auch Douglas. „Nein“, brüllte er und seine Hand schoss hervor um sich wie ein Schraubstock um meinen Arm zu legen. Er war stärker und schneller als er aussah und als er

mich in die Richtung des Portals zerrte, stolperte ich ihm einige Schritte hinterher.

Der Rauch lichtete sich und mehrere Gestalten tauchten auf, angeführt von Maliksi und Oliver. Maliksi warf sich mit einem Brüllen auf Douglas, der ihm geschickt auswich und meinen Arm dabei so ruckartig verdrehte, dass ein stechender Schmerz in meine Schulter fuhr. Maliksi attackierte Douglas weiter, der jedem Schlag auswich. Endlich konnte ich mich aus seinem Griff lösen und stolperte einige Schritte zur Seite, ehe ich mich wieder gefangen hatte.

In dem Saal herrschte Chaos. Die Luft war erfüllt von der Kraft der Elemente, Feuerbällen, elektrischen Spannungen, Magie und dem furchteinflössenden Fauchen der Gestaltswandler. Lodernde Flammen leckten die Welt um mich herum. Der Boden unter mir bebte. Wassermassen schlugen um sich und der Orkan peitschte die Haare ins Gesicht. Ich wollte nach Sicily rufen, aber der dichte Rauch ätzte sich durch meine Stimmbänder und strömte wie Teer in meine Lunge, sodass nicht mehr als ein Keuchen meine Lippen verließ.

„Luca!“, drang Sicily’s Stimme an mein Ohr, obwohl der Lärm meine Ohren betäubte. Ihr Schrei hallte in meinem Kopf wider. Ich fuhr herum und endlich sah ich sie.

Mein Herz blieb stehen, als ich sie auf dem Boden erblickte. Douglas stand über ihr mit dem Dolch in der Hand. Blut quoll ihm aus einer Wunde an der Schläfe und rann über sein Gesicht.

„Nein“, schrie ich und rannte auf sie zu. Der Kampf um mich herum trat in den Hintergrund. All meine Sinne waren auf Si-

cily gerichtet. Und auf den Dolch, der über ihrem Körper schwebte.
Douglas sah mich hasserfüllt an. Ich wollte schreien, aber es nützte nichts. Er hob den Dolch an und zielte direkt auf Sicilys Herz.

Eine Sekunde später knallte es ohrenbetäubend laut. Die Wucht riss mich von den Füßen und schleuderte mich durch die Luft. Der Aufprall presste mir den Sauerstoff aus der Lunge. In meinem Kopf drehte sich alles.
Keuchend kämpfte ich mich auf die Ellbogen. Ich lag auf einem weitem Feld, welches mit weißem Schnee, braunen Erdklumpen und Menschen bedeckt war. Als ich angestrengt ausatmete, wehte der Schnee auf. Es war gar kein Schnee…es war Asche. An einigen Stellen glühte sie sogar noch.
Ich kämpfte mich in eine aufrechte Position. Tiefschwarze Spuren zogen sich strahlenförmig über den Boden, bis sie in der Ferne mit dem Horizont verschmolzen. Abgerundet wurde das Bild der Zerstörung durch den breiten Erdspalt, der sich durch den Boden fraß. Gelbliche Rauchsäulen qualmten hervor und mein Blut wurde heiß, als ich das Feuer spürte, das in den Tiefen blubberte.
Es war gefährlich still. Die Menschen, die um mich herum verteilt lagen - als wären sie Puppen, die ein wütendes Kind herumgeworfen hatte - gaben nicht einen Laut von sich.
Ich kam strauchelnd auf die Füße und stolperte zum Haus, dessen Dach und Obergeschoss weggesprengt waren. Darüber hingen schwere, dunkelgraue Wolken, die den Himmel verhängten wie eine dicke Decke. An den Trümmern leckte das

Feuer, sanft und warnend, aber nicht bedrohlich. Ich schenkte ihnen keine Beachtung und lief einfach durch sie hindurch. Ein unsichtbares Band zog mich voran.
Mit drei Stufen auf einmal rannte ich die Treppe rauf. Kühle Luft schlug mir entgegen und gierig ließ ich den Sauerstoff in meine Lungen strömen.
Der prunkvolle Raum war dem Erdboden gleichgemacht. Der Boden war schwarz verkohlt. Und mitten drin lag Sicily.
Ihre Haare lagen um sie verstreut wie die aufgehende Sonne. Sie war die Einzige, die nicht mit Asche und Trümmern bedeckt war. Mein Herz setzte einen Schlag aus, als ich auf sie zu stolperte. Der Boden knirschte bedrohlich.
„Luca", stöhnte sie, als ich mich neben ihr auf die Knie sinken ließ. Sie lebte. Ich wollte vor Glück schreien, stattdessen nahm ich behutsam ihren Kopf in meine Hände. Meine Augen suchten ihren Körper auf Verletzungen ab, doch sie schien unversehrt zu sein.
Sie stöhnte leise und zog die Beine an. Ich stützte sie, als sie sich aufsetzte und sich dann orientierungslos umsah.
„Was ist passiert?", krächzte sie. Ich konnte nur mit den Schultern zucken. Meine Stimme hatte mich verlassen. Vorsichtig strich ich ihr eine blonde Strähne aus dem Gesicht. Sie hielt meine Hand fest und zerrte daran, um sich hochzuziehen. Beinahe hätte ich das Gleichgewicht verloren.
„Wir müssen Nathaniel finden", sagte sie und richtete sich auf. Sie stolperte ein paar Schritte und meine Hand schoss wieder vor. Behutsam legte ich den Arm um ihren Rücken.
Meine Stirn furchte sich, als ich fragte: „Wer ist Nathaniel?"

Sicily blinzelte einige Male schnell hintereinander. Ihre Augen waren glasig. Sie stolperte wieder. Ihre Worte waren fast zu leise, um sie zu verstehen, als sie flüsterte: „Sie halten ihn gefangen. Er ist mein Freund. Du musst ihn finden."

Dann schlossen sich ihre Augen flatternd und ich fluchte, als ich sie auffing. Ihre Schultern hoben und senkten sich bei jedem Atemzug an meiner Brust, als ich durch das Zimmer stürmte und die Treppe herunter polterte.

Oliver war sofort an meiner Seite. Sein Gesicht war rußverschmiert, aber er schien unverletzt zu sein. Er betrachtete Sicily mit einem merkwürdigen Blick, als er sagte: „Bringen Sie sie nach draußen."

Er folgte mir, als ich seiner Aufforderung nachkam.

„Sie ist einfach weggekippt", erklärte ich, als ich über die Schwelle trat. Oliver nickte ruhig und sagte: „Sie ist erschöpft. Ein derartiges Erwachen muss sehr an ihren Kräften gezehrt haben."

Ich blinzelte gegen den Rauch an und fragte: „Was?"

Oliver antwortete nicht auf meine Frage, als er sagte: „Wir müssen von hier verschwinden."

Sein Mund war zu einer dünnen Linie verzogen, als er auf das Feld sah, auf dem die Menschen wieder zu sich kamen. Feind und Freund saßen erschöpft inmitten der Trümmer und sahen sich verloren um.

Ich hielt Ausschau nach Seth und blieb schließlich an seinem blonden Schopf hängen. Als hätte er meinen Blick auf sich gespürt, hob er den Kopf und grinste mir zu. Im Gegensatz zu den Anderen, die regelrecht zu erschöpft waren, um aufzustehen, schien er vor Energie nur zu vibrieren.

„War das nicht einfach unglaublich?", fragte er begeistert, dann fiel sein Blick auf Sicily in meinen Armen und das Lächeln fiel ihm aus dem Gesicht. „Was ist passiert?", fragte er bestürzt.

„Sie ist nur erschöpft", wiederholte ich Oliver's Worte, während dieser Seth eingehend musterte und dann sagte: „Wir sollten gehen."

Er wandte sich um, aber ich sagte: „Warte, Sicily hat mir gesagt, dass noch jemand hier festgehalten wird. Irgendein Nathaniel. Wir müssen ihn finden."

Oliver runzelte die Stirn und nickte dann. „Ich suche Justus und sag ihm Bescheid, dass wir dich gefunden haben. Er wird auf dich warten. Ich bringe Sicily nach Hause."

„Danke", sagte ich und warf einen letzten Blick auf Sicily, deren Kopf bewusstlos an Oliver's Schulter ruhte. Dann bedeutete ich Seth mir zu folgen.

„Spürst du noch jemanden im Haus?", fragte ich ihn, als er meine Seite erreichte. Seth nickte und deutete mit dem Kinn auf die Trümmer, als er sagte: „Da ist noch jemand im Gewölbe."

Die Stufen zum Keller waren mit Asche und Geröll bedeckt und endeten abrupt vor einer steinernen Wand. „Dahinter ist er", flüsterte Seth.

Ich nickte und bedeutete ihm, etwas Abstand zu nehmen. Murrend kam er der Aufforderung nach. Was auch immer während der Explosion geschehen war, ich fühlte mich, als hätte ich einen Stromschlag bekommen, der meine Kraft beben ließ -

auf eine gute Weise - und ich war mir sicher, dass sie mir nun wieder gehorchen würde.
Es fiel mir so leicht wie nie zuvor, das Erdelement hervorzurufen, mich mit dem Stein zu verbinden und ihn in sich fallen zu lassen. Sophie wäre sicherlich stolz auf mich gewesen.
Als sich die Staubwolke gelegt hatte, wurde die Sicht frei auf einen kleinen muffigen Raum.
Ein hagerer Junge mit braunen, struppigen Haaren hockte in der Ecke. Als wir eintraten, hob er langsam den Kopf. Seine Augen hatten tiefe Schatten und sein Gesicht war von Blut und Dreck ganz verkrustet. Unter seiner zerschlissenen Kleidung konnte ich die vielen blauen Flecke erkennen. Meine Muskeln verkrampften sich, als die Bilder vor meinem Kopf auftauchten, auf denen ich an seiner Stelle gewesen war. Ich verbannte sie aus meinem Kopf und konzentrierte mich auf den Jungen vor mir.
„Bist du Nathaniel?“, fragte ich, als ich langsam auf ihn zuging. Seine Augen verengten sich und hätte er gekonnte, wäre er bestimmt zurückgewichen. Ich blieb stehen. Ich wollte ihm nicht noch mehr Angst machen, als er ohnehin schon haben musste.
„Sicily hat mich geschickt“, sagte ich sanft, in der Hoffnung, ihn zu beruhigen. Und tatsächlich. Bei der Erwähnung von Sicilys Namen blitzten seine Augen auf und Bewegung kam in seinen Körper.
„Geht es ihr gut?“, fragte er krächzend. Ich nickte und er sackte erleichtert gegen die Wand. Müde schloss er die Augen und sein Kopf rollte zur Seite.

Justus wartete bereits auf uns, als wir aus dem Haus traten. Seine Augen verengten sich, als sein Blick auf Nathaniel fiel, dessen lebloser Körper Seth und ich zwischen uns genommen hatten.
Er sah wieder zu mir, neigte kurz den Kopf und fragte: „Eure Hoheit. Sind sie verletzt?"
Ich schüttelte müde den Kopf. Erschöpfung hatte sich tief in meine Knochen gegraben. Ich wollte nur noch, dass das alles vorbei war.
Justus nickte mit verkniffenem Mund und brüllte seinen Soldaten den Befehl zum Rückzug zu.

Kapitel 28 - Sicily - Willkommen im Club

Müde blinzelte ich die frühe Morgensonne und sah mich um. Ich befand mich in meinem Zimmer. Alles war genauso, wie ich es in Erinnerung hatte, und für einen Augenblick fragte ich mich, ob ich nur geträumt hatte.

Mein Körper fühlte sich angenehm erschöpft an, wie nach einem langem Spaziergang an der frischen Luft. Ich streckte mich und schlug die Decke zur Seite.

Schnell schlüpfte ich durch die Tür und wäre beinahe mit Luca zusammengestoßen, der wie eine Salzsäule vor meiner Tür gestanden hatte.

Seine Augen wanderten von meinem Haaransatz bis zu meiner Fußspitze. In seinem Blick lag eine solche Erleichterung, dass sich mein Brustkorb verkrampfte.

„Du bist wach", hauchte er sanft und ich konnte nicht mehr an mich halten. Stürmisch warf ich mich in seine Arme. Ohne dass ich es verhindern konnte, liefen mir die Tränen über das Gesicht. Luca schlang die Arme fest um mich und ich spürte, wie ein Beben durch seinen Körper ging.

„Ist das alles wirklich passiert?", fragte ich schließlich, nach einer ganzen Weile. Der Stoff seines Pullovers dämpfte meine Stimme. Ich spürte wie Luca nickte. Seine Wange strich über mein Haar.

Meine Hände zitterten und ich krallte sie fester in seinen Rücken.

Ich musste mehrfach schlucken, bevor ich fragte: „Wo ist Nathaniel?“
Als Luca sanft lachte, löste sich ein Knoten in meiner Brust. „Er ist bereits unten und verschlingt den gesamten Inhalt unserer Vorratskammer“, meinte er schmunzelnd. „Es ist, als hätte er noch nie etwas Ordentliches zu Essen vorgesetzt bekommen.“
Ich entspannte mich und meine Mundwinkel hoben sich ebenfalls. Langsam löste ich mich von Luca und wischte mir über das Gesicht. Luca hielt mir kommentarlos ein Taschentuch hin und ich nahm es dankbar an.
Nachdem ich mich einigermaßen wieder beruhigt hatte, hielt Luca mir seine Hand hin und wir machten uns auf den Weg nach unten. Luca blieb die ganze Zeit dicht an meiner Seite, als hätte er Angst, dass ich jeden Moment zusammenbrechen könnte.
Normalerweise wäre mir seine Überfürsorglichkeit auf die Nerven gegangen, aber nach den Ereignissen, die wir soeben durchgestanden hatten, ließ ich es ihm durchgehen.
Das riesige Wohnzimmer war gefüllt von Menschen. Luca's Schwestern waren da. Oliver und ein Mann in Rüstung ebenfalls. Amalia spielte mit Zuma auf dem Boden. Die Zwillinge lümmelten auf der Lehne des Sofas. Victoire saß mit einem Buch in der Hand auf dem Sessel und starrte über den Rand hinweg Nathaniel an, der mit Oliver und Chloe am Kaffeetisch saß und alles in sich hineinstopfte, was Viola ihm vorsetzte. Oliver lehnte an der Wand und sah auf, als wir den Raum betraten.

Viola kam lächelnd auf mich zu und schloss mich in ihre Arme. Dankbar erwiderte ich ihre Umarmung.
„Wir sind so froh, dass es dir gut geht“, sagte sie sanft und strich mir über das Haar, als sie sich von mir löste. Sie nahm mich an der Hand und zog mich zum Tisch. „Du hast bestimmt Hunger. Wir haben extra etwas aus der Küche bestellt.“
Als wir den Tisch erreichten, lag mein Fokus jedoch nicht auf dem Essen, obwohl mein Magen grummelte. Nathaniel hob den Blick und lächelte. Sein Gesicht sah so viel besser aus als das letzte Mal, als ich ihn gesehen hatte. Nur noch ein gelblicher Schimmer lag unter seinem rechten Auge und zog sich über seinen Kiefer.
Aus seinen Haaren war der Dreck und das Blut herausgewaschen und die schokoladenbraunen Strähnen fielen ihm sanft in die Stirn.
Ich bewegte mich, bevor ich wusste, was ich tat. Mit einem leisem Schluchzer fiel ich in seine Arme. Nathaniel drückte mich fest an seine Brust und vergrub das Gesicht in meinen Haaren. Erst als Chloe sich laut räusperte, löste ich mich von ihm.
„Du darfst uns jetzt gerne erzählen, was du überhaupt in England zu suchen hattest… und was es mit diesem hübschen Jungen auf sich hat“, sagte sie und deutete mit einem Nicken auf Nathaniel, als wäre nicht klar gewesen, von wem sie sprach. Nathaniel senkte verlegen seinen Blick und pulte am seinem Brot herum, das dick mit Hummus bestrichen war. Ich seufzte und ließ mich dicht neben Nathaniel auf das Sofa gleiten.

Erst nachdem ich ihnen gestanden hatte, dass ich mich schon länger mit Nathaniel traf und dafür jedes Mal nach England reiste und davon, dass wir zusammen weglaufen wollten, um meine Tante zu suchen, griff ich nach dem Teller mit den Waffeln und dem Ahornsirup.
„Das war gefährlich, Sicily. Wir haben uns Sorgen gemacht. Vor allem Luca“, schallte mich Viola sanft. Chloe brummte bestätigend. „Tut mir leid“, murmelte ich und sah erst zu ihr, dann zu Viola und schließlich zu Luca. Ich stutzte, als ich seine versteinerte Miene sah. Sein Blick auf die Stelle gerichtet, an der mein Oberschenkel Nathaniel's berührte.
Als hätte er meinen Blick gespürt, sah er auf und starrte mir für einen Wimpernschlag ins Gesicht, nur um dann ruckhaft seine Augen abzuwenden.
In meinem Magen kribbelte es unangenehm, als ich mich abwandte und stattdessen ein anderes Gesicht erblickte, welches hier eigentlich nichts zu suchen hatte.
„Was machst du denn hier?“, fragte ich verdutzt.
Seth strich sich die blonden Locken aus der Stirn und strahlte mich an, als er sagte: „Ich wollte sichergehen, dass es dir gut geht.“
Ich lächelte zurück, obwohl mich seine Antwort verwirrte. Wir hatten uns bisher ein einziges Mal getroffen. Wie kam er dazu, sich Sorgen zu machen, wenn wir praktisch Fremde waren? Auch wenn die pochende Energie, die von ihm ausging, sich wie Heimat anfühlte. Noch mehr als beim letzten Mal. Mein Körper summte, als wollte es auf seine Gegenwart antworten.
Seth's Blick wurde unendlich weich, als würde er die Verbindung ebenfalls spüren und wissen, was in meinem Kopf vor-

ging. Er trat einen Schritt näher und sagte: „Ich will dich nach Hause bringen."

Ich erwachte aus meiner seligen Starre und fragte verdutzt: „Was?"

Oliver räusperte sich und meinte leise zu Seth: „Ich befürchte, sie weiß noch nichts von ihrem Glück. Sie sollten behutsam vorgehen, wenn Sie es erklären."

Plötzlich war der Raum mucksmäuschenstill. Selbst Amalia hielt mit dem Plüschtier in der Hand inne und sah neugierig auf.

Seth trat an den Tisch heran und hockte sich gegenüber von mir auf den Boden. „Erinnerst du dich an die Explosion?", fragte er zaghaft. Ich nickte langsam, obwohl die Geschehnisse in meinem Kopf verworren waren.

„Das warst du", flüsterte Seth ehrfürchtig.

Ich blinzelte und sah dann zu den anderen, darauf wartend, dass mir einer von ihnen erklärte, dass Seth einen Scherz gemacht hatte. Doch alle sahen ernst drein. Nathaniel strich mir beruhigend mit der Hand über den Arm.

„A-aber ich bin doch kein Elementar, oder doch?", fragte ich. Meine Hände zitterten.

Seth schnaubte laut und fing sich damit einige warnende Blicke ein, die sich in Empörung verwandelten, als er das Gesicht verzog und sagte: „Bei der heiligen Sonne, nein."

„Warum lassen wir ihn noch mal die Nachricht überbringen?", fragte Chloe und blitzte Seth an. Seth lächelte und meinte: „Weil sie nicht zu euch, sondern zu uns gehört."

„Was?", fragte ich etwas zu laut. Seth zuckte zusammen und murmelte: „Ups."

Er wandte seine Aufmerksamkeit wieder mir zu, verneigte sich albern und sagte dann mit einem überdimensionalem Grinsen im Gesicht: „Du bist der Myth der Vynami. Willkommen im Club, meine Königin."

Epilog

Maliksi hämmerte gegen die dicke Eisentür, auf welcher sich bereits blutrote Abdrücke abzeichneten, die von seinen aufgeplatzten Knöcheln stammten.

Er wusste nicht, wie lange er das schon tat. Jegliches Zeitgefühl war schon vor einer Weile verloren gegangen. Vielleicht war es aber auch erst wenige Momente her. Er wusste es nicht.

Es war eine kleine Zelle, in der sich nichts befand, außer er selbst und die flackernde Glühbirne, die von der Decke baumelte. Das schwache Licht erlaubte einen Blick auf die alten Mauern aus rauem Stein, die an einigen Stellen dunkel verfärbt waren und auf den kalten Erdboden, der ihn zu verspotten schien.

Dort war sie. Die Erde. So nah und doch konnte er ihrem Ruf nicht folgen. Was auch immer sie ihm gegeben hatte, hielt ihn davon ab.

Er keuchte, als er sich schließlich gegen die Wand sinken ließ und seinen Kopf in den blutigen Händen vergrub.

Wieder spielten sich die Geschehnisse vor seinem inneren Auge ab. Valerie war außer sich gewesen, als sie zu ihm geeilt war und ihm von Luca's Verschwinden erzählt hatte. Zusammen mit dem Oberbefehlshaber Justus und einer kleinen Gruppe von Soldaten hatten sie mit Oliver's Hilfe ausmachen können, wo sich Luca aufhielt und ihm folgen können. Der Kampf selbst war ein verschwommenes Chaos gewesen, in

welches er sich ohne zu Zögern hereingestürzt hatte. Es war seine Aufgabe gewesen. Seine Pflicht. Dann war der Knall gewesen und um ihn herum war es schwarz geworden.
Sie hatten ihn hierher gebracht. Die Dionen. Sie hatten ihn einfach mitgenommen.
In ihm nagte die Frage, was aus seinem König geworden war. Hatten sie gewonnen? Verloren? War er tot oder gefangen?
Plötzlich öffnete sich die Tür und Maliksi sprang auf.
„Ihr verfluchten…“, er brach ab, als er das vertraute Gesicht vor sich sah. Süß und lieblich sah sie zwischen ihren wilden Locken zu ihm herauf. Sein Herz zog sich zusammen.
„Kana“, flüsterte er. Seine Stimme drohte zu brechen. Er trat einen wackligen Schritt auf sie zu. Sie neigte den Kopf und lächelte, als sie erwiderte: „Maliksi.“
Er strauchelte, als er auf sie zuschoss und sie in seine Arme zog. Wäre er nicht so erstaunt gewesen, das Mädchen zu sehen, das sie seit Wochen suchten, welches die kleine Schwester seiner großen Liebe war, hätte er vielleicht bemerkt, dass an der Art, wie sie lächelte, etwas nicht stimmte. Und auch, dass ihre Augen weiß waren, ohne eine Spur ihrer seltsamen Iris, die ihn immer an einen tiefen See voller Geheimnisse erinnert hatte.
Er merkte erst, dass es zu spät war, als sich eine Nadel in seinen Hals bohrte. Seine Sicht verschwamm bereits, als ein Mann in sein Blickfeld trat.
Er grinste zufrieden und streichelte Kana über den Kopf, als er sagte: „Sehr gut. Bald werden es genug sein.“
Dann wurde alles schwarz.

Printed in Poland
by Amazon Fulfillment
Poland Sp. z o.o., Wrocław

22471644R00210